U0595979

本书获西南大学人文社科重大项目培育项目"规范语境中认知成分的语境敏感性研究"资助。

语言情事录

一个人的笔飞墨染，尽显风趣幽默；
三十年的世变事迁，多有新奇哲思。

杜世洪　著

九 州 出 版 社
JIUZHOUPRESS

图书在版编目（CIP）数据

语言情事录／杜世洪著 . -- 北京：九州出版社，2018.7

ISBN 978 - 7 - 5108 - 7405 - 5

Ⅰ . ①语… Ⅱ . ①杜… Ⅲ . ①散文集—中国—当代 Ⅳ . ①I267

中国版本图书馆 CIP 数据核字（2018）第 174525 号

语言情事录

作　　者　杜世洪　著
出版发行　九州出版社
地　　址　北京市西城区阜外大街甲 35 号（100037）
发行电话　（010）68992190/3/5/6
网　　址　www. jiuzhoupress. com
电子信箱　jiuzhou@ jiuzhoupress. com
印　　刷　三河市华东印刷有限公司
开　　本　710 毫米 × 1000 毫米　16 开
印　　张　20
字　　数　359 千字
版　　次　2018 年 7 月第 1 版
印　　次　2018 年 7 月第 1 次印刷
书　　号　ISBN 978 - 7 - 5108 - 7405 - 5
定　　价　68. 00 元

★版权所有　侵权必究★

前　言

　　我的目光长着手指，拨动着思绪的琴弦，仰面扣未来，俯首挽过去。然而，就在这拨动中，我却眼睁睁地看着岁月在指尖滑过。多少情，多少事，在不知不觉中流逝，又时不时地奔到眼前，涌进心底。

　　我理一理思绪，提笔展纸，借助语言的肌肤，触感生活的温度。突然发现，世界正穿着语言缝制的花衣，以华丽的转身昭示出生活的美丽。

　　生活之美在于情，在于爱，在于忙碌，在于悠闲，在于风雨，在于阳光，在于白天和黑夜，在于大事和小事，在于忧愁和欢喜。

　　生活之美在于一切，而一切都会成为珍贵的回忆。一切珍贵都可记录在语言里，成就出这部随笔。

　　《语言情事录》犹如一部电影，带着怀旧情愫，从一个名叫黑耳场的小镇拍摄开始，镜头切换，掠过巴蜀滇，鸟瞰杭甬沪，去过美国，回到北碚，记录了一个放牛娃成长为大学教授的心路历史。记录中的"我"一路走来，走入了战痘岁月，走出了半秃皓首，走入了少年琐事，走出了人生哲思。

　　《语言情事录》掸去了红尘往事的陈旧，录下了人生阅历的新奇。电影般的《语言情事录》，画面生动，不失美丽；话语幽默，冷峻睿智。

　　读者诸君：您若想着剧透，不妨先读取一些代表篇章的信息。《小路情思》《四月四月》等带着乡愁，传递着丁香般的情意。《行乞记》《小精记》《卖车忆》等凭借着灵动的语言，述说着人间的冷暖，映射出时间的风沙，荒漠的尽头，干枯的玫瑰，往事的哀愁。

　　《面纱语》《没穿衣服的话》《不想引人注意》等语言诙谐，道出了生活的情趣。您若是多情之人,犹记得李商隐的春蚕之思,那就不要错过《北碚夜语》。您若想领略亚美利加的精神风貌,里面有不少篇章专门讲述他们的情和事。您若求深邃之思,追问什么是意义,不妨读读《意义这厮》。

《语言情事录》细腻绵柔,立足现实,下笔浪漫,演绎一番那山那水那情的思念。

《语言情事录》着眼小事,旁征博引,谱写人生,冷峻犀利,展示了独特的语言哲思。

2018 年 4 月 23 日记于北碚紫云台

目　录
CONTENTS

故乡的伤残与梦想

我的故乡在黑耳场，一个小得不能再小的地方。她既没有什么名山和大川，也没有什么物质资源和宝藏。但记得从清末开始，她在官方有一个很好的名字叫乐善场。

共和国建立的第二年乐善场就成了乐善乡，从此随着共和国的成长而成长，名字变了又变，从乡变成公社，建了区公所，后来区公所不建了，再由公社又变成了乡，最后因乡而转镇，乐善二字成为烙印，标志着故乡黑耳场。

黑耳场的人在外漂泊，时时乐善，处处乐善，唯在思乡情切时，不由自主地想起故乡是黑耳场。外人若问黑耳场在哪里，黑耳场的人会说，离邓小平的故乡很近，离美丽的嘉陵江不远，重庆若打雷，黑耳场听得见声响。

这样回答故乡在哪里，表面上很光鲜，深层里却无奈。在提倡"文化自信"的今天，黑耳场人却无法坚守"故乡自信"，心中始终残留着丝丝暗伤：人问故乡思故乡，我借他乡述故乡。

故乡究竟怎么了？故乡在无可奈何中受了伤，变了样。许多值得保留的东西也在变化中丢掉了，丢得那么彻底，丢得那么匆忙。

在"扫迷信、破四旧"的运动中，故乡赶走了和尚，拆除了菩萨像，从此丢掉了两座庙宇，在庙堂里建起了一座小学学堂，还有乡公所、区公所办公的地方。

在最高指示大于一切的时代，故乡的人一手举着红宝书，一手建起了语录塔，高高地矗立在镇东头的尖石顶上，而且，还在街中间的场中央建起一个戏台样的语录台，供干部们、知青们在赶场天里站在台上做演讲。时不时有些坏分子被抓起来，绑在台上，让他们垂头丧气地亮亮相。记得有那么几次，住在黑耳场上的熊孩子，学着大人的模样，把不顺眼的小伙伴当成坏分子，押解到语录台上。

时间过了好久的样子，传来了改革开放的话语，黑耳场不少人也纷纷往外走，说是要把江湖闯一闯。场上有小青年穿起了喇叭裤，留起了大鬓角，扛着卡带录音机叫三洋。三五成群跑到场口附近去转悠，哼着歌曲走在乡间小路上。

就在喇叭裤还在流行的时候，黑耳场的不少后生考上了中专和大学，与外出闯江湖的伙伴一道离开了故乡，去了远方。

从此，黑耳场就成了多少人在多少年后心中的老家，间或令人朝思暮想。

在外的游子偶尔回到黑耳场，看到的情景与昔日的光景完全是两样。生意场多了，商店多了，人也多了，可认识的人却少了又少了。即便如此，所有认识的人，问候的方式不约而同，意思都一样：你在哪儿开厂？你在哪儿当董事长？

这境地，没在什么地方开厂，没在什么地方当董事长，仿若自己的家乡不再是朝思暮想的故乡。

顿然感悟，黑耳场不再是乐善人的黑耳场。那做着生意，卖着东西的许许多多人，在黑耳场的精神世界里硬是挖出了一条貌似财源滚滚的追利江。

今年清明，我又回到了黑耳场，再次迈步回家，不小心踏进了那条追利江，生出了一些感慨，感慨中寄托了一个梦想。

梦想的故乡不是一条追利江，江边的人啊不再你追我赶，拼命挣扎总朝着一个方向。

梦想的故乡是一片净土，净土上的人啊没有愁容，春天里知道遍地有花开，夏日里听得见蛙声与蝉鸣，秋天里喜欢那熟悉的金黄，冬日里酿好酒，迎接杀猪与宰羊。

梦想的故乡之人，仍然像过去那样，总习惯为他人着想，绝不会把自己的事情赖在他人身上。

梦想中故乡的黎明，先有鸟声阵阵，再迎来书声琅琅。

梦想中故乡的黄昏，人们踏着斜阳在欢快地歌唱，知道美好的明天必定来临，幸福的生活甜得像蜜糖一样。

梦想的故乡有丰富的精神生活，人们不再只知道打麻将。即便打麻将，不再有那无辜感叹：我记得昨天的麻将，却感受着今天的炮响，曾希望明天自摸加暗杠，可昨天的明天偏偏又把炮放响。

梦想的故乡，至少也要像我的老师陈嘉映先生所梦想的那样。"虽有贫富，但贫富尚能相望。能者多劳，也多得点儿，但别把好处都独闷了。这不是出于平等主义的大理想，只是盼着从无限聚敛的噩梦惊醒回到真正舒坦的平安梦里来。室内装修五星级，一出门就是泥洼子，从要饭的人丛里挤上自己的奔驰车，谁会自我感觉很爽？"

梦想的故乡，不再是一个要么愁眉苦脸要么咬牙切齿的地方，而是一个有主见的、高高兴兴的、名副其实的乐善之乡。少有所学，壮有所为，老有所安。故乡的人自由自在，故乡有自信，在外的游子乐意把故乡的美名弘扬。

小路情思

我一直对家乡的小路有着特别的情感,因为她承载着我许多美好与乡愁。我的家乡在黑耳场,有好几条小路蜿蜒,穿过山丘,总是通向那远方的外头。

在那童谣单薄的年代,虽然清贫,但那清贫并没有把天真烂漫夺走。孩提时代的心境总是无忧无愁。蹦跳中,快步中,我那童年和少年在小路上留下的脚印,到处都有。

我家就在场口边,熟悉的小路,我和哥哥天天走。上学、放学都在那条小路上,打打闹闹,停停走走。每当放学回到家,丢下书包,我要么牵头大水牛,沿着小路往外走,沿着小路让牛嘴给青草剪一剪头;要么我背着个草背篓,沿着小路还是往外走,我去割草,去割取放牛娃心中的丰收。我把丰收装满背篓,在天黑前光着脚丫赶回家,献上青草,与那头水牛只言片语地低声交流。

我在小路上走啊走,走过了童年,走过了少年,一直走来了青春痘。突然有一天,耳边传来的歌声,敲开了心扉,送来画面,生出新感受:乡间的小路,暮归的老牛,蓝天陪伴夕阳,慢慢消失在黄昏后。

朦朦胧胧中,突然知道了什么样的花儿很美好,什么时候自己总是很害羞。儿时的伙伴,儿时的学友,总是在夏天过了,一个个都悄悄地消失、悄悄地走。不见了调皮的男同学,他曾偷偷把烟抽;不见了花儿般的女同学,她去远方学习,艳羡她从此吃穿不愁。

我也从此产生了一种莫名其妙的心情,后来才知道那是一种很特别的愁。后来,我也稀里糊涂地离开了家乡,去了很远的地方叫外头。

在外头,偏偏是那俄罗斯歌曲《小路》,总是勾起我心中的那种愁:"一条小路曲曲弯弯细又长,一直通往迷雾的远方,我要沿着这条细长的小路,跟着我的恋人上战场……"

那一年夏天，我还是在黑耳场，还是在那条小路上走。习惯了不说话，习惯了走路低着头。路边的花儿不想看，遇到了吃穿不愁的她也不敢抬头去瞅一瞅。

就这样，就这样，小路在我心上刻下了一道深深的口。这条口也划出了一道沟，从此银河相隔，我无法牵到一只手。

我把小路记心头，小路却在我心上划了一条口。有了这条口，那条小路从此在我心中长留："一条路，落叶无迹，走过我，走过你。我想问你的足迹，山无言水无语。走过春天，走过四季，走过春天，走过我自己。悄悄地，我从过去走到了这里。我双肩驮着风雨，想知道我的目的……"

张行的歌总在记忆的风中一次次响起，多少往事又涌现在心里头。

少年琐事

黑耳场小镇没什么特点,普通得很。普通得五味杂陈,普通得连人世间的辛酸与欢乐,她都无法选择,只能悉数拥有。

那个年代在人们的头脑中并没有凸现出贫穷与富裕的差别,只区分出了吃国家供应的镇民与没吃到国家供应的农民。不过,无论是镇民还是农民,都一视同仁,买什么东西都要凭票购买。

就在那个凭票才能购买到一切生活必需品的年代,就在那童谣并不丰富的年代,有那么一帮黑耳场的少年,有男孩和女孩。他们和她们没有太多的故事,至少没有今日中国少年的五彩故事,只在天真中度过了清纯无忧的童年,迎来了少年时代,却在清纯中夹杂着忧伤的泪水、无奈的苦笑、得意的孤独以及那少年维特式的烦恼。

这帮少年在上初中时是一个班,现在已经走出了中年,正在向老年迈进的时候,共同的记忆都返回到了四十年前。有道是:人过五十想初心,同学如树班为根,四十年来情依旧,两载同窗念一生。

凭着这份初心,有一天这帮曾经的少年聚到了一起,讲起了那为数不多的往事。

首先是一对姐弟的故事。在那没有多少游戏的年代,弟弟错把游戏之心投放到了恶作剧上。他把装垃圾的簸箕搭放在虚掩的门顶与门框上,本想"陷害"那上课时总和他讲话的"同聊",可没料到,偏偏是他喜欢的数学老师先推门而进,结果头顶中招。

老师的愤怒比声音来得还响还快,吓得好多少年立即把那蹦到嘴边的笑声,强行吞进肚里,暗暗地有些发抖。还没等老师的声音之鞭拷打到每一个人,姐姐就立刻举报了弟弟。

就在那个年代,检举揭发,要从亲人开始。大义灭亲之举,比现在的孔方兄还有魅力。

社会上提倡检举,传到学校,成了学习上的事。既然是学习,就算是忍着饥饿也要将学习进行到底。

时值饥饿的三四月,大地青黄不接。饥饿的姐姐回到家里,马上叫上弟弟,要实施一项剥皮计划。趁着夜色,姐弟俩偷偷潜入到学校教室后,把那一棵棵榆树剥了皮。回家,把榆树皮焙干磨成面,做成粑粑用来充饥。这点生存技能与知识,无法从学校获得,姐弟俩是从校外无数剥皮人那里获取。

那个年代,整个黑耳场方圆几十里的榆树,全部献出了自己赖以生存的树皮,在黑耳场人的饥饿中默默地死去直到绝迹。

饥不择食,别无选择。剥树皮聊以充饥,革命先烈都曾做过。姐弟俩剥树皮之事自然不能算是偷窃,但接下来几位少年的故事却把因饥饿而偷窃的真实之举,演绎得十分有趣。

有几位吃国家供应的女孩,在没吃到供应的男孩眼里,她们应该不缺吃的。她们住在镇上学校里,其实她们也有没吃饱的时候。有一天,为了填饱那革命的肚皮,让共产主义接班人的幼小身体苗壮成长,她们想办法要去附近农业社偷一点苞谷棒子来,为的是将来能够继续把革命进行到底。她们也想起了水煮苞谷的味道,于是,三个姐妹偷偷去实施偷窃。

她们毕竟不是惯偷,既没有作案的工具,也没有作案的心理素质。瞅准看山人巡逻时留下的短时盲区,迅速从苞谷杆杆上搬下苞谷来,正要逃离,却发现看山人过来了,急中生智,连忙把苞谷棒子塞进到裙底小短裤里,慌忙逃遁,那场景三个丫头好像三只长腿鸭子,拐着腿跑,扑打扑打跑回了窝里。虽未被抓住,但仍作声不得,慌慌张张地把苞谷去壳后扔到锅里,然后又慌慌张张地假装若无其事,跑到外边似乎要想证明自己的清白。可是,等她们在外喧嚣证明自己没有那些事之后,回到室内,却发现苞谷早已煮干成黑炭,三姐妹哭笑不得,在饥饿中倍感无趣。

煮苞谷好吃,烤洋芋也可以充饥。有位男孩在饥饿中终于等到了放学的钟声,拖着步子回家去。走到半路上,发现路边地里冒出了白白的洋芋来,就好像扒手看见了大款的钱包露了出来一样,那诱惑很难抵御。看看四下无人,窜进地里去掏洋芋,刚好掏满了一书包,起身准备要走,可是他没有偷苞谷的姐妹那么有运气。看山人把男孩抓回到学校去,要他检讨偷盗行为,说这是犯法的,还要写大字报挨批。

男孩恐慌得要命,幸好当时有一个很好的老师。那老师等看山人走后,知道男孩的事属于饥饿之举,耐心安慰他,并为他写大字报的事悄悄出主意。

多少年后，那男孩想起那老师，认为老师才是世界上最伟大的。即便在那荒唐而又困难的日子里，老师仍有耐心和爱心，真心帮助学生分清是非，守法知礼。

那时的少年在饥饿中成长，也偷偷地做了不少令人好笑的事。在那个镇上没有公共游泳池的年代，有几位女孩总是羡慕男孩子能够肆无忌惮地享受池塘戏水的乐趣。于是，结伴偷偷地在夜晚里下水去体验，又害怕被别人发现，每个女孩都头戴枝条环圈，打扮成野战军和小兵张嘎头戴树枝的样子，好像自己就是男孩子在水里。可刚下水去，就不习惯水压太大，觉得胸闷，却又不敢发出女孩之声，也不敢马上跳起来跑开去，那神情比做贼还要心虚。在那时，女孩下河洗澡可能会被看成是伤风败俗的事。

"伤风败俗"这在那个年代是很严重的事。黑耳场那时有那么一个青少年在看了《少年维特之烦恼》之后，差点要跳井自杀。原因是，他的经历与维特太相似。那少年随父亲工作调动来到黑耳场，认识了天使般美丽纯洁的一位少女，情窦开得太早，并对她一见倾心。可那少女有指腹为婚的事，风俗上属于他人。那少年很痛苦得很，居然把那女孩的名字写到自己的衬衫上，惹出闲话来，说这是伤风败俗，弄得他几乎想自杀。现在想来，黑耳场一直都是一个传统而又守旧的地方。

如今看来，这些都是些鸡毛蒜皮的事情，不值一提。可是不知怎的，这些事回想起来总是那么美好，那么甜蜜。毕竟，传统和守旧虽有不好，但骨子里保持一点传统，守一守良旧，这未必就是坏事。

莫名其妙的谦虚

不知什么时候，我的头脑里有了谦虚这个概念。读小学时正值"文革"后期，他老人家的语录还在教室的墙上贴着，有些斑驳。"务必使同志们继续地保持谦虚、谨慎、不骄、不躁的作风，务必使同志们继续地保持艰苦奋斗的作风。""虚心使人进步，骄傲使人落后。"

我那时不懂其中的"谦虚"和"虚心"到底是什么意思，也曾记得老师解释过，说谦虚是一种优良品质，但至今记忆模糊。后来我写得出谦虚这个词，也许还有符合谦虚这个概念的行为表现，但是，在很长时间里我就不知道谦虚到底是什么。

老师说，谦虚是优良品质，可优良品质是什么，我那时不甚了了。还记得生产队里正在推广优良品种的水稻，还有一种猪，内江短嘴巴猪，也叫优良品种。既然谦虚是人的优良品质，我就不愿意因此把人、水稻和猪混在一起。

上个世纪七十年代，电影里有好人和坏人，明显得很。于是，我拍着"我这后来要谢顶"的脑袋，抓一抓当时还没长胡子的下巴，就断定好人肯定有优良品质，坏人就没有。这样推导下去，得出结论说：好人才谦虚，坏人不谦虚。

那时，电影的教育作用强大得很。每个孩子都想当好人，伟光正，高大全。在模仿电影情节的游戏里，就连那时黑耳场镇上一贯调皮捣蛋的同学，也一点都不谦虚，争先恐后要扮演电影中的好人。

我一贯老实巴交，不愿多言，几近木讷。上课时老师提问，点名要我回答。我紧张得很，偷懒地冒出一句："我不知道。"一学期下来，老师总是提问，我总是说"我不知道"。可是，期末考试时，语文和算术都是满分。老师就在期末成绩通知书评价道：该生一向谦虚，具有优良品质。

我自以为明白了。面对知道的东西，大胆说出"我不知道"，这就是谦虚。电影里的好人被敌人严刑拷打，总是横眉冷对、斩钉截铁地说"不知道"。电影里的好人就是谦虚。

我家邻居半夜起来把自家圈里养的猪杀了，要吃肉，那时这种行为叫作私宰生猪，属于犯罪。公社里的干部来调查左邻右舍，有干部诱导地问我，知不知道邻居半夜杀猪的事。我却一边想起了电影里小鬼子的把戏："小鬼！八路在哪里？说了给你糖吃。"一边突然记起邻居家在天蒙蒙亮时就悄悄地给我家送来了一块肥肉，于是斩钉截铁地说"我不知道"。

此话一出口，心里却慌张起来。"我不知道"本来是老师认定我具有优良品质的标签，这下子却成了我保守邻居私密的答词。我说谎了，说谎可不是什么优良品质。我就是坏人了，就不配再拥有谦虚的品质了。

我有能力说我知道，而我却选择说我不知道。显然，我没有夸大我的能力，所言所为没有超出能力范围，这应该是谦虚了。倘若这样来定义谦虚，我就不会觉得谦虚就是优良品质了。

学校组织学生走出校门去帮助人民群众修公路，需要学生搬运狗头石铺路。那天，我早就知道班上的二毛子往家里挑粮食时，可以挑一百多斤，而且还跑得飞快，可是他在修路挑石头时，却说他只能挑五十斤。我不知道二毛子是谦虚呢，还是我知道二毛子根本不谦虚。反正，二毛子他人又不好又不坏，我根本无法用好坏来判定他到底谦虚还是不谦虚。

就在修公路那天，老师没有表扬二毛子，却表扬了我。我挑石头比二毛子挑得多，而且比他跑得快，多跑了两趟，也就多搬了两挑石头。老师问我石头重不重，跑得累不累，我脸红着说："不重，也不累。"于是，老师就当着同学们说，我有劳动人民的优良品质，敢吃苦，而且还很谦虚。

原来，谦虚还有这么个意思。明明石头很重，明明干活累了，却偏偏说不重不累，这就叫谦虚。就像我说不知道邻居到底杀猪没杀猪一样，这也算说了假话。谦虚难道就是说假话吗？

多少年后，我发现有些公仆最喜欢说假话，说什么艰苦朴素，没多吃没多占，可后来发现这些公仆私吞公款无数。坏公仆们谦虚了吗？

我总觉得我孩提时代说的假话，与当今公仆们说的假话有着本质区别。我的假话不利己，倒也不害人，而公仆们的假话就算没明显害人，但他们是在明显利己。

比起坏公仆来，说假话的我可谦虚了，坏公仆们就不能算谦虚了。除非，有人要把谦虚的标准进行彻底的颠覆。

有人说，谦虚就是克制自己，保持低调，不夸大，不张扬。也有人说，谦虚是一种态度，一种明明知道但又故作请教状的态度。

　　我从来都胆小,从来不张扬,从来都克己,我应该够谦虚了吧。可是,却有人说我太老实,不自信。

　　我从来不故作姿态去向别人请教自己明明知道的事情,因为我认为这不是虚伪作秀,就是虚情假意,我不需要这样的谦虚态度。然而,有人又说我自以为是,毫不谦虚。

　　看来,我头脑里的谦虚,是一个糊涂的概念。做人要达到澄明境界,就不应该有糊里糊涂的谦虚概念。做人要实事求是,就不能增减事实的本来状态。

　　客观事实面前,多了是夸大,少了是隐瞒,不多不少是什么呢?

　　我拍拍曾经乌发满顶的脑袋,抓一抓长满胡须的下巴,断言道:"肯定不是谦虚。"

噩梦中的陆零人

喝酒至微醺,归家找书读。书架上梁漱溟的《这个世界会好吗》又得到了我这似醉非醉之眼的恩宠。取将下来,踉跄上床,依稀想起一句话:好书赛佳丽,卧榻添情趣。

"这个世界会好吗?"这是百年前的一九一八年,社会处于变革时期时,梁济留给儿子梁漱溟的话。三天后,梁济自杀身亡。这句话,这件事如同烧红的烙铁,深深地触及了时任北京大学哲学讲师的梁漱溟的心,从此留下了无法抹去的印记。

享有"中国最后一位大儒家"之称的梁漱溟触角敏锐,思想深刻,秉性耿直,行事刚正,这不需多说。需要说的是,这位思想家的父亲梁济兼有敏感和敏锐。他看到了旧中国的衰败,有志之士的落魄,大的变革正在进行,遗憾的是,他却没看到社会转型还有光明。

一百年过去了,我们所处的光明社会又面临着新的转型。有思想的人都说,在这个转型时期,稍不慎,什么都有可能。

这个世界会变得更好吗? 抑或是,这个世界会变糟糕吗? 微醉中的发问,如同一记闷棍,敲得我头发昏,旋即迷迷糊糊地进入到一个梦境。

梦境里,我看到了社会的转型,看到了我们这一代人,即上个世纪六十年代出生的这一代人。梦境里,我们这一代人,就叫陆零人吧,陆零人注定要有好多种身份。

首先,陆零人是"始遭乱,终遭弃"的人,也像幼年体质不好,睡觉总爱尿床,最后再也无法进入甜蜜梦乡的人。早年,陆零人相信这世间有三种万岁,乃至万万岁,这些都写进了启蒙课本。后来发现上当了,世间万物有生就有灭,任何东西都不可能永生,就连陆零人赖以生存的地球也不可能永生。陆零人的一切都在这个球上,还有什么东西比得过这个球呢。于是,心中的偶像被打碎,生活的目标需要重新确定。

其次,陆零人是"开始得很浪漫,结束得很现实"的人。陆零人在青少年时期,几乎个个都想当诗人。可是诗歌的浪漫在中年时期,很快就消失得一干二净。在"物质是老大,精神是老二"的原则下,很多陆零人只看到了老大,来不及兼顾老二。生活都是围绕物质成功而进行,现实得很。就算陆零人在生活中还存有闲情雅趣,但这也必须以物质保障作为后盾。

在农村,陆零人是第一代走得出去而回不来的人。无论考上中等专业技术学校或者高等院校与否,陆零人多数都从农村的土壤里拔了根,离开了故土,到城市里去打拼。"爱拼才会赢"成了陆零人的行动纲领。家乡的田野早已杂草丛生,陆零人却还在城市里拼。家乡的父老天天倚门而望,陆零人却还在城市里拼。

在农村,陆零人将是最后一代懂得耕种技术的人。陆零人早年在农村长大,获得了农耕技术后才去到城市。从此,拼命地想要在城市扎根,陆零人的后代俨然就是城市人,再也不会回到农村,也不会农耕。

有人说,无论是在农村还是在城市,陆零人将是"最后一代孝敬父母而知行合一的人"。倘若如此,陆零人值得尊敬。可是,倘若如此,陆零人却又令人同情,因为陆零人将会是"第一代难享儿女在身边尽孝的人"。倘若如此,陆零人晚年的命运,要么孤苦伶仃,要么抱团取暖,等待生命之油燃尽。

猛然,我从睡梦中惊醒,原来刚才做了一个噩梦。社会确实在转型,但我也是最幸福的陆零人。手中的《这个世界会好吗》化作问题,早已深入人心,人人都简短地回答道:"肯定!"

端午节我又想多了

又是一年端午节,该有的东西当然该有,不该有的东西可仍然存在。端午节该有什么呢?端午节该有的是孩提时代记得的一切。

记得少年时代的黑耳场人,与大多数中国乡民一样,自然会想到吃的,喝的,用的,玩的。围绕这四样物品,外当家的要张罗,内当家的要忙活。

采摘粽叶,淘洗糯米,清点清点坛子里的咸鸭蛋,查看查看地里的四季豆,盘算着那几只鸭子,惦记着那块老腊肉,因为所有这些都要作为吃的派上用场。

吃的大致就是这些了,那么喝的呢,当然就是雄黄酒了。听到雄黄酒,黑耳场的孩子听到的是白蛇的故事。每到端午节那天,客人聚集时刻,总会有老者谈起白娘子贪酒而醉,午睡时现了原形,变成了水桶那么粗的一条蛇来。孩子们听了总是有些害怕。有一年,黑耳场镇上有个懵里懵懂的小孩,在端午节那天看到自己的妈妈喝酒,就号啕大哭,大人们问他为什么哭,那小孩说害怕妈妈喝了酒也会变成大蛇。原来,那小孩认真听了端午节的故事,而且早就知道镇上的人总是称呼自己的妈妈为白娘子。

端午节特别要用的东西就是新鲜的艾叶和石菖蒲。黑耳场人总是相信这两种东西,大可以辟邪,小可以驱蚊。于是,家家户户都在门棱上挂起艾叶和石菖蒲。有的人家还把石菖蒲浸泡在水缸里,说是这样的凉水很卫生,小孩喝了缸里的生水也不会拉肚子。大人总说这两种植物是好东西,可小孩们总是闻到这两种植物的气味就不舒服,甚至担心自己前辈子就是不好的东西,今生所以闻不惯艾叶和石菖蒲。

每当端午节要来临之际,镇上特别畅销的东西除了吃的以外,还有一样用的,就是雨伞。黑耳场人习惯把雨伞叫成撑花儿,或者洋布撑花儿。大凡有未婚男青年的人家,如果适逢男青年刚好又与某位姑娘处上对象了,那么,洋布撑花儿就是端午节必备的东西了,而且还被看成是贵重物品。通常在端午节前一天,男青年就要到未来的丈母娘家去迎请姑娘回家过节。在南方,端午节时期多雨,回家的途中自然需要体面的雨具。洋布撑花儿在物资紧缺的年代就像今天的奔驰宝马、豪华跑车一样,成了年轻男子显摆的标志。

端午节前后两三天,在雨天里总是会看到两把撑花儿一高一矮,一前一后在移动。恋爱中的男青年与女青年,相隔两三米远,男的在前,女的在后。男的总是几步一回头,女的也总是在男的回头时娇羞地假装低低头。就这样磨磨蹭蹭地,就这样漫不经心地走在路上。路旁的小屁孩们见状,总是嬉笑着高喊"耍朋友!耍朋友!"这喊声弄得男的不敢回头,女的真的低下了头。

有浪漫情怀的青年男女,如果胆子也大的话,往往会相互邀约,一起跑到赛龙舟的地方去看看热闹。男的可能还会显示显示水性,下到水里去抢夺龙舟竞渡活动中丢在水中的纪念品,灌了白酒的鸭子。"赛龙舟抢醉鸭"应该是四川武胜县这一带特有的活动。别的地方也有龙舟竞渡,但是就没听说过水中抢醉鸭的趣事。

武胜县享有得天独厚的条件,嘉陵江在武胜县境内迂回最多,弯弯最多,造就的自然条件适合渔业和农业,因此,武胜境内在远古时期就有人类居住。南宋时期,元军攻打到武胜境内,设置了相当于县级单位的武胜军,取"以武力胜南宋"之意。这不难看出,如今的武胜县在文化传统上多少继承了马背上的勇士文化。今天,武胜县有一小镇就叫赛马镇,应该与游牧民族的文化仪式有关。北方游牧民族"赛马叼羊"到了武胜县就演绎成了"赛龙舟抢醉鸭"的活动了。

"赛龙舟抢醉鸭"也是黑耳场人在端午节最爱玩的活动。可惜这些本该有的活动,在物欲横流、重私忘公的年代里已经快成记忆了。

如今的黑耳场,正如其他地方一样,端午节的仪式感越来越弱。我始终认为,任何文化形态如果要延续,那么文化活动的仪式就不可缺少。

在我看来,端午节不该有的就是对端午节仪式的漠视。有好事者打着求真的旗号,在追问端午节的来历时,声称屈原投江是端午节的来历这一说法纯属谎言。

我不知这样的求真其目的是什么,但我知道,倘若只是为了所谓的开启民智,倡导科学的实事求是精神,这样的求真无可非议。闻一多先生《端午节的历史教育》一文,其目的不是为了否定端午节本身,而是本着求实的精神,把真实还给历史,对端午节来历的"屈大夫投江说"持有疑问,这有可贵之处。

然而,文化与科学属于不同的概念。科学在于客观,在于求实求真,在于有统一确定的标准,而文化在于累积与浸润,文化不需要千人一面,不需要整齐划一,不需要固定在一个框框内。在文化的累积与浸润过程中,人的主观能动性的发挥,人的想象和精神寄托,并非一定要以机械的事实作为依据。科学可以远离宗教,而文化却应该吸取宗教的精华。

昨天,有人打着求真的旗号,已经污损了端午节的发端,今天,如果有人别有用心地说"我找到了屈原投江时怀抱的那块石头"或者"我找不到屈原投江时怀抱的那块石头",这正反说法都是对端午节文化精神的亵渎。

坐在端午节的餐桌前,突然觉得我们需要的是凝聚人心的文化仪式,需要的是经过烹煮凝聚一体的文化粽子,而不是一堆仍有野性毫不成熟的米粒。

容易受伤的人

我在黑耳场的乐善小学读书时，班上同学都在作文中表达了长大后要做什么做什么。那时的少年，处于上个世纪七十年代中期，绝对没有来自网络的侵扰，几乎没有受到利益之心的影响，在表达未来的心愿时既浪漫又现实。

男生们几乎都想当解放军、警察、汽车司机、铁路工人、油田工人等。看看，男生们就这么点想法。小学时期的女生们就不一样，就是比男生们多三点：醒事早一点，懂得多一点，想得宽一点。她们纷纷表示要当医生、护士、百货公司售货员、人民教师、大学教授、工程师、科学家等。无论是男生还是女生，说来说去，没有人表示要当演员和歌手，因为那时演员和歌手并不像现在这样具有影响力。可有那么一位少年，似乎甚是醒事，比较独特，他表达的心愿是要当一名不易受伤的人。

这位少年，立志要当不易受伤的人，引起了老师的注意。他的心愿被带上了作文讲评课上，这心愿一表达出来，就引起了同学们的片片笑声，纯粹的，不纯粹的都有。老师问他为什么要当不易受伤的人，他说电影里的好人经常受伤，他感到不舒服；生活中的好人，时不时地要受伤，他感到不舒服；班里面的男同学，在课间靠墙站成一排做名为"挤油渣儿"的游戏，两头的人都往中间挤压，有好人要受伤，他也感到不舒服。

现在想来，这男生的心愿既有现实的悲叹，又有浪漫的情怀。电影里好人要受伤，生活中好人要受伤，身边也有好人要受伤，无论这伤那伤是物理上的还是心理上的，受伤就是受伤，总是令人不舒服，而且很多时候，受伤还不只是不舒服。不忍看到他人受伤，不愿感到自己受伤，这与其说这是来自现实的愿望，还不如说这是对现实进行的批判。可是，现实就是江湖。俗话说，人在江湖飘，哪能不挨刀？

这男生立志要做一个不易受伤的人，表达的是一种超越。虽然无法让整个世界超越现实,不再有伤害,但至少可以想法让自己达到超越,不再理会伤不伤的事。

上个世纪七十年代正孕育着新的思想,是后来的改革开放的准备时期。人们满怀希望,都认为会有更好的一片天地在前方等待着自己。于是,考上学的成了所谓的天之骄子,在所谓的高等学府塑造着未来。没有考上学的,离开了故土,去了远方,挣扎着寻找更大更多的面包。可是社会很多时候六亲不认,不管你是考上学的还是外出打工的,你要是没有特别的水平,特别的关系,特别的机会,以及一切特别的特别,你要实现心中的梦想,那肯定是特别地不容易。这世界一切都不容易,而容易的反而是你在不知不觉中会受到这样那样的伤害。

先说考上学的吧。从初中直接考上中等专业技术学校的,如师范学校、卫生学校、农业技术学校、机械技术学校什么的,这批学生是同辈们的优秀之优秀。可是,等他们毕业后,由于所在的学校与所学的专业,他们的命运却过早地被注定,这不能说不是一种伤害,而且这种伤害来得太迟。之所以说太迟,是因为等这批学生毕业后意识到自己受到伤害时,世界已经变得面目全非,他们中多数人却早已不能做出恰当的应对。

那些没办法从初中直接考上中专的,硬着头皮上了高中,经过魔鬼般的高中学习,两三年后参加高考,接受了这般挑选或那般挑选,只有极少数人要么进入中等专业技术学校,要么有幸进入所谓的高等院校。进入中等专业技术学校的,毕业后与从初中直接考上中专的没什么两样,他们的命运一样被注定。就在他们的命运被注定的同时,一种潜在的伤害正前方等待着他们。进入高等学校的极少数人,貌似天之骄子,在大学度过轻松或浪漫的四年后,按照国家要求,被分配到了所谓的好单位,端上了所谓的铁饭碗,从此他们的命运也被注定,等待他们的仍然是伤害。

可是,就在这批大学生读书的期间,社会已经发生了巨大的变化。加强国民经济建设的口号,在不知不觉中变成了每个人应该多挣点钱。于是,没有考上中专或大学的那批大多数人,他们外出打拼,不少人混出了名堂,成就了一番事业,挣了不少钱。他们在物质上的成功,让考上大学老实本分的那批人受到了莫名其妙的伤害,让人感叹:原来读上大学并不等于成为物质社会发展中的领头人。

当然,还有一批人,他们没有考上学,没有在社会发展的潮流中崭露头角,未能成为某个行业的佼佼者,仍然在社会的各个角落里苦苦挣扎,仿若生活在剃刀边沿。这批人其实也是受伤的人,因为他们在接受中学教育时,心里憧憬的与他们在现实中所面临的截然相反。

无论是什么样的人,无论是走上了什么样的工作岗位,他们共同的命运就是不得不面对社会的转型,不得不接受时代的转型。在这个转型期间,传统的价值观念受到了现实的挑战,个人的做人准则也受到了冲击。以前看不惯的现象却成了主流,老实巴交彻底成了贬义词,代表着落后。笑贫不笑娼,忽然间成了人们评价他人是否成功的宽容标准。

社会发生了根本的转变,价值观念随之发生了变化。考上高一级学校固然是人们的愿望,但绝不是最后的愿望,为什么呢? 因为考上大学并不意味着成功,至少没有确保个人在物质上的成功。上大学不再是生活的目的,而成了生活的一种手段。

上大学只是一种求生的手段,没上大学的人中,不乏成功的例子,于是,这让寒窗苦读的学子过早地感受着伤害。社会表面上赋予了每个人平等的成功机会,可是现实生活却一次次地鞭挞着社会的不平等。寒窗苦读的人不一定比得上这样那样有特殊机会的人。衡量个人成功与否的标准不再是学识的丰富与否,而是人见人爱的孔方兄或金钱老弟。于是,什么行当挣钱多就成了后生们的心愿所在。

在物欲横流的社会里,人们眼中只看到的是钱,看到的是物质成功。以物质享受而论,屠呦呦比不过王宝强,训练有术的大学教授根本比不上缺乏专业训练的朱之文那样不怎么专业的歌手。这就让人产生错觉,社会追求的是娱乐而不是进步,社会需要的是表面荣华,而不是深层朴实。这不能说不是对良性社会的伤害,愿意生活在良性社会的人,他们具有良心,看到这样那样的不平等现象,自然会受到莫名的伤害。

如果一个社会所谓的进步是建立在伤害他人的基础上,那么这个社会到处都是容易受伤的人。

陪你坚持

记得 1983 高考那年,语文科目的考试有作文题是看图作文。那图画的主题是挖井,图中有一人,多半还算是个男人,只见他扛着个铁锨,叼着一支香烟,挖了好几口井,然而其结果都是没有井水出现,几口井都没有真正挖成。

有解题者说,那挖井人在思想品质上缺乏韧劲,没有锐意进取的精神,以致在行为上表现为浅尝辄止,始终做不到持之以恒。

今天想来,这种解释固然有理,但始终觉得这挖井的故事忽略了对浪漫情怀的肯定,忽略了人生中那不一样的精神。

要知道,一个人挖井总不自在,因为他一个人心里少了应该有的特殊关怀。倘若有人能够在他旁边喝彩,那么掘井取水的事情,根本不是什么寂寞难耐。

这里的道理是,人生在世,要做出一些有意义的事来,要建功立业,头等重要的品质就是不能没有韧劲。韧劲的重要性不言而喻。然而,只有韧劲的生命活动并非完全可取。韧劲背后还必须有一个目的,或者说韧劲还需要一种力量支撑。

对于那挖井人而言,如果他的目的只是挖井的过程,那么他也就不在乎是否能够挖出井水来,因为他早已认定他的全部生活内容只不过是不停地挖、盲目地挖而已。只要能天天挖,他哪管能不能挖出什么来。

倘若那挖井人能获得一种明确的支撑,那么挖井的事情就会另当别论。这支撑可能来自某种特定的目标,也可能是出于那挖井的艺术性,更有可能挖井会反映出爱的境界提升。

世间许多事正如挖井,世间许多人正是挖井人。挖井人不缺挖井事,但挖井人最缺的是力量的陪伴与坚持。其实,挖井人渴望的不是井水的出现,而是一种支持的声音:"陪你坚持"。

　　"陪你坚持"应该是挖井人喜爱的座右铭,因为她已经代表着力量去见证每一口井的挖成。

　　挖井这事正反映了中世纪欧洲古谚的道理:任你英雄能叱咤风云,可总离不开玉手纤纤来抚慰那颗英雄的心。

到山沟沟里去读大学

录取通知书终于来了。牛皮纸信封的正面底部印有"云南林学院"红色字样，下面的小字是地址：云南省昆明市安宁温泉楸木园。

八十年代初期的高中理科生，地理知识极少，也没有现在这样极为方便的信息查阅手段。我知道云南省，也知道昆明，但知其名，不知其实罢了。至于楸木园是什么，我一头雾水，心里却臆想着楸木园大概像清华园那样吧。其实，我也并不知清华园是什么样子，只是常听到学校老师谈起清华大学，提及清华园。

现在想来，信封上的学校地址，详略皆有考虑。地址上有省有市，让不知就里的人觉得是大地方所在，学校还在城市里。我哪会知道安宁是安宁县，更不会想到温泉是温泉镇，还有那楸木园，就是一个村落的名字。对于这地址，我现在都不敢也不愿朝坏坏的方向去想，不过，我诚实的脑海里却浮现过乡村懒汉骗婚的把戏来。

录取通知书到手后，接下来的日子，就是准备出行。亲戚邻舍都说云南昆明在很远很远的地方，那里的人同我们四川武胜县乐善黑耳场的人不大一样。要去昆明，先要坐汽车去重庆，然后由重庆坐火车去昆明，中途还要在贵阳转车。听到这话，母亲有些担心，我独自出门，第一次走这么远，害怕不安全。

父亲读过旧学，算是有文化，还是所谓的老党员，对那年的国内形势比较了解。父亲说不用怕，"严打"刚过，老的坏人都遭抓了或杀了，新的坏人要么还在娘肚子里，要么还在穿开裆裤，构不成什么威胁。

我上大学的那年，1983 年正是国家进行严厉打击一切犯罪行为的一年。极端地严打之后，社会风气确实彻底有了好转。即便在这样的局势下，母亲还是要求父亲专程送我到重庆，并建议我们顺便去重庆的姑妈家上上门。

我自出生到考上大学，十八年来从未见过姑妈，唯一在世的姑妈。只晓得，母亲去过姑妈家一次，父亲隔两年岔三年地去过。母亲说要我到姑妈家去上门，就是我要第一次去拜望姑妈。

九月初的一天，父亲带着我从黑耳场出发，汽车开动时天还没亮，经过两次转车，十来个小时的紧赶慢赶，在黄昏时分终于找到了姑妈家，重庆市市中区（现在的渝中区）和平路二巷六十九号附六号。其实，附六号是一个大院，两三层高的旧房子，里面有好多户人家。院子里的城市人看到父亲和我肩上扛的行李，笑着说："这是哪家的亲戚哟，要跑广东了嗝。"

父亲并未理会城市人的话，直接带着我朝院子的一角走去。院角处有一扇门，不小但也不大，门边小凳子上坐着一位看上去有点熟悉样的短发妇女，五十来岁的样子，正在拣菜理菜。父亲低声说，她就是姑妈。这时姑妈也刚好抬头看见了父亲，放下手中的菜，马上站起身来向着父亲，看着我，招呼道："你来了嗦，赶快过来进屋来。"话未说完，姑妈转头向屋内大声说："稀客来了，你们还不出来接一下。"

原来，姑父、表姐和表哥都刚刚下班才回到家里。还没等父亲开口，屋子里跑出三个人来，姑父在后面，爽朗的说话声却赶到了前面："辛苦了！辛苦了！看样子你们是要跑广东哟。"父亲急忙回答说："不是，不是！老二考上了大学，我送他，就来重庆了。"

在八十年代初期，这无疑是好消息。我只听得什么"好啊""喜事喜事啊""长得好高啊"这样的话语，没弄清到底谁在说。一阵寒暄、介绍之后，坐下来，满屋子都挂满了笑容。姑妈和表姐忙着张罗饭菜。

晚饭后，表姐和表哥特意给我说，读大学了就要像个大学生的样子哟。表姐要领我到两路口的一家大理发店去，还说应该理一个城市人的发型。刚要出门，表哥却指着我的行李不无调侃地说，出门带这样的行头，好像跑广东的哟。

我带的行李是两大个包裹，塑料布里裹着被子和衣物，叠成扁平的方形体，外面用麻绳捆着，背着走，挑着走都很方便。老家外出打工的人，确实喜欢像这样整理包裹，就像六七十年代电影里野战军战士的行军背包，四四方方。农村有老年人说，这样的行李大吉大利，"背起四方包，取回四方财"，这话契合的正是外出打工者的心愿。

第二天，表姐正好休假，本打算要去见她那时的男朋友，现在的表姐夫。他是重庆医学院毕业的大学生，刚刚分配到重庆市第三医院不久，但表姐和他处对象处得比较久了，快到谈婚论嫁的地步了。表姐改变原来的安排，坚持要陪我去重庆菜园坝火车站买票。

我家里没有姐姐，表姐让我第一次感受到了姐姐关心小弟的温暖。一路上，表姐说,我理了发,还是像个城市人。还说什么大学生很吃香,好找对象,叫我以后一定要找个漂亮的才配得上。我听了这话有些不好意思,脸有些发热,心里突然想起了老家的人和事来。

买的是当天晚上6点30分出发的317次普快列车车票。表姐估算着说,这趟车要在次日早晨7点左右到达贵阳,然后我得在贵阳转乘到昆明的火车。我和表姐买票后回到家里,已经是午饭时间了。表哥正在重新收拾我的行李。他弄来一个特大的人造革黑色旅行包,把我的衣物塞了进去。然后,又送给我一个黑色挎包,上面写有上海二字。七十年代末八十年代初,北京牌和上海牌这种挎包是城里人的奢侈品,就像现在的LV包一样。表哥笑着说,这下不像跑广东的了。

听了表哥的调笑,我心里有些感慨。那时的城乡差别仍然很明显,农村人在城里人眼里好像要低人一等。那时我考上大学,左邻右舍看到的不是大学本身,而是我要跳出农门了,要脱农皮了。我的表姐表哥,并无恶意,急切地要帮我甩掉农民的标记。我的心里却莫名其妙地产生出丝丝不快,心里语言在萌动:城巴佬遇到乡巴佬,小麻子遇到大麻子了。

血浓于水,这话有道理。同代人中,我这个乡巴佬和两个城巴佬走到一起了。姑父开着吉普车,父亲坐在副驾位置,带上表姐和表哥,送我去赶火车。可是汽车开到菜园坝广场旁边时,就被拦了下来,执勤的公安民警说车子不能开进广场内去。姑父下车去给民警递烟,赔着笑脸试图求情放行,可民警就是拒绝。无奈,回到车上,姑父说这个车是官家专用车,平时当官的坐到车上都能顺利开进广场去。表哥接着姑父的话,又开始调笑起来:"看来大学生还是大不过当官的。"

吉普车只好停在广场外,姑父留在车上。父亲、表姐、表哥和我,一行四人直奔候车厅而去。候车厅里闹嚷嚷的,乌麻麻的,到处都是四方包,表姐说,这些人要出去发财了。表哥却打趣地说:表弟要去当官了。听到这话,父亲赶忙说,吉言吉言。

检票时间很快就到了,父亲、表姐和表哥送我进了站台。我上了车,找到了自己的座位,靠着车窗,看到站台上的父亲,眼睛开始湿润起来,心里既无清晰的想法,又无宁静的画面。一阵模糊,一阵涌动。只有一个念头浮现:我的大学在远方,那里有着大学的堂皇。

火车告别了傍晚的重庆,在夜的漆黑中奔驰,耳朵里全是哐当哐当声。我坐在车里,在哐当声中无法入睡,心里想着贵阳。一直听说贵阳治安秩序很乱,我心里有些担心起来。担心我挎着上海包,背着还算得上高级的人造革行李包,会遭人惦记。甚至有点埋怨表哥多事,他不该把我的行李弄成这样。忽然又想起"严打"的事来,感到"严打"就是好,希望贵阳的"严打"做得最彻底。

次日 7 点半火车就到了贵阳站。我下车出站,广场上到处都是热水桶和挂着毛巾的洗脸摊。一个个摊主招呼着出站旅客,老的少的,男的女的都在喊:"同志,洗了脸再走。"这话听起来很温暖,感觉到贵阳人不像传说中那么野蛮。贵阳人想得真周到,给旅客提供洗脸服务,当然要收点钱。坐了烧煤火车,翻山越岭,穿隧道过大桥之后,满脸是煤灰,鼻孔如烟囱口,黑乎乎的。下车后,第一件事当然是洗脸了。

我这个假城市人,这个时候却也顾不及城市人的脸面了。一不洗脸,二不搭讪,我径直朝售票厅的中转窗口走去,排队签转到昆明的火车。大概到了九点的时候,才签到了从北京到昆明,经停贵阳的 79 次特快列车。不幸的是,没有坐签,是站票,意味着我得从贵阳一直站到昆明去。

下午三点的样子我登上了来自帝都的 79 次列车,座位上都是人,过道里也有人坐着,我只好退回到车厢开门处,把人造革包放下当座位,心里又想起四方包的好处来。

下午 7 点多,火车到了贵州西部山区,在六枝站又停了下来,站台上卖小吃的,卖水果的,甚是丰富。其中有个小姑娘甚是抢眼,她怀里抱着一只母鸡,望着下车出来休息的人叫卖:"三块一只鸡,三块一只鸡。"有调皮的旅客,并无买鸡的打算,却调笑小姑娘说:"三块啊,这么贵。我给五块,买一只,好不好?"小姑娘毕竟太小,也只认一个直理:"五块不卖,只要三块。"

回到车上,火车继续向西前进。我脑海里却一直在想"五块不卖,只要三块"这句话。不知小姑娘懂不懂算术,不知山里人是否就是这么朴实,更不知那调笑小姑娘的人是不是已经在无意间给小姑娘输入了不该有的观念。我不觉得那调笑者就很聪明,也不觉得那小姑娘就那么呆笨。这大概是文化有别,习惯不同罢了。

在火车上又过了一夜,天蒙蒙亮时就到了终点昆明。看到昆明站南窑广场上云南林学院接待站的字样,我松了口气,有点他乡见亲人的感觉。

负责接待的老师,把一大群新生领到一辆军用卡车上,满满地装了一车后,卡车就启动朝学校开去。

卡车穿过了昆明市,过了小西门,兴奋的同学嚷着说,快到了,估计学校在城边。可是卡车还是没停,过了马街,过了碧鸡关,房屋渐渐稀少了。有同学开始嘀咕了,楸木园到底在哪呢。

卡车在公路上行驶了很久,路牌上显示安宁在前方,有同学又开始兴奋起来,前面的房子好多,烟囱也好多。可是,当快要到安宁那房子好多地方时,卡车却向右边的小路转了,沿着小路走,房屋又稀少了,山也开始多起来了。走了好久的样子,仍不见堂皇的校舍。车上有女同学开始哭起来了。有位女同学带着哭腔,说出一句话来:我才跳出农门,好像又要回到农村一样。

经过好一阵颠簸,卡车沿着一条小河穿进了山里,树木特多,片片森林在眼前。一车人这才醒悟,我们读的是林学院,在山沟沟里的林学院。

1983 年的云南林学院就在笔架山下,螳螂川边,成昆铁路从旁边穿过。

我来到了山沟沟里的大学,辅导员说,我们从此就是国家 22 级干部了。对这个干部级别,我没有什么清晰的概念。心里清晰的是在山沟沟里,不必计较谁是城巴佬,谁是乡巴佬。一阵窃喜上心头。

期待是生命之火的燃料

村里有位姑娘,不仅辫子乌黑粗又长,而且美丽善良还大方。于是,在那姑娘面前,小伙们做事,个个都争先恐后,彬彬有礼,虽不见得搔首弄姿,但也会像遇到罗敷一样,"脱帽著帩头",展示几许文雅,半点抱负。摆在小伙们面前的当然不是痛苦,而是幸福的期待。

城里的健身房里,一个个肌肉男挥汗如雨,不停地折腾着,势在把每一块肌肉都弄成钢铁。按理说,与普通人相比,他们已经很强壮了,可是他们仍然有一种期待,这种期待与村里小伙的期待,其实,在本质上没什么两样。

柏拉图的《会饮篇》记录苏格拉底的话说:如果一个健壮的人想要健壮,或敏捷的人想要敏捷,或健康的人想要健康,他会被误解成痴贪,因为他似乎已经拥有了该拥有的东西。其实不然,柏拉图告诉我们说,已经拥有的并非永恒,现在拥有的还等不到将来,就肯定会变。于是,稍微有点思考能力的人就不太可能说:"我只想要已经拥有的东西。"

想要其实就是一种期待。只想要已有的东西就是期待已有的东西能够延续下去。

拥有了幸福,肯定要期待现有的幸福无限延续。已有了美好,势必要期待美好一直保存下去。

中国文化里的"知足常乐",不是人生目标,只是劝导之话或安慰之言。如果就此笃行,知足常乐就多少有点阿Q式的精神麻痹。

精神麻痹估计在生活中有麻醉剂的作用,能够把期待的神经系统进行短暂麻醉。当期待并未实现时,有人劝你将就一下现有的,殊不知现有的本身也是期待的结果。然而,只要有期待,人不能永远活在麻醉中。人在麻醉中不会有期待。

人生的动力不在于麻醉而在于期待。期待着尚未发生的好事,本身就是生活中的幸福。种下一棵苗,期待一筐果。刚有抱鸡母,就想妻妾多。才买了一张彩票,就想着一番逍遥。世间之人就这么期待着。

亚里士多德说"人是理性的动物"。这话需要补充,人是既有理性又有期待的动物。没有理性的期待,就不是正常人的期待,只是疯子的期待。你若不正常,你完全可以期待这个地球马上毁灭,因为你不想活了,还想要全世界人给你作陪。你若见不得阳光,你尽可以期待太阳永远落下去不要再出来。不过,这期待,你不能在"文革"期间说出来,因为那时,有一种精神支柱就是红太阳永不落。你的太阳永远落下去,人民的太阳永不落,这都是期待。正常不正常,就要看太阳究竟升不升、到底落不落。

人有理性且满怀期待,这个世界就没有理由不美好。现在不美好,可以期待美好。现在已经很美好,就要期待永远很美好。你若感觉到不美好,也没有对美好的期待,那么你的生命之火即将熄灭,需要把期待作为燃料,让你的生命之火旺盛起来。期待就是生命之火的燃料。

期待应该向善,不能向恶。你若善良,你的期待应该惠及他人,而不是只为一个自我。你若善良,你期待苦难之人从痛苦中解脱。你种一盆花,你期待花活而不是花死;你期待花开,不愿花落。你带着小孩,总期待小孩笑,而不愿小孩哭。朋友聚会,你期待喝得真高兴,但不愿喝得真难过。高兴时,你期待的是庆贺与祝福,而不是诅咒与谩骂。期待就这么现实。

期待有现实的一面,更有浪漫的一面。余秋雨的《我在等你》就充满着浪漫的期待:"炊烟起了,我在门口等你。夕阳下了,我在山边等你;叶子黄了,我在树下等你;月儿弯了,我在十五等你;细雨来了,我在伞下等你;流水冻了,我在河畔等你;生命累了,我在天堂等你;我们老了,我在来生等你。"

期待有乐观的结果,也有悲观的感受。洞房花烛夜,久旱逢甘霖,金榜题名时,他乡遇故知,这人生四大喜事正是乐观期待的极致体现。

"还记得昨天的祝福,却感受着今天的痛苦,曾希望明天会更好,可昨天的明天为何依然如故?"这话有悲观的情绪,概因期待未果,于是发出这般感叹。

期待既有阳春白雪,期待也有下里巴人。期待有伟大,更有平凡。袁隆平期待稻粒能够长到花生粒那么大,电子专家期待人脑能与电脑贯通,这是伟大的期待。打麻将的总期待自摸加暗杠,赌牌的期待着独有透视能力,这可能就是平凡的期待。

诚然,期待就是生命之火的燃料,期待更是现实的升华,是美的表达。

黎明时,知道有日出,期待的是光亮的温度。清晨里,知道有鸟鸣,期待的是露珠的晶莹。白天里,知道有劳作,期待的是丰收的畅饮。黄昏时,知道夜将临,期待的是闪亮的星星。深夜里,知道天漆黑,期待的是心底的光明。

播下期待的种子,收获生命的快乐。

真心在乎学生的大学

　　1983 年的云南林学院，是一所年轻得无法再年轻、普通得无法再普通的本科大学，直接归属当时还健在的林业部管辖。然而，我这么描述母校，恐怕有违长官意愿，甚至还会伤及部分爱校及乌之人。他们有人也许会说，就连落魄不堪的阿 Q 都不忘念叨，祖上也姓赵，也曾阔气过，偌大一个林学院的来头难道还比不上鲁迅笔下的赵阿贵吗？他们这么说，是因为还爱着过去的大学，我不想这么说，是因为我爱着现在和将来的大学。

　　想来，我们的通俗文化里有一条不成文的规矩，这规矩有如嗜酒之人追求酒的品质一样，越是陈年老窖越是珍品。在这种文化精神的影响下，个人和集体都讲究历史，讲究背景。于是乎，有岁月积累、有资历来头，就成了无形资本，令人敬畏，让人艳羡。

　　有些个人总爱吹嘘自己家世，开口闭口说他家祖宗十八代以前有人在朝廷为官，是位了不起的大臣。这些人不是阿 Q 本人就是阿 Q 的传人。

　　有些像今日某些大学这样的集体单位，明明才几十年，甚至十来年的历史，却偏偏要打扮成百年老店或老校，与那倒霉的、处于暮年的大清帝国扯上点关系，以示其祖上也姓清，曾经也许阔气过。这些单位或学校其实是由阿 Q 掌控着。

　　我爱的大学不是阿 Q 式的大学。

　　云南林学院于 1980 年才招收第一批本科生，直到我们 83 级进校时校园里才有了完整的四届学生同在的局面。可辅导员在介绍学校背景时，在时间轴上，却把学校追溯到了 1939 年国民党时期的云南大学森林系；在空间关系上，把 1958 年成立的昆明农林学院和 1973 年南迁的北京林学院扯上了关系。1978 年北京林学院迁回帝都后，留下了少许力量，成立了云南林学院。

　　其时，我们并不在乎学校有没有悠久的历史，而特别在乎的是学校到底在乎不在乎学生。一所大学，就算其祖上扯不到清朝那里去，就算其祖上不姓清，也没怎么阔气过，只要她特别在乎她的学生，那么，这所大学肯定是学生心目中的好大学。

我站在学生的角度看，上个世纪八十年代的云南林学院算得上好大学。因为，那时的林学院真的很在乎学生，学生也很在乎学校，在乎老师。这种在乎不是文字或口头上的在乎，而是心与心之间的在乎。

林学院的老教授们并非专门蜷缩在自己空间里做学问。他们会时不时地来到学生宿舍，与学生交流交流，了解我们的想法与需求。我们刚入校时，很多学生由于这样或那样的原因，带的行李不齐全。当老师们来到宿舍时发现，好多学生的床铺上没有垫褥，没有床单，就直接睡在硬木板上时，说出的话让我们感动得掉泪。"你们受罪了，是我们想得不周到。睡在这样的硬板上，我们很难过。"发现这种情况后，老师很在乎这事。学校很快就给我们发放了垫褥、床单等。

只是在乎学生睡得好不好，这不是好的在乎。林学院的老师很在乎学生怎么学。

我们的课程不多，常常是上午上课，而下午和晚上由学生自己支配，进行自习。每门课的老师都会根据学生的情况，来建议课后要完成的任务。现在想来，我从生物学科开始学习，最后成为大学的英语教授，这在很大程度上却要归因于云南林学院的办学特色，让我的个性得到了发展。我的专业本来是经济林业专业，大类归在林学类，属于广义的生物学科，可是，我在大学期间特别喜欢大学英语和大学语文这两门课。我没有受到专业的局限，林学院当时的师资队伍直接或间接地影响了我。

当时的林学院有四位教授，在林学界属于顶尖级人才，在学生中享有"四大金刚"的威名，他们早年要么在美国留学，要么是国立中央大学的高才生。他们的专业水平和治学精神间接地影响着那时还算单纯好学的一批批年轻人。

那时的年轻人，刚刚才从伟人崇拜中走出来，在精神寄托上正如刚断奶的孩子，总是要寻找新的营养源泉。大学里有水平兼有爱心的教授，自然就成了年轻人的崇拜对象。徐永椿、曹诚一、任玮、吴依等教授，他们的学问特好，英语特棒，能够直接与国外专家进行学术交流。这确实让我们崇拜得五体投地，内心暗自要求自己也要像他们那样有水平。

我对英语课特别用心，上课的老师刘亚翠教授是兽医专家，早年在教会学校读书，后来毕业于国立中央大学。她教我们英语虽然是从最基础的开始，但是她也经常推荐一些英文名著给我们阅读，因为她很在乎不同层次学生的学习要求。只要对老师有崇拜感，那么老师的话就有效力。刘老师推荐的英文名著，我读了不少。

　　老一代的林学院教授多为人很谦和，做事很细致。我们的气象学老师王利溥教授，是北京大学国学名家王利器的亲弟弟，要在新学期给我们开课。正值新学期开始的前一天晚上，我们班上开班会，外面下着雨。王老师却冒着雨，早早地就来到班会所在的教室外面等待，一直等到班会结束，然后才进来与我们进行上课前的沟通。他的课其实安排在开学的第三天，他这么早就急切地要来同学生交流。这种敬业精神，在现在的大学恐怕不多见了。

　　王利溥老师其实一辈子是名副教授，但我们特别愿意称他为教授。他有上进心，由于历史的原因，耽误了他的职称，但他一直兢兢业业。相传，就在他退休后离开人世时，他的遗言令人感慨不已。"我这辈子别无遗憾，遗憾的是没有成为正教授，这证明我的学问还不够。"他还说，他的学问不长进，有些对不起他那成就很大的哥哥王利器。

　　云南林学院确实很普通，但在这所普通的大学里存在着伟大的精神。但愿这种精神没有随着岁月的流逝而流逝。

　　我的导师陈嘉映先生说，现在的大学正面临着三种堕落：其一，堕落为职业培训中心；其二，堕落为青年娱乐城；其三，堕落为教师的学术名利场。倘若如此，大学就快死了。在濒临死亡的大学里，没有人会真心在乎。

　　陈老师是说理之人，我一直相信他不会讲无根无据的话。然而，我又多么希望陈老师在这点上说错了话，因为我心中的1983和心中的云南林学院还应该活着。

　　记至此，窗外树叶唦唦响，疑似有人很在乎。

美与伤

庄子在《外物篇》中说:"筌者所以在鱼,得鱼而忘筌;蹄者所以在兔,得兔而忘蹄;言者所以在意,得意而忘言。"

得其意,忘其言。这观点正是语言工具论的主张。它告诉人们,说话和作文,目的在于达意而不在于借以达意的工具——语言。

当今,科学技术发达,生活节奏飞快,效益追求紧要,人们的话语交际似乎更应该注重交际的目的,而尽量避免不必要的修饰。毕竟,语言的美不是来源于脱离意思的凭空修饰,而是以语言所表达的意思之美作为底子。

语言表达上能简单朴实就力求简单朴实。追求简单朴实,应当从讲话开始。

关于讲话的要义,国学大师、翻译名家林语堂先生才真的言简意赅,魅力无穷。林先生在台北一所学校的毕业典礼上说:"绅士的讲演,应当像女人穿裙子,越短越好。"

林语堂是饱学之士,说话自然有底气,不管怎么说都有理。胸中有才,敦厚圆润,浅浅几句,理显美来。

平常人读书不多,但是,只要心有灵犀,且善于观察,那么生活的道理就会收在眼里,留在胸中。日后用简言道出,也是魅力无穷。只要贴近生活,善于发现生活的美,朴实简陋的语言总会散发美丽的光芒。

流行于美国校园的一些现代短诗,就因为它们简陋朴实的语言,精准表达了现实,才被人喜爱。试看非洲裔美国诗人布鲁克斯(Gwendolyn E. Brooks,1917 – 2000)女士的那首脍炙人口的"咱们真叫拽(We Real Cool)":

咱们真叫拽,咱们 We real cool. We

翘课到校外,咱们 Left school. We

东躲西藏久,咱们 Lurk late. We

出手就打斗,咱们 Strike straight. We

唱着污秽歌,咱们 Sing sin. We

总把寡酒喝,咱们 Thin gin. We

跳着爵士舞,咱们 Jazz June. We

早早进地府。Die soon.

这首诗轻快、幽默,用自嘲的方式表达了那些不喜拘束的调皮学生的心态,但他们实际上心里很明白,只有约束自己才能不会在生命历程中瞬间即逝。

这首诗歌的妙处在于语言简单,更重要的是整个结构设计得很巧妙。妙处之一,作者故意把"咱们(We)"放在句尾,让七个"咱们(We)"带来视觉冲击。在理解它们时,就不会局限于一群人的"咱们(We)",而可能是各种各样的"咱们(We)"。妙处之二,解读者可以把前七句作为因,最后一句作为果。也可把最后一句作为因,而前七句作为果。

这首诗在美国一些大学校园里流行过好一阵,教学双方都喜欢。概因教师有教师喜爱的解读,学生有学生自己的理解。

教师也许会说,你们这些家伙逃学也好、躲躲藏藏也好、酗酒打闹也好,这些行为最后会导致早早灭亡。

学生则会辩解说,正因为人生苦短,咱们何必要死守牛圈,还不如走出校园,由着性子做年轻人那些事儿。

美在于发现。若只有一双盲眼,外加一块粪土之心,哪能发现平凡中的美。有人习惯于用所谓的文采来衡量别人的言辞是否有水平,而把说话者的逻辑、思想等属于意的内容却放在了暗处。于是,没有豪言壮语、没有引经据典、没有华丽辞藻等等这些所谓属于文采的东西,你的言辞是平庸的。可叹啊。这就难怪有人抱怨说卞之琳的《断章》不是诗,是几句"平常话"而已。

你站在桥上看风景,

看风景人在楼上看你。

明月装饰了你的窗子,

你装饰了别人的梦。

这是平常话,但平常得很美。平平常常才是真,普普通通方叫美。要在文字上达到这种功夫,恐怕得叹服冰冻三尺之理了。

饱学之士和平常之人,各有其道。正如粗话所言,杀猪杀肛门,杀法不同罢了。不必纠结这符不符合那陈规陋习。

语言的平常美,令人赏心悦目。这似乎在说,好的东东才美。然而,平常的语言还有一种美,多少有些凄婉,令人暗自神伤。从教三十年来,或主动或被动,听过不少歌曲,但有三首歌,它们各自间隔大概十年,今天突然发现这三首歌实为一体,达到了时空上的融贯。现摘录一些词句,分享出来,看看能发现什么样的美,抑或是什么样的凄凉。

"看着被你退回的信烧成了灰烬,一字一泪灰飞烟灭,我才肯相信,在我们已经僵持的心里,用同样的决心,作不同的决定。这样也好我的远行,回程就放弃……我仿佛可以预见我自己,越往远处飞去,你越在我心里,而我却是你不要的回忆。"这是上个世纪九十年代中期台湾歌手张宇的《消息》,语词简单平常,但诉说的断情之痛,会让多少怀春不遇之人产生共鸣。

"白月光,心里某个地方,那么亮,却那么冰凉。每个人,都有一段悲伤,想隐藏,却欲盖弥彰。白月光,照天涯的两端,在心上,却不在身旁。擦不干,你当时的泪光,路太长,追不回原谅,你是我,不能言说的伤,想遗忘,又忍不住回想。"这是二〇〇五年前后的歌,由台湾歌手张信哲演唱的《白月光》,里面的词句更为简单,但勾勒出了断情之后的思念,这思念可能产生在多年后。从悲伤的逻辑看,《白月光》算得上是《消息》的续篇。

"风吹开了记忆的锁,想起旧时的你我,曾相思许诺,曾遗憾错过……凄凄思慕,心碎到奈何,剪不断纠葛,越想忘记越深刻,忘了醉了,以为放下了,却在梦醒后,想起你泪滑落。"时间到了二〇一七年,郁可唯的《思慕》以同样的平常话,为《白月光》做了延续。

记至此,读者诸君,你若感觉内心在翻涌,那么恭喜你!你不但发现了三者的美,而且还产生了某种向往。你若没发现美,那么更要恭喜你,你看见这些居然还没有受伤,应该庆幸你没有什么迷失在他乡。

记至此,推窗望,夜已静,悄然盼着春天的鹅黄。

没穿衣服的话

你看到这个题目，不知是害羞难受，还是兴奋不已。不管怎样，"没穿衣服的话"这话可能并不是你想象的那样。不信，你就先复习一则故事，再看看我经历的"新事"。

这则故事，家喻户晓。

话说朱元璋做了皇帝以后，有一天他儿时的一个伙伴来京求见。朱元璋很想见见他的老朋友，可又怕他讲出一些以前一些不大光彩的事情，犹豫再三，还是传那人进来。那人一进大殿就大礼下拜，高呼万岁，说："我主万岁，当年微臣随驾扫荡庐州府，打破罐州城。汤元帅在逃，拿住豆将军，红孩子当兵，多亏蔡将军。"朱元璋听完他的这番话，心里非常高兴，重重地封赏了这位老朋友。

消息传出，另一个当年一块放牛的伙伴也找上门来了，见到朱元璋，激动万分，指手画脚地在金殿上说道："万岁，你不记得吗？那时候咱俩都给人放牛，有一次，我们在芦苇荡里，把偷来的豆子放在瓦罐里煮着吃，还没等煮熟，大家就抢着吃，把罐子都打破了，撒下一地的豆子，汤也泼在泥地里，你只顾从地下抓豆子吃，结果把红草根卡在喉咙里，还是我的主意，叫你用一把青菜吞下，才把那红草根带进肚子里。"当着文武百官的面，这番描述让朱元璋又气又恼，哭笑不得，只好喝令左右把他拉出去斩了。

故事中两个人的话，其实都是实话，可同样是说了实话，为什么一个得赏，一个挨刀呢？

原来，话如人，要衣装。那挨刀的实话就没穿衣服，而那得赏的讲话，穿戴得华丽可人。

小时候那个年代，虽不是国难当头，但也是国运不昌。尚有百姓衣难裹体，虽然如此，但是说话却绝对不能赤条条地。

巴金老人在其晚年所著《随想录》里触及那个年代的荒唐事情时,大声疾呼:讲实话、讲真话。可是,他又感到我们的民族重礼仪,讲面子,什么话都还必须装扮得漂亮点。

想到巴金这话,我暗自神伤。巴金于1978年开始随想,我却在1987年受了伤。

那年毕业留校,正值胡耀邦同志热情高涨,他要给老少边穷地区送去知识,于是我们这些留在高等院校或者省级机关的青年人就成了第二代知识青年,要奉命下乡。不过,我们这些"下乡人"的名称很漂亮——讲师团成员。

我那时刚留校,工资还未领,助教资格都还没有,一下子就进了讲师团,以为自己就是"讲师"了。

在学校组织的欢送座谈会上,学校一位副书记,曾是我党史课和自然辩证法课老师,工农兵大学毕业,有外号叫工兵连长,这次担任讲师团长。只见他春风得意,逐一点请他的团员谈谈下讲师团的感想。现在想来,那些来自这样那样大学的家伙,个个都是人精,开口闭口都是说下讲师团好处处多多,是利国惠民的壮举。

工兵连长目光朝向我,笑容可掬:"小杜,你讲讲。"

欢声笑语中,我站起身来,不知是有思想还是没思想,开口就说:"刚才各位同胞讲了下讲师团的好处。对此,我完全认同。不过呢,我想讲讲下讲师团的坏处。"

这话一出口,刹那间鸦雀无声。我以为在座的人都在聚精会神地听我讲一讲这不一样的认识。然而,话讲完,好一阵子都死寂,最后才有零星点点的巴掌声,似懒非勤。

散会了,我大步流星溜出大楼,身后忽地传来工兵连长熟悉的声音:"小杜,小杜,我给你说句话。"我回头,只见他额头侧细汗溢出,边喘气边吐字:"小杜啊,下讲师团是很好的一次锻炼机会,对你根本没什么害处嘛。"

一向不敏感的我,忽然间敏感了,觉得"完了、完了,我被人们误解了"。我清楚地记得,甚至现在都记得那时在会上说的三点坏处是什么:第一,我们刚毕业就到边远山区教书,可能会荒废专业知识;第二,我们很多人并不是师范毕业生,可能下去时根本不懂得如何教书;第三,下去只是一年,许多事情可能刚刚才开始做就不得不离开,这可能是浪费。

误以为工兵连长特别关心我,于是回答说:"老师,我说的坏处,不是出于我个人利益考虑,而且我是用您教的辩证法来思考问题的。"

工兵连长急忙说:"对对、没事、没事。你是我们的优秀生,所以才留校的嘛。"

　　我以为真的对了,真的没事了。可没想到后来发生的事情,让我至今想起来都倒吸一口凉气。

　　其实,在后来的那一年锻炼中,我并不知道什么令人害怕的真相。所谓的真相揭开,也是讲师团运动结束几年后的事了。那年,我去拜访当年一起在丽江地区宁蒗县下过讲师团的朋友。谈笑间,朋友才说出令我害怕的事情来。朋友说:"你啊!要是在'文革',你这张说实话的嘴会把你送进班房!"

　　原来,那次欢送座谈会之后,我被当成了落后分子,需要接受重点监察。工兵连长特地把我安排在支队长身边,由他亲自监督。我朋友说在从昆明到楚雄到大理到丽江一直到宁蒗县,一路上讲师团高层领导内部开会讲话时,工兵连长都把我作为落后分子、反面榜样来宣讲。

　　幸好我在宁蒗民族中学教书教得好,现在想来,应该叫相当好,而且又得到了支队长的帮助,写了入党申请书,所以后来也就没受到什么大的影响。

　　下讲师团是改革开放的新鲜事,而我在 1987 年所经历的这件新事,与朱元璋那故事享有共同的道理:讲实话需要技巧,得把实话打扮漂亮点。

　　没有好衣服穿的话,真讲不得。然而,我至今都不相信这句话就是放之四海而皆准的真理。

事实残块

完整的事实正如完整的树,不能任意肢解或截取。截取下来的一段事实,尽管显得客观,但它毕竟是残块,已不完整。

人世间不乏别有用心之人和品德修为低劣之人,他们总是挥舞着阴谋之斧,随心所欲地朝着事实之树砍伐,然后选取事实残块来达到自己不可告人的目的。

肯尼亚有句谚语说:"由于狮子没有自己的史记官,猎人才独享狩猎的荣耀。"

这话是在说,拥有话语权利的人可以恣意粉饰自己,美化自己,结果是把逃兵吹捧成英雄,把猪八戒打扮成林黛玉。事实残块就发挥了作用。选取利己的事实而加以渲染,背地里做的是见不得光的龌龊勾当。

对于拥有话语权利的人而言,粉饰自己,污损他人,二者都要寻找事实残块。直接截取一段事实残块,假装客观公正地讲话,其实满肚子都是不良。一半真一半假,骗得圣人和魔鬼都害怕。

美国某州进行州长竞选时,当时的在任州长史密斯女士,在任期内新增了三百多万个就业岗位,而失业岗位却只有一百来万。可是,当史密斯女士意在连任而参加竞选时,她的竞争对手通过媒体向公众反复强调,"史密斯女士在任期间让百多万人丢掉了饭碗"。没人会说这不是基于事实的真话,可就是这真话会让不明就里的芸芸众生举皆入毂分,而中那话语设计者的圈套。在这里,事实残块成了政治谎言的道具。

故意不给足话语信息量,选取部分真话进行所谓的实话实说,恐怕还是工于心计者的话语策略呢。

昆明某高校有位资深翻译,纳西族的木先生讲了件趣事。

上个世纪八十年代末期,欧洲某国政要访华,行程中要到西双版纳去考察野生动物基金会的工作,需要一名专业翻译。昆明某校刚好有两位候选人——木先生本人和杨教授。究竟派谁去呢？决策者找来主管外事的张领导征求意见。

那张领导发话说："杨教授早年是美国哥伦比亚大学的硕士毕业生，英语水平大家都认得。木先生喜欢翻译，不过，上次给李教授翻译的国际会议论文有语法错误……"这话颇有语用之力，结果就是杨教授才是理想人选。

可不巧，杨教授就在得令的当晚患急性病住院，决策者只好启用木先生。"有语法错误"的木先生给某国政要做的那次翻译，效果不错，得到了政要的肯定。后来，就是那篇"有语法错误"的专业译文也在美国一家专业杂志上全文发表。

多少年后，一些知情人才明白，木先生与张领导一直处于一种亚健康的关系，那"有语法错误"的真话，就是一段事实残块，掌握在张领导的手中，企图用来封杀木先生。

木先生是幸运的，在没有话语权利和申辩机会的情况下靠幸运及时证明了能力，捍卫了尊严。

天底下，没有木先生那么幸运而受屈蒙冤的铁先生、水女士又有多少呢？

有人说，在人才济济的任何地方，最最要紧的就是让人才具有平等说话的权利和机会。这话有它的道理，可谁能保证以及怎样甄别那些拥有话语权利与机会的人说的不是事实残块呢？

文明社会里，语言来当家。拥有必要的话语权利就是保护自己的利益，维护自己的形象，避免遭受事实残块的坑害。所以德国哲学家伽达默尔说：谁拥有了语言，谁就主宰世界。

事实残块，既可用来损人，也可用来利己。我工作三十年了，做过好几年的行政工作，与人打过交道，见过的人，形形色色。

现在想来，最恶心的人就是那些工于心计，拥有话语权利而用事实残块去损人利己的家伙。他们砍残了事实，砍残了道德，人模狗样地爬了上去，最终成了道德残废人。

大地回春，植树节到来时，总有一种声音在呼唤：种自然之树，育道德之林。

西双版纳还有美

上了点年纪的男人，或者说三四十年前还算年轻的男人，都会说西双版纳太美了。如今这些人不再那么爱谈西双版纳的美了。为什么呢？

原来是西双版纳的女人在"作怪"。

此话怎讲？

三四十年前，当内地，哪怕是上海这样的大都市，都只有青蓝灰三色的时候，女人们没有亮丽的服装，没有胸的凸显，没有太多白嫩肌肤的暴露。那时在街上走，即便是夏天，根本看不见圆臀美腿、乳沟胸谷、香肚芳脐等。唯独西双版纳的女孩，爱着裙装，还露腰亮背，婀娜多姿。于是，有幸来到西双版纳的男人们大饱眼福，而暗自骚动，嘴里却啧啧称赞西双版纳风景美。其实，心里赞叹的是西双版纳女人美。

那个年代，人们不敢谈色，不敢谈女人，就只好笼统地说西双版纳美。

如今，全国到处都是粉嫩佳人的赛美场所，西双版纳也就失去了独领风骚的地位。男人们也不再那样对西双版纳表现出诡异的神往了。

说话不能绝对，就算现在一些内地男已不再对西双版纳那样地情有独钟，仍不乏热爱西双版纳的人。

多年前，还算得上风华正茂的我在云南执教，班上就有那么一位绝对风华正茂的男孩。上课时他总是脸朝窗外，若有所思，下课时问他何故，他笑笑，说想起了远在版纳的家。

后来上课的日子里，男孩还是一直脸朝窗外，问他，他还是笑笑说想起了远方的家。

有一天，男孩突然朝着窗外大喊两声，听起来像"已忘——已忘——"，惊得满座朝他望去。问他什么"已忘"，男孩突然流出泪来，说他的家乡有一个姑娘叫"依旺",最近结婚了。

"依旺结婚了,你为什么这样?"这话刚出口,就后悔了,觉得这样不知情趣的问话有点多余。片刻间,我也朝窗外看去……男孩说了什么,没注意,课堂上有什么声音,也没注意。只是突然想起我的家乡在远方,而且还叫黑耳场……

男孩的心境,触动的是每个男孩的心境。正是诗人毛翰写的那样:

> 我的恋人在远方,
> 在一个幽静的小村庄。
> 有一年秋天枫叶红,
> 她做了别人家的新娘。
> 从此我怕见天边的月,
> 怕见流泪的红烛光。
> 高山流水天然调,
> 如今都僵在琴弦上。
> 也曾让鸽子捎过信,
> 问起过那束夜来香。
> 夜来香至今无消息,
> 鸽子也不知流落何方。

有毛翰这诗,去看别人结婚,我不会有什么好心情。幸好有男孩和依旺,西双版纳的美不会成为以往。

心机人最可怕

人都有"自我",可自我是什么呢？很多时候我们的情绪会带出我们的自我。有一件小事的发生,呈现出了四种不同的自我。某大学新生入学时,按国人的习惯,新生应该与新生住在一起,学习上生活上都要妥当些。可是,那年宿舍调整出了点状况,部分新生被安插到老生宿舍。有甲、乙、丙、丁四位家长,他们的孩子被分配到了大四学生宿舍,与已经外出实习的大四学生共住。对于这种安排,这四位家长有着不同的表现。

面对同一个班主任,听到同一句话:"您的孩子与大四学生住同一个宿舍,可以吗？"甲、乙、丙、丁四位家长却各有不同的反应。

家长甲:"为什么呀？一定要调换寝室,不然我们就退学!"

家长乙:"怎么搞的嘛？你们学校没有能力就别招我们这些学生嘛。这种安排,是不是我们不该来呀？"

家长丙:"好的。没关系! 我想这样安排也有好处。"

家长丁:"老师! 我们确实对这种安排没有意见。只是我的女儿第一次离家住校。现在那大四的寝室一大套四个房间,又在六楼偏角处,老生们都外出实习了。我女儿胆小,肯定不敢一个人住。老师! 看看,这该怎么解决才好？"

这四种情况正是四种自我在情绪上的表现。在同一种情况下,同一句话语会在不同的家长那里出现不同的反应。那不同的反应实际上就是出于不同自我情绪的宣泄。

从生活中观察发现,人的自我情绪大致可以分为四类:幼稚型自我情绪,家长型自我情绪,合作型自我情绪,心机型自我情绪。

家长甲听到班主任的话,出现了小孩式的抵触情绪。那"为什么呀？一定要调换寝室。否则我们就退学!"实际上相当于小孩本能冲动式幼稚情绪的流露。

生活中有些小孩就有"不满足我的要求我就不吃晚饭"这样的幼稚情绪的宣泄。有些成人，童颜已去，可情绪尚在，这些人具有幼稚的自我，不太成熟。

家长乙的反应"怎么搞的嘛？你们学校没有能力就别招这么多的学生嘛。这种安排，是不是我们不该来呀？"这里流露的是家长式训斥他人的话语情绪。有家长型情绪的人往往把自己摆在权威或家长的地位，采取盛气凌人的话语方式与人交流。在实际话语交流中，其话语实际内容往往被家长式情绪所掩盖，受话者首先感到的是家长式情绪的宣泄。

家长丙和家长丁都有正常的理智情绪。区别在于家长丙为人愿意合作，而家长丁却很有心机，长于谋算。不管怎样，他们都有理智。理智的情绪在于节制和控制，既要避免言语冲突，又不会摆出权威架势或者任意耍出个人威风。对别人的话语进行接受与反对都应该有一个理智的态度。在理智的态度下，对自己的话语进行理性地选择与组织，这样的话语才具有真正解决问题的效力。家长丙坦然接受了学校安排，值得尊重。家长丁进行了合理的反对。

然而，我不怕幼稚型自我情绪流露的人，也不怕家长型自我情绪尽显的人，我就怕那种善于细微辩解而又貌似真诚、实则狡诈的像家长丁这类的心机人。

心机人，顾名思义，其特点在于心机很重，善于算计。你当初接触到心机人时，你会认为他很可靠，善于为人着想，话说得很温暖，做事有板有眼。你几乎看不出他有什么缺陷，几近完美，你很喜欢他。你每每遇到问题时去找他，他都会给你解释得头头是道，甚至几句话就可以让你找到问题的解答。

可是，随着时间推移，你会慢慢感觉到几近完美的心机人，其实暗藏着很大的人格缺陷：心机人很多时候对你并不真诚，喜欢投机倒把，善于巧妙地出卖他人，包括你。你一旦发现心机人不真诚，慢慢地你就会从喜欢他转变成讨厌他。你虽然讨厌他，但是你说不出口，心机人带给你的伤害具有隐藏性，只有你一人知道他伤害了你。

时间长了，你细细回忆，慢慢地就会发现心机人的细微辩解还颇有特点，你能够根据其特点捕捉得到心机人狡猾之处。

当某种错误观点受到上级或者权威人士怀疑时，心机人就会采用移植法，巧妙地把错误移植到他人头上，比如倒霉的张三头上或者不想倒霉的你头上。他开口就说："刚才我说的话，主要是考虑了张三的意思，也可以算是张三的观点，我们得承认张三对此用心思考了很久，不过，好像还不太成熟，我倒觉得张三完全可以把刚才那个观点表达得更加准确甚至正确一些。我的真实想法是……"

移植法既可以用来洗掉自己的污迹，又可以用来偷摘他人的果实。单位的新春晚会很成功，于是心机人会说："对这台晚会，我一直都感受到了领导的热切关心。真的很感动,领导那么忙,都如此关心,我个人不积极参与,哪还有什么脸面在单位里混呢?虽然我不是晚会的主要负责人,也不是活动的主力,但是一想到领导的关心,我就坚定地要求自己,奉献自己的力量……"领导听到这话,当然会认为心机人也为晚会付出了努力。

心机人一直比较理性,不太会情感用事。即便是遇到尴尬的问题,心机人也会转弯抹角地表达自己。心机人骑着单车到行政楼办事,却把单车停在了主要通道边,有些碍手碍脚,有好事者就把心机人的单车扔到了路旁的草坪里。心机人办事出来,发现自己的单车被人扔到远处去了,爱车还可能受了轻伤。心机人当然心疼,但是,心机人并不直接责骂他人伤了爱车,而是煞有介事地说:"这是哪个家伙不爱护公共环境,用我的单车去糟蹋草坪?这种人品质恶劣,缺乏教养,家里没有父亲母亲了。"听听,心机人的这番话说得多有些体面,而且还狠狠地骂了扔弃他车的人。

心机人的辩解术很多,我们不识其种类但知其现象。突然觉得,心机人算得上是鬼谷子的传人。他们在日常生活中都很讲究辩解,他们的辩解术恐怕会包括捭阖、反应、内楗、抵巇、飞箝、忤合、揣摩、符言等。

倘如此,我害怕得很。

我们在黑暗中跳舞

有位女孩不爱化妆,关心她的人总是问她为什么不略施粉黛以提升提升颜值。女孩回答说:颜值在于真实,粉饰出来的颜值正如私自篡改的试卷分数,或者就像私下把手中钞票的面值修改了一样,终究属于虚假;不施粉黛,才能有真正的所见即所得。

好一个"所见即所得"。在这浮华的世界里,什么都需要粉饰,什么都是在粉饰之后才能进行所谓的升值。这生拉硬拽提升出来的虚假值,利了自己,损了别人。

我们因为有所见才盘算有所得。然而,很多时候我们得到的并非我们所见到的。

上个世纪九十年代初,我在昆明听说了一件趣事。有位夜间爱进舞厅的小伙子,在跳舞中结识了一位他念念不忘的"漂亮"姑娘。他俩总是白天要上班,晚上才能相约相见,而且,每次相见都是迎着曲子,合着拍子,迈步在舞池里。每次,曲尽人散,小伙子都是踩着兴奋,独自飘飘然回到拥挤的青工宿舍,时不时还向老实巴交的室友们描绘他那"漂亮"姑娘的漂亮。声称那姑娘是他见过的天底下的绝色美女,符合他设置的"三高三低,三长三短,三粗三细,三宽三窄,三黑三白"的标准。

众室友与这位小伙相处甚久,对他的"五三三"标准早已耳熟能详,明明白白。

"三高三低"要求姑娘"个子挺高,前胸挺高,后臀挺高;说话放声低,腹部凹进低,膝盖峰顶低"。

"三长三短"是指姑娘的"头发长,脖子长,双腿长;双唇闭上时的嘴线短,四肢比较下的上身短,双腿垂直面的脚背短"。

"三粗三细"是指姑娘的"发丝粗,睫毛粗,双眼眶眶圆又粗;毛孔细,鼻孔细,牙缝细细牙齿细"。

"三宽三窄"是说姑娘的"眉心宽,眉宇宽,双肩左右维度微微宽;眉毛修长而窄,鼻子挺直而双翼窄,手指修长而手掌窄"。

"三黑三白"是说姑娘的"头发黑,眉毛黑,眼珠黑;皮肤白,眼球白,牙齿白"。

这"五三三"标准就像寻宝图样,小伙子牢记在心,并在舞厅里按图索骥,在黑暗中凭着明明白白的标准,终于找到了"漂亮"人儿。于是,他俩这种夜晚的美好一直持续了几个月。

有一天,他俩的相聚终于迎来了白天,而且发展到了"你懂的"阶段。小伙子有心,早已从单位房管科里临时弄得个单间,离公共宿舍不远。小伙子的"漂亮"姑娘也似乎懂得使用爱的有利条件,来到了公共宿舍附近,一群"饿狼"活动的区域。饿狼般的室友鼻子特灵,嗅到了消息,都聚集在离单间不远的草坪里观看,指指点点,望着"漂亮"姑娘进单间去了。"真漂亮"几个字夹着口水似的冒了出来。

没过多久,众室友看见"漂亮"姑娘端着盆子,挎着小布袋,从单间出来,长发飘然,朝着单位里的公共澡堂走去。"脸蛋好白! 真是眉清目秀!"有激动者居然把这话嚷了出来。

"嘿! 你们快去单间,看他小子做什么没得。我在路上等这美女洗浴回来。"那激动的室友建议道,一脸诡笑。室友们一哄而散,狼叫似的朝着单间方向席卷而去,只留下诡笑者端坐在路边草坪里,脸朝着澡堂。

单说诡笑者坐在草坪里,伸着脖子盯着从澡堂回单间的路,眼都敢不眨的样子。半个小时过去了,没有看到该看到的人。一个小时过去了,还是不见"长发飘然的姑娘"出现,倒是从澡堂出来了几个短发姑娘,平常得不需要细看。两个小时过去了,诡笑者不愿再等,起身径直朝单间方向奔去,临近宿舍,室友们传来哄笑:"假的! 假的! 关键的几项都不符合五三三。"

过了数日,跳舞的小伙子回到了宿舍,再也不谈"五三三"标准。有好事者说,私下里还听到了小伙子的自言自语:头发不长胸不高,皮肤不白眉毛少,张嘴漱口卸假牙,毛孔生出黑芝麻。

小伙子黑夜里的所见,并不等于白天里的所得。这出了什么毛病呢? 这里的毛病是有人在粉饰,有人眼睛瞎。

这是恋爱中的缺陷。这不是恋爱故事的缺陷,这是社会出现畸变的毒瘤。

黑夜并非只属于小伙子一个人,黑夜是芸芸众生的黑夜。在黑夜里,真善美就会遭受蒙蔽,人们容易活在虚幻中,误把表象当真理,误把数量当本质。一切都在粉饰中。

只有秀外,没有惠中。这已经不是小伙子一个人的浮躁之病了。正如小伙子为"漂亮"设置了量化标准一样,我们的社会也为"人生意义"设置了相应的量化标准。

带着急功近利的心理,听着魔鬼奏响的号角,我们一起踏上了一条单向跑道,万马齐奔腾,一派好景象。为了协调,为了保持一致,我们在好景象中学会了粉饰,学会了识别用什么东西来粉饰效果才好,学会了攫取粉饰的必备东西:帽子和票子。

于是乎,渐渐地我们失去了思考能力,失去了鉴别能力。有帽子的就比没有帽子的重要,有票子的就比没票子的正确。

可悲的是,我们好多人,不管是否受过良好教育,都喜欢吃粉饰这一套:说漂亮话的就是好人,有帽子的就是水平高,文章发表得多的就是大牛,文章发表在洋大人期刊里上的人就是大人。我们不愿意去鉴别说漂亮话的人背后的别有用心,不愿意热情接待那些没有帽子的人,不愿意去甄别文章的质量,不愿意承认国内有好些期刊都比洋大人的重要。

于是,懂得迎合的人就宁愿追求帽子也不愿潜心学问,宁愿违心恭维也不愿堂堂正正,宁愿凑文章数量也不愿保证质量,宁愿挖空心思夸大洋大人期刊的作用也不愿客观公正地评价国内期刊。

正如前文跳舞的小伙子一样,我们都在黑暗里跳舞,心仪的恰恰是经过粉饰了的。

幸好,这世上还有许多不爱跳舞的人,他们在黑暗中仍然保持着心底的光明。

问题不怪

相传爱因斯坦曾说,提出一个好问题来,要比回答好现有的陈旧问题更有价值。无论这话是不是爱因斯坦他老人家说的,但人们总期盼是他说的,就算他没说,人们也觉得他应该说出这样的话来。

什么样的问题才是好问题呢?至少那天马行空的问题不是好问题。你总不能老是纠结"大头针的针头上到底能够站立多少个天使?"你也不能总在祈祷"什么时候能够抽彩票中他个五百万?"你更不能异想天开,问那些上不着天下不着地的问题。那些不着边际的问题往往很浪漫,会带人进入某种理想境地,让人暂时逃离现实的压力,寻求到丝丝心灵安慰。西方人把这称为逃逸式过瘾,或者过瘾式逃逸。

凡人确实应该拥有点浪漫情怀,这样,枯燥的世界才会更加美好。美好的世界到处都是水晶,一切的一切,一的一切,都晶莹剔透。然而,现实总是把人们放飞的浪漫风筝,拽回到坑坑洼洼的大地。让人面对汽车拥堵,尾气肆虐。让人处于困惑丛丛中,思考一些怪而不怪的问题来。

怪而不怪的问题,当属好问题。好的问题应该与日常生活密切相关,应该与改善人们生活条件相关。

就拿汽车来说事吧。有谁想过汽车的刹车指示灯应该分级显示?是不是应该让尾灯按自然数级显示?轻杀为一,绝杀为五,中不溜的就分二三四。

又有谁想过汽车的挡风玻璃会不会被雨刮器刮破?

汽车挡风玻璃会不会被雨刮器刮破?你可能会说这绝对是一个无聊的问题。或许这不是爱因斯坦他老人家所说的好问题,但是,你对这个问题的态度与回答,恐怕会更显得更低劣。之所以低劣,很可能是你缺乏严格的科学思维训练。

有道是,世间没有糟糕的问题,只有糟糕的答案。

　　对于雨刮器是否会刮破玻璃的问题,最糟糕的答案应该是胡扯或者不屑一提。你也许正儿八经地回答说:"不会被刮破,因为没有见到过。"然而你的"没见到过"却是囿于经验而已,不能令人信服。你没见到你自己的出生,可你确实是出生了。或者说远点,你没见到过你爹你妈出生,但你爹你妈确实早就出生了。所以,"没见到过"实在不能作为答案来回答好多问题。

　　你也许会说:"哪会刮破呢?制造商和设计者他们早就会想到这个问题的嘛。"你这个答案仍然不着边际,因为你没有开动理性的大门,亲自动动脑筋。你擅长感情用事,太依赖他人,依赖权威了。要知道,权威人士也会放屁。大跃进时期,有位大家(不妨亲切称之为"老Q")不是三次证明粮食亩产应该上万斤吗?不过,这位"老Q"是可爱的,至少他还真希望粮食亩产超过万斤嘛。汽车制造商可不一定就可爱了,因为他们一直陪伴着孔方兄,没有那么多的闲工夫和心思白白为你服务。

　　你也许会说:"何必杞人忧天呢?刮破就刮破嘛。再有,开车人还没等到刮破那天,就可能匆匆忙忙去阴国了。"这是一种宿命论观点,在科学发达的社会里终究不可取。

　　你若有科学的理性,你的答案就会沿着科学的思路来回答雨刮器刮玻璃的问题。

　　首先,你会想到两种材质的硬度问题,硬度小的材料无法轻易刮破硬度大的东东。雨刮器的材料硬度小,玻璃硬度大。以小硬度材料去刮大硬度玻璃,基本上等于鸡蛋碰石头。其次,设计者要考虑力度与缝隙大小,这确保了玻璃的在摩擦中能够全身而存。

　　问题有好坏,答案也有别。你若提不出好的问题来,那不妨就老问题思考出新答案来。

野草深

　　衣服上的纽扣和山野里的野草会有什么联系呢？你可能会想，警察在少女凶杀案的现场发现，有一枚带血的纽扣落在了深深的野草里。你也可能会说，放牛娃裤子上的纽扣钻进到草丛里。然而，这样的思考不得要领。你若坚持如此想、这般说，那么只能说您头脑里根本没有纽扣，思想中野草却长得还深。

　　多么怪异啊？纽扣和野草，根本风马牛不相及嘛。

　　在大学里从教，三十年来，有一种难以忘怀的感悟式发现，那就是要帮助外语系美眉们发现纽扣和野草存在着逻辑联系。

　　纽扣和野草之间的逻辑，当然不是笨人俱乐部里那种搞笑推理。

　　坊间有传闻说，美国有家笨人俱乐部，广招会员，条件是申请人必须具有俱乐部认可的推理能力。有一次考试，俱乐部出了一道推理题，就是要求申请人分步证明母鸡是植物。

　　母鸡是植物，如何证明？要知道，美国就是美国，不仅有头脑的聪明人多，而且有头脑的笨人也不少。

　　笨人有头脑，最后也成功。有成功的笨人者解题如下：第一步，母鸡是鸡蛋生产者；第二步，鸡蛋生产者就是鸡蛋工厂；第三步，鸡蛋工厂与茄子享有同样的英语名 eggplant；第四步，鸡蛋工厂就是茄子；第五步，等同递推，母鸡是茄子，也就是植物。

　　笨人俱乐部的推理虽然是笑话，但是，现实生活中，按如此逻辑推理的人恐怕并不少。只要看见男子和女子从宾馆出来，就认定他俩开了房。这样的人捕风捉影，一旦养成了笨人推理的习惯，他甚至一想起自家隔壁住的是老王，就会根据"隔壁老王"推测出自己的儿子可能该姓王。

　　笨人俱乐部的推理笑话，是对思考能力欠缺者的暗讽。你若说外语系女生思考能力弱,那你就等着,有你好果子吃的,甚至,走在路上冷不防会有玉面娇娃竖起手指,在你背后倒腾"伐克油"。

给外语系女生讲逻辑,绝对是一件冒险的事情。你可以给她们讲红楼十二钗,讲查泰莱夫人的情人,甚至"One Night"在北京或者不在北京的事。但是,千万别讲逻辑。

理科背景出身的我,不靠记忆力吃饭,以致很快就忘记了自己设置的警告,在论及创造性思维时,不小心在课堂上提出一个问题来,需要严密的逻辑思考。

"比现有纽扣更先进的纽扣应该是什么样的呢?"

这个问题一提出,众娇娃们左看右看,自看她看,好像是在搜寻答案。

娇娃甲答道:"Zip,拉链。"我只好说非也,拉链不是纽扣,拉链确实比纽扣先进,比纽扣科学。说它科学是因为拉链符合科学的经济原则,省时方便。在没有拉链的时代,纽扣把持着男人的裤门,每当要做液体排放,若太急,偏遇某颗扣子贪恋岗位,不肯轻易配合,这时还没等裤门扣子解开,恐怕……后果,我知道,可娇娃们就不知道了。估计(只是估计),她们的裤子上没有纽扣,所以没有这样的尴尬经历。

娇娃乙说:"铜纽扣。"听到这话,要不是我的鞋子开了口,不方便见人,我还真想把她一脚踢出去。铜纽扣? 还花纽扣呢。这只是材料变了而已,样式变了而已,怎么会是纽扣的革新呢?

还有娇娃答曰:"粘带""暗扣"什么的。这些都被一一驳斥掉。

这堂课就这样成了无言的结局,没有满意的答案。深有感慨:你说得出"创新思维"这一名称,你不一定就懂得创新思维的逻辑要义,也就自然做不出创新的物件来。

课后,我带着提包和这个问题走出校门,看见门边的皮匠在修鞋。于是,坐到他凳子上叫他修一修我那受伤的鞋。突然心血来潮,问皮匠什么样的纽扣会比现有的纽扣先进些。

皮匠头也不抬,说出两字。顿然,在我心中这皮匠的形象高大了起来,觉得"真功夫在民间"这话颇有道理。至今,我都对民间匠人有一种深深的敬意藏在心里,同时感到教书匠也是令人自豪的名称。

"声控",做声控纽扣。后来,我把皮匠的答案告诉给娇娃们,课堂又热闹起来了。这种热闹的背后是科学与自然、文明与粗野的碰撞。

有娇娃站起来说:"声控纽扣不好。如果我一喊,你的纽扣就开了,好难堪哟。"这话像传染病毒,迅速传播开了,还夹杂着诡异笑声。她们的笑声埋葬了声控纽扣的进步逻辑。

现在的娃呀,你跟她讲科学创造,她想到的是窥隐。你要她认真思考代表科学文明的纽扣,她头脑里恐怕装的是荒野媾合的杂草。

纽扣和野草,一个象征着文明进步,一个最多也只能算原始自然的象征,而更多的时候野草就是荒野落后。

大学教育的目标就是要在学生的头脑里掀起一次次纽扣式革命,而不是让他们待在荒野杂草里做那野性之事。

只有完成好了各类纽扣革命,我们才可以回归山野,重新找回自己的草地。这就是我的感悟,我的情怀。

我梦想有一块草地

草不要太深

太深不便卧着看你

不要修剪

一修剪

就失去了旷野的灵气

我要入住这片草地

没有他人

只有爱草的我和你

微风吹拂

你看草叶舞弄着身姿

我加快了

生命的呼吸

不幸的是,我课堂的娇娃们把我纯洁的这几句诗话当成了那种诗。可恼也——我要把她们踢出象牙塔,因为她们头脑里的野草太深。

语言陷阱

语言是社会生活的反映,社会生活的条条道路都会在语言里汇集。我们走在语言的道路上,一边欣赏着世间的风景,一边却要当心脚下的陷阱。

语言里有陷阱?吃过亏的人当然很肯定,而且还会感叹那语言陷阱的无影无形。既然是无影无形,普通人就很难捕捉到陷阱的特征。没有明显的特征,也就很难说出陷阱的类型。不过,掉进过陷阱的人因经历不同,也就会道出陷阱的不同。

前些年,心里要的是"雪碧",眼前来的却是"雷碧"或"雪露"。求的是"可口可乐",上的是"可日可乐"。找的是"康师傅",结果吃完了那盒面才发现,来的是"康帅傅"。这样的陷阱,是在语言形式上挖个陷阱,专诱那些头未昏但眼已花的老实人。

其实,若有人在语言形式上设置这样的陷阱,他还不是那么阴险,因为他挖的陷阱明明白白地摆在那里。可是,生活中有些语言陷阱就不那么明显了。香港有一部影片描绘了一场法庭辩护。辩方律师与控方证人有一场精彩对话,摘录如下:

律师:请回答,案发时你在现场吗?

证人:是!

律师:你看见整个案发现场和作案过程了吗?

证人:我想是的!

律师:案件发生的具体场所是在哪里?

证人:车里。

律师:你当时在哪?

证人:山坡上。

律师:(拿出一张图片来)是这样的车吗?

证人:是。

律师:你当时看见整个车了吗?

证人:是!

律师:你现在看清了我手上整张图片了吗?

证人:看清了。

律师:(马上厉声呵斥)你撒谎!你根本无法看清整张图片!你只看见了图片的一面。同样,你在山坡上不可能看清整个汽车,你只看到了汽车的一面。是吗?

证人:(呆了,说不出话来)

律师:你既然只看到汽车的一面,你怎么能说你看到了整个案发现场呢?

证人:(窘迫状)可我,我,我真看到了。

律师:(发怒状)不足可信!你没有看见全部事实!

在这场问答中,狡猾的律师显然给老实的证人挖了一个陷阱,一种语言逻辑陷阱。律师蓄意使用逻辑上的全称量词,从"整个案发现场""整个车""整张图片"来设置问题,然后以图片为道具,呵斥证人只看到了一面,根本没有看到案发时的"全部事实"。

那可怜的证人被律师那棍棒般的问题打得晕头转向,毫无还手之力。他若有文化,若想得起莎士比亚《亨利六世》的台词,肯定会咬牙切齿地说:先把律师杀了。

证人要解气,恨不得把律师杀了。然而,并非一定要杀了那律师才解气,证人也完全可以根据律师的语言逻辑,依靠常识来反驳那挨千刀的律师。

证人不妨这么回答说:"先生,我没看到你的尾气排放口,所以我看到的你不是一个完整的你。我真不知道你是不是一个完整的律师!"

律师的陷阱是语言逻辑陷阱,证人若这么回答律师,那么证人也给律师挖了一个陷阱,即语言常识陷阱。人活在常识中,常识一般不容怀疑。当然,有哲学家就专门挑战常识,那是另外一回事。知道怎样在常识里设置陷阱的人,工于心计,善于斗嘴,敢于把尴尬之球踢回到律师那样的人那里去。

除了语言形式、语言逻辑和语言常识这三方面可以设置陷阱外,还有一种语言情感陷阱。

语言情感陷阱诱人得很,几句好话一出,犹如美女在你眼前扭腰摆姿,让人忘乎所以。中招者心猿意马,早就没了防备。你若去商店买衣服,那美女店员会堆着媚笑,夸你几句:"哥,你好像我的表哥。""哥,你穿这件衣服很帅气。"听到这样酥麻之语,你恨不得把整个店和她一块买走,你早无砍价还价之力了。

有人说生意场上充满了情感陷阱,非老练者难以保持头脑清新,容易麻痹大意。

有一种麻痹大意的事,并非一定发生在生意场上。日常话语里,若遇别有用心者,你得当心他的话中预设有某种前提,可称为前提陷阱。"今年过节不收礼,收礼还收散文集。"这活脱脱地把前提凸显出来了:"散文集"才有价值,只有它才值得作为礼物收下。这里的前提陷阱是温柔的,坏处不大。

并非所有的前提陷阱都很温柔。"我爸是李刚。"这话的前提是李刚比李逵还厉害,惹不得。若阿Q有儿子,阿Q的儿子也恨不得说"我爸是李刚",至少阿Q的儿子也想说"我爸也姓赵"。

"张三同学热爱体育,喜欢钓鱼,麻将也还打得不错。我特别认真地推荐张三同学报考语言哲学方向的博士生。"这里的前提陷阱已经把张三同学置于不利境地:张三同学没有什么语言哲学的基础,他的优点与所报考的研究方向根本没什么关系。

在同一前提下偷换概念,也是一种语言陷阱。庄子与惠子的濠梁之辩堪称经典。《庄子·秋水》中有下面一段语:

庄子与惠子游于濠梁之上。庄子曰:"鲦(tiáo)鱼出游从容,是鱼之乐也。"

惠子曰:"子非鱼,安知鱼之乐?"

庄子曰:"子非我,安知我不知鱼之乐?"

惠子曰:"我非子,固不知子矣;子固非鱼也,子之不知鱼之乐,全矣。"

庄子曰:"请循其本。子曰'汝安知鱼乐'云者,既已知知之而问我,我知之濠上也。"

在辩家眼里,这里有雄辩和诡辩之分,称雄辩者为惠子,诡辩者是庄子。

庄子那所谓的"诡辩"除了借力发力之外,还有刻意对"安"字进行双重解释。借力发力是指惠子的话"你不是鱼,怎么知道鱼的快乐呢?"庄子把它借用来回驳惠子:"你不是我,怎么知道我不知道鱼的快乐呢?"

庄子对"安"字的双重解释是,古文的"安"既可作疑问副词,当"何也""怎么会"讲,又可作疑问代名词,代"处所""在哪里"。惠子质问"安知鱼之乐"本意是"怎么会知道鱼的快乐呢?"而且惠子对庄子的反驳以守为进回答说:"我确实不是你,固然不知道你;可是你到底不是鱼呀,所以你不知道鱼的快乐,这是完全肯定的呀!"针对惠子的有力反驳,庄子利用"安"字的双重意义而偷换字眼,把"安"字解释成"在哪里",庄子说,得啦,我们就回到你原来那句话"汝安知鱼乐"上吧,你这话本身就是说:"你在什么地方知道鱼的快乐呢?"意思就这样,你惠子明确地预设了我庄子已经知道鱼的快乐了。我在又在濠水之上,你这不是明知故问吗?

庄惠二人到底是贤达之人,他们的语言陷阱并非用来牟利,只逞口舌之能罢了。

语言陷阱种类很多,但并非所有的陷阱都有危害。有时候掉进语言陷阱去一下,倒也没什么坏处。

美在理解中

"为什么要对你掉眼泪？你难道不明白是为了爱？只有那有情人眼泪最珍贵。""只因你的眼泪，让我永远心疼着你，我可以找回，遗落在一段路上，美好短暂的体会。"这样的唱词指向的是人世间美好的"理解"。

生活中，理解一词用得颇多，"他很理解我""你不理解她"等这样的句子似乎指明的是理解是心与心的交流。物理学家理解量子力学，历史学家理解秦始皇，美术鉴赏家理解艺术作品，易中天理解《三国演义》，老师理解学生，母亲理解女儿等等，这里所涉及的理解并非同一。

这似乎可以说，对象不一样，理解就不一样。果真如此吗？有同一对象就能保证同一理解么？想一想 AIDS，知道这一缩写的人可能说这是艾滋病。对艾滋病有什么样的理解呢？健康的人对它的理解等同于专家或医生对它的理解吗？医生对它的理解又等同于艾滋病患者的理解吗？同样是艾滋病患者，知道自己患了那病的人对艾滋病的理解等同于已经患病但不知道患的是艾滋病的人对它的理解吗？

理解这一主题是哲学的中心任务之一。柏拉图认为哲学的基础就是疑惑，除此之外，哲学没有别的起源。在柏拉图看来，"疑惑感"是描述哲学家的最适当的词汇，是哲学家探索世界，解释世界的推动力。而哲学家探寻世界的起点就是对理解的需要，哲学的首要目的不是获得更多的知识，而是探求更好的理解，更完善的理解。

按照柏拉图的路子，理解的理想模式应该是数学直观，其中的理解是那么确定，那么令人满意，那么清晰。人们有理由奢望精确理解可以延伸到其他领域。理解在柏拉图那里，似乎可以分为高级理解和低级理解。高级理解的对象至善至美，能够以最佳的方式加以理解。低级理解的对象存在着部分缺陷，理解起来就会出现认知对象与认知方法之间的不完全匹配。

在理解问题上,亚里士多德部分地沿着柏拉图的路子而认为理解具有好坏之分。在亚里士多德看来,理解是人的品质;理解的对象并不恒定而是让人疑惑或思虑的事物;理解表现为判断,于是从理解的元语言层面上讲,理解和善于理解是一回事。然而,如果把理解作为对象而不是作为元语言,那么理解会因为对象的不恒定而呈现不同内容的理解。

由于理解的对象不同,理解的内容大体上有以下几个范畴:理解自我、理解他人、理解过去、理解其他文化或社会、理解规则或法律、理解文本、理解语言或意义、理解道德、理解艺术、理解数学、理解自然等。

休谟在《人性论》中写道:"有些哲学家认为我们每时每刻都亲切地意识到我们所谓的自我,我们感觉到它的存在与延续,而且我们无需演示性证据而确信它的完全同一性与单纯性。"无论这一观点正确与否,有一点十分明确:我有一个自我并不像我有一个物件那样。因此,我理解自我肯定不像我理解一个物件。对自我理解很容易误认为就是理解我的能力或局限。实际上,理解自己的身体或智力上的能力完全不同于理解自己的愿望、担心或梦想。理解我自己肯定不是理解一套关于我自己的说法,至少不在语言意义下理解自我。对自我的理解有两种典型的观点:其一,我对自我的理解最直接,是不需中介的感知;其二,自我理解很困难,甚至不可能。实际上,这两种观点代表的是对自我进行理解的两个极端,在这两端之间,我对我自己肯定有一定程度的理解。我从自我理解出发而去理解他人。

理解他人不仅会遇到理解自我时所遇到的困难,而且理解他人还涉及我心与他心的相关性问题。我原以为理解他,可原来我发现我并不理解。与其说理解他人在于描述,还不如说理解他人实际上是一种判断。我理解他人的痛苦,只有当我感受到了那种痛苦才称得上真正理解。在没有感受到他的痛苦之前,我说我理解他的痛苦,实际上是观察、描述与判断。他若假装痛苦,而且假装得很成功,那么我说我理解他的痛苦,这根本就是一种错误的判断。

理解过去和理解现在是两种不同的理解。理解过去的他人,我关注的是解释或说明,然后我也许持有某种信念。不过,理解过去和理解现在倒也有一个共同点:那就是我要选一个视角,站定一个意向立场。我说秦始皇伟大是因为他统一了中国,统一了文字等;而我说他可恶是因为他烧了许多我们本来可以看到的宝书。

理解一种文化或社会,这种理解很复杂,往往可以细分成不同的理解。但在宏观上讲,理解一种文化或社会势必涉及到从过去到现在,甚至到将来的一个过程。对过去我们需要理解与说明,对现在我们需要判断与选择,对将来我们需要调整与顺应。

理解法律或规则分为两层:说明和遵守。真正的规则或法律是对人的行为规定的概括性说明。有些规则不需要说明,人们自觉会遵守,甚至盲目遵守。遵守规则本身就是对规则的自然说明。我讲汉语根本不需要对语法的说明,我自然而然地按汉语语法规则使用汉语。在这个意义上,正如维特根斯坦所说,人们盲目地遵守规则。有些活动需要先对规则加以说明,然后再遵守。理解规则的说明不等于理解规则。如不会下象棋的人,自然先要理解象棋规则的说明,而不是理解象棋规则。对象棋规则真正地理解在于按规则说明进行下棋。同样,形成文字、印刷成册的律例条文不是真正的律例条文,而是对法律的说明。一个读法律条文而行凶杀人的人理解法律条文吗?对法律真正的理解在于遵守。

二十世纪出现了两大理解潮流:解释学的理解和分析哲学的理解。对文本的理解是解释学关注的中心问题,而对语言的理解是分析哲学的中心论题。

维特根斯坦说:"理解的独特过程恰好是一个我们还未掌握的不同过程。现在,我们并不称'理解'为一个伴随着阅读和听的单一过程;相反,或多或少是这样一些过程:这些过程在背景上,在周围一定种类事实的关系上是一些相互相关的过程,即一些实际使用一种学会了的语言或语言的过程。——我们说,理解是一个'心理的'过程,而在这种情况下,就像在无数其他情况下一样,这种说法乃是一种误导。"

维特根斯坦认为:"这种过程的本质也许至今仍未发现,很难加以把握。因为,我们说:如果我在所有这些情况下使用'理解'这个词,那么必定存在所有情况下都发生的某种同一的东西,而且这个东西是理解(期待、希望)的本质。"

维特根斯坦一方面希望有"某种同一的东西"是所有理解的本质,但另一方面,我们从他的观点可以得出,维氏明确认为理解母语文本完全不同于理解外语文本。然而,在伽达默尔看来,文本理解具有共同性。文本理解的前提条件是领会意图内容以及意在的意义领会方式。理解一个文本至少必须理解所要理解的意图以及对意图理解的意图。

二十世纪哲学家对理解问题的考察有一个中心点,这就是对语言或者说意义的理解。达米特说,意义与理解联系非常紧密。直觉上,"对 X 进行理解"与"知道 X 的意义"二者几乎相等。我们甚至可以说意义就是理解的对象或者说理解的内容。各种各样的理解对象可以用命题的形式表现出来,解的对象可以还原成语言模式。可以说,语言理解是最根本的理解。在达米特看来,理解可以看成是对语言及其意义的理解。对语言的理解显得很自然,好像我们的母语清晰透彻,很多时候我们不太会想到有理解的困难。因为,在日常话语互动中,如果真有语言上的困惑或不解,我们可以用说明的方式加以澄清。甚至我们可以询问对方"你的意思是什么?"对此,维特根斯坦说,理解是一种解释关系。

前面说过,由于对象不一样或者由于内容不一样,所以理解的形式或方法就不一样。数学、宗教、人生以及历史等各有不同的理解方法。

在所有的理解模式中,最直接、最简单的方法就是"视觉表征"。视觉表征式的理解就是形成心理图像,当然也包括直观的视觉感知。你给我讲述一个豪华晚宴的场景,我一边理解一边在脑海里构建那场景。如果我构建的场景恰好与你所要表达的一致,那么我的理解是成功的。视觉表征式的理解比较有限。在一定范围内,我们可以通过视觉表征来理解,但在很多情况下,视觉表征根本无用。我们不能对量子力学进行视觉表征式的理解。直观上,我们可以用隐喻性语言来说"我看出了海德格尔的意思",其中的"看"并没有相应的心理图像作为理解的结果。看可以理解某些对象,但依赖于图像的看并不能理解"理解"。视觉表征式的理解毕竟是一种浅窄的理解。

视觉表征比较粗浅,但它作为理解模式却比较普遍。另外一种比较普遍的理解模式就是"能力模式"。这种理解模式的基本点是理解某事物就等于能相应地处理那事物。比如,我理解一个词,这意味着我能用这个词;理解"假装"就是我确实能够"假装"。然而,这种理解方法看似有理,却存在许多问题。"快译通"机器能翻译一些语句,但"快译通"机器根本不进行理解。我理解朱建华跳 2 米 38 高,但我始终跳不了 2 米 38 那么高。我理解一支音乐曲子,但我创作不出甚至演奏不出那曲子。实际上,理解的"能力模式"关涉的是理解的结果或理解的条件。

第三种普遍流行的理解模式是阐释与说明。人文学科领域的理解对应为阐释,自然科学领域的理解对应为说明。然而,作为理解的方法,阐释与说明都比较宽泛,比较模糊。要理解青蛙为什么能从蛇口脱险,我们得依赖生物学、力学等方面的知识来说明。否则,我们只观察到青蛙从蛇口脱险,算不上真正理解。要理解吴三桂为什么三次反叛,我们就得阐释吴三桂为何要三次反叛。如此一来,理解就需要一个中介,概念上的中介。理解犹如阐释另外一门语言,理解就无法直接见真,甚至根本无真可言,因为在阐释的行为中,真存在于阐释中。这样,理解就偏向模糊,没有精确理解。

根据伽达默尔的解释学观点,理解的过程是解释的过程,而解释的过程就是以语言为媒介来展现理解之意义的过程。理解的过程就是解释者与文本之间的对话过程,对话是相互了解并取得一致意见的过程。因此,伽达默尔说:"所谓理解就是在语言上取得相互一致。"伽达默尔在这里与其说是道出了理解的方法,还不如说是提出了理解应该达到的要求。如果说理解就是话语双方在语言上取得相互一致，那么从广义讲这种相互一致应该是话语的连贯，而不是原模原样的话语的重现。伽达默尔说："谈话达到了相互了解或未达到相互了解，这就像是一件不受我们意愿支配而降临我们身上的事件。"伽达默尔把理解这一概念定义为一种"视域融合"，为发生在一切意义转换中的进程提供了一个直观的解释，但同时，他"成功地改变了我们对过去的本质的看法，从而使过去成为一种永无穷尽的意义可能性的源泉，而不是研究的消极对象"。这种理解模式给我们提供的含义是，此时此地的话语互动与异地延时的话语互动各自的连贯构建会因为理解的不同而出现差异。

除了上述三种理解模式以外，还有科学理解、数学理解、美学理解、道德理解、教育理解、直觉理解、神秘理解等。我们在此不做一一介绍，但还需要特别提出来的是"同情理解"。

"同情理解"这一概念似乎有点古怪，但不是没有道理。在我们看来，忽视同情理解的存在反而显得古怪。想想生活中的激动场面，你就是置身事外，仅仅作为一个旁观者，你也有被打动的时候。一件事、一个行为、甚至一句话都有可能让你热泪盈眶。

情感层面的理解表现为同情心的激发，没有达到同情理解就不可能有相应的情感表现。木头听不懂我的话，牛理解不了你的琴。这反衬的是人与人的交往具有情感，而情感激发的一种形式就是同情，同情也是一种理解。

有道是"生活很复杂，理解不简单"。世间一切美丽只在理解中呈现。

美丽是人生一道证明题

这是一堂议论文写作课的事了。

外语学院的女生,虽不是个个花枝招展,但也称得上人人青春活力。如果问她们人世间什么东西对女人最重要,她们十有八九会像吐出樱桃核似的,干脆利落,斯斯文文地说出一词:美丽。若问什么是美丽,她们托着香腮,撅撅小嘴,不是异口同声,也会不约而同,半开红唇,微露皓齿,叽叽喳喳,若小鸟争鸣:美丽就是漂亮,漂亮就是美丽。

听到这样的回答,这样的循环之语,你会觉得肤浅,倒也不会生气。毕竟,漂亮和美丽似乎是人所共知的东西,早已成为常识。倘若举例,她们会说"冰冰范"长得漂亮就很美丽,"凤姐罗"看似有些粗鄙。这样的看法好像有点道理,但若要求她们动动脑子,来证明"凤姐罗"远比"冰冰范"美丽,那么该如何进行论证与推理?

论证要有论证的要素与规矩:针对一个现象,发现其中的争论点,提出自己的立场,阐明其中的道理,驳斥对立面的荒谬逻辑,然后得出能够获得普遍接受的真理。此外,在论证的过程中,至为重要的是不可人云亦云,不可胡言乱语,论点要分明,论据须充分,而且一定要有新意,其中的观点看得出是真的动过脑子,完全出自于论证者自己。

为什么说"凤姐罗"远比"冰冰范"美丽?

立论之前,先得界定什么是美丽,以及美丽的标准。天生美丽是好看,是漂亮,后天的美丽才算是真正的美丽。

依天生的角度,"冰冰范"属于漂亮,尚不能称为美丽,但漂亮只是漂亮,美丽需要标准。"凤姐罗"虽不漂亮,但倒有几点美丽。

首先,在追求环保、节能减排的社会里,耗能大的不美,耗能低的就美。"冰冰范"出场,消耗的能量远远高于"凤姐罗"。在这点上,"凤姐罗"属于绿袖之女,低能耗,就美丽。

其次,性格上坦诚之人要比遮掩之人美。面对大众而言说选择男友的事情,"凤姐罗"敢于说出自己的心声,有坦诚之美;而"冰冰范"总是支支吾吾,藏藏掩掩,"冰冰范"不如"凤姐罗"美丽。

再有,从个人成长经历看,起点低而又达到知名度高,在这点上"凤姐罗"又要胜过"冰冰范"。

综上所述,美丽不取决于外表而在于环保,美不在于遮掩而在于坦诚,美不在于优越中展现而在于逆境里奋斗。

论证完毕,正在得意之时,忽有学生大胆提问:假设您要找女朋友,您是愿意找"冰冰范"呢还是"凤姐罗"?

狡猾的学生直接把感性的常识和理性的论证对立了起来。理性虽好,但人们多活在感性里。于是,凭着感性的驱使,说出一些文不对题的话来,权且做一些讲课补充。

毕竟,这是一个看脸的年代,这又不只是一个看脸的年代。

如果你外表漂亮且很有本事,人们会说你表里如一;如果你很丑陋但还有本事,人们会说你还有能力;如果你很平凡却有点儿本事,人们在高兴时总会谈到你。

可是,如果你只漂亮却毫无本事,人们终究会把你当成绣花枕头;如果你很丑陋又真没本事,人们认为你真的很丑;如果你很平凡而又没点儿本事,人们无论怎样都想不起你。

漂亮、丑陋和平凡,是三把标尺,注定要标出你我的状态,而且比较容易。世人就这么简单,看看你的脸就在匆忙中确定出你的高低。柏拉图会对此不满意,为什么要把人的外表和本事活生生地剥离开去?试问茅坑用的垫脚石到底漂亮不漂亮,乃至美丽不美丽?

哲学家这么发问,就是要把外表和本事统收在一起。这样一来,一个人的本事就是为人至为本质的东西,外表仅仅是一张皮。于是,英美人有话说,其实漂亮只不过是一张皮,仅有一张皮没什么了不起。

可是,就是一张皮在一些人看来却是全部价值。到头来,这些人做事,外如金玉,内如败絮。就算她们漂亮也根本称不上很美丽,毕竟,她们的漂亮离美丽还有好长一段距离。

外表的漂亮终究会随着岁月的流逝而失色,但美丽会随着年岁的增长而累积。

美丽到底是什么呢?美丽是人生中的一道证明题。人的一生要不断证明自己拥有两样东西:心底的善良和做事的本事。

四月四月

　　四月四月,每个人在四月里有着不同的感受。江南的细雨和风,巴山的夜雨朝鸣,西湖的柳绿桃红,山寺的树青花纯……这些美好,总是那么让人遐想无限。

　　四月四月,我在四月里感触很深的却是一些关于四月那些带伤的诗句。生活在这个时代,人们很幸福,生活在四月里,人们很幸福。可我觉得,世间的幸福总是有点浅薄,人间的哀伤却是那么深刻。套用托尔斯泰的话说,浅薄的幸福都一样,深刻的哀伤各不同。

　　四月里最容易感到伤痛的是诗人。就算浪漫主义诗人杜牧,也在浪漫中透着一些伤痛。"清明时节雨纷纷,路上行人欲断魂。借问酒家何处有?牧童遥指杏花村。"

　　这首诗家喻户晓,多少人耳熟能详。若问这首诗说了些什么,人们再清楚不过了。诚然,这首诗展现了清晰的画面,传颂了不知名的牧童,成就了那知名的"杏花村"。

　　然而,我始终觉得这首诗画面很清晰,情意真朦胧;结局存浪漫,过程有哀痛。

　　有人说,杜牧写这首诗时正是清明时节,唐朝人在这个时候要么合家团聚,要么上坟扫墓,要么郊游踏青。这些活动情字当先,正合诗人旨趣。可是,杜牧要外出时,发现天公不作美,阳光怕见人;纷纷春雨下,阵阵愁绪生;心中全失趣,行人多断魂。

　　路上行人有断魂之痛。何故?当然不会是风吹头帽掉、雨浸衣衫湿这等小事。应当是出于"寒风扰身旧枝残、亲友辞世新塚添"这样的悲思愁绪,这样的伤心欲绝。如何治愈这伤?如何消除这痛?杜牧说,去找个酒家,会一会杜康兄。可酒家哪里有?牧童说就在那杏花村中。杜牧这样处理哀痛,不失浪漫之风。

　　杜牧的《清明》呈现出的关于四月的哀痛,还不只是凭吊亡人之痛。应该说杜牧的《清明》隐存着的哀痛,与 T. S. 艾略特在《荒原》中的感伤,虽不能说异曲同工,但他们似乎痛着同样的痛,至少是关于四月的痛。艾略特一下笔,就有痛心疾首之感:

April is the cruelest month,breeding	四月最残酷无情,它唆使春雨,
Lilacs out of the dead land,mixing	从死寂的土地里把丁香催生,
Memory and desire,stirring	把记忆和欲望搅混,
Dull roots with spring rain.	把迟钝的多种情根搅醒。
Winter kept us warm,covering	想来还是那冬季才温暖着我们,
Earth in forgetful snow,feeding	有健忘的大雪掩盖泥土的多情,
A little life with dried tubers.	用情枯的疙瘩呵护起些许生命。

（杜世洪　创译）

四月为什么会让人伤感呢? 艾略特说四月最残酷无情,它不该把丁香催生。春天里开的花有那么多,艾略特为什么单提丁香呢? 原来,在西方文化里丁香象征着初恋的第一次情感表达。这样一看,艾略特呈现的春天之痛,不比杜牧的断魂行人之痛好受,或者说断魂行人也痛着艾略特的四月之痛。

艾略特在哀痛中倾诉:那份丁香般的初恋之情,早已埋得很深,可偏偏是春雨把她唤醒,从此,"在尚未消失的记忆里,掺杂着难以满足的欲望"(许渊冲译)。四月的春雨催醒了初恋之情,混淆了记忆和欲望,搅醒了以前迟钝的情根。还是冬天可爱,因为冬天反而没有春天这么冷。忘却之力犹如冬天的大雪,把尘土之情死死掩盖,不过还是让情根的疙瘩获得些许生命。

四月不是一个好过的季节,如果你懂了艾略特。四月不只有清明的雨纷纷,如果你本身是断魂之人。

余秋雨曾感叹说,四月是文人最伤心的季节。四月里要祭奠亡故的亲人。四月里要祭奠一份哀痛之情。

我在四月里想起了杜牧,重新读起了艾略特。突然发现,艾略特关于四月哀痛的七个译本似乎都没有把哀痛的缘由挖掘清楚。不信,请参看以下七个译本。

版本1(许渊冲　译)
四月,残忍的春天,死亡
的土地上哺育着紫丁香,
在尚未消逝的记忆里

掺杂着难以满足的欲望，
用清新的甘霖滋润着
麻木不仁，沉睡的草根，
冬天带来了温暖的大地，
用雪把过去埋在遗忘里，
又用干枯的块茎
培植着一线生机。

版本 2（杜国清　译）
四月最是残酷的季节
让死寂的土地迸出紫丁香
掺杂着追忆与欲情
以春雨撩拨着萎顿的根茎
冬天令人温暖，将大地
覆盖着遗忘的雪泥
让枯干的球根滋养短暂的生命

版本 3（叶维廉　译）
四月是最残酷的月份，迸生着
紫丁香，从死沉沉的地上，杂混着
记忆和欲望，鼓动着
呆钝的根须，以春天的雨丝

版本 4（赵毅衡　译）
四月是最残酷的月份，在死地上
养育出丁香，扰混了
回忆和欲望，用春雨
惊醒迟钝的根。
冬天使我们温暖，用健忘的雪
把大地覆盖，用干瘪的根茎
喂养微弱的生命。

版本 5（查良铮　译）

四月最残忍,从死了的
土地滋生丁香,混杂着
回忆和欲望,让春雨
挑动着呆钝的根。
冬天保我们温暖,把大地
埋在忘怀的雪里,使干了的
球茎得一点点生命。

版本6(赵萝蕤　译)
四月是最残忍的一个月,荒地上
长着丁香,把回忆和欲望
掺合在一起,又让春雨
催促那些迟钝的根芽。
冬天使我们温暖,大地
给助人遗忘的雪覆盖着,又叫
枯干的球根提供少许生命

版本7(汤永宽　译)
四月是最残忍的月份,从死去的土地里
培育出丁香,把回忆和欲望
混合在一起,用春雨
搅动迟钝的根蒂。
冬天总使我们感到温暖,把大地
覆盖在健忘的雪里,用干燥的块茎
喂养一个短暂的生命。

　　在艾略特那里,四月染上了"残酷""残忍",其实大可不必。四月初,我读着杜牧,想着艾略特,溯江而上,回到烟雨蒙蒙的乡村小镇,祭祖扫墓,另有一番心情,别有一番写照。

雾里回家江畔烟,
鸟声引路封堆前。
春水载来心中愿,
小船归依渡口欢。

无效问题是社会的病虫

听说中越边界处的德天瀑布值得参观，于是报名参加旅游团，要去看看那大水坠落处的德天瀑布。临行前，一行人在导游的介绍下，早已心猿意马，无边神往。许多念头浮现出来：越南人好，越南人坏，可不可以买个越南姑娘往家里带？明明是要去看瀑布，暗暗想的却是越南阿福和"锅盖"（越南话音译，指美女），怎么也想不起瀑布的样儿来。

有人问越南锅盖究竟是怎么样的好看，而导游阿娜却说，越南最好最多的锅盖在西贡，而德天瀑布地处广西大新县的归春河上，与越南的板约瀑布相连，那里最好看的是瀑布，而不是什么锅盖。很明显，这答非所问。关于越南锅盖好看不好看的问题，阿娜把它当成了无效问题。

一般正经的人关心的是瀑布，不一般正经的人挂念的却是锅盖。可那一般正经的人，也和不一般正经的人一样，向阿娜问了一个问题，无效得令人啼笑皆非。德天瀑布是跨国瀑布，一半在他们那边，一般在我们这边，要是他们那边有人别有用心，扯一张巨大的帷幕把瀑布遮起来，我们这边还能看得到多少呢？

这当然是一个无效问题，它有没有答案已经不重要。重要的是这种无效问题反映了发问人的心态：总担心有人会把世间的美景美物据为己有，在玩足赏够之余再用来卖钱。若问这样的心态究竟是不是小孩才有，抑或是不是某种环境滋生出来的。这么一问，好像是为无效问题增加了新成员。

德天瀑布到底有幸，没有被他们那边的人用帷幕遮一半。观看者马上又问：这么壮观的跨境瀑布为什么没有黄果树瀑布出名？这个问题，看似有些道理，实际上又是无效问题。谁比谁出名的事情，总的来说属于大众认知与接纳的问题，往往同时间先后有关，也许还同人们只能容纳唯一的心态有关。德天瀑布地处偏僻之地，鲜为外人所知。这道理显而易见，发问人自己也清楚这点，可就是忍不住要发出无效问题来。

　　时间先后方面,人们往往有先来为上的心理,于是,谁是第一个做什么的人就最出名。人们记得住第一个皇帝,第一个老师,第一个男朋友或女朋友等,但是不太容易记得住比第一个还好很多倍的其他皇帝,其他老师,乃至其他男女朋友(如果有幸或不幸的话,男女朋友太多)。

　　只能容纳唯一,这种心理不仅仅是个人心理,而且还是社会心理。个人的这种心理无须多说,只要想想个人争风吃醋的事情就会明白不少。只能容纳唯一,这种社会心理若隐若现,总是困扰着善良的老实人。人们一生总爱问:哪个媒婆最会说,哪个饭店办婚宴最划算,哪个接生婆最顺利,哪个幼儿园最好,哪个小学最好,哪个老师最好,哪个教授最有名,哪个殡仪馆最好……人们就在追求最这样或最那样中彰显着只能接纳唯一的病态心理。有病态心理的人提的问题,很多时候就没有那么有效。

　　黄果树瀑布也好,德天瀑布也罢,共同点是大水坠落,不同点却各有不同。至少,在德天瀑布处,人们可以猎奇,买点越南货。可就是在买货的过程中,有人会问出傻傻的无效问题。"你这东西真不真啊?"顾客这么问,老板怎么好意思回答:"我这东西不真,欢迎你用高价买不真。"

　　"你这东西效果好不好啊?""贵不贵啊?""质量有没有保障啊?"以这样的问题来与卖家交流,这样的顾客与其是说在提问,不如说是在嚣张地表达着担心。这样的担心在狡猾的卖家面前早已暴露无遗。

　　人们说处在游玩中的人最容易暴露本性,这话不假。游玩中的人,无论老少都有一颗童心,展示出童心的成年人,有时就那么天真,就那么喜欢提一些无效问题。

　　其实,无效问题并不只是属于天真淳朴、童心未泯的人。处于紧张状态的人,也常常会问一些无效问题。游德天瀑布,乘木筏观景,才踏上木筏,或许就有心理紧张者发问:"木筏安全不安全哟?""救生衣管用不管用哟?"这些问题貌似杞人忧天,实则心里紧张,无效发问而已。

　　离开木筏,上得岸来,坐下来休息喝点小酒,或许又有人会问:"这酒度数这么高,醉不醉人哟?""这酒卖这么贵,好不好喝哟?"顾客这样问店家,店家又该怎么回答呢?但这样的问题已经不是在紧张状态下的无效了,而是紧张之后的得意忘形。人在得意忘形之际,往往也会提一些无效问题。

　　从心理紧张到得意忘形,游客会有这样的曲折心路。可是,最典型的心路曲折,当数大学生在考试前后或者答辩前后的心理状态。感觉自己没有准备好的学生,情不自禁地会问:"考试严不严啊?""老师判卷仔细不仔细啊?"若这样向校方发问,校方怎么会说"考试不严""判卷不仔细"这样的话来呢?近日,还真有研究生提问:"答辩老师会不会仔细阅读学生的论文哟?"这个问题看似有理但仍然无效,就算答辩老师没有仔细看论文,校方怎么会回答说"同学,请放心!我们的答辩老师不会仔细阅读你的论文。"

也不知喜欢提无效问题的学生有没有脑子,这样的学生毕业当上了记者,在采访中提出的问题总有那么一点傻里傻气,无效得很。有记者采访拾金不昧者问:"你有没有想过占为己有?"这记者于是在网上做了所谓的民意调查:问如果别人的银行卡还在取款机上,还可以取钱,你是否会取走别人的钱。于是记者得出统计结果说,网民回答"不会"的人很多。对于记者从提问到收集反馈,个中逻辑,稍微长点脑子的人怎么也想不明白,当然我们得为同胞鼓掌,不义之财不要,这是美德。

可是,在道德条文面前的表现并不等于行事的表现。众目睽睽之下,口头上声称自己毫无贪婪之心的人,背地里行事未必就不贪婪。贪婪不贪婪,自私不自私,不能凭当事人的嘴巴说,还得长期观察他的行事结果。

奥威尔的《动物农庄》描述了一群猪的蜕变,那群猪在掌管农庄之初,显得大公无私,可慢慢地蜕化变质,贪婪,中饱私囊,什么利己损人的行当都干得出来。

体制不善,猪都会变。司马迁说:"天下熙熙,皆为利来;天下攘攘,皆为利往。"天下人不比猪傻,在诱惑面前,在没有完善的监督机制下,试问会有几个不贪呢?总不能凭借傻记者的问卷调查,问他们贪不贪,而最后得出结论说他们不贪。傻记者其实也不傻,只是不爱动脑子,于是总是提出一些无效问题来。

叔本华从来都不相信口头上歌功颂德之辈,因为他知道越是嚣张地歌功颂德,越是有见不得人的勾当在暗暗发生。若问歌功颂德者一些冠冕堂皇的问题,自然会得到冠冕堂皇的答案。可是,这要记住,这些只是无效问题。

无效问题最大的特征就是不会让人思考答案,而只会叫人顺水推舟进行敷衍。无效问题之所以无效,就在于它们无法改进人们的生活。

总之,人世间还有许多无效问题存在。有的是出于童年的幼稚,有的是出于心理紧张,有的是出于得意忘形,有的是出于真傻,而有的就是出于表面的愚蠢,而有的则出于居心叵测。无论怎样,无效问题就是社会的病虫,应该给予消灭。

小精记

　　小精因为做人很精所以叫小精,他的本名是什么,人们早已记不清。反正,百家姓里有他的姓,随便找本字典都能找得到他的名。其实,他长得很普通,但为人做事,还有学外文,样样事情都很精。现在想来,小精的智商、情商都很高,常常表现得令人吃惊。

　　初中时学英文,才学了几课,他就知道,英文的 day 不仅是"天",而且还有一个意思,可以夹在 I day your mother 中去骂人。

　　不要因为这句话,就说小精思想很污不正经,其实,你如果了解到小精的过去,你肯定会觉得小精从来都是一个可爱的人。

　　小时候的小精就很机灵。哪怕自己哭得再伤心,遇到经过他身边的叔叔阿姨,他都会暂停哭泣,拖着哭腔问候人:"叔叔,你好!""阿姨,你好!"然后继续站在墙角,边哭边伤心。

　　长大后的小精说,做人一直要有礼节,随时要有理性的纯真。就算哭,也要在哭得认真的时候,保持理性的那份真。原来,小精的感性和理性在任何时候都不会把手分,这算是小精的性情。

　　凭着这份性情,小精很会待物接客人。有一次,小精寝室来了两个人。小精抓起四粒核桃,把它们分。只见他给第一个人时,只有一粒,给第二人,却有两粒,然后回过头来,再给第一人补了一粒。看看,小精还真的别有一番用心。

　　事后问他为什么这么煞费苦心,小精说,待人接物要一碗水端平。他说,第一个人先得,他自然高兴,先给一粒就可安他的心。第二个人感觉已经有点怠慢,所以给他两粒,这比第一个人多,为此,他也不会因受怠慢而怨恨。回头再给第一人补一粒,这就叫一碗水端平。

　　面对这样的小精,我心有一计生。"如果只有一粒,你该怎么分?"他说,如果只有一粒,他就把它往地下扔。大家不吃,大家都安心。

这样的小精绝对不只是精于小事情。八九那年起学浪,很多人都迷茫,只有小精却向组织积极靠拢,写了申请。问他为什么这么逆向行事。小精说,即便在混乱时,也要保持头脑清醒。那年秋天,很多人因参加学浪而自我检讨,小精却得到了组织的垂青,乌纱帽儿带着官袍,让小精由里及外都变新。

这样的小精绝不会在一个地方永久生根,这也算得上是命中注定。没过几年,全身变新的小精,抛弃了乌纱帽儿,为了所谓的学业深造,已做好准备往美国投奔。那时,他也曾劝我效仿他,向美国靠拢争取新的前程。

自那以后,很多年来,人们想得起小精的事迹,却见不到他本人。都听说,他在美国发展,还在努力打拼。

后来,又是很多年后,我也去了美国,专门找到了小精。我们一见面,小精就哭得很伤心。问及他的处境,小精越发伤心。冒出一句话来:"都怪自己太精!如今弄到这般境地,真是叫鬼不鬼人不人。"小精顿了顿,接着又说:"要是重新来过,我宁愿像你那样老实本分。"

原来小精在美国过得并非那么顺心,谈过几次恋爱,最后女子们都因他的长相平平,而不要小精。

这世道弄人,真是有好多事情说不清。我们可能会输在一些事情上,因为自己太笨;我们也会赢在一些事情上,因为自己太笨。但对于小精,我怎么也想不出,他为什么会因为自己的精而哭得那么伤心。

我不知道怎么给他安慰,因为我还是那么笨。面对这个世道,我突然记起小精那句不合语法、很少有人听得懂的英文:I day your mother.

合理开采语言资源

　　年少读书，偶得叶永烈先生的《小灵通漫游未来》，其中描述的"一顿稀奇的中饭"，曾让我惊奇了好多年。

　　又过了好多年，听了张教授关于遗传育种的奢谈，我突然在感叹中发现：世间合理不合理的事情正牵涉着语言资源的开采。

　　《小灵通漫游未来》里面有一个情景是小灵通在小虎子家做客，吃到了一道菜叫"炒萝瓜"，即萝卜炒丝瓜。在蔬菜运输无法长时保鲜送达的年代，在遗传育种与作物栽培还没取得重大突破的年代，"萝卜炒丝瓜"不合乎普遍的道理。按自然规律，冬季的菜不太可能与夏季的菜在同一个地方同时上市。"炒萝瓜"在当时的现实生活中极不合理。

　　现在，虽然没有叫"萝瓜"的蔬菜，但要吃萝卜炒丝瓜并非什么幻想。所以，"萝卜炒丝瓜"不合过去的理，但合现在的理。

　　合理不合理，看来并非恒定不变，而是一时之事。现在不合理的，将来未必不合理。其实，合理不合理不仅会受时间的限制，而且还受其他因素影响。

　　鲁迅先生讲过这样一件事：假如有家人添丁，生了一个婴儿，有人祝福说，这个孩子以后可能中状元。其实，状元要多年才出一个，中状元是概率非常小的事，因此，说那小孩要中状元基本上等于说假话，然而主人肯定很高兴。但是如果有人说这小孩是要死的，这话绝对是真话，然而这样的真话也绝对会让主人生气。

　　这说明，话语合理需要合乎情理、合乎义理。有时，是不是真话并不重要。扫兴的话多半不是合乎情理或义理的话。挖苦、讽刺的话可能合乎某种理，但在交际中总是不合乎受话者的理。

　　一些脑筋急转弯的话语合乎某种特殊的理，而不合乎普遍的理。你要是问"电和闪电有什么区别"这样的问题本身就不合乎道理，但你坚持回答说电是收费的,而闪电是白闪的,不收费的,这本身只合乎特殊理解的道理。

其实,合理就是把语言作为资源进行合理的开采与利用。

1984 年云南林学院(现西南林业大学)临时从三湘四水聘来一张姓教授,客座讲授《遗传育种》。好个张教授张嘴就说:"遗传育种的任务就是要让牛与西红柿杂交,结果是西红柿植株上结出的是一块块牛肉,而牛排泄出的是西红柿"。

在青年人求知欲极其旺盛的那个年代,此话一出引来的不是哄笑声,而是正襟危坐与唦唦的笔记声。正当热血已经沸腾而激情仍控于悄然之中的学子期待着"何以为之"的时候,一句"这是不可能的"犹如千钧重锤无情地压出一片"啊"的失望声来,但张教授接下来有句话有更加令人难忘:"只知道利用原生资源就是原始,而立足于原生资源不断开发次生资源就是人类的进步。牛和西红柿杂交,纯属异想天开,但这异想天开背后却是我们追求进步的精神。"

从张教授的角度看,语言中牛和西红柿属于原生资源,而"牛和西红柿杂交"当属次生资源。虽然张教授谈及的次生资源"牛和西红柿杂交"不合事理,但是,语言在张教授那里已经成了一种可以利用的资源。

语言是一种资源。当人类把语言也当作谋生的资源后,这应该是很大的进步。

把语言当成资源后,我们能开发出许许多多的语言新产品。现实中无法做到的,但在语言中却完全可能做到。牛和西红柿不可能杂交,但在语言里牛和西红柿却能并置在一起,并冠以杂交之名。现实世界给人类设置了许多限制,人无法飞,这是出于客观限制的描实,而"我要飞,飞过那高山,飞过那大海"这样的表达出于思想上对客观限制的突破。于是,语言有局限于现实的语言,更有突破现实的语言。

从人类语言演化不断进步的角度看,语言可分为原生语言和次生语言。根据演化论,在形成人类语言之前,意义的确定是通过实指来进行的,这种形式的语言交流在非人类物种中很普遍,如鸟儿、蜜蜂、猴子、蚂蚁等的信息传递,它们的交流属于实指交流。我们可以把这种实指交流的语言体系称为原生语言。

原生语言仅仅具备完成报道和实指的功能,它们传递的是实体、实实在在的东西。鸟儿、蜜蜂、猴子、蚂蚁等对这种原生语言做出准确无误的反应,原生语言不会产生歧义。动物的原生语言之所以不会产生歧义,还在于它们的语言永远是对此时此地的表达,没有时空转移的功能。估计,动物大概说不出像《大话西游》那段被"粉丝"们追捧备至的台词:"曾经有一份真诚的爱情放在我面前,我没有好好珍惜,等我失去的时候我才后悔至及,人世间最痛苦的事莫过于此。……如果上天能够给我一个再来一次的机会,我会对那个女孩子说三个字:我爱你。如果非要在这份爱上加一个期限,我希望是……一万年。"这当然是新新人类的语言,也是对语言资源的一种开采。

　　人类的语言与动物那单一的原生语言有所不同。人类的语言不仅具备原生的属性,而更重要的是人类的语言主要是次生的。次生语言可以传递并未发生的事件、信息,可以表达与传递可能或不可能发生的事件的信息。次生语言的意义常常无法用实指定义来确定,因为人们可以使用次生语言来指代并不存在的东西。正是由于原生语言与次生语言之间存在着这种差异,许多语言学家才坚信人类语言不同于任何非人类交际系统。然而,在人类的话语使用中,原生语言与次生语言之间并没有一条清晰的界线,原生语言与次生语言总是交织在一起使用。再有,人来语言不仅有从原生到次生方向发展的情况,同时,还有从次生到原生的退化现象。这主要表现在原生概念和次生概念的使用上。

　　语言学上对"语言的诗化"和"语句或话语的词汇化"这两种现象有所讨论。我觉得这两种现象实际上代表的是原生概念和次生概念的相互发展的过程。一般来讲,从原生概念到次生概念的发展方向,这是话语片段化、短语化的过程,常常产生诗意;而从次生概念朝原生概念发展,这是词汇化过程,往往凝定词意。比如,原生概念"金"与"山"综合后生成次生概念"金山",在生成之初,表达的是使用者尤其是该词的首次使用者那富有诗意的大胆的想法,甚至浪漫的情怀。但"金山"一旦凝定成词,不再是短语的时候,"金山"不再具有原来的概念,退化为词了,而成为后人的原生词。

　　根据上述内容大致可以说,原生概念是指人类在与自然接触过程中,用指物命名的方式对实物或直接感觉到的现象所形成的概念。大多数原生概念都具有直接的指称对象。而次生概念主要指人类对世界进行反思,用联想或类比的方式对想象中的对象所形成的概念,次生概念没有直接的指称对象,往往是对原生概念的加工利用而新创的概念。原生概念反映的是语言发生、起源的基本状态,而次生概念却是代表着语言的具有创造性的特征。人类语言之所以有别于简单的交际系统,就在于人类语言具有创造性,具有大量的次生概念不断涌现。次生概念的出现,给人类语言带来了复杂性,此外,原生与次生的交织是人类语言的另一复杂性。

　　原生概念和次生概念这种区分既具有生物学基础又具有深远的哲学渊源。从生物学角度看,生物具有从产生到成熟的生长过程。不管语言究竟如何起源,但语言从起源到成熟必定经历一个初级阶段到成熟阶段的过程。我们现在所使用的各种语言已经是高度成熟的语言。从语言产生到成熟这一过程中,最早的语言概念与外部世界直接关联,随着原生概念的不断增加,人类理性的表现能力也逐步增强,这样利用既有原生概念来表达理性抽象活动,就促使了次生概念的形成,促使次生语言的形成。

柏拉图在《克拉底鲁篇》中间接说明,语言中有两类词,一类是基本语词,相当于我们说的原生词;另一类是以原生词为基础派生出来的词。伊壁鸠鲁认为语言起源分为两个阶段:自然阶段和约定阶段。在自然阶段中语言直接与情感和外界对象发生关联,而约定阶段语词与对象发生直接关联,然后慢慢地语言与理性活动交织在一起。从伊壁鸠鲁的观点看,直接与外界对象以及我们情感发生关联的语词最早产生,然后随着理性活动的复杂化,语言中会出现一些抽象词汇来。这仍然说明,人类的语言有原生概念和次生概念之分。

哲学家指明了语言的原生属性与次生属性,文学家展示了语言资源的开采样例,专家教授们抱着合理开采语言资源的决心,力图推出新的产品。不是吗?油炸雪糕、麻辣冰激凌等语言资源开采品,早已登上了我们的餐桌。其实,多利羊也与语言资源的开采有关。

合理开采语言资源,我们的世界必将异彩纷呈。

哲学哲学我忘不了你

坊间流传一件事,反映了世人对待哲学的态度。玩味之余,想来有必要一本正经地讲讲哲学的目的与方法。

坊间传说,一位大学生假期回到家里,饭桌上父亲询问这位当儿子的学生在大学里到底学的是什么,儿子回答说是哲学。父亲问何谓哲学,有什么用处。儿子答道,哲学到底是什么,这很难说清,但是可以打个比方来说明一二,比如刚刚端到餐桌上的一只鸡,在学哲学的人看来,这里有现实中的鸡和理念上的鸡。现实的鸡不完美,理念上才有完美的鸡。父亲听了这话,不无戏谑地说:"这么说来餐桌上有两只鸡了。那么,你是大学生,应该吃完美的鸡,我就吃那不完美的鸡吧"。

有人会有意无意地讲这个故事,或明或暗地嘲讽哲学及哲学家。正如钱锺书《围城》里爱吃干醋的赵辛楣嘲讽情场对手方鸿渐一样:"从我们干实际工作的人的眼光看来,学哲学跟什么都没学全没两样。"

世间对哲学的成见由来已久,若只是出于泰勒斯的女仆那种对哲学家天真劲儿的讽笑,嘲笑哲学家只顾着思考天上之事,连脚下的路都看不清,而且还不赚钱,只要不从根本上否定哲学的用处,这倒也无什么关系。时间过了两千多年,黑格尔读到泰勒斯受到嘲笑时,痛心疾首,甚感不平,向世人声言:一个不会仰望星空的民族,注定是没有前途的民族。

如今,我也从事语言哲学研究,不敢谈论哲学的价值,只好谈谈哲学的目的和方法。

关于哲学的目的,罗素的导师怀特海说,哲学的目的是心智的一种批判态度,瞄向的是"对种种教条的无知满足"。这种哲学态度就是要打破这类"无知满足"而坚定地拓宽我们对现有思维中每一观念的理解和运用,这就要求我们追问每一个语词、每一个短语在思维表达中的意义到底是什么。

在怀特海看来,从事哲学就不能满足于所谓的"每个明白人"都知道的常理。如果停止对常理的追问,也就停止了哲学工作。哲学家就要敢于"突破有限领域的界限"。哲学的用途就在于"滋养积极的新观念,这些根本观念会让社会系统异彩纷呈"。

罗素认为哲学的真正价值并不在于确定的知识,而在于"对知识的不确定性"进行全面探索。没有哲学修养的普通人容易受到习惯、常识的束缚,会不假思索地认定他所生活的世界是清楚确定的,而对习以为常的事物不会产生任何质疑。

在罗素看来,我们一旦开始哲学追问,即便是生活中最普通的事物也会引起难以回答的问题来,哲学的价值就在于问常人之不问、思常人之不思,从而突破"自我"而扩展到"非我"。真正的哲学沉思就在于非我的扩展。哲学就是要发问,通过发问来扩展我们对事物的可能性进行理解,扩展我们对事物所形成的概念。

怀特海和罗素阐明的道理,正是皮尔士关于哲学的目的所做的怀疑和批判。皮尔士认为,人们对过去的哲学观点持有的态度多为相信,很少怀疑,相信大于怀疑。于是在相信的状态下,生吞活剥地接受了别人的学说,还养成了宁愿相信而不愿怀疑的习惯。

殊不知,既有哲学中概念混乱太多。有的人满脑子是稀里糊涂的概念,一团泥淖,还自以为只要学会了那些混浊的概念,自己就有了清晰的掌握。其实不然,囫囵吞枣而已。造成这种结果的原因,就是人们习惯于相信,而不太愿意怀疑,更不知道怎样怀疑。相信成了习惯,不需要代价,而怀疑需要方法,代价很大。

在皮尔士看来,一个头脑清晰的人,头脑中是没有多少概念的,因为他不需要那么多的无用的概念。那么,我们怎样做到头脑清晰呢?皮尔士会说,我们就要学会"如何把我们的观念表达清楚"。

为什么要把我们的观念表达清楚呢?皮尔士在被誉为"实用主义的出生证"一文《如何把我们的观念表达清楚》中说,哪怕一个概念不清晰,就可能会误导我们一生;模糊的概念就像黑夜里大雾弥漫的道路,会把我们引向歧途,走入绝境,乃至掉入万劫不复的深渊。对于个人如此,对于整个民族也如此。如果一个民族拥有的是一些模模糊糊的概念,这个民族整体都会误入歧途。所以,拥有清晰的概念于私于公都至关重要。

清理哲学中的概念混乱,清晰表达自己的观念。这是皮尔士的抱负。这种抱负和要求完全符合现代分析哲学的宗旨。一代哲学大师,维特根斯坦不折不扣地倡导着这样的哲学理念。维特根斯坦是西方哲学的伟大革新者,他从哲学"那些源远流长的争论"出发，而"向所有的参与者发出了质疑"，从而提出了"自己对哲学本质的另一种构想"。他主张说，"从事哲学研究就是从事一项概念澄清的活动"；"哲学中的成果是：概念混乱的消除、哲学问题的解决或消解。哲学问题是概念问题，而非事实问题，因而对它们的解决或消解要通过考察概念和语法来实现"。

皮尔士和维特根斯坦既阐明了哲学的目的，又指明了现代哲学的方法。其实，哲学还有三大经典方法。

三大经典方法可追溯到苏格拉底、柏拉图和亚里士多德那里。苏、柏、亚各自的哲学方法成了后人进行哲学研究的三大典型方法。怀特海在其《过程与实在》一书中说："欧洲哲学传统中至为确定的特征就是，整个哲学传统实际上是关于柏拉图的一系列脚注"。

怀特海这话最早见于1929年，慢慢地在哲学界流传并演绎为：整个欧洲的哲学发展实际上是对柏拉图的注解。换句话说，现代哲学所谈论的重要问题归根到底都能够在柏拉图那里找到根源。这是从哲学话题本身做出的概括性结论。

其实，从哲学的方法论看，现代哲学研究仍然是对古希腊哲学家特别是苏、柏、亚三人的继承。在哲学方法论上，苏格拉底是"审查家"，柏拉图是"构想家"，而亚里士多德则是"范畴家"。对应的方法是：勤审查、敢构想、明范畴。

作为审查家，苏格拉底的哲学方法的基本模式是"提问－回答－再问－再答……"，直到揭示谬误或者确定真知。"苏格拉底常常称自己是一位思想的助产士，凭借自己的辩证技巧，使另一人头脑中隐伏的真理得以诞生。"

苏格拉底这种辩证的审查方法实际上是"反驳式逻辑论证"。苏格拉底的名言，人生不审查，活着不值价。苏格拉底说这话有其针对性，目的是为了让当时希腊的年轻人明晰思维，不要被现象蒙蔽，不要盲从权威，而要勤于思考，勇于发问，敢于透过现象获取真知。苏格拉底的审查方法的典型英文句式就是"什么是X？"其中的X是一个变量，有许多变体，这一句式会因X的变化而反复使用，直到无数个概念不同但相互关联的X问出之后，当事人就势必能够深化既有认识，从而去粗取精、去伪存真。

苏格拉底当时教育的是雅典的年轻人，那么，我们年轻学人怎样做才不肤浅呢？柏拉图《国家篇》的洞穴比喻告诉我们，哲学家面临的伟大任务就是要从短暂的阴影洞穴中钻出来，摆脱各种玩偶的操纵，抛弃洞中认识到的假象。有道是，洞里观影千百度，蓦然回首，真知却在，洞外阳光处。

如果说苏格拉底勤于审查，那么柏拉图则是敢于构想。作为构想家，柏拉图的脑袋里构想出的却是人脑无法想象的"理型"，它高于具体世界的存在，构成了世界,而且还超越世界。理型的构想发端于柏拉图的哲学方法,就是人们称之为"思想的最高形式"的辩证法。

辩证法其实是关于世界构成的二元论的概念考察法。在二元论辩证法的视野下,世界分为可见的或可感知的事物或现象,与不可见或不可感知的"理型"。在这里,柏拉图不满足于对可感知的事物的理解,而上升到形而上去,生出一个新的概念来——理型的存在。这一存在被称为"柏拉图的胡须",让奥康的剃刀犯了难。

在柏拉图看来,普通人的认识要经历一个从可感知的事物上升到感悟"理型"的过程,即经历"意见""知识"和"最高智慧",即经历由我观之、由物观之和由理观之三个过程。这就是说,人们最容易从"我"个人出发形成"意见",而且常把意见当知识;人们也相对容易由"物"的客观实在出发去获取"知识",却又可能误把知识当智慧;但是,人们却不太容易由普遍之"理"出发去获得"智慧"。原因何在呢?在柏拉图看来,人们忘了从辩证法的角度来审查自己的概念,人们习惯于简单地使用概念,而彻底忘了有责任对概念进行审查、反驳、修补与强化。

从柏拉图及亚里士多德的哲学方法看,一门学问可以分成四个层次:技能、知识、理论和智慧。这四个层面从技能到智慧是一个等级式塔形结构。技能是底层,绝大多数人满足于在技能层面做事,很多人能够在知识层面活动,不少人能在理论层面创新,但是,只有很少人才能达到智慧的顶层。智慧让人获得自由,智慧之人不仅能创造理论,而且更重要的是能化理论为知识与方法,化理论为德性。于此,我们大致可以说,没有良好的哲学修养,就很容易出现"肤浅"。肤浅之人在技能通向智慧的这一学问高塔中所处的层次不高。肤浅的学问,即便有一较高的层次,恐怕也会因固执地待在某一层面,不愿贯通各个层面,而在有限的疆域里自娱自乐。

人生在世,若不想浑浑噩噩过一生,就要追求活过明白,达到澄明之境。在通往澄明境界的道路上,哲学家不是安享现成的游客,而是拓宽认识疆域的先锋。

我们知道什么?

　　我们知道什么? 这问题,在很多人看来不是什么问题,因为我们究竟知道什么,我们总是觉得自己心里清楚得很,就像瞎子吃汤圆一样——看不见但心里有数。

　　在知道这个问题上,其实我们就是瞎子,而且心中既无数更无术。

　　我们从不会问自己:我们知道什么? 相反,我们有时会自以为是,总认为自己知道得多,别人知道得少,甚至觉得别人什么都不知道。倾向于高估自己而低看他人。于是,"你知道什么呀?!""他知道什么呀?!"这些话总是用来指责他人,从不自我反省。

　　我们知道什么? 古希腊圣贤苏格拉底十分肯定地说:"我只知道一点,这点就是我知道我什么都不知道。"作为伟大的哲学家,苏格拉底就这么低调。他什么都不知道,那我们这些既不伟大又不善于思考的平凡人还知道什么呢?

　　"我就知道。"这话几近武断,至于是知道什么,为什么知道,概不明说,可能也无法明说。也许,浪漫的人会想起梁静茹的歌曲:"有点晚了,早就该回去,但不想回去。感觉气氛很好很开心,有什么在进行。手牵了,心跳着,我说着,你笑了,怎么会一切都像很可行,原来啊就是你。我就知道那是爱。"

　　务实的人会说:"我知道我需要什么。"于是,在喧嚣的城市里,车水马龙,人来人往,似乎每一个人都知道在自己忙什么。可是,这些知道自己在忙什么的人,很多时候又会感叹:"我不知道自己在忙什么?"

　　许多人在没有弄明白"什么是知道"的情况下,就会盲目地说知道。应该说,我们连什么是知道都不知道。

　　知道,这个词容易被误用。知道一词容易与感觉到、相信、猜测、估计、断定、发现、熟悉、认识、听到过、看见过、吃过、用过、到过等混淆。

"我知道你对我有意思。"这里的知道其实是感觉到。

"我知道明天要下雨。"这不是知道,而是估计,或者说是相信。

"我知道张三这个人。"这里的知道多为认识或熟悉。

"我知道这首歌。"这完全可能只是听过这首歌,或者只是记得关于这首歌的一些信息。

"我知道莫言是《丰乳肥臀》的作者。"这根本就是一种简单的发现,而不是深刻的知道。

"我知道九寨沟。"知道只不过是去过或者了解过而已。

知道一词重在"知",而"知"在《汉语大词典》的释义有:晓得、了解、认识、辨别、听到、告诉、省悟、知遇、赏识、主持、见解、结交、欲求、得到、过问等20来个义项。这些义项并不等于知道,而是关于知道的一些解释。

那么,如何判定什么是知道呢?首先,知道是能力的体现。知道挣钱,就是有能力挣钱。知道做生意就是能够做生意。

其次,知道是经验的综合。屠呦呦知道青蒿素可以用来治疗疟疾,这是经验的综合。我知道川菜的辣味有十八种,这是因为我有这方面的经验。你知道位置性晕眩是怎么回事,这是因为你的知道是建立在经验知识之上。

能力性知道和经验性知道,这两种知道属于低层次的知道。苏格拉底对这两种知道并不满意,因为这两种知道终究是表象世界的知道。知道表象并不是真正地知道。真正地知道在于知识增长,这种知识增长不是个人狭隘的知识增长,而是人类广博意义上的新知与真知。

从知识增长层面看,世界上没有多少人称得上真知道什么。我们知道个人的局限,这很容易证明,毕竟,我们个人的能力和经验都有限。就算我们的能力有无限的趋势,但是囿于社会习俗和他人牵制,我们的知道也很有限。例如,你知道你可以混进某人的婚礼现场去看看热闹,甚至知道如何弄得一杯喜酒来喝,但是,你也知道你根本无法混成那现场的新郎。

知道正如我们的眼睛,我们通过眼睛来观看世界,但我们几乎不去刻意观察我们的眼睛本身。如果我们既不了解知道的本质,又没有在平凡世界里观看到新的东西,那么,我们还真的什么都不知道。

真正什么都不知道的人容易被人看成是废物,只在消耗资源中苟延残喘,只会生产一堆堆米田共。

呜呼!如果知道自己近乎废物,就应力争让废物发生转变,变得有使用价值。

不想引人注意

"有时候,你哭泣,没人理会你的眼泪;有时候,你疼痛,没人知道你的创伤;有时候,你焦虑,没人明白你的压力;有时候,你幸福,没人在乎你的笑容;可要是你放屁! 哪怕就一次,每个人都会注意到你。"

相传这打油诗出自美国一位小人物。既然是小人物,人们基本就不会去记住他的名字,毕竟小人物的名字算个屁。但小人物的这首诗,有如一声屁响,虽不宜张扬,但倒也传到了世界各地,并化成不同文字,继续着它那屁一样的思想。

对于这打油诗,我不敢谈得太深,唯以纯洁的心灵从表面意义去理解。当然,它还真有那么一点人生哲理。在纯洁的理解下,它道出了人们应付那类生理现象时的尴尬。你有时要转移他人的注意力,却又偏偏引起他人注意。于是乎,人们一直在努力,试图从语言上找到能麻痹别人的方子。

不是吗? 古往今来,汉语里不是先后有"出恭、更衣、水火、登东、净手、如厕、解手、洗手、方便、上壹号、解决问题去、应召、回电话、唱歌……"等众多说法吗? 或文、或白、或雅、或俗,都是个人生理垃圾处理领域的专业术语。

要提醒你的是,人们排放的生理垃圾有三态:固态、液态和气态。固态和液态,多半属于个人隐私,处理时张扬不得。可是,单那气态垃圾释放时,事前无人提醒,事后没人负责,弄得大家你看看我,我看看你,都做无辜状,有的人居然还很嚣张地欢喜。

有一种气体很特别,它可能是鸭棚里臭气的残留。这种残留气体,不是什么时候都会有,它自有泄漏的固定周期。它泄漏时,总有三五个赶鸭人打着一般大家的旗号,撑着特殊大家的破伞,把一群人像鸭子一样地赶在一起。然后,出来一个赶鸭人,煞有介事,登台宣布:我们今天要进行得馈客拉稀推举。

话音一落,本来就没有高音声带的鸭子们,面面相觑,旋即又习惯地呱呱细语。仿若闻到了什么,鸭子们你看看我,我看看你,不过,这次没有无辜状,倒有不一般的鸭子暗暗地欢喜,合不拢鸭嘴,很得意,也许还有几只鸭子不那么得意。

俄顷,赶鸭人还把事先挑选出来的几只打过思想疫苗的鸭子,依次弄到一个圈里待一会,要让这些鸭子主动地呱呱出那赶鸭人酝酿已久的私句。最后,成就那得馈客拉稀挺举。

其实,这也是一种不想引人注意的气体排放,只是排放者不再是个体,而且它们还穿有从外藩"恩配奴儿"家借来的新衣。倘若,有一天剥掉那赶鸭人借来的新衣,你会发现原来它们才是一群真正的鸭子,可以把它们卖到以前的东莞去。

你要是没有明白上述话语,那真还没关系,上述话语不想引人注意,也许本身就是一个屁。

也许,还是屁好懂一些。人们爱说,懂个屁!那么就再讲一则关于放屁的事。

有一个上门女婿,与老泰山一起在晚上纳凉。那女婿不小心放出一声尾气来,为了避免尴尬,那女婿马上用手指,在纳凉席上划出声音来,并说,这手指划出的声音,还真像人们排尾气。那老泰山却说:"还是最初那一声逼真。"

有道是你不想引人注意,其实人们早已注意,因为好多事情都有同一个名字叫"你懂的"。

不过,千万不要把出恭、登东和得馈客拉稀推举当成一回事,因为它们实在不是一回事。

朝向问题本身

我一向不喜欢问题,尤其是那些莫名其妙、鸡零狗碎的小问题。曾经年少,没学会朝向问题本身,却又往往赞叹他人回答的巧妙。朝向问题本身需要良好的思维习惯,而赞叹回答问题的精妙之处,似乎并不需要动什么脑筋。当然,能把问题回答得精妙的人肯定善于动脑筋,而且脑筋运转得比高速路上的车轮还快。

中国人向来注重机灵,衡量一个人到底怎样,有时还特别要考察考察这个人到底机灵不机灵。于是,人世间很多机灵的事往往成为赞叹的样例。新中国的总理周恩来同志肯定很机灵,当然用机灵一词有点不妥,那么就说周恩来很机智。

关于周总理的机智,我最早是从初中数学课范老师那里听来的。现在想来,范老师大概想要强调巧答数学问题的重要性,故特意借周恩来的机智故事来强词说理。

他说有美国记者问周恩来,为什么美国人走在路上昂头挺胸,而中国人总是低头俯首。这个问题似乎有点影射中国人的生活状况:勤劳勇敢而很贫穷的中国人,成天愁眉苦脸,精神不振。那时,尽管事实如此,但中国人的面子,总理也丢不起,不能照实说。于是,周恩来回答说:"这个问题很简单嘛,你们美国人走的是下坡路,当然要仰着头走路的,而我们中国人走的是上坡路,当然要低着头走路了。"

总理的回答肯定很机智,但是他并没有朝向问题本身,当然,外交场合并不需要朝向问题本身。多少人没有智慧,面对难题不是张牙舞爪,就是"无可奉告"。可是,"无可奉告"本来就是个恶棍,粗鲁得很,既不关注问题本身,也不管事情和人情。

范老师把这个故事和数学扯上关系,多少有点牵强,但是,那时正是"文化大革命"结束不久,"四个现代化"的口号,不说是响彻云霄,也至少响到了课堂、响到了中学生的考试卷上。举国上下,个个摩拳擦掌,人人积极向上,争取解决实际问题,就要学会朝向问题本身。

那么,什么叫朝向问题本身?如果有人突然想你说:"你是人不是人啊?"你的本能和直觉旋即上位,脱口就回敬,甚至想骂人。你不太可能思考"你是人不是人啊"这个问题的起因与走向。我们的文化已经习惯了轻问题重答案,正如我们习惯了用那"吃了"或"还没有"来回答别人问话"吃了吗?"一样,我们只管回答。

如果我问你"中国菜有些什么?",你的回答就会暴露出你的思维习惯。你如果没有养成朝向问题本身的思维习惯,你对这个问题的回答肯定是五花八门,而且你的回答平淡得很。

你的思维习惯很顽固,而且总是凭借本能,你不假思索地说:中国有八大菜系,有凉菜和热菜,有荤菜和素菜,有蒸菜和炒菜,如此这般。你完全没有考虑我的问题起因与走向,你甚至公然忽视了一个事实:我是中国人,我早知道你的答案。

我问你"中国菜有些什么?",我可能是想了解你(注意是你本人)对中国菜有些什么样的见解,想了解你的创见,而不需要你去把常识搬来应付我的问题。

你若明白了问题本身并回答说"中国菜分两种:保味菜和攻味菜"。这话一出口,我就乐意倾听,觉得你会就中国菜说出一些新的东西来。你回答问题的思路不但清晰,分类完整,用词别致,而且你肯定经验丰富,善于创新。

我沿着你的思路会想,保味菜就是要把菜原有的味道保住,粤菜里就有典型的保味菜。说到攻味菜,我本能地会想起四川厨子来。

四川厨子特别好战,什么菜经过四川厨子的手,都要留下麻辣的痕迹。他们一手拿花椒一手持辣椒,用这两大武器,要把天下食材都控制在麻辣中。于是,螃蟹被麻辣了,大虾被麻辣了,就连鸡蛋羹也被麻辣了。看到这惨烈的麻辣场面,保味菜的厨子痛惜得直摇头,甚至有好事者想在麻辣战场上为那原味的牺牲立碑铭文:某年某月某一天,东海螃蟹味殁处。

我从黑耳场走出来,从范老师的数学课走出来,但很久都没有学会从思维习惯中走出来。我本不会成为老师,却后来偏偏成为大学老师。直到有一天,我那些当县官、当州官的同学问及:你怎么就成了老师了?我才突然意识到,这个问题不是要问我怎么就成了教书的,因为他们早知道我就是教书的,而是想问我许多别的什么。

"我怎么就成了老师了?"我也一直在问这个问题。现在我不需要答案,只想学会面向问题本身,只想我的学生也学会如何面向问题本身,愿天下都学会朝向问题本身。

投机取巧的答案和"无可奉告"丢掉了诚实,都不文明。

粗直与雅趣

何为生活的目的？何为生活的艺术？这两个问题仿若地球的南极和北极，表面上各在一端，本质上却在同一球体中得到统一。但这并不是说，生活在同一地球上的人都能做到南极和北极的统一。

仿照陈嘉映先生的说法，若把生活当成一项工程，比如挖一条沟这样的小工程，那么把沟挖成挖通就是生活的目的，而把沟挖得很美很精致，这就是生活的艺术。

挖沟的这个比喻，还可以映照出世人做事的两种思想素质或者说两种价值观念。

有一种人挖沟，其目的并不是挖沟，只不过是以挖沟为手段来获取生活物资。对于这样的人，你若直接给予他生活物资，他完全可能不再去把挖沟的铁锹拿起，他再也不想从事挖沟这样的苦差事。他其实就是只想拿工资不想做实事的粗直之人，他勉强算得上有生活的目的，但绝对没有生活的艺术。

另外一种人，一旦接受了挖沟的任务，他就会爱上挖沟这项工程。你就是不给他发工资，他也会主动地把沟挖好，因为他把挖沟当成了生活的艺术追求，他在艺术追求中能够获得身心的愉悦，他非常愿意看到自己的工程完成。他就是具有工匠精神的雅趣之人。

粗直之人和雅趣之人走在一起，本无明显的区分，但只要遇到具体的事情，二者就泾渭分明。粗直之人，做人很实际，只追求生活的目的，看重的是结果；雅趣之人，做人很浪漫，还懂得生活的艺术，讲究的是方法。上海的生煎，重庆的豆花，这两样饮食一上餐桌，你可能就会发现谁是粗直之人，谁是雅趣之人。

上海的生煎，皮酥汁浓，外面温和，内心烫热。面对餐桌上刚起锅的一盘生煎，粗直之人和雅趣之人的吃法迥异。你若看见有人不管三七二十一，用一双筷子夹起一个生煎包子就往嘴里塞,你立即就会注意到,生煎包子立即又从他的嘴里吐了出来,而且他被烫得眉心发红。这人的吃相狼狈不堪,粗直之人是也。

你若看见有人,有条不紊地轻轻夹起一个生煎包子,又轻轻地把它置于醋碟,用一根筷子从上面轻轻地戳出一个小孔,然后再慢慢地夹起带孔的包子,用两片红唇对着那小孔轻轻地吸取,你就知道这人做事讲究方法,不乏生活的雅趣。

吃一个生煎包子就有粗直与雅趣之分,你也许对此颇不以为然。其实,你也可以反过来思考,连吃饭的方法都没有掌握好的人,怎能指望他做事情很有技巧很有方法。海派文化以精细著称,所以在饮食方面,上海本帮菜不乏雅趣之作。

相由吃生。上海人精细雅致,重庆人耿直率真。这似乎要说重庆人在饮食方面的讲究不如上海人了。其实不然,饮食一体,沪渝同江。重庆的豆花,正如上海的生煎一样,也浓缩了生活的目的与艺术,也能映照出粗直与雅趣。

在重庆,豆花一上桌,要不了多久,你就会从食客的吃相中区分出粗直与雅趣。豆花白,油碟红。雅趣之人吃豆花很讲究技巧,一碗豆花吃完之后,他的油碟依然是纯洁的红,而不见丁点豆花残渣细块。

粗直之人吃豆花,才吃得两三筷子,他的油碟早已洗白,豆花残块挤满了油碟。

再看那盛豆花的碗,雅趣之人用筷子拣豆花时,筷子尖尖永远朝外,沿边截取,从不向内,从中开戳。这种拣法,文雅细致,豆花在碗里只见减少,不见凌乱破败,豆花的队形保持整齐,块块豆花就像手牵手的姐妹,响应筷子的召唤,依依惜别,直到最后。

粗直之人吃豆花,拿起筷子就往中间捅,两下三下,一碗豆花被粗直之人捅得妻离子散,七零八落。

上海人日啖生煎无数,重庆人独爱豆花一碗。他们都吃出了生活的目的,吃出了生活的艺术。

粗直的目的与雅趣的艺术,应该结为伉俪,生活才因此圆满而美丽。

差别到底在哪里？

人世间有一种令人哭笑不得的现象，那就是以前不如张三的李四，后来却比张三发展得好。面对这样的事实，很多人心情十分复杂，其中还不乏悲天悯人之辈。张三那么聪明，那么乖巧，凭什么就比不上李四了呢？在人们眼里，以前的李四是那么笨，那么呆，而现在的李四却是变了一个人似的。这是为什么呢？难道真是所谓的命运弄人？

镇上有两户人家，刚好各家有一男孩，他俩同庚。我们暂且就把他俩化名为张三和李四。张三长得乖巧，从小都讨人喜欢，嘴巴很甜，见到他人路过身旁，他总是满脸笑容，开口就喊叔叔，闭口不忘阿姨。张三不光是嘴勤，而且还手勤。凭着勤快的双手，张三总爱帮助他人。认识张三的人，都说张三很聪明，将来一定大有出息。

李四显得很木讷，不爱多说话，成天愁眉苦脸的样子，熟人从他身边经过，他却常常视而不见，根本不会理睬任何人，更别指望他出手相助。人们都说李四这孩子老实巴交，不知道如何与他人打交道，将来进入社会可能要吃亏。李四的父母也时不时地教育李四说："你得多向张三学学，将来做个有用的人。"

时间在慢慢地过去，张三还是那么乖巧，李四还是那么呆笨。可是有人也慢慢发现，张三用心的地方太多太多，就是不太专心，尤其无法专心学习。李四呢，什么地方都不用心，就知道用心学习。但是，张三毕竟是张三，李四也只是李四。高考那年，真是巧合得很，这俩同庚考出了同样的分数，而且进了同一所大学，读的是同一专业。

在大学里，张三凭着习惯和素质进入了学生会，而李四除了学习，照样什么都不会。张三在学生会负责组织各种社团活动，并在一次次活动中学会了跳舞，学会了弹吉他，而且还无师自通，学会了不停地更换女朋友。临近毕业那年，张三为了追求新来的低年级的"绝色美女",与人争斗,打了好几次架,最后惹上了留校察看的处分。那时大学生的工作主要是由学校分配。毕业时,不是因为业绩而是因为孽迹,张三被分配到了四川省大凉山的一个穷困县中学教书。

李四因为只知道一门心思学习,成绩一直在全系名列前茅,加上没有惹是生非,毕业分配去了北京一家科研单位。从此,张三和李四的生活轨迹就发生了根本变化。

后来,李四一如既往继续读书,读了研究生,去了美国留学,拿到了洋学位,并留在了美国,开启了美丽人生。

张三呢,仍然在大凉山的一所中学教书,幸运的是,他当年追求的"绝色美女",毕业时也去了大凉山与张三结婚。不幸的是,"绝色美女"和张三结婚不到两年,又与张三离了婚,留下一个幼儿给张三,让张三从此再也无法洒脱地谋生。

多年后,只要谈起张三和李四的事,镇上的人就唏嘘不已。有人说,张三的命运先好后坏,主要是他家祖坟不正。至于李四呢,镇上人却说,傻人有傻福,还有肯定是李四前辈子积了德,这辈子才注定要走狗屎好运。

听到镇上人对此事的解释,我只好笑笑,根本没办法跟他们把道理说清。我不唏嘘,更不依稀,我只清楚地记得笛卡尔在《谈谈方法》中说,良好理性,人人平等。具有良好理性的人,却并不能做到万事都平等,人与人注定要有差别。

人与人的差别之根源究竟在哪里? 人与人的差别并不是聪明才智的差别,也就是说,人与人之间的差别不是有些人聪明一些,而有些人呆笨一些。人与人之间,之所以会存在差别,根本原因就在于智力使用有别。每个人的智力都有限,因此,如何使用有限的智力,就成了人与人之间出现差别的根本原因。有些人很聪明,但是他们却没有把聪明使用好。有些人很愚笨,但他们完全可能使用好他们仅有的智力,最终成为有出息的人。

只要坚持正确地使用智力,愚笨之人最终并不愚笨。

不能简明述说恐怕就很糊涂

黑耳场昔日的小伙伴知道我是语言哲学教授，问我语言哲学究竟是干什么的。我却为了难，一方面我无法采用学院派的话语方式，大概念来大概念去，要么天马行空，要么龇牙咧嘴地来回答他，另一方面，我又害怕说得太通俗了，他会笑我没有本事，不把我这语言哲学教授当回事。于是，我只好采用庸俗陈旧的套话，不无歪曲地解释说，语言哲学就是把复杂的说成简单的，把简单的说成复杂的。见他神色中带着欲知其详的期待，我就借用网络段子手的例子，略加增补，来例说我的行当。我让他猜猜下面一系列表述究竟是什么意思。

"妈妈在证明偶然与必然的关系，爸爸在现实的不安中寻找理想的确定性。"我这话一出，他摇头说根本不知道我在说什么，好像有点哲学的味道，但太抽象了。我说这话其实就是站在小孩的角度对爸爸妈妈的实际生活进行高度概括。

如果把这句话放到科学层面上来表述，如果是科学家要申报国家社科基金或者国家自然科学基金项目，要说出点新意，那么上面那句话应该写成："妈妈在研究复杂群体中多因素干扰信息不对称状态下的新型'囚徒困境'博弈；爸爸在研究大数据视角下的六度空间理论在情感供给侧匹配中的创新算法与实践。"这话仍然很高深，大概念不少，那么就再简化一下。

"妈妈在研究信息不对称状态下的资金零和博弈策略，爸爸在研究人工智能与情感供给侧改革的新兴产业组合。"这话有点实际了，但仍然具有龇牙咧嘴的大概念，有些研究员就喜欢这样说话，仍然需要简化。

那么说得简单点，上面那句话可以修改成："夜深了，妈妈在研究经济，爸爸在研究互联网＋生活……"这句话很接地气了，而且还比较时髦。可是，我的昔日伙伴仍似懂非懂地要求我说得再简单点，通俗点。

如果说得真正通俗点，真正简单点，那么上面那句话其实就是"夜深了，妈妈在赌钱,爸爸在网恋……"听到这话,我昔日的伙伴说,这才是人话,小孩子都听得懂。我趁机说,语言哲学就注重清晰表达,要帮助人们澄清语言使用的混乱,消除天马行空的大话和空话。

我的伙伴若有所思,然后说:"这么说来,你们这些哲学家、科学家、研究员就是擅长说大话和空话了。你们说出一些古里古怪的话来,我们普通人根本搞不懂。你们的话越是古怪,越是显得你们有水平。其实,小孩子的话,或者小孩子都能听得懂的话,才会让人清楚明白。"

听到他的这一番评论,我半晌说不出话来。他的话有几分道理,而且直接切中了有些人文社会科学工作者的要害之处。

有没有学问,水平高不高,究竟是靠什么样的话语方式来衡量呢?悲哀的是,人文社科学者已经陷入尴尬境地:说话故作高深,对于简单的道理和明白的事情,所谓的专家们不愿意用通俗的话来进行表述。

我很赞同一个观点:你若无法用简单的平常话语说清楚你做的学问,那么你恐怕根本就没什么真正的学问。就算你有学问,你的学问却很难让普通人接受,普通人无法接受的学问,也就失去了社会普及价值。

有些人为了混口饭吃,为了装得有些学问,故意编造出一些概念来,捏造出一些术语来,其实背后完全是一番打胡乱说,疯言疯语。著名的"索卡尔事件"把人文学科的伪学者钉在了耻辱柱上。

纽约大学物理学教授,阿伦·索卡尔对后现代主义的人文社科学者的话语方式,很是气愤,认为很多学者其实没有什么真的学问,只不过是编造了些套话和术语进行胡言乱语,建立的理论也不过是一些学术玩偶而已。可恨的是,这些学术玩偶,还不断吸引新人,最终造就了一批从事"高级迷信"的学者。

阿伦·索卡尔于是决定模仿伪学者的写作方式,装模作样地写出一篇,题为《超越界线:走向量子力学的超形式解释学》。这篇文章的基本构思在于讽刺后现代人文学者既无科学精神,又无可科学素养,还希望拉虎皮做大旗,把自然学科生拉活扯地杂合到人文学科里。于是索卡尔炮制出一篇文章来嘲讽后现代思潮下的荒唐研究,荒唐话语方式。索卡尔把他的"诈文"于1994年11月投到了后现代的权威期刊《社会文本》(Social Text),殊不知,该期刊收到这篇文章时如获至宝,经过所谓的严格同行评阅,最后决定发表在《社会文本》1996年春季刊上。

随后,索卡尔着手写出另一篇文章,题目是《曝光:一个物理学家的文化研究实验》,目的就是揭露《超越界线》是一篇胡言乱语的文章,他的这篇揭露文章发表在语言学的权威期刊《大众语言》(Lingua Franca,1996年6月)。这下子就引起了一场轩然大波,让《社会文本》编委及其追随者以及一些大牌后现代学者颜面丢尽。

　　索卡尔事件的教训是缺乏科学训练的人文学者不要胡乱把自然科学生拉活扯地杂合到研究来，更不要任意提出新概念新术语来故作高深。

　　索卡尔事件看是一个偶然事件，其实是人文学者长期以来忽视科学的严格要求，恣意提出所谓的这理论那理论，难以服人，而必然遭到揭露。

　　还是那句话，我们做人文社会科学研究的，如果无法用简单的语言来表述清楚我们的学问，恐怕我们还真的是在故弄玄虚，故作高深。

搞不懂的心理测试

　　有一件可供饭后谈资之事,是关于城里人和乡下人的故事,今天想来颇有意思。

　　有一位乡下人千里迢迢去拜访城里人。城里人很是热情,他要慷慨地款待乡下人。于是,很大方地煮了两个鸡蛋,当成菜。上得桌来,城里人一边殷勤劝菜,一边说:"请吧! 吃吧! 这是两只鸡。你来早了,你若晚来几个月的话,这肯定就是两只肥鸡了。"

　　乡下人毫不含糊:"好吧,我们乡下人吃得多,不像你们城里人,只喝水就可以长得白胖胖的。我也不客气,两只鸡全归我,这煮鸡蛋的水,应该是鸡汤,归你喝。"乡下人吃完饭就告辞,临行前还盛情邀请城里人到乡下做客。

　　过了半年,城里人真的应邀到乡下人家里去做客。乡下人说他要用山珍好好招待城里人。吃饭时间到了,只见乡下人端上一钵煮过的竹子块块,满脸堆笑地劝城里人:"这是我们乡下的山珍。你来晚了,你要是早来半年的话,这些就是美味的竹笋。"

　　这故事固然不可信,显然是编造的,不过,每个讲这故事的人最后都会提出一个问题:这故事是城里人编的呢还是乡下人编的? 为什么?

　　听了这故事,若仔细想想,你十有八九会说这故事是乡下人编的。为什么呢?因为整个故事的主题似乎是乡下人以牙还牙,进行复仇,而且在艺术审美上,故事的结尾,让听众解恨或者解气。

　　你若认定这是乡下人编的,那么你已经犯了逻辑错误,并没有把问题理解清楚。那么你犯的逻辑错误是什么呢? 答案暂时悬置。

　　既然不是乡下人编的,就该是城里人编的了,是这样的吗? 为什么呢? 你也许突然明白,城里人是幽默大器之人,而乡下人小气记仇。城里人的幽默,反映在对鸡蛋的调侃上,并无恶意;大器反映在他心胸坦荡,能够坦然应邀到乡下做客。相比之下,乡下人不识幽默,不解风趣,居然会因吃的是蛋不是鸡而记仇。

你若就此认定这故事是城里人编的,你同样也犯了逻辑错误。

按逻辑二分法看,世人只分为两种:城里人和乡下人,根本没有"既不是城里人又不是乡下人"这样的情况。

如果说这故事既不是乡下人编的,又不是城里人编的,那么这故事是哪里来的呢? 认定是乡下人编的,其逻辑错误又在哪里呢? 认定是城里人编的,其逻辑错误又在哪里呢?

你若仍然不解,不妨再仔细阅读一遍,其实答案已经很明显,因为心理学家说这是一项心理测试。

驴唇马嘴

生活中一些问答式对话还有点儿意思,它让人想起语言这个东西总是三心二意,好多场景令人啼笑皆非。

有一则真人真事,多少有点奇葩。学校演讲协会打算招聘一名学生干事。有美眉应聘,眨巴着眼睛望着那招聘老师,只见老师开口道:"你个人有什么特长?"

"老师,她们都说我腿特长。"

那老师愣了一下,旋即目光就朝美眉的腿上扫去,觉得有趣,又问:"呵呵!那你的长腿都有些什么爱好呢?"

这美眉倒也是有趣之人,智商也还没全被口红脂粉涂抹干净。"爱好走尊师之道。"

几个回合下来,那招聘老师发话说:"幸好早看了你的简历,要不然,凭你这驴唇马嘴难以过关。不过呢,你倒有点灵气。"

面对那老师的问话,那美眉不按常规出牌,成功地凸显了自己,烙下深刻印象于人。这多少可以算为聪明之举。

这是一个特别看脸的肤浅时代,这也是一个好话特别顺耳的时代。朴实之人,朴实之语,难以拨动庸俗社会的变态之弦。

还有一则真人真事。北碚有家小饭馆,也就是俗话所说的那种苍蝇馆,新开张不久,生意之树还未迎来繁花,就早已透着凋零之气。老板瘫在门内椅子上,一脸无奈,嘴里犹自怨恨前日解雇了的那唯一女招待。

解雇原因还多少与那美眉招待的嘴直巴率有关。有一回,店里迎来当日首位顾客,一位中年未到青年没完的"后青年"。只见他坐下良久,才慢悠悠地点了一份豆花饭就了事。女招待嫌这单生意不大,殷勤推荐:"哥哥,再来个烧白嘛,味道包你满意嘛。"

听到"哥哥"字眼,那后青年的顽劣之心顿时醒来:"妹儿,你那烧白好多钱嘛?"美眉招待似乎读出了点什么,忙说:"十五块,不贵哟。"

那顽劣的后青年终于顽劣起来:"贵是不贵。可是,妹儿,你那肉太多了。十五块钱都买得到足足一斤肉了,有那么多,我吃不完嘛。"

女招待终究老实,没有听出后青年的顽劣,急忙说:"没有那么多!你吃得完的。再说,老板哪会拿那么多给你吃?!"

"哦——没有那么多,那我不是要吃亏?!那,我不吃你的烧白了。"那后青年一脸鬼笑。这时,只见那坐在远处的老板,气得眼珠子直鼓,好像要变成子弹射杀那女招待。

第二天,女招待就被解雇了。

这事说明什么呢?除了老板宽宏度不够外,女招待确实也不够圆滑。她说了该说的,也说了不该说的。这世道似乎并不需要老实话。

那女生和那女招待,都是美眉。可是,她们却代表着不同的语言使用风格。那女生说的话,驴唇不对马嘴,却得到青睐。那女招待明明说的是实话,却两边都没讨到好处。

语言这东西有时真不靠谱。驴唇马嘴居然还有价值。

人性实验

有一则人性实验,虽不知其真伪,但总觉得其中有那么一些道理。今天回忆起来,权作记忆巩固,以便日后谈资。

据说,有人类学家为了调查男人与女人分别在社会中的作用,不惜成本,不顾人性本身,设计了以下实验,并付诸实施。

那实验设计如下:人类学家找了远离文明社会的五个荒岛,把性别结构不同的五组实验对象投放到荒岛上,让他们在岛上居住两年,然后两年后再去岛上,考察每个岛上的生活状况。

在第一个岛上,人类学家投放了一群男人和一个女人。在第二个岛上,投放的是一群女人和一个男人。在第三个岛上投放的是一个男人。在第四个岛上,投放的是一个女人。在第五个岛上,只投放一男一女。

三年后,人类学家首先到了只有一群女人和一个男人的岛上。上岸后他们吃惊地发现:一群女人披头散发,衣不遮体,有拿棍棒捅的,有拿石头向树上扔的,疯了似的朝着树上后吼叫:"快下来!快下来!快给老娘们下来!"只见那树上蜷缩着一个男人,面容枯萎,骨瘦如柴,战战兢兢,一个劲地往树梢上躲。

见此情景,人类学家们感叹:女人多的地方,男人必定遭殃。

人类学家们再来到只有一群男人和一个女人的地方,发现岛上一切整整洁洁,男人们个个彬彬有礼,而那女人一个人住在岛山最好的地方,面色红润,心宽体胖。见此情景,人类学家笑曰:"女人少男人多,世界反而很美好。"

人类学家们来到只有一个女人的岛上,发现女人不见了。来到只有一个男人的岛上,发现男人也不见了。专家们叹息道:女人没有男人不行,男人没有你女人也不行。

人类学家们来到只有一个男人和一个女人的岛上,发现女人挺着大肚子,牵着一个小孩,正朝着男人走去,而那男人正弓着腰在地里面掏挖着什么。面对此景,人类学家说:孤男寡女在一起,必然会做该做的事,而且很可能持之以恒。

　　人类学家们回到文明社会,逢人便说:男人和女人的事情其实很简单,双方都不能单独存在;男人多,就意味着和谐,而女人多则意味着混乱;一男一女,就意味着别无选择或者肆无忌惮。

　　然而,这种宣讲并没有持续多久,因为有一天人类学家遭到了文明社会里女人的围攻,被打得狼狈不堪。

　　其实,这样的人性实验仅仅是实验,外语学院的女生都这么看。

爱上瓢羹儿

巴蜀土话把汤匙或者小勺子叫成瓢羹,甚至还儿化成"瓢羹儿"。对于这种叫法,认知语言学家也许会煞有介事地说,这种土里吧唧的叫法其实就是转喻。然而,故作文雅之人听到这叫法,会皱皱眉,嫌它土得掉渣,厌它不洋气。于是,有好事者按洋文发音,谐之为"死不吻(spoon)""思不吻""湿不吻"等如此这般,多少有点顽劣,甚至会生尴尬。

真有一种尴尬,令人相视无言。

那是 2009 年的事了,时值建国 60 年大庆即将来临。也是我从所谓的"发达的东土"浙江调回西南大学,上的第一堂英语写作课,不是布道,算是诵经。课堂上众"丘尼"或托着芳腮玉帮,或眨巴着眼睛,期待着我这新来的和尚念念新经。

可怜众"丘尼",做梦未料到,和尚新近来,经文依旧老。

现在想来,我那时开讲表达的是亘古已存的观点:

"自古文章,起于无作,兴于自然,感激而成,都无饰练,发言以当,应物便是……晨看度雁,夜视飞萤。"

个中道理,化作西文,云之闻之。昭昭之心,昏昏难喻。

经念完,旋即布置作业,让"丘尼"们以"My Spoon(我的瓢羹儿)"为题写出五百词的文章来。令一出,只见一双双柳眉杏眼逼向讲台,大有霜剑风刀之势,一时竟无言而视,好不尴尬。

徒儿虽未言,师傅早已知。

众"丘尼"在暗怨:这么老的题,平凡之物,有什么好写?看看隔壁班,奋勇谈"裸婚(Naked Marriage)",争先论"穿越(Time Travel)"。几番热闹,多有时髦;再不济,也该顺势应景写写热爱祖国、歌颂祖国那四平八稳、政治正确的文章嘛。

既然我是师傅,理当开导,发话道:写作如绘画,基本功在于化静物为活体,化呆板为生动;若能写好静物"我的瓢羹儿",何愁不会随时"穿越"、顺势"裸婚"呢?! 倘若有才,何惧瓢羹?

迫于师道之严,众"丘尼"只好唱喏。

本以为如今的学生"口含白银瓢羹来世(born with a silver spoon in the mouth)",出生于不寒之家,生长在温室之内,写不出什么令人感动的话来,没想到现在的众"丘尼"心智并非我想象的那么肤浅,也不幼稚。

"丘尼"甲写道(原文为英语):"……看到椭圆形的瓢羹儿,锃亮锃亮,看到瓢羹儿里扭曲的我,我想哭我想笑。为了这一匙饭,我得扭曲地活着,四处上蹿下跳……"

读到这几句,想哭的其实是我。我面对锃亮的瓢羹儿,那瓢羹儿里映出的是扭曲的我。是啊,为了一瓢羹儿饭,有多少人不得不扭曲地活着。

"丘尼"乙写道:"……瓢羹儿分为两部分,长长的柄和圆圆的盆,或者说是小小的柄和大大的盆。柄小,常常在别人的掌握中,盆大却又常常进入人口。人生就这样,你要是小,你就得被他人掌握着、操控着,你要是大了,大了也会成为别人的口中之物……"

读到这,我很久说不出话来。不能再把她们看成是道观内那不知爱恨情仇的"丘尼"了。其实,她们就是有血,当然也不是没有肉的学生。

我并不怀疑她们是不是出于装"走一口田"(逼)的心理,而发出"虐心"之言。要知道,虐心其实是一种唯美的境界。投篮不得分,相知难牵手,久旱仍无雨等都是虐心事。这世间正因为有这样或那样的虐心事存在,我们才感到世间的完美。吾师陈嘉映先生说,完美的心境在于还有未达成之愿。

从这次作文我发现,有肉的学生表露出来的不是颓废和无奈,倒是一种忧虑,一种居安思危的品质。我们很容易想当然地认为,如今的年轻人缺乏磨炼,缺乏对人生的真正反思,看来,我们的想法仅仅是想法。仔细想来,现在的年轻人其实也生活得并不容易,摆在他们面前的仍然是残酷的考验。

我总觉得,一个人有一种忧患意识并不是坏事。我们的国家也是如此。近年来,好像可以扬眉吐气了,但别忘了,我们仍然很弱小。中国还并不强大。所以,国民多一点忧患意识,这是走强国之路所必备的品质。

现在想来,这样的作文就足可以成为我热爱教书这一行的理由,而且我更加热爱的是这两位学生所说的瓢羹,或者说瓢羹儿。

何以爱之? 我的学生李菊莉说:人生如瓢羹儿,盛得起苦,端得起辣,撇得开酸,Hold 住甜。

哪里的姑娘最美？

了解中国美女地图的人会说，成都、重庆、长沙、哈尔滨、上海、杭州等地美女如云。其实，到处都有美女。毕竟，"天涯何处无芳草"这话有它的道理。

美只是一种感受。这种感受要受时间限制，不可太短更不能太长。以时间感受为标准，拿成都和重庆两地的美眉做比较，应该是重庆美女更美。为什么呢？

成都地势太平坦，美女们常常骑车而来，骑车而去。你还没有来得及细看，美眉已经随风而去了。而重庆，山地，城市也高低不平，美女们多选择走路，这样你一旦眼前出现了美眉，那美眉不会马上远去。你有足够的时间欣赏她的步态、姿态等。起伏不平的重庆城，其中的美女多白嫩，曲线优美，丰满可人。

我在杭州、宁波、上海、长沙、哈尔滨等地都住过不少时间。看过不少美女，但印象大都不太深刻。原因何在？这些城市太平坦，以致眼前的美女行路只有一种姿势，显得单调。

此外，皮肤与丰满度方面，细细想来，还是重庆的姑娘魅力要大一些。杭州、上海的美女有身材却少有丰满者；长沙美女皮肤不如重庆美女细腻。更主要的是这些地方不如重庆那样有足够的欣赏美女的机会。重庆人有"打望"一说，当算重庆地方文化一大特色。有道是："打望打望，身体健康；三天不望，身体下降。"

拿上海、杭州美女与重庆美女相比，沪杭两地美女"上镜不养眼"，而重庆美女"养眼不上镜"。换句话说，沪杭美女适合作画品，而巴渝美女肯定是生活品，让人感受真切。

以感官享受来品评美女，总是显得浅薄。何况感官上的美女算不得真正的美女，最多算是眼中的美女，而且眼中的美女多受时间限制，时间短了，不美，时间长了，也不美。眼中的美女还要受空间限制，看得见的才美，看不到的也就不美。

美不只是一种感受，还是一种心灵的呼唤与回应。你内心有一种无法明示的呼唤，而这呼唤刚好能得到她的呵护与回应。这种情况下，在你看来她就是你心中的美女，经得起时间的考验，而且没有空间局限。见与不见，你总觉得她很美。小时候你觉得她美，长大了你觉得她美，多少年不见，她快老了，你看见她还是美。

　　倘若眼中的美女与心中的美女合二为一，这应是人生最大的福气。

　　若再问哪里的姑娘更美，你会若有所思地说：她。

　　她是哪个？也许是你孩时的同学，你的发小，你的初恋，还有《小小新娘花》里描绘的那个她。

　　若再问她是谁，也许戴望舒的《烦忧》会出现：

　　说是寂寞的秋的悒郁，

　　说是辽远的海的怀念，

　　假如有人问我烦忧的缘故，

　　我不敢说出你的名字。

　　我不敢说出你的名字，

　　假如有人问我的烦忧的缘故，

　　说是辽远的海的怀念，

　　说是寂寞的秋的悒郁。

娱乐致愚

　　四川茂县发生了山体滑坡,瞬息间山脚下的小村落就不见了。消息传出来,不少人都在感叹大自然的威力与残酷无情,都在悲叹人在自然界面前脆弱得很。

　　人确实很脆弱,但是,真要说人很脆弱,这样的断言其实很笼统。人的骨头很硬,人的意志也很坚强,还有,有些人的牛脾气一发起来,不脆也不弱。人怎么就很脆弱了呢?

　　对于这个问题,美国时评家尼尔·帕斯曼(Neil Postman)的话甚是有理,一针见血。他说,自然界中最脆弱的东西不是人类本身,而是人类才智。帕斯曼的意思是,人类好不容易累积起来的才智,很快就可被摧毁殆尽。才智的积累需要千方百计,或者挖空心思,可是在摧毁才智时,人们根本无须花费太多的精力。

　　那是什么因素能够把人类才智进行压制、瓦解直至完全摧毁呢? 帕斯曼说,无知、迷信、狂热、残忍、怯懦、忽视,这些都是威胁人类才智的天敌。

　　二十世纪二十年代末,无论用什么标准来衡量,德国在当时堪称是世界上最文雅、文化水平最高的国家。德国的学术精神发展到了伟大的境界,吸引着世界各地的目光。那时的德国有世界上最伟大的哲学家、科学家和社会批评家。德国的人文传统激励着许许多多的国家。

　　可是谁也没有想到,就在二十世纪三十年代初期,也就是短短的几年后,以人类理性大厦著称的德国却堕落了,变成了野蛮、残忍、暴力等非理性行为的粪坑。为了洁身自爱,一大批德国文化精英纷纷逃离德国。爱因斯坦、弗洛伊德、卡尔·雅斯贝尔斯、托马斯·曼和斯蒂芬·茨威格等。糟糕的是,那些留下来的精英分子要么被迫臣服于原始迷信的主权,要么心甘情愿地为非作歹:康拉德·洛伦兹、海森堡、海德格尔、格哈特·霍普特曼等。

　　帕斯曼说,1933 年 5 月 10 日,一场巨大的篝火在柏林点燃。普鲁斯特、安德烈·纪德、左拉、杰克·伦敦、厄普顿·辛克莱以及其他一百多位名人的著作,在一群白痴的欢呼声中,被这场篝火焚毁。

1936年,德国的宣传部长约瑟夫·保罗·戈培尔发布公告说:"因为今年的艺术批评毫无进步,因此我宣布彻底禁止所有的艺术批评,即日生效。"对于这个公告,居然没有一位留在德国的文化名人提出反对。

德国人的聪明才智,为什么会在如此短暂的几年里被压制和瓦解呢? 这个问题不好回答。但是,人们相信,不能把这个问题归罪于当时的经济大萧条。亚里士多德说:人类并不会为获取温暖而成为暴徒,也不会获取温暖而变得愚蠢。

到底是什么原因导致德国人的才智受到破坏呢? 帕斯曼似乎对这个问题并不关心,而是仅仅把它作为典型例子,来说明人类才智最容易受到摧毁。

帕斯曼说,美国是世界上少数的由知识分子创建的国家之一。这些知识分子学识渊博,文采非凡,具有深刻的理性信仰。尽管美国也有反智情绪,但是美国人有一份支持才智和学术的热情,这份热情无与伦比。世界上,是美国首先发起了大众教育的实践,即使在今天,这种教育实践也让世界钦叹;是美国的教堂奠定了值得赞赏的高等教育系统的基础;是美国"1862年的赠地法案"让美国各州立大学成为可能;是美国才具有博大的胸怀来接纳那些逃离本国的各路精英。美国算得上是"理性之都"。

然而,帕斯曼却说,美国这"理性之都"只是过去的光环,而今正在消失。当今的美国正在朝"拙劣之都"发展。造成这种滑坡的罪魁祸首,就是霸占着文化事业的娱乐业。

帕斯曼说,只要当今浅薄的娱乐业继续霸占着文化事业,美国人的才智早晚会被瓦解、压制、直到被彻底摧毁。娱乐业并不带来智慧,只会消磨人的意志,让人因追求娱乐而变得越来越愚蠢。

"娱乐致愚""娱乐致死"这是美国面临的社会重病。为了解释这一观点,帕斯曼借用两部电影来说明。第一部影片是《上帝也疯狂》(The God Must Be Crazy),是关于居住在非洲南部卡拉哈里沙漠腹地的一个部落的故事。影片讲述的是一架飞机飞过这个部落的上空时,飞机窗口里踢出一个可口可乐空瓶来,刚好落在村庄的中央。部落里的人把这个可口可乐瓶当成了上帝的礼物,因为他们以前从来没有见过瓶子,也从来没有见过玻璃。因为这个瓶子很新奇,很快这些人就被这个瓶子弄得神魂颠倒。人们发现这个瓶子有很多用途,其中主要的是它可以吹出有趣的音乐。

然而,渐渐地,这个部落发生了改变。这个瓶子成了人们一个不可遏制的念想。人们看着它,拿着它,想着用它来取代曾经认为必不可少的其他活动。但不仅如此,这个可乐瓶是部落人见过的此种种类中的唯一一个。因此,那些没有瓶子的人就试图从有的人那儿得到它。有瓶子的人又拒绝把它给别人。嫉妒,贪婪,甚至暴力就发生了,并且很快摧毁了他们以和谐为特点的千年文化。人们开始热爱瓶子胜过爱他们自己,并且一直保存它,直到相信上帝一定是疯了的部落首领把这个瓶子扔向山顶还给上帝。

这部电影既趣味十足又十分英明,主要是因为其主题是与芝加哥人,或洛杉矶人,或纽约人相关,他们就如像电影中的卡拉哈里沙漠人一样。它引发了两个问题:当新科技娱乐形式被引进的时候,文化是怎样改变的?让文化去适应新科技娱乐这一要求可取吗?

卡哈里部落的首领被迫以一种美国人不愿采取的方式来处理这问题。即卡哈里部落的首领果断扔掉破坏他们文化的可乐瓶,而现在的美国人却没有这种勇气来丢弃所谓的新鲜玩意。

第二部电影是 1967 年梅尔·布鲁克斯的《金牌制作人》(The Producers)。这是一部喜剧电影:一位寡廉鲜耻的戏剧制作人发现,靠制作一部失败的戏剧来赚钱要相对容易些。他所需要做的就只是通过承诺过高的利润百分比来诱骗几十位赞助商来投资这部戏剧。当这部剧失败,便无利可分,这位制作人就可堂而皇之地携款逃跑并且永远不会被控告。当然,他必须解决的中心问题是要确保他的戏剧是一场灾难性失败。因此,他突然想到个好主意:把人们最痛恨的阿道夫·希特勒的发迹史制作成一部音乐片。

因为制作人只是一个骗子而不是一个傻子,他觉得制作这种主题的音乐片的愚蠢行为很快会被观众发现,观众会在暴怒声中愤然离席。因此他把这部戏剧叫作《希特勒的春天》(Spring time for Hitler),这也是其中最重要的歌曲的名字。然而,这首歌的旋律朗朗上口,当这首歌开始唱的时候,大家都跟着合唱起来。

这部戏剧的结局,可想而知。观众们很喜欢这部戏剧,大家都在小声哼唱《希特勒的春天》中离开剧院。这部影片风靡起来。制作人最终被关进监狱,他的笑话发生在了自己身上,但是实际上这个笑话却发生在现代人身上。美国文化的制作人会越来越把历史、政治、宗教、商业和教育转化成娱乐的形式,其结果是人们都会成为平庸种族的产物。一言以蔽之,人们将会成为一个娱乐致蠢的民族。

帕斯曼借用这两部影片要表达的道理是,落在现代人中间的可乐瓶是一种令人眼花缭乱的技术,这种技术形式把严肃的公共事务变成了一部叫作《希特勒的春天》的音乐片。电视是这场灾难的主要工具,部分原因是因为它是现代人挚爱的媒体,另一部分原因是因为它已成为现代人文化的指挥中心。

现代人把注意力转向电视、网络不仅仅是因为他们的消遣性娱乐，也因为新闻、天气、政治、宗教、历史——所有的这些都可以被称为严肃性娱乐。

帕斯曼说，生活不是一条漫布鲜花的高速公路，看到遍布的鲜花会使我们的旅程更加耐人寻味。

当今，最无趣的人就是专业艺人和非专业艺人，他们霸占着文化事业，让大众误以为文化就是娱乐。

热衷于娱乐的民族注定会越来越蠢。

最不要脸的三句话

酒后，突然想起了我们的文化，一边踉踉跄跄，一边嘟嘟囔囔，一串串话语不知不觉地冒了出来，虽有句读，却难以成章。

我们的文化号称博大精深，似乎任何个人一辈子都难做到彻底地通古晓今。可有些人就偏偏认为他们上知天文，下知地理，中间熟知人伦。倘若真有这样的人，不管今人是否幸甚，后人是否幸甚，至少我自己会感到幸甚。然而，纵观历史长河，一知半解者多，全晓通透者寡。带着这种感受，我试图从华夏人文地理的长河中搜索出全晓通透的人来，帮我解答解答心中压抑已久的一点疑问。

我的这点疑问，皆因国人三句很不要脸的话而生。我们的文化向来注重脸面，以致发展到一种难以理喻的境地：宁愿屁股挨刀，不愿当面遭骂。这种重视脸面忽视屁股的文化怪胎，在华夏大地到处都能顺产，而且还能长大成型，打扮得人模狗样，而其怪胎精神总是能够深入人心。在这种怪胎文化的影响下，有三句话要么成了人们的口头禅，要么成了世人的座右铭。

"难得糊涂"，这是多少附庸风雅之辈的座右铭。其实这句话，如果还算一句话的话，可以排为最不要脸的头一名。我这么说，郑板桥他老先生肯定不高兴。他也许会从几百年的棺材板里跳出来说："你知道什么叫难得糊涂吗？难得糊涂者，该装糊涂时而难得糊涂也。"

郑板桥身处清朝乾隆年间，那时官场险恶，人生险恶。和稀泥、装糊涂成了为官之道、为人处世的高招。郑板桥说："聪明难，糊涂难，由聪明而转入糊涂更难。放一着，退一步，当下心安，非图后来福报也。"这话虽有几分哲理，但终究消极。后人从此效仿郑板桥，在昏庸的殿堂里高高挂起"难得糊涂"。

殊不知，郑板桥还明确说出"聪敏难"。这里的"聪明"有清醒明了之意。既然不能清醒明了，何来糊涂难之说。可笑世人，本身处于糊涂之中，偏要故作姿态装糊涂。这到底是什么逻辑？本是傻瓜却号称要装成傻瓜，本为秃子却要装成秃子，岂不可笑。芸芸众生，糊涂至极，却要追捧"难得糊涂"，天底下最不要脸之事，莫过于此。

我每当看到"难得糊涂"的铭牌，我就更加糊涂。在糊涂中，我甚至有想走上前去与人理论理论的冲动。这时铭牌的主人也许会说："人家不是这个意思。"

"人家不是这个意思"这是不要脸的老二。"人家不是这个意思"究竟是什么意思呢？明明被人看穿了意思，却偏要扯一块遮羞布来，慌忙说出"人家不是这个意思"。这里的"人家"二字可能是你的恋人，你的同伴，你的同事，甚至你的领导。

你的恋人望着街上金店的橱窗里那钻戒，含着指头，久久伫立在橱窗前舍不得走，你若有所思，然后悄悄地溜去买了回来，此时，你的恋人就会说："人家不是这个意思。"这话，鬼都知道，人家是不是这个意思。你只要注意观察，你的同伴，你的同事，甚至你的领导，他们有时明明是那个意思却偏偏说，他们不是那个意思。

最不要脸的第三句话是："我真的醉了。"既然你真的醉了，你怎么还这么清醒地说出"真的醉了"。说这话的自然不是酒鬼，而是心里多少有鬼。他做错了事，你要追究他责任，他会说当时他真的醉了。他对你怀恨在心，借酒泄恨，把你打了一顿，事后他说，当时他真的醉了。

突然间，发现我今晚喝了不少酒，我才是"真的醉了"。醉后，难得清醒。我在稀里糊涂中既无法装糊涂，更无法装清醒。

我真的醉了。你若声称你从以上话语中读出了一点什么意思，我就要声明："人家还真不是这个意思。"

我们守规矩了吗？

有件亲身经历的事,让我对守规矩和不守规矩这两种情形产生出了许多感慨。

那年,我在美国伊利诺伊大学访学,住在双子城厄班纳－香槟。一日,在客运中心厕所的洗漱台上发现了一个钱包。当时厕所里没有别人,只有我。我莫名其妙地犹豫了片刻:捡起钱包据为己有呢？还是不要理睬钱包直接走人？就在那片刻间,居然还记起了英美人的话:Finders keepers;Losers weepers。大意是:"各人捡到各人得;自己丢了自己哭。"最后,我决定还是把钱包捡起来,但没有据为己有,也没有想起"我在马路边捡到一分钱,把它交到警察叔叔手里面"这样的高尚话语来,而是径直朝服务台走过去。接下来发生的事,让我哭笑不得。

我把钱包递给服务台的当班经理时,那经理叫我别走,说我要为此事负全部责任。他于是当着我的面,清点钱包里面有什么东西,并逐一登记。我问为什么我要负责,他说我要负责钱包里面的内容要与失者丢失时的内容一致。就是说,如果有失者回到客运中心来领取我交上去的钱包时,如果失者发现少了什么,我还得为他负责。看到我一脸困惑和苦笑的样子,那经理还说,这是规矩。他说,按规矩我不应该擅自在公共场合捡起任何丢失物品;如果我捡了,那么我就有责任负责一切,这也是规矩。听到他这话,我本能地回答说:那我把它放回原处就是,不就得了。他却一本正经地说我已经插手这事了,不能就此脱了干系。

面对丢失物,按国人的规矩,我拾金不昧,主动交到有关部门,应该得到表扬才是。可是,在美国,我捡起东西时就属于没守规矩了,我若要改正前非,那就得按照规矩为我交上去的东西负全责。

美国人较真得很,我只好一边认命倒霉,一边后悔没有捡起钱包悄悄地溜走。我本以为我是守规矩的人,可是在这件事情上却成了不守规矩的了。究竟什么是规矩?

关于规矩,世人大致有两种看法,甚至两种做法:就是守规矩和不守规矩。孟子他老人家早在两千多年前就告诫世人说:不以规矩,无以成方圆。说这话的孟子并不孤独,远在古希腊的德谟克利特也斩钉截铁地断言:凡事都有规矩。孟子和德谟克利特都是有大智慧的人,他们注意到了规矩的重要性。现在想来,他们这么强调规矩的重要,恐怕就是因为有人并不守规矩。

究竟是守规矩好呢还是不守规矩好? 本来不该问这样"愚蠢"的问题,况且处于空谈状态的世人都会煞有介事地说:规矩当然很重要,我们坚决要守规矩! 可是,真实情况会是这样吗?

前些年坊间流传一则故事,大意是说,我们的一位小伙子留学到美国,就因为不守规矩而横穿马路,结果他的美国女朋友嫌他是一个不守规矩的人,不是什么正经人,果断弃他而去。后来,这位小伙子在一次次经验教训中慢慢学会了美国人的规矩。他学成归国,和国内美女一起上街时,他总是不敢横穿马路,结果他的国内女朋友也弃他而去,嫌他连马路都不敢横穿,不是什么正经人,不会有多大作为。我相信这个故事只是故事,有明显的编造痕迹。然而,这个故事却把守规矩和不守规矩这对矛盾晾晒了出来。

对于这位小伙,究竟是守规矩好呢还是不守规矩好? 这好像不是什么问题,多少人都会自作聪明地回答:守规矩和不守规矩,孰好孰坏,要看在什么条件下。看情况才守规矩,看条件才守规矩,这似乎是一种灵活,其实是对规矩的慢慢破坏。

古人教导我们要做到"三慎":"慎独""慎暗""慎微"。这仍然与守规矩离不开,而且特别强调,在只有一个人的情况下要守规矩,在不会有人发现的情况下要守规矩,在事情细小得无足轻重的情况下要守规矩。这就是说,规矩是必须遵守的,不能讲条件,不能砍价还价式地守规矩。

现在想来,美国人虽然没有像我们古人那样聪明而高度概括出守规矩的"三慎"原则来,但是在行为上,他们确实是这么做的。国人很聪明,也很灵活,总是在定规矩,也总是在破坏规矩。在规矩越多的地方,恐怕越容易出现不守规矩的人和事。

最痛心的是,在我们的文化里,守规矩者多半会给他人留下老实巴交的印象,而不守规矩者很可能会给人留下做事灵活的好感。

如今,老实巴交的人比河里的野生鱼还少,而机智灵活的人比出洞的蚂蚁还多。可是,我们守规矩了吗?

附一:志勇兄的点评

读杜教授的文章揭示了现实生活中实际情况。守规矩的人做事很多时候被人们认为不灵活、死板。往往不守规矩的人钻政策的空子左右逢源上下打点做事非常顺利并成功,受到人们的称赞。

但我认为在一个单位,一个国家如果人们都不守规矩那全部都要乱套。还是要从我做起从每一个公民做起守规矩,这样才能建立一个起有序的社会一个民主、法制的国家。公民的权利才能得到保障。

附二:照友兄的点评

读杜教授《我们守规矩了吗?》,很受启发。

规矩很重要,它既规范人们的行为,社会才有序运转,又保护自己的利益,甚至生命安全。"规矩"就是铁的纪律,不能以"灵活"的字眼去践踏,不能把它装在电筒里只照他人。守规矩从我做起,有千千万万的守规矩的"我",就会形成守规矩的社会。

古人云:"多行不义必自毙。"高官刘铁男在法庭上的忏悔:自己的不守规矩,害己、害孩子、害家。叫人深思。

害怕其实是一种态度

不知是我长得太沧桑，还是发型前面太光，反正给人一种感觉，或一种印象就是：像我这副样子，在人生道路上，就算没吃过亏，没上过当，也肯定该有一些经验和感想。于是，总有那么些年轻学生，怀揣一堆土豆似的，怀揣着一堆稀奇古怪的问题来找我。

提到土豆，我就害怕，更别说问题。早年日子困难，大米稀缺。那种"冬啃红薯、春咬土豆"的日子，并没有教会我如何思考，所以，至今我一直凭着本能和直觉来看待所谓的生活和问题。

现在的我，阴差阳错地成了大学教师，还有一系列头衔不算正规，倒也比较正式，本科生导师、硕士生导师、博士生导师。

然而，每当有人介绍我是"什么什么"导师时，我却心虚害怕得很，那心境比街上的扒手怕人抓个现行还要心虚害怕。我甚至感到，我连扒手都不如。扒手被抓住了，还可以把钱包还给人家，还可以痛改前非，变成好人。而我这名所谓的"导师"，要是有一天因为这样或那样的缘故也被抓住了，比如被论文、被课题、被考核等抓住了，我却无法把导师这称号退还回去就可了事，就可求得安宁。就算我可以不再当导师，但是总有人会在背后指指点点说："那光头曾是导师"，"那光头不是好导师"，"那半秃而废的导师"。

所以，我一直都很敏感，心里一直害怕得很。我生怕有人发现我是导师，甚至感觉有人说我是导师，仿若是在骂我一样。假若真有人偏偏说出"龟儿子那导师"，"导师那龟儿子"，我就会觉得这是骂人话语中的核武器了，此话一出，要终结一切。

为什么会有这样的心理？因为在我早年接受的教育中，导师总是与"马恩列斯毛"联系在一起，他们才是导师，他们是革命导师。我可不能把革命导师这种神圣的名号给玷污了。有了这种心理，所以我不敢称自己是导师。若硬要把我当成导师，我也只好战战兢兢，做出一副属于老师本分的架势来。

说到老师，有些舞文弄墨的人偏偏多事，又把老师比喻成江河、蜡烛、春蚕、园丁、大树、大地等。对教师这个名号，我也心虚得很。我知道：我不是江河，因为我不是水，也就不会随波逐流；我不是大地，因为我不是土，也就不愿被冲刷；我不是大树，因为我不是一块木头，当然也不想腐朽；我不是春蚕，因为我根本就不会作茧，也不想自缚。

那我是什么呢？我只是一个人，一个还算愿意思考问题的人。笛卡尔那厮很矫情，说什么有思考就有我存在，"我思故我在"。不好懂，我也不想按照笛卡尔的方式去搞懂。我凭着直觉，凭着本能，我慢慢学着思考，可是，我越思考，就越是发现好些事物不存在，甚至世界的存在方式也有问题，至少不像表面那样存在。这世界，一加思考问题就出现了。

这不，年轻学生们怀揣古怪问题又来找我了，我就本能地学着思考的样子去解答。有学生问："为什么外语系的女生总爱找体育系的男生谈恋爱？"这本是无聊的问题，可是学生问到我了，而且犹记得"世上没有不好的问题，只有不好的答案"这样的话，我就只好做思考状来回答，"师者，传道授业解惑也"。

"外语系的女生爱找体育系的男生谈恋爱，或者说，体育系的男生爱找外语系的女生谈恋爱，"我喝了一口水，清清嗓子，觉得周围安全，感觉没有人要打我的样子，于是就继续讲道，"这是不思考的结果。外语系的女生不思考，体育系的男生也不思考，于是，不思考的人就爱走到一起。"

"怎么叫不思考呢？"

"外语系的女生专业学习压力大，整天都是读课文、背课文、读单词、背单词，天长日久，养成了读背习惯，看到东西就读，见到东西就背。生活很单调，也没有时间去锻炼身体，一个个都是病西施式的。突然有机会看到体育系的男生走过，阳光洒地，外语系的女生像发现新单词、新课文似的，凭着读背的习惯，就把体育系的男生记到了心里。以后还要主动复习新近记得的单词，于是，复习复习就与体育系的男生走到了一起。这过程用不着什么思考。"

"好嘛！这只是一种解释，并不是真理。"

"我没说这是真理，这确实只是一种解释。生活的现象需要我们去解释，那么我们就需要思考，需要良好的思考。"

"外语系女生和男生爱走到一起，那又怎么会说体育系的男生也不思考呢？"

"这个简单，体育系的男生特别相信传说。他们进校前就听说外语系美女如云这样的话了。于是，他们有事无事都愿意往有外语系女生的地方跑。于是，就为外语系女生创造了读背的机会。"想来,读背是一个好词,而且专属外语系女生。"说体育系男生不思考,就在于他们太诚实,太愿意相信。他们听说外语系女生最漂亮,于是就不加多想地朝外语系跑。其实,他们搞忘了,中文系也是美女如云。"

"那么,老师! 您觉得外语系女生该不该找体育系男生呢?"

"这是什么话哟? 找男生就找男生嘛,管他是什么系的。不过,外语系女生眼光可以放宽一些,若要互补的话,可以去找数学系的男生,因为数学系的男生也许更善于思考。"

说完这话,自知这是无根无由的话,为了不误导学生,为了不为自己引来他人的非议,我最后说:"我所说的这些话只是为你的问题提供一种答案,不是真的答案,只不过是提供一个答题的样例而已。重要的是我们要学会自己思考问题,在思考中去寻找自己需要的答案,如果一定要找到答案的话。"

说完这话,我甚是害怕,害怕别有用心之人,断章取义,诬蔑我在搞专业歧视。为此,特做声明:首先,体育系的男生也善于思考,外语系的女生不只是读背而且还爱动脑子;其次,美女如云一词适用面比我说的要宽。

"老师,还有一个问题:为什么热恋的双方不容易看到对方的缺点?"

"这个问题其实是一个典型的语言哲学问题,我们可以从卡尔纳普那里获得答案。你若想知道原汁原味的答案,就去读读卡尔纳普。如果想听我说,那么我下次再说。"

甩出这话,我草草收兵。毕竟,我什么都怕。在生活世界里,在可能世界里,我什么都怕。也许,害怕正是一种态度。

文明社会要人车合一

我曾羡慕亚美利加人,家家户户都有小汽车,到哪里都不会用脚走路,都是开着车来,驾着车去,有事无事驱车兜风,优哉游哉。这种轮子上的生活,煞是令人着迷。

如今,咱炎黄子孙也坐在轮子上了,也爱驱车出行,勇往直前,甚而至于旁若无人,横冲直撞。我在感叹之余,甚是觉得恐慌。面对路上的各色车辆,我始终产生不出羡慕之情和敬佩之意。我们的勤劳,我们的勇敢,还有我们那股莽撞劲,这些曾经的优秀品质,统统都在私家车的轮子上坠落了、压碎了。

我的一位亚美利加友人跟我混熟了之后,再也不讲什么客套,直言不讳地说:现在有些华夏人根本不配拥有私家车。问他何出此言,他说:开车需要的并不是车技,而是开车人的德行。听到这话,我忽然敏感起来:"难道我们华夏人没有德行?"

华夏人当然有德行,而且德行这词还有很多种写法。可是在开车问题上,我突然意识到没有德行的华夏开车人也确实太多了。正是因为有太多开着车的不讲德行的华夏人存在,许多外邦人士对华夏人的开车行为嗤之以鼻,甚至恨不得掏枪崩了那"发唒"狗日的。

在华夏和亚美利加,汽车还是那种汽车,公路还是那般公路,为什么开车的华夏人却这么令人讨厌呢?

该从什么地方去寻找这问题的根源呢?华夏文化有话说:子不教,父之过;教不严,师之惰。大意是说,社会上的恶劣行径,都可以归罪在教育上。娘老子没教好自己的儿女,教书匠没有严格要求自己的弟子,仿佛这就是万恶之源。

可是,在开车这事上,我们的驾驶员很多人都有很好的娘老子,有的还有好几个娘老子,这恐怕我们不能把恶劣的开车行为归罪在娘老子头上了。更何况有些时候,有些娘老子就坐在他们口中的"狗仔仔"开着的车里,在闹市中穿行,如入无人之境。对于这种情况,你怎能破口就骂人家的娘老子呢?

不得已,徒弟不行怪师傅。我们的驾驶员几乎全部都是从驾校毕业的。那么驾校的施教者该不该对社会上开车的野蛮行为负责呢?对此,师傅们都会说"不该",甚至还会说出"师傅引进门修行靠各人"的话来,这似乎在为日后辩解:徒弟的行为是好是坏,这根本与师傅无关。

那我们的驾校师傅都做了些什么呢?驾校师傅会说,他们的任务是帮学员们拿到驾照,要拿到驾照当然得按照交管部门的要求应付考试。于是,我们的驾校给学员开设的培训项目完全就是考试要求的科目。理论啊,场考啊,路考啊,这些科目都有一大堆相应的训练内容。若不是迫于应付考试,鬼才理会这些详细得过分的枯燥条款。不信,就算你真有耐心,你也不太愿意细读接下来的内容,而这些内容就是我们驾校要帮你完成的。

理论考试几乎有 100 来道题,涵盖内容很全面,包括道路交通安全法律、法规和规章,交通信号及其含义,安全行车、文明驾驶知识,高速公路、山区道路、桥梁、隧道、夜间、恶劣气象和复杂道路条件下的安全驾驶知识,山地塌荒、转向失控、制动失灵等紧急情况时的临危处置知识,机动车总体构造、主要安全装置常识、日常检查和维护基本知识,发生交通事故后的自救、急救等基本知识以及常见危险物品知识等。

场地考试是指在规定场地内驾驶机动车完成考试项目的情况,对机动车驾驶技能掌握的情况,对机动车空间位置判断的能力。基本考试项目包括:桩考、坡道定点停车和起步、侧方停车、通过单边桥、曲线行驶、直角转弯,限速通过限宽门、通过连续阻碍、百米加减挡、起伏路行驶。

路面考试是指在道路上驾驶机动车完成考试项目的情况,遵守交通法律、法规的情况,综合控制机动车的能力,正确使用灯光、喇叭、安全带等装置的情况,正确观察、判断道路交通情况的能力,安全驾驶行为,文明驾驶意识。基本考试项目:上车准备、起步、直线行驶、变更车道、通过路口、靠边停车、通过人行横道线、通过学校区域、通过公共汽车站、会车、超车、掉头、夜间行驶。

我不能说这些考试内容不正确,更不能说它们没有必要。况且我们几乎都是久经考场的老兵,驾校这点考试根本没有中考啊、高考啊那么难。于是,我们凭着习惯就接受这种考试,毕竟,这只是小菜一碟。

可是,我总是不明白为什么我们刚拿到驾驶证的人几乎都不敢独自上高速,就算有人陪伴,这些新手也不敢自信地进行远途驾驶。还有,我们的女司机或者男司机为什么总是误把刹车当油门。

为什么呢？我个人觉得这还是与我们的考试有关。我们的驾驶考试全是一堆技术性考试，重心在于精准。我在亚美利加伊利诺伊州拿的驾照，与亚美利加的驾驶考试相比，我们的考试缺乏人性。一句话，我们孤立地强调了规则、技术、技能，而忽略了最为根本的内容：驾驶员的人性。

伊利诺伊州的驾驶考试，你要说简单，可我们国内的一些老驾驶员却需要一而再、再而三地考试才能通过。说它复杂，只要你在国内没有驾驶经验，你只要根据伊利诺伊州的驾驶要求学习，你就很可能一考就能通过。

差别到底在哪里呢？亚美利加的驾驶考试简约但不简单。伊利诺伊州驾驶考试只有两个科目：理论和路考。理论考试题量只有我国现有的理论考试的十分之一，他们不考那些偏僻知识。路考也不像我们国内考试那么苛求技术精准。

伊利诺伊州驾驶考试看重的是属于公共安全的车辆与环境的统一和属于个人德行的人车合一。简略地讲，开车就要以"公共安全"和"个人德行"为准则。这样的概括，看起来有点粗略，但是亚美利加人就这么做到了。

我不否认，也没有理由怀疑国人有没有公共安全意识，但是我担心的是很多驾驶员一辈子都没有做到"人车合一"，或者说没有达到"人车合一"的境界。

对开车的人而言，所谓人车合一，就是人就是车，车就是人。要达到这种境界，当然需要技能和知识，需要规则意识，需要道德意识。

试想一想，你不开车时，你在社会上行走，在闹市里行走，在公路上行走，你会有什么样的处事方式和准则呢？你会动不动与人赛跑？你会动不动都高声嚎叫？你会动不动就吹胡子瞪眼睛？你会动不动就往他人屁股上贴过去？你会总是霸着一条路不让人通过？你会在别人跑步行进时故意慢慢地阻碍他人的步伐？你多半不会。就算你想阻碍他人，但你也担心你打不过他人，因为你实在不算老几。

可是，为什么你钻进你的私家车，你就变了一个人。你以为你的车子是你的庇护所，是你的有力武器，是你的传声筒，是你的遮羞布，是你调动万物的权杖。其实不是，其实只是你还没有掌握汽车的要义，你还没有达到人车合一的境界。

汽车既是文明的产物又是文明的象征，而有些人无论是智商还是德商还没达到文明程度，就买了汽车，这不能不说是一场灾难。

野蛮的猴子根本不配在文明社会里驾驶文明人发明的汽车。

文化会成为监狱或滑稽戏吗？

近来读到美国时评家尼尔·帕斯曼（Neil Postman）的文章，颇有感触，有一个问题就算不值得深思，也多少值得玩味：文化会蜕变成为一座监狱或者堕落成一场滑稽戏吗？

帕斯曼有些悲观，他认为奥威尔和赫胥黎二人在其著述中已经预言了文化蜕变的两种模式。奥威尔笔调辛辣，心情沉重，预言极权主义控制下的文化其实质就是监狱；而赫胥黎玩世不恭，在嬉笑怒骂中暗示，文化将会成为一场滑稽戏。

大凡读过奥威尔的《一九八四》和《动物庄园》这两部著作的人，稍加深入思考就会感到，极权帝国已经面临着监狱文化的迫害。在监狱文化模式下，人的自由精神会走向毁灭。奥威尔有如此警觉，虽然他并不是第一人，但他的作品中最可贵的一点就是，他一再强调，身处监狱中，不管看守人有良知还是无良知，这对于监狱中的人来说并没有差别。监狱永远是监狱，监狱的大门总是坚不可摧。极权主义的管制是如此森严，无以复加，到了偶像崇拜的地步，无知的百姓早已习惯了被管制。

奥威尔对监狱文化模式感到痛心疾首，不无悲观，而赫胥黎却以貌似乐观的方式，鞭笞着文化的堕落。赫胥黎的《美丽新世界》刻画了一个距今 600 年的未来世界，物质生活十分丰富，科学技术高度发达，人们接受着各种安于现状的制约和教育，所有的一切都被标准统一化，人的欲望可以随时随地得到完全满足，享受着衣食无忧的日子，不必担心生老病死带来的痛苦，然而在机械文明的社会中却无所谓家庭、个性、情绪、自由和道德，人与人之间根本不存在真实的情感，人性在机器的碾磨下灰飞烟灭。

赫胥黎认为在科技发达的时代里，毁灭文化、毁灭自由精神的人不一定就是心怀鬼胎，仇视社会的人，而完全可能是一个满面笑容的人。赫胥黎调侃道，"老大哥"并没有成心监视着我们，而是我们自己心甘情愿地一直注视着他，根本就不需要什么监狱看守人、监狱大门或"真理部"。

奥威尔悲，赫胥黎喜，他们的悲喜其实指向的是同一个问题。如果一个民族分心于繁杂琐事，如果文化生活被重新定义为娱乐的周而复始，如果严肃的公众对话变成了幼稚的婴儿语言，如果人民蜕化为被动的看客，如果一切公共事务形同杂耍，那么这个民族已危在旦夕，文化灭亡的命运早已在劫难逃。

美国人很乐观，有"商女不知亡国恨"的生活态度。因此，奥威尔的预言似乎无关痛痒，而赫胥黎的预言却在悄然实现。美国正在进行世界上最有"抱负"的实验，其目的是让人们投身于电源插头带来的各种娱乐消遣中。这个实验在十九世纪中期进行得缓慢而谨慎，到了二十世纪后半叶以及今天，美国已经进入电视时代和网络时代，赫胥黎所预见的未来正在悄然到来。娱乐至上，这成了人们生活的目标。与此同时，文化不再严肃，而是主动媚俗，越来越滑稽。

我对美国不太了解，对我们自己似乎也不完全了解。但是，当读到帕斯曼的文章时，感慨良多。曾几何时，我们本着扬弃的精神，吸收西方文化，物质的、精神的都有。我们跟着他们跑了好久好久，现在终于跑步进入了电视时代、网络时代、数字时代、信息时代。五十六个民族，五十六枝花，五十六个兄弟姐妹终于成一家，那就是统一成为"低头族"了。

低头族的文化模式是什么呢？这个问题值得思考，但愿不是一座无形的监狱，也不要是一场滑稽戏。

我总有一种感觉，电视时代和网络时代的价值观念已经变得面目全非。电视节目越来越媚俗，可那些俗里俗气的明星的收入倒是很高端。一个蹩脚艺人一天的收入足可以盖过一名科研工作者一年的收入。这在倡导什么样的价值观呢？三十年前的少年儿童在表达志向时，多数人是要当科学家、医生、工程师、大学教授等，而如今的少年儿童几乎异口同声，立志要当影视明星，再不济也要当一个网络主播。

有人说，当唱歌者不再是为了艺术，而是看重背后的高收入时，那么，那些丢掉本职工作而拼命要当歌手的人其实已经是在卖春了。在田间种地的突然扔掉锄头，在餐馆洗碗的坚决丢掉洗碗布，开店的不好好做生意而总是惦记着要上电视台……于是，那穿大衣的，戴草帽的，系围裙的，工地上拉砖的……各色人等都想把歌唱。中国娱乐业的歌坛热，堪比美国西部昔日的淘金热。

每个人在业余唱唱歌，这是生活的美好，这很有文化。如果每一个人都只想当专业歌手而不想做其他行当，那么这世界会很无趣，不再有文化；文化监狱或者文化滑稽戏也就相应而生。

价值观念变了，文化当然就变了。

看得见女生大腿内侧的人

初夏七月某日,浙江某大学外语系在举行期末考试。监考老师是两位男性,一老一少。单说那老者(其实也不是很老),是教务处官员,一向严厉,为人刻板。一只苍蝇从他眼前飞过,他不但要弄清是公是母,而且还要量准它们的腿长腿短。

就是在这位老者监考的考场,多为女生。老者分外精神,格外抖擞,爱在场内走来走去,眼睛总是在搜寻着什么。突然,老者在一时髦女孩面前停下,直愣愣地盯着女孩的裙摆看。似乎看穿了什么,觉得心里有数,老者把女孩请出考场,在考场外走廊里让女孩站着不动,并说要搜查女生。

女生早已面红,低着头,夹着双腿,作声不得。

老者后退两步,摸出手机,叫来一"后中年"婆子(其实也是教务处一女职员)。老者吩咐那婆子把女生带入厕所。

婆子与女生从厕所出来时,婆子在微笑,女生在抽噎。

婆子并不理会女生的难过,对着老者狂喜:"她的大腿内侧确实写满了东西。"

……

期末学校开监考总结会,校长表扬了老者的工作精神,说他认真负责,哪怕是女生大腿内侧写的东西,都逃不过他的眼睛。

自那以后,这位老者成了人们饭后的谈资,有人称他为"看得见女生大腿内侧的老师"。

后来,有好事者还听到老者颇有遗憾的话语:"我怎么当时忘了把相机带入考场呢?"

事有凑巧,再后来有人关注到那女孩。据说女孩工作后,经人牵线搭桥去认识一男孩,见面时问及男孩家里情况,当男孩回答说其父是某某时,女孩愤然离去,丢下一句:怪不得你的眼睛似曾相识!

后来就再没有后来。每当刘若英的《后来》响起,要知道那肯定不是女孩的后来。

教授驱蚊记

三教授甲、乙、丙因参加语言哲学会议而聚在一起,共商学是。

甲教授为人率真细致,豁达敏感,凡事都要深究,纵然有蝇群从其头顶飞过,也要弄清几只朝东,几只向西。乙教授在学界声名鹊起,出入会议场所,即便没有美女随后,也必有鲜花在前。唯独那丙教授貌似木讷,既无鲜花簇拥,又缺犀利眼光,鼻梁上的瓶底般的眼镜片片倒是分外抢眼。

晚饭后,三教授相约散步。时值夏日蚊多,三教授穿短衣着短裤,三颗肉瓜外加十二节肉柱,在微光处晃来晃去,惹得蚊群涌来。三教授倒也非等闲之人,受蚊群袭扰,也并不抱怨,却即兴想出科研课题来:如何体面驱蚊?三教授约定,每个人各想出三个方法来,而且各自的三个方法必须统一,只能属于一个流派。

甲教授才思敏捷,自告奋勇,率先说出三法来:

法一,打开空调,制冷,把蚊子冻得发抖。蚊子受不了寒冷,势必心向温暖,伺机而逃。

法二,用硕大的小手,抓住蚊子左腿,往窗外拎,犹如深夜里家长把犯了错误的小孩往门外拖一样,那蚊子定然哀求:求求你,饶了我吧,我下次再也不敢了。

法三,掀开被窝一角,让蚊子与你并卧,再盖严被子,然后伺机闷死蚊子。

若问这三法在学理上属于哪一派,甲教授不慌不忙,道出:三法者,日常学派也。

听到日常二字,乙教授皱眉而言:你的方法并非是纯粹的日常做法,你使用了空调,依赖了人造工具,这就有了人工学派的痕迹。

于是,乙教授提出了他的纯粹的人工学派驱蚊招式:

招式一,若蚊子来,向空中抛掷飞刀,割母蚊子嘴管、阉公蚊子下身,从此,公不能用,母无法产,蚊子界断子绝孙,人间再无蚊扰。

招式二,若蚊子来,先向地上抛出钱币,大小蚊子势必朝钱奔去,后用巨毯盖地,把蚊子悉数拿下。

招式三,若蚊子来,立标牌若干,上写"蚊子乃物质文化遗产",然后故意给高丽棒子看,棒子们会争先恐后地说天下蚊子都属高丽所有,于是蚊子会被棒子们悉数掳走。

听了乙教授的人工学派招式,丙教授扶了扶鼻梁上的玻璃瓶底,咳了咳,干声说:人工学派,日常学派,俱往矣。为什么不用后现代学派?

听到后现代,甲乙二教授相顾无言做鬼脸,问后现代有何劳什子。丙教授连叫三声:读书!读书!读蚊子他妈的书!

甲乙二教授大惊,旋即匍匐在地,拜道:此乃驱蚊之高招也。

附:初中同学姜照友先生的点评

学习杜教授文章《教授驱蚊记》,让人深思。

三教授讨论如何体面驱蚊。甲乙教授用日常学派、人工学派驱蚊,听来悦耳,实则做不到。当木讷的丙教授提出用后现代派驱蚊"读书!读书!读蚊子他妈的书"时,甲乙教授匍匐在地,称"高招"也。

是呀,解决现实生活中任何问题,都要认真读"蚊子他妈的书",研究问题的起因,问题的根本在哪里,如何解决,都要有科学的依据,不能凭甲乙教授的思维"敏感""声名鹊起"。

当官的为了政绩,凭拍脑袋,搞一些无用的形象工程,给人们带了多大损失。

我们都来"读书!读书!读蚊子他妈的书",科学武装头脑,科学思维,科学做事。

此文我读来费劲,可能乱体会,请杜教授谅解。

教授囧事记

　　小镇北碚盛产教授,这话虽然有点夸张,但并非没有来由。从抗战时期算起,在北碚这个镇上住过、路过、哭过、笑过,甚至被人骂过的教授还真不少。有人说,无论在天生桥还是在文星湾,一脚踩下去,你完全可能踩到的是多少著名教授留下的足迹。

　　不说留下足迹的有梁实秋、梁漱溟、林语堂、吴宓等这些国脚,也不说来自英伦的李约瑟那双洋脚,当然就更不要说在现今西南大学校园里,在民间享有全国最美校园排行老七的这个校园里,正走着的那一双双还算教授的汗脚、泥脚、烂脚、臭脚以及香港脚。

　　说什么呢?怎么这么说呢?突然发现,过去的教授不仅有脚而且还有名,名声盖过了脚。现在的教授,自己不说有名的话,还真不知现在的有脚教授姓啥名谁。但有一点,北碚镇上的市民也许不会忘记,教授这个称呼还可以用来骂人。

　　北碚人,也应该说有部分北碚人,他们也真是的,拿着教授不当教授,直接把教授当成典型的傻子。大凡遇到岁数稍大,而且做事磨磨叽叽、啰里啰唆,走路或横冲直闯,或七歪八拐的人,有些北碚人就要背地里笑骂:"龟儿子蠢得像教授!"

　　想来,北碚人也真是奢侈,仗着北碚是文化名镇,就连教授也不放在眼里了。教授常常在他们的嘴里,成了席间酒菜和饭后谈资。我在北碚有一帮"狐朋狗友",在这个队伍中就我是教授。一日聚会,畅饮至酒酣,有几个人妄言妄语,说出了我都不知道的关于教授的一些囧事来。

　　朋友甲说,有一次请教授吃饭,教授面对着一盘做工精致的冬瓜,连连称赞"这萝卜甚好!这萝卜甚好!"惹得在场的北碚人笑得不亦乐乎。于是,教授背地里就有了一个标签"无瓜教授",意指教授心里只有萝卜,没有冬瓜。

　　朋友甲讲的故事,比烈酒还够劲,刺激了朋友乙。在酒精的刺激下,朋友乙挺着一根脖子,红着一张大脸,张嘴就说:"我认识一个搞植物分类的老教授,他一个人居家,与一只猫朝夕相处。一日,他去菜市场买了一把大蒜苗回家,打算做回锅肉。在他料理其他事情的时候,那只猫淘气,把教授种的水仙叼到大蒜苗里,结果教授把水仙混在大蒜苗里,一起炒了一盘回锅肉,吃了后就中毒了。"

悲也!植物分类学家在生活中居然分不清水仙和大蒜。朋友乙说这个教授应该叫"无水教授",心里装着蒜,眼里无水仙。

听了朋友乙的故事,在座的北碚人集体欢呼"干一杯!干一杯!为无水教授干一杯!"乖乖!北碚人奢侈得把教授弄来当下酒菜。这时,朋友丙补充道:"你讲了植物教授,我讲一个动物教授。"

朋友丙说,他认识一个研究动物的教授,养了只猴子。一日,动物教授肩托着宠猴,去逛动物园,结果遇到动物园里的养猴专家,专家说教授的猴子是个新种,应该写篇文章到国际刊物上去发表。专家也多事,偏偏在动物学教授自己养的猴子身上发现了新品种。专家这个发现把教授当场气晕,眼珠子直翻。听到这话,众北碚人齐喝:这是"无珠教授",有眼无珠。

就在这帮朋友欢呼的时候,有好事者目光朝我袭来。"哥,你是教授。我们是兄弟伙,就不把你当教授了。你也讲一个关于教授的事。"我承认,我不是以教授身份加入这个队伍的。人家不把我当教授才把我当兄弟。我当教授怎么了?这世界怎么了?

我清了清嗓子,刚想开口,却忽然想起"酒话好玩,不必当真"这句话来。若事事当真,那么我就成了可被调笑的教授了。既然我是兄弟而不是教授,那么就说点不是教授该说的话:"走!我们去找三无教授玩玩去。找不到无瓜教授,就喝一杯,无水教授两杯,无珠教授三杯。"

"哪里找得到哟?教授就是教授嘛,哪有什么瓜不瓜、水不水、珠不珠的?"这声音从清醒的角落里传了出来。

行乞记

在一个寒冷的冬季,徘徊在这个陌生的城市。"他妈的!"一想到那帮家伙,我就咬牙切齿,恨不得亲自把他们抓起来,食其肉寝其皮。为了一个项目,我初次来到这个陌生的城市。那令人气愤而又泄气的事情,让我整整一日一夜,滴水未进,粒米未吃。

许多次,我经过路旁的一些饭馆,艳羡地看着那倾倒剩菜剩饭的垃圾桶,它们是那么的诱人。我的整个神经系统似乎完全不听使唤,真想直接朝那些饭菜桶扑过去。但又总是想起自己是大学教授,属于共和国的体面人士,况且还是党员,有义务要维护党的名誉。于是,只好装作若无其事,艰难地昂头迈步,要离开那垃圾桶,心里有些舍不得,有一个声音总在提醒着自己:我还没有沦落到乞丐的境地。

我得找一个地方,体面地过一夜。宾馆是不能进的了。只好朝人多的车站走去。找了一个角落,假装着在等车,实际上却在盘算勉强下的休息。

第二天一大早,我在饥肠辘辘中醒来,决定要做点事。于是,我逢人便讲自己的不幸遭遇。可是,在这个冷漠的城市里,没有任何人有耐心听我讲下去。相反,不少人带着鄙夷的目光看着我,觉得莫名其妙,很不耐烦地把我的讲述终止。从他们的神色看,我这个大男人真有点不可理喻。夜幕降临,我只好鼓足勇气,再次朝那些饭馆的垃圾桶走去,匆匆地环顾四周,觉得四下无人,迅速从垃圾桶里抓起脏乎乎的食物,快速地塞进自己的嘴里……

第三天醒来,觉得自己就是乞丐了。于是,从垃圾桶里捡起一只破碗,走到人来人往的步行街上去,在一棵树下坐下,把破碗放在跟前,眼巴巴地看着过往的行人,嘴里不停地念叨着:您行行好! 您行行好!

可是整整一天下来,没有迎来任何有用的施舍,得到的只是一阵阵唾弃,夹杂着咒骂:有手有脚的,干什么不好,偏偏要好吃懒做!

　　突然明白，在这个陌生的城市，我堂堂一个大学教授，想要行乞都不那么容易。必须得想个点子，找一个谋生的方法。我再一次来到饭店的垃圾桶边，再也不怕有人看见，也不觉得自己还有尊严，竟然体面地在垃圾桶里翻找食物，居然发现垃圾桶里的食物味道很好。

　　我干脆把自己的衣服撕扯成一块块破布条，弄来一些污泥涂在脸上，特意把头发弄乱，一条裤腿长，一条裤腿短，背上背着一块纸板，上面写上几个字：山区原始艺人。我又走到步行街上去，我学狗叫，学狼嚎，故作生硬地朗诵一首首唐诗。我这不是表演的表演，引来了一群群人驻足观看。我扭着身子，踏着迈克尔·杰克逊的太空舞步，特意把后背亮给他们看看"山里原始艺人"。观众们兴致高涨，在欢呼声中纷纷朝我扔来硬币和零钞，而我突然觉得这个陌生的城市更加陌生，就在硬币零钞朝我袭来的时候，我的双眼已经泪水直流。

　　我捡起地上的硬币和零钞，决定马上终止这项实验。

　　我从裤兜里掏出电话，拨通一个号码，开口求饶："田老板，三天过了，我承认输了！大学教授确实连乞丐都做不好。"

　　打完电话，我泪落如雨。

落选记

　　"当选的人都很优秀。其实,你也很优秀。你应该辩证地看待这事,你的落选有点偶然,但这结果却是必然的了。"电话那头传来了领导的声音,好像在安抚我这颗好像不平的心。

　　几天前我参加了旨在选拔"明德教师奖"候选人的面试,校学术委员会现场投票结果显示,我名在其列。可是,几天后校方在网上公告候选人名单时,我却名落孙山了。

　　我带着依靠,因为我总觉得上层组织是让人靠的,我带着疑问,因为我总相信我靠的组织会给我解惑,于是就按公告上留下的电话号码,给校纪委打电话,想知道一个为什么。校纪委接电话的人声音听起来是个她。

　　她不紧不慢地说,我拨得通的这个电话号码是他们职能部门未经许可就擅自放在获奖候选人公告上的,还说对于我这情况,校纪委不好干预,最后建议我直接给负责此事的教务处打电话。

　　明明白白,此时的她给我指出了办事的重点,打电话,可我偏偏注意到了不是重点的地方,她用了"他们",好像在说"他们职能部门"不属于她,也肯定不属于我。

　　我向来最怕找所谓的他们职能部门办事,尤其是涉及到多个他们职能部门时,我特别害怕自己被当成球,被人踢来踢去。不过,这回听到校纪委的她在电话上的建议,我并没有感到自己是个球。虽然,我脑海里莫名其妙地想起了中国女子足球队员她们都善踢,但我这次没有感觉到被踢,仿佛觉得自己还是个人,昂了昂多年不敢再昂的头,挺了挺许久无法再挺的胸,决定直接给教务处打电话。心里却在想,要给他们打电话,我得是人,要知道,我在校园里行走,向来有学生在我背后说我像个人。

　　教务处那端接我电话的人,他的声音听起来很年轻。在得知我的诉求后,那年轻的声音传出的话简短而又老练:"我们知道了。"没有多余的话,更没有什么评价,甚至让我感觉不到这年轻的声音后面的青春活力与人类情感。人是有感情的动物,人是有理性的动物。这样的话语,在我脑海里闪了出来,可是,后面还跟着大大的问号和小小的惊叹号。

　　感觉上,他的话没有她的话那么明白,但他用了"我们"。他的话"我们知道了"让人会产生错觉:我一打电话,很多人都知道了样,他的领导也马上知道了样。他的"我们"都有谁呢?我很清楚,他的"我们"肯定有他,就是没有我,因为在他的世界里,只有我不在了。

　　依稀记得,那年去医院看病,医生开了处方,有人要服药,医生说:"这药,我们饭后吃。"医生的"我们"只有我,因为在医生的眼里,只有我病了。

　　后来,他的"我们"中的领导终于给我来了电话,开出了辩证法的处方,有意无意地要给我治疗治疗。

　　后来,我知道了"得之不喜,失之不忧"这话是山野里我唯一认识的草药。我只好远离她的"他们"和他的"我们",独自跑进无人的山野,扯一点我唯一认识的草药,权且熬成安慰剂来使用。

　　不知怎的,我对那祖上也姓赵的阿Q产生了同情。

　　入夜,我不得已从书架上取下鲁迅的《阿Q正传》,一边打算从阿Q的世界里去找找规矩,另一边却期许明天天亮手中捧着的是《呐喊》。

泪在美中

那年深秋,正值芝加哥郊区各种树叶红了或黄了的时候。我从双子城香槟－厄班纳出发,乘火车去芝加哥,经中转站再到郊区去拜见阔别多年的朋友。途中出现了始料未及的小小波折。不过,那小小的波折也还产生出了带泪的经历,至今让我难以忘怀。

我坐的火车按正常时间会在下午四点以前到达我们约定的见面地点奥罗拉站(Aurora)。可是,那天是周日,火车停站线路有一些改变,那趟火车不去奥罗拉,到了巴塔维亚站(Batavia)就不再前行,离奥罗拉还有三站。我只好在巴塔维亚下了车,略感怅然。

初到美国不久,没有自己的车,也还没有可在美国使用的一机在手,要想给朋友打电话,自然就会发那不止一点儿的愁。好不容易寻得一个电话亭,可那不该死的电话亭偏偏就死了,处于故障报修状态中。

电话亭出了故障,可以告知在报修,可是我却无法及时告知朋友,我的行程也因那该死的火车和那不该死的电话亭而出了故障。要是朋友到时见不到我的踪影,而擅自认为我擅自毁了见面之约,恐怕我不但要错失他家的温暖,而且还可能被迫露宿在美国的秋寒中。突然间,我的怅然升级成了恐慌。我不想在深秋的夜晚一个人暴露在芝加哥郊区,等待着那传说中的霉运——遭抢或者挨枪。

我胆小,一想到枪就忽然清醒,又记起了朋友会在四点钟到奥罗拉来接我,于是就只好盘算如何去奥罗拉。那可恶的美国,车多人太少,你很难在路上找到一个恰当的问路人。只好跑到一个日杂店去问那黑人妇女,而那妇女伊哩乌卢讲了一大通,我在稀里糊涂中听到的意思是,这鬼地方离奥罗拉还有好几英里远,我可沿着铁路走过去,也可到公路边等一等过往的客车,可客车的班次并不多。我厚着脸皮要求用一用她的电话,可她帮我拨了拨朋友的号码后,耸耸肩却说朋友的电话根本打不通。

可恶！在私家车特多的美国，客车并不多。就在这多与不多中，我的恐慌又催生出了丝丝孤独。我看看孤独的手表，却发现离我们约定见面的时间也所剩不多。若壮着胆子步行过去，体力是没问题，可是时间却成了问题。

无奈中，只好跑到公路上去碰运气，看看能不能赶上一班及时来的客车。世间有一规律：焦虑中你越是急切地等待着什么，可是你要等待的那个什么越是不会及时出现。人们说这就是墨菲定律现象：越是担心出问题，就越加可能出问题。这也应了中国人的一句话，害怕有鬼就有鬼。我在心里诅咒着墨菲定律，眼睛却痴痴地望着路的那头。我在有知有觉中过了好久好久，可客车的影子都没有。

怅然中，恐慌中，孤独中，我急得直跺脚，一个大男人简直想哭。

就在我跺脚中，"嘀嘀"声响起，一辆红色尼桑车停在了我面前。我从车窗望过去，看到驾驶座上一位白人少妇正朝着我笑，朱唇翻动："Sir！You need a ride？（先生，您搭车不？）"

听到这声音，看见这少妇，我的焦虑一下子消失了，急忙致谢并表示我正需要她捎带我一程。那少妇说，她叫莫熙儿，看见我焦虑的样子，所以就停车了。她让我选择，可以坐后排，也可坐副驾驶座。但后排有一个大大的幼儿车用座椅，不太舒服。于是，我就这样选择了副驾驶座。

上得车来，发现莫熙儿绝对是一位美人：五官长得很精致，金发碧眼，笑容可掬，还有浅浅的酒窝。在异国他乡，生平第一次得到一位美女的主动帮助，我在感激中心里突然生出感慨来。心里还想说我们相见有缘分，可又不敢造次乱说。中国有句话说：十年修得同船渡，百年修得共枕眠。心里想说的话显示出我的思想很不美国。莫熙儿助人为乐，并不是出于中国文化的什么缘分不缘分之故，毕竟，缘分这东西在中国文化里多少带有一些功利性理解。

就在我心猿意马的过程中，莫熙儿把我带到了奥罗拉站的停车场，让我在停车场等候，并说我的朋友必定会到停车场来。看见莫熙儿洋洋大方的美丽与热情，我感觉到我的土脸有点发热，心里想好好表示一番感谢，却又不知如何是好。也许莫熙儿看出了什么，嘴里说："You are a nice person, sir.（您是好人，先生。）"然后主动伸出玉手来，做告别式握手。我慌忙握起她的手，嘴里说出一句："You are beautiful.（你好美啊。）"眼里却情不自禁地流出泪水来。

也许是受了我泪水的感染，莫熙儿竟然给了我一个轻轻的拥抱，然后旋即抽身告别，驾车而去。

我含着眼泪看着红色轿车在视野里消失，感觉到路旁的枫叶红的正是时候。我的土脸又红了，突然醒悟：美在无私的分享中更美。

卖车忆

那年要回国了,担心手上旧车(1994 Nissan Maxima)卖不掉,所以提前在亚美利加国的一网站上做广告——卖车。

结果,消息头天贴出,旧车第二天就卖了。

交易毕,心里莫名其妙地有一种失落,看见买主驱着她飞奔而去,心里复杂得很。回想起来:我原来甚是担心,旧车太旧而没人接手。

后来,总是后来才明白,这担心没有必要。好车即便很旧,也讨人喜欢。

恐怕做人也这样——只要一生不出事故、不越轨、不翻车,纵有一些小摩擦、小凹陷,也不会被人遗弃。人如车,车如人,人车有情,谁不爱个好呢?

我清楚记得卖车时间是那年4月26日。

4月最容易令人伤感。喜欢的花要凋谢,而喜欢的人也多在4月离去。皮尔士(4月19)、莎士比亚(4月23)、塞万提斯(4月23)、胡塞尔(4月26)等给我精神食粮的这些先贤,他们老早就在4月相继离去了。还有24岁那年的4月也不平凡,注定要留在记忆里。

那一天,爱车也去了。迷迷糊糊一声叹息——我恨日本人,一些日本人,但不恨日本车——这伴我独自穿行亚美利加的她。

恨! 可恨归可恨! 忽然想起了一席诗话:

我轻轻走过去关上窗

我的手扶着自己像清风扶着空空的杯子

我摸黑坐下询问自己

杯中幸福的阳光如今何在?

我脱下破旧的袜子

想一想明天的天气

我的名字躺在我身边
像我重逢的朋友
我从没有像今夜这样珍惜自己

　　这本是失去心爱之物的感觉。可恨的是说这话的"孩子"(诗人海子)没等到
4 月 26 就去了。
　　我知道,以后的 3 月 26 日,我记得起海子的离去,但我不知道能否想起曾经
的坐骑——这车飞去,留下一缕扬尘。
　　要是我的眼光里长着手指,我会为她掸掸身后的微尘。抚着背送她一程。

看见的不只是莺飞草长

俗话说:"久走夜路要撞鬼。"这话自有其义,有几分警告,也有几分诅咒。张三总是偷鸡摸狗,别人奈他不何,于是别人就把这话暗暗地送给他,诅咒他要撞到恶鬼。倘若张三还不那么令人讨厌,那么别人送这话给他,警告就大于诅咒了。

我是共和国的教师,耳边时不时还会响起"人民教师无尚光荣"这句话来。从业之初,听了这话,我即便不是满怀激情,也是屁颠屁颠地迈步在传道解惑的光明之路上。

"人民教师无尚光荣",我把这话当真了,心里一直暖洋洋,忘却了寒来暑往,只注意到莺飞草长。可走着走着,就走久了,好像也真的撞到鬼了。从此开始怀疑,我究竟是在"无尚光荣"着呢,还是在走着一条并不受人待见的"夜路"。抑或是,我一直在路上,在"无尚光荣的夜路"上。我等正大光明,并未偷鸡摸狗,怎么也会撞鬼呢?

学校里发生的事,让我产生了一些想法,这些想法可能属于我又想多了。

有一位老师要管理班上的调皮学生,不小心搬错了救兵,打电话给学生的爷爷,汇报了调皮学生的调皮事。那学生晚上回到家里,遭到了家里人的训斥,一时冲动就跳楼了,后果很严重,该悲不该愤的家长打电话给老师的领导,汇报了老师的汇报。第二天,那位老师接到了教育局领导的电话,遭到了比训斥还严重的训斥,老师一时冲动也跳楼了。那老师就见鬼去了。

怎么评判这件事呢? 这里有善恶之分吗? 如果有善恶之分,究竟是善亡了还是恶亡了呢? 抑或是善恶都不在了。眼里就算没有善恶,也要有这两条命,可这两条命脆弱得很。是什么东西让生命越来越脆弱了呢?

社会心理学家会说,这是因为我们的社会心理在退化。我向来不懂什么叫社会心理,甚至不懂个人心理和他人心理。我只有一些担忧,自从"天地君亲师"不再是敬拜的对象之后，个人变成了大写之后，连不懂事的学生也会同老师分庭抗礼了。学校不再那么崇高，教师不再那么伟大。

十年前，浙江宁波某大学发生的两件小事，早就印证了我的担忧。有堂体育课，教师要求学生做热身运动，让学生围绕球场跑两圈。未曾料想，在跑步中，有名学生一下子跑进了阴国。家长闻到噩耗急急忙忙赶到学校，自然很悲痛，但在悲痛之余，家长却向教师发难了，向学校发难了。质问学校为什么在跑步前，没有预先给学生做做体检，以确保跑步者的身体安全。后来，家长又获知那堂体育课属于调课后补上的体育课，于是，家长质问老师为什么要调课，为什么偏偏要在那个时候补上体育课。

家长有丧子之痛，这本可以同情和理解，可是家长责问学校和体育教师的那劲头，那六亲不认的气势，却让人心寒。教师没有了调课补课的权利，学校得夹着尾巴办学，还要处处小心。可家长就是不会自我反思，为什么偏偏自家孩子就那么脆弱。

悲叹中，只觉得现在的社会处处都是伤不起。发生在浙江宁波某大学的另外一件事，会让人感到学生不再是那么单纯，不再那么毕恭毕敬。有一场期末考试，监考老师抓住了一名作弊的学生，废弃了他的考卷。可事后，那学生却扬言要起诉学校和那监考老师。其理由是，那场考试他之所以作弊了，完全是因为换了监考老师。学生振振有词："如果是原先的王老师来监考，我就不会有任何作弊的欲望。可偏偏把王老师换成了张老师。张老师来监考，我就有作弊的欲望，于是我就作弊了。这不能怪我，只能怪学校擅自更换了监考老师。"可叹，这般强词夺理，这样的刁蛮，居然会出自于我们的天之骄子。

对于这样的学生，不能再说什么，只能赠送一句成语，厚颜无耻。考试不能作弊，这是铁的纪律，别说监考老师换了，就算没有监考老师，也不能作弊。可人家伟大的学生牛气得很，就是不认理，不守这个规矩。

教师本来从事着天底下最光辉的职业，可是这个光辉的职业如今却有些暗淡。

猛然间，感到教师是蜡烛这个比喻贴切得让人心痛。

不过，我的政治觉悟和认知能力却告诉我，"无尚光荣的夜路"是错误的表达，至少不符合声律启蒙的对仗要求。

"云对雨，雪对风，晚照对晴空。"按照声律启蒙的韵律之美，我得说"无尚光荣好，康庄大道妙"。

我确实走在"无尚光荣的康庄大道"上，眼前仿佛只有莺飞草长。

可刚憧憬着春光明媚的景象，忽地又杀进一句话来，甚是虐心。"没有不会学的学生,只有不会教的老师。"这话不但违背了唯物辩证法思想,割断了内因与外因的关系,而且这话还犹如皮鞭,直把教师赶向黑暗。

从此,走夜路的不再只有张三,继续偷鸡摸狗,而且还新增了老九,也许还有点臭,夹着尾巴低着头,心里却植根于传道授惑之业,仍然在坚守。

幡然醒悟,如果说这世界是枝繁叶茂的一棵树,那么教师就是那毫不显摆的根。

为了花的荣耀,为了叶的繁茂,甘愿做毫不显摆的根,默默地成就着世间的热闹。

赏钓之后

　　记得那年,秋季乍到,树叶染色,有红有黄。千里清秋,一派风光。我随好友到美国伊利诺伊州双子城香槟－厄班纳市的郊外钓鱼。临行前,好友一再强调,我只能观看他钓鱼,算是赏钓,而不可亲自垂钓,不能碰他的钓竿,尤其是在钓鱼现场,我更要特别注意守住这条规矩,因为,我没有钓鱼执照。

　　我来美国之前,早就知道美国的规矩多,而且许多规矩很古怪。可我怎么也没想到,这次赏钓之行所经历的小事,让我不但体会到了美国人规矩的细琐,而且还感受到古怪的规矩其实是珍宝。

　　我们到了一个小湖边,只见好些美国人已在湖边施钓。我走到一位慈眉善目的老者跟前,看到他的钓桶里有好几条鱼,于是不假思索地赞扬道:"嘿,先生,您钓到了好多哦。"我的话只是出于礼节,美言赞人,并非溜须拍马。可没想到那老者,面色一下子严肃起来,口中急忙吐出话来:"哪里多啊? 你数一数,只有五条,而且我将只带五条走。"

　　看到老者的脸色,听到老者的话,我略感诧异。这时,我的好友看出了问题所在。急忙向老者解释说,我是中国人,还不懂这儿钓鱼的规矩。好友旋即转向我,介绍说在伊利诺伊州,秋季钓鱼主要是钓鲑鱼(trout),而钓鲑鱼时每人每次不得超过五条,否则就是违法,要受处罚。

　　听好友这么一说,我才明白,我的善意赞美,本为寒暄之用,并无什么特别用心。可老者却感受到了丝丝伤害。我那句话"您钓到了好多啊"在老者听来,具有指责意味,似乎在说老者没有遵守钓鱼规矩。

　　钓鱼有许多规矩,而且规矩很细,细得有些怪。在伊利诺伊州,一年到头,不可随时都钓鲑鱼。每年只有等到州环境资源部下达了许可令之后,才能钓鲑鱼,而且每人每次的钓量不得超过五条。据说,有位中国留学生钓了十多条鲑鱼回寝室之后,环境资源部的工作人员连夜赶到那学生的宿舍,从冰箱里清查出鲑鱼来,而且还告知那学生,说有人举报他违规钓鱼。结果,那学生自然受到了重罚。那学生困惑不解,他钓鱼时根本没有看到任何执法人员在场,回家途中也没有发现任何人跟踪,执法人员怎么就找到他了呢。

原来,伊利诺伊州有规定,如果有人违规钓鱼,知情者有义务监督举报。同在一个地方钓鱼的人要互相监督,就算自己没有违规,而隐瞒他人违规实情的人也要受到处罚。举报的方式很简单,把违规者的车牌号上报了事。看来,事不关己高高挂起,中国人的这条明哲保身的规矩在美国根本行不通。

另外一条规矩是,如果已经钓足了五条鲑鱼之后,又钓上了鲑鱼,这时就要把鲑鱼释放。可要注意,释放上钩的鱼时也有规矩,不得野蛮拽扯鱼钩,若拽扯鱼钩时扯破了鱼嘴,这也是违规。

这样的规矩很细很细,生活中到处都有这样细琐的规矩。美国人总体上来讲,很有规矩,这恐怕是长期以来受到这些细琐规矩约束,久而久之,养成了自觉遵守规矩的习惯。美国有五十个州,不同地方有不同的规矩,而且好些规矩怪得有些滑稽。

在伊利诺伊州开车,无论快慢后车必须跟上车流,确保行车连贯,否则算是故意扰乱车流。如果在行车中,一连串的车都超速了,要被处罚的只是前面第一辆车。带头超速是违规,而后面跟进前车而超速的却无罪。

美国的超市大多设有自助付款的通道,几乎没有工作人员监督。购物者必须自觉地把每一样东西进行自行扫码记账,最后付总款。如果故意遗漏几样物品,未经扫码就想混出去,那么,一经举报或者当场发现,违规者要接受犯罪指控。在这点上,好些中国留学生因耍小聪明,想钻空子,白拿货物而走,结果却被判了罪。

相传,在某州,个人杀鸡时,必须一刀杀死,否则,多杀了一刀就算犯罪。

亚利桑那州莫维县规定,顾客若偷肥皂而被抓住了,那么首先要接受的惩罚是用偷来的肥皂洗澡,偷得多少,就要用掉多少,直到把肥皂用完。

宾夕法尼亚州规定不得在浴室唱歌。南卡州规定仅在每周六,男性被允许在法院的门前台阶上合法殴打其配偶。犹他州规定不喝牛奶违法。

还有许许多多的规定,我们不以为然,却在美国是严重的事。比如吃了大蒜而上街、逛超市等,算是违规。上床前不洗澡,违规。吃饭吃得吧唧吧唧响,违规。公共场合,打饱嗝、放响屁,违规。在飞机上、火车上高声喧哗,违规。鼻毛过长需要修剪,否则露了出来就是违规。

美国的规矩太多太细,我们国人对此会觉得无聊得很。甚至有人还说,规矩越多就越没有规矩。这话看似有理,其实不然。美国人的规矩之所以细琐,其目的在于让公民养成自觉遵守规矩的习惯。公民在无意间自觉守规守矩，这才是规矩的本质。作秀式的中规中矩，叫嚷着自己在守规矩，这其实是规矩缺失的表现。

　　规矩不怕细，就怕心不细。在美国人眼里，我们中国人很多时候都不讲规矩。我们知礼节，但不太守规矩。社会是一个共同体，每个人都不是孤岛一座，所以人人都要守规矩，这很重要。人要自由，就要有规矩。

　　在文明社会里，规矩是宝，越多越好。

原始倾向受了伤

为人处世，一碗水要端平，否则就要产生倾向。天平秤在于公平衡量，要公平就不可倾斜，倾斜了就要显示出倾向。可是，把一碗水端平，公平地衡量，这并非自然界、社会中的必然性，而是人的社会行为，不得已而为之。不偏不倚，这不是人世间先天的必然，而是后天的约束。世人持有倾向，这是自然现象，也是社会现象。

有一种倾向很古老，算得上是最初的倾向，叫原始倾向。我们爱同类，爱身边的人，爱家人，爱自身。这些爱本属于原始倾向，在现代社会里存在着。我们都是华人，突然听到东南亚岛国发生了一桩强奸案，而且听说受害者是华人女子模样，于是我们会莫名其妙地难过，哪怕这种难过只有那么一点点，我们确实会感到难过。当我们又忽然得到消息，证实那华人女子模样的受害人，其实是东洋岛国女子，于是，我们又莫名其妙地舒了一口气，感觉轻松了好多。

问题就来了，我们凭什么先是感到难过，尔后又感到轻松了呢？原来，我们有一种同情同类的原始倾向。

你母亲的照片挂在了墙上，隔壁帅哥王小五朝着照片吐了吐口水，正好击中照片中央。你见状不善，剑拔弩张，恨不得把王小五的命根子割下。就算你涵养好，不这么做，你的心中就是感到不爽。说真的，你的母亲并没受到什么伤害，而且王小五还是帅哥，可你心中就是不快。这又是为什么呢？陈嘉映先生说这属于原始感应。我倒觉得这是一种原始倾向。

你不是见不得口水，因为你自己也吐过。你也不是讨厌别人的口水，因为若是一位绝色美女把口水吐到了你脸上，你不但不生气，反而还心有神往。这时也有原始倾向。

原始倾向帮我们分清喜好与憎恶，这是一种本能。可是，我们的原始倾向并非永恒不变,并非能够善始善终。原始倾向会在商业社会的竞争中受伤,但不会灭亡。我们爱同类,可是,我们可能会被同类打黑枪。我们爱家人,可家人可能会与我们反目成仇,甚至恨不得你死我亡。这又是怎么回事呢?难道我们的原始倾向就像原始森林一样,早已被现代商业社会的刀斧砍光?

　　我们的社会早已不是遥远的原始社会,号称彻底摆脱了野蛮,抛弃了蛮荒。我们早已跑步来到现代的商业社会,消费社会,人们争先恐后,个个当先,奔跑在有着各种竞争的道路上。

　　我们在竞争中把自己包裹得像模像样。在争名夺利,争风吃醋,争强好胜,争东抢西中,人的本来面往往被隐藏,不再像原始社会那样。于是,我们学会了虚伪,学会了当面和背面,处事大不一样。这也是原始倾向,只不过难有光明磊落,鲜见坦诚浩荡。

　　简单的原始倾向在复杂的社会里受了伤。

爱到毕业情难收

毕业季到了,大学的同学要散了,表面上的欢乐难掩内心的复杂。地处北碚的西南大学,尽管有"天生"这样的轻轨站名,尽管一对对年轻人可以相约去那站牌下,希望站出"天生一对"来,可天生只道出了今日天生的状况,并未指出明日天生的结局。

就在毕业季的今日,一名即将告别大学生活的男生犹犹豫豫地走进了我的办公室,未等我开口,他却抢先说出话来:"老师,没想到您今天也有熊猫眼。"

我起床、出门向来不照镜子,因为镜子从来都对我不友好。犹记得那不算遥远的过去,我每次想象魏晋潘安之貌,效仿城北徐公之态,就往镜子面前一站,暗自希望照出个风流倜傥来,可每次镜子里明明白白地显示没有帅哥,似乎都有武大郎作怪,镜子里依依稀稀地在叫卖一张烧饼,黑不溜秋,还有眼儿和孔儿在活动。有这般结果,还照镜子作甚?镜子是用不上了,有无熊猫眼我从来都不管了,甚至不知道了。

循着男生的话音直视过去,一双熊猫眼挂在他白净的脸上,犹如两团膏药贴在了椭圆形的面团上。问他出了什么状况,男生并不回答,而是问道:"老师,您能不能给学生我讲讲关于爱情的事情?"

怪哉!我早就知道男生一直在同他们的班花谈情说爱,很久了。今天为何问出这话来。料想这男生话中还有话,不等他直说,我搬弄出诗人艾青《关于爱情》的诗来:

这个世界,
什么都古老,
只有爱情,
却永远年轻。

这个世界，

充满了诡谲，

只有爱情，

却永远天真。

只要有了爱情，

鱼在水中游，

鸟在天上飞，

黑夜也透明。

失去了爱情，

断了弦的琴，

没有油的灯，

夏天也寒冷。

我刚把这诗诵完，就见男生面团上的膏药圈圈里现出了两条细流。只听得男生说："琴弦要断了，灯快没油了，夏天要冷了。"明白了，我明白了。男生倒是有趣之人，在这个时候还接着诗句来表明他恋爱中的困境。

原来，男生和班花在毕业时遇到了痛苦的选择。他俩是来自不同省份的免费师范生，按规定他们得各自回到自己的家乡去。若这样，对于他俩岂不就是"夏天要冷了"？这种情况的补救措施就是他俩马上正式结婚，这样就可以工作随配偶了。本来这事虽不算简单但也不算复杂，为何他偏偏跑到我这里来呢？

询问之下，他道出实情。原来他俩就办理结婚手续一事，闹了点别扭，他是来向我寻求帮助，更希望我从中帮帮忙，指点指点什么的。

乖乖！我虽然从教已达三十年，见过不少男生女生成双成对，但就是没有指导过成双成对的这种人间好事。在他恳请的目光中，我发现我得说点什么道理出来才对，于是啰唆出了下面一席话。

爱是一个字，可情况很复杂。弗洛伊德说，爱起源于性的本能冲动，这样的爱很单一，核心其实只有一种，那就是两情相悦的生理需求的满足。世人不愿承认这一点，认为爱是人生礼品，花色繁，种类多，每一对人都有适合自己礼品。然而，从弗洛伊德角度，花色繁，种类多，这只是爱的礼品盒，盒子多样，可盒内装的东西只有一样：生理上的那种止渴。

如果弗洛伊德道出的是关于爱的必然本质，那么爱情就是丑陋的。因为建立在"生理止渴"基础上的爱，只不过是兽欲，会随着对象的枯萎而枯竭，这样的爱不走心，爱情之花早晚会枯萎。

幸好，关于爱情，亚里士多德早就有比较成熟的言论。他认为爱其实具有多样性：开启善心、制造欢乐、追求利益。

男欢女爱，双方的善心特别高涨，都愿意对方过得好，都愿意对方生活充满欢乐，都愿意为对方有利。从这三个维度看待爱情，那么爱情具有高贵品质。这样的爱情具有持久的可能性，爱不会因为对方容颜衰老而消失。

亚里士多德道出了爱情的基本特质和要求。霍布斯却说出了爱情的另一事实，爱还常常与恨夹杂在一起，爱与嫉妒夹杂在一起。在霍布斯看来，爱恨交加是一种情绪上的摇摆不定。对于热恋中的人来说，爱多恨少。如果过了热恋期，爱仍然大于恨，那么这样的爱情是可靠的。如果过了热恋期，爱与恨都没有，即谈不上爱与恨，那么这种爱情的生命很短暂，双方只是生活在一起，完全出于习惯。如果过了热恋期，恨多于爱，那么这种爱没有健康的基础，早晚会因疾而终。

校园里成双成对的年轻人，有多少是处于弗洛伊德所说的恋爱中呢？又有多少是亚里士多德所说的恋爱呢？另外，霍布斯所说的爱恨交加，有道理还是没道理呢？哲学家说的这些道理不一定对，但他们的话可以作为恋爱的提醒话语，或许有引导或警示作用。

最后，我对男生说，关于爱情，世上有很多说法，有很多文学作品。每个个体不可能把人们所说的每一种爱情都去亲身经历一遍。对于恋爱中的人，只要心愿坚定，热情不减，那么，就可以把邓丽君的《我只在乎你》和古巨基演唱的《好想好想》当作爱情圣经，从中获取爱的能量。

听了这话，男生说邓丽君的歌词正好道出了他的心声："我只在乎你，心甘情愿感染你的气息。人生几何能够得到知己，失去生命的力量也不可惜。所以我求求你，别让我离开你，除了你，我不能感到一丝丝情意。"

如果邓丽君的歌词反映了男生实在的呼声，那么古巨基的歌词倒还有些浪漫："好想好想和你在一起，和你一起数天上的星星，收集春天的细雨，好想好想和你在一起，听你诉说古老的故事，细数你眼中的情意……"

毕业了，恋爱中的人实际一点，浪漫一点。

毕业寄语:做一个幸福的人

五月已过半,六月就要到来。想来,三十年的高校从教生涯,简简单单,就在一迎一送间重复着九月的喜悦和六月的希望。

九月的喜悦是纯洁的,不带半点杂质。可是,六月的希望又总是那么复杂。每当毕业生要离去,我总有女儿要出嫁的感觉,而且总是怀着送女儿出嫁的心情,总想表达一个心愿:希望外语学院同学做一个幸福的人。

一方面,我希望同学们早日奔赴自己的婆家,顺利走上工作岗位,另一方面,又难以割舍离别之情,甚至担心会不会在婆家受到委屈。

一方面,惦记着该置办什么样的嫁妆,另一方面,我在想,好的女儿能够自食其力,能够自办嫁妆。有道是,再好的父母也无法永久给予儿女幸福。好父母可以帮助儿女练就获取永久幸福的能力。幸福是靠自己去谋求。在外院的四年,同学们刻苦钻研、勤学苦练,已经练就了如何谋求幸福的本事。即便你认为自己的本事还不可靠,别急,你至少还有谋求幸福的想法。

在这里,我要送给同学们一份礼物。这份礼物是五个词:想法、行动、习惯、品质以及未来。把想法变成行动,把行动变成习惯,有什么样的习惯就有什么样的品质,有什么样的品质就有相应的未来。

作为西南大学外语学院的毕业生,同学们永远要记住:学贯中西、砥砺德行,这八个字的含义和力量。同学们还要记住一句老话:穷则独善其身,富则兼济天下。

毕业不是结束,而是开始。毕业不是完毕学业,而是立志,毕竟一生,成就伟业。不要被社会的潮流所淹没,必要时,而应做一名引领潮流的人。

杜威说,世界上确定的事物远远少于不确定的事物,有志者就是要在扑朔迷离的不确定中获取确定。只有愚蠢的人才把一切当成确定。我们生活在一个社会转型的时代，在秩序还不健全的地方，我们不要迷失了自己。不要让眼前的低收入高房价摧毁自己，不要拿别人的奔驰宝马来矮化自己。别人的奔驰宝马也只是别人的羽毛，你也有为谋求幸福而展翅高飞的翅膀。自己的幸福，自己心中有数，开不开奔驰宝马都应该有幸福。

外语学院有一位前辈曾打比方说，同一个班级的学生毕业时，如同一把黄豆抛撒出去，有的落在了肥沃的土壤里，而有的落在了钢板上或者水泥地上。有的得以生根发芽，得以茁壮成长，而有的就此消亡。我不同意这个结果，我倒认为：在肥沃的土壤里，我们当然要茁壮成长，而在钢板上，我们也要当当作响，奏出人生美丽的乐章。况且，什么工作单位是钢板，什么工作单位是土壤，这区别并非你从表面看到的那样。

你在城市里，应该把喧嚣化作前进的动力；你在乡村里，应该把清新送往每一寸土地。

人们说不愿当将军的士兵不是好士兵，这话不错，但我认为，心平气和，甘愿而且勇于当一名称职的士兵的士兵，是一名伟大的士兵。在中国现代革命史中，炸碉堡的不是将军，堵机枪的也不是将军，但他们的勇气与人生价值并不比将军低劣。一个幸福的人应该体现出这样的价值。

在毕业的季节里，同学们心情复杂。我希望同学们复杂的心情是纯洁的复杂，而不是复杂的复杂。面对相处四年的同学，面对偶然回望过你的同学，该记住的事要记住，该遗忘的事马上遗忘。面对与自己有过误解甚至冲突的同学，你有什么样的心态呢？你是要把茶杯里的风波、脚盆里的风浪当成今后人生的风波风浪吗？希望同学们做一个纯洁而又幸福的人。今天的毕业就是明天的幸福。

最后，我把海子的诗送给大家：

> 从明天起，做一个幸福的人
>
> 喂马，劈柴，周游世界
>
> 从明天起，关心粮食和蔬菜
>
> 我有一所房子，面朝大海，春暖花开
>
> 从明天起，和每一个亲人通信
>
> 告诉他们我的幸福
>
> 那幸福的闪电告诉我的
>
> 我将告诉每一个人

给每一条河每一座山取个温暖的名字
陌生人,我也为你祝福
愿你有一个灿烂的前程
愿你有情人终成眷属
愿你在尘世获得幸福
而我只愿面朝大海,春暖花开。

叛经不离道的寄语

　　这个夏天不平淡,因为传来了两则不平常的消息,吸人眼球,引发热议。这两则消息都事关毕业致辞,一个出自浙江大学法学院教师高艳东,一个出自美国最高法院首席大法官罗伯茨,一中一西,颇有见地。相同点好像很偶然地与法学院或法院扯上了关系。其实,这两则消息有差异:一则是炒冷饭,一则是新出炉。不管他们是不是"真敢说的地表上最强毕业致辞",不管他们是不是"石破天惊的负面致辞",在我看来,都是逆向的善意表达,是叛经不离道的毕业寄语。

　　高艳东先生于 2012 年给浙江大学法学院研究生讲的毕业寄语,已经过去五年了,虽然已是冷饭级别的致辞,但其味仍鲜,至今仍在毕业季节中传扬。

　　既然味道鲜美,那就非同一般。犹记得,高先生采用了当时流行的甄嬛体,一开口就语出惊人:"朕私下想,诸位书生必是极好的。众爱卿均是高帅富,众爱妃均是白富美。但是,请你们记住:事业有成的、当领导的,往往都是矮矬穷。我们的领导除外。因为,法律只评价客观行为,而不关心主体形象。"

　　高先生借用甄嬛体的典型句式"朕私下想,诸位书生必是极好的"来组织开场白,居高临下,在"爱卿"和"众妃"面前,既占便宜又卖乖,语词时髦,骨子里深藏的幽默气质与调侃精神一下子外显出来,而且目中有人,没有忘记把领导带到聚光灯下,让人笑拜。台面上不让领导受到"矮矬穷"的语力影响,而暗地里却借力发力总想朝着领导后臀踹一脚,不无调皮。

　　接下来的话,高先生用调皮之劲,说诙谐之话,嘴不饶人,心存善意。他让毕业生们在离校之际回忆回忆当初为什么来到这里。

　　"最后一刻,我们来一起回忆一下浙大精神和之江印象,好不好? 竺校长曾经问过两个问题,到浙大来干什么,将来毕业要做什么样的人。你们说,到浙大来混,将来要做一个混混。但是,浙大毕业生不能做个小混混,要做个敢爱、敢恨、敢裸奔的文艺混混。潘靓超同学有这样的气质,身材那么差还敢光着出来混。他的行为,充分一把阐释了浙大的草根精神。"

好一个邪气十足的"混"字了得。如果说全国高校学生都在混的话,那么,高先生却要表达的是,浙大学生不能只做"小混混",不可居于平庸,而要"做个敢爱、敢恨、敢裸奔的文艺混混"。拔高点讲,做人做事就要有胆略,有气魄,是非分明,日臻完美,最后达到文化和艺术之最高境界。日常事务,起于技能,终于文艺。这是一个过程,要实现这过程,就必须拥有像潘靓超同学所展示的那种草根精神和勇气。

是啊,我们做事不能只讲技能,心中还应该有文化和艺术。从技能到文化,到艺术,这是大学教育的飞跃。然而,越来越多的大学被现实牵着鼻子,被动地迎合社会的低层次要求,而甘心于从事技能培训,慢慢忘记了大学应该引领社会的根本职责。

高先生寥寥数语,道出了现实问题,从而号召学生要做好自己。"记着,要到祖国最需要的地方去混,中国最需要普法的地方是中南海。我希望,你们去中南海里面去做个大混混,假如有那一天,请记着,把浙大求是无畏的精神刻在中南海的每个角落里。要不然,竺校长会去找你商量的,老校长可伤不起啊。"

这话略显粗糙,似有不敬之感,然而其中的道理明了精深。心中有党,念念不忘中南海。诚然,权力集中的地方就是最需要普法的地方。我们的法制社会是个有机体,其健康状况犹如个人身体状况,从头到脚,从上到下,要依法保持。浙江大学的研究生就应该具有这种敢于治理天下的精神和能力。

一阵邪气十足的调侃之后,高先生正色道:"大学有相同之处,进来的时候,要学习做人,出去的时候,要好好做人。你们经历了三年,两年的有期徒刑,有的人是打着游戏度过的,有的人是打着 kiss 度过的,有的人是打着酱油度过的,不管你们曾经打过什么,你们统统刑满释放。出去后,要记得,得人品者得天下,要以德服人。"

知子莫如父,知徒莫如师。研究生在校期间有何许表现,师生之间你知我知。过去已成过去,将来就要好好做人。对毕业生说出如此告诫之语,当然是出于老师的真心话:"请让我以老师的名义说声:真的爱你。"

东土浙江高先生的话还未消逝,又从大洋彼岸传来了美国最高法院首席大法官约翰·罗伯茨,于 2017 年 6 月 3 日给新罕布什尔州贾迪根山学校的九年级学生做的毕业致辞。罗伯茨不仅是该校的杰出校友,他的儿子也正好这年毕业,而且他还深受布什、奥巴马以及现任总统特朗普的信任。他是奇才,当然有奇思妙语。

罗伯茨没有拘泥于陈规陋习,没有说一些陈腐呆笨的正面祝福语。相反,他善于逆向思维,从负面的角度说出了一些逆向的话来。表面上,他离经叛道,深层里,却情真意挚。

他说:"众人都会特别祝福你们,都会表达良好意愿。然而,我不会这样祝福你们。在今后的岁月里,我希望你们时不时地遭受到不公正的待遇,这样你们就会知道公正的价值。我希望你们会遭到背叛,因为这会让你们明白忠诚的重要性。很遗憾,我希望你们时不时地会感到孤独,这样你们就不会把朋友当成理所当然的恩赐。我希望你们走走霉运,这样你们就会意识到机遇的重要性,就会理解到你并非完全应该成功,别人也并非完全应该失败。当你失败时,我希望你们偶尔会遭到对手的嘲弄,这样你们就会懂得体育精神的重要。我希望有时没人在乎你,这样你会懂得倾听他人是何等重要。我希望你们遭受到足够的痛苦,以便你学会同情他人。"

罗伯茨做的毕业寄语简单直接,而且最后还告诫道:"不管我愿不愿这样说,这些不幸之事都会发生。至于你们能不能从中获得裨益,这完全取决于你有没有能力从不幸中明白事理。"

高艳东的调侃式寄语具有娱乐性,会让人在欢快中接受一些善意告诫。罗伯茨的话则有如冰水袭人,让听众无法热烈反应,但会冷静思考人生。

毕业之际,众声嚷嚷,无论正邪,唯有真诚之语才能深入人心。

思想解放的标志

我不研究历史,更不研究思想史,但凭个人的观察来理解我所经历过的时代变化。我出生在"老三届"走出中学而无法正常参加高考的那个时候,而当"新三届"获得恢复高考之利,踏入大学校门时,我开始了正常的初中学习。

当老三届走出中学校门时,我才来到世上,尚无认知能力,因此对他们没有任何深刻的概念认识,而当新三届考上大学时,处于少年时代的我在朦朦胧胧中仿佛看到了自己的前程。从老三届到新三届,十年有余,许多人经历了刻骨铭心的变革,而最终迎来了新的时代。无论他们有无心理准备,社会变化给他们带来了巨大的挑战和机遇。

我总认为 1978 年标志着新时代的开始,大凡对新时代开始之初尚有深刻记忆的人,永远也不会忘记四项代表新时代思想解放的标志:一幅油画、一部电影、一首歌曲和一条横幅。

1980 年,四川美术学院罗中立的《父亲》油画不但给中国画坛带来了里程碑式的作品,而且还给亿万大众带来了新的艺术形象。《父亲》以"纪念碑式的宏伟构图,饱含深情地刻画出中国农民的典型形象,深深地打动了无数中国人的心"。

稍有记忆的人都知道,在《父亲》画像诞生前,我们的国家到处都是同为"父亲"的、伟大的"他"的巨幅画像。罗中立的《父亲》标志着从伟大艺术的神坛走向粗糙现实的农村这样的转变。这幅作品告诉人们,我们不仅有伟大的父亲,而且还有许许多多普通父亲。

我们过去形容伟大的"父亲"时,爱用"红光满面""神采奕奕"这样的语词。罗中立的《父亲》刻画的却是一位普通的、贫困的、苦涩的老百姓。《父亲》中的父亲面容枯黑,干瘦的脸上有一道道如沟似辙的皱纹。他头裹白巾,手端茶碗,稀疏的胡须,深陷的眼睛。白巾无法洁白,茶碗无法高雅,稀疏胡须不是活力的象征,而深陷的眼睛很复杂。看到这样的父亲,我们心情也很复杂。不管怎样,《父亲》中的父亲才是我们真实的父亲。

1980 年张瑜、郭凯敏主演的《庐山恋》是划时代的一部作品。影片讲述的是一位侨居美国的前国民党将军的女儿周筠回到祖国庐山游览观光,与中共高干子弟耿华巧遇,两人一见钟情并坠入爱河的故事。《庐山恋》寄托着整整一代人的爱情旗帜与情怀,是中国电影史上一个永远的传奇。之前的电影描写爱情,甚是革命,甚是干净。热恋中的人总是女的在前面跑,男的在后面追,追着追着,就没有了下文,更别指望男女双方合作一个"吕"字,给人很不地道的感觉。《庐山恋》却在渲染青年人的爱情时第一次勇敢地让恋爱中的青年男女追到了一起,而且还在草坪上躺在了一起,当然仅仅是躺在一起而已,不过,特别刺激的却是银幕上出现了让多少人热血沸腾的第一吻。《庐山恋》中的耿华,迎着晨曦朗读英语,他的朗读声引来了精通英语的周筠,这种奇遇成了多少青年的梦想。

据说,自从《庐山恋》上映后,居然有不少青年专门跑到庐山上去朗读英语,心中恐怕也在期盼他们各自的周筠。

《乡恋》是中国大陆改革开放后真正意义上的第一首流行歌曲,号称大陆流行歌曲"开山之作"。李谷一大胆采用了"气声"唱法。其中的歌词也大胆地表达了"情爱"。当然,《乡恋》本为电视片《三峡传说》的主题曲,但是那歌词并未具象地绑定在三峡上。"我的情爱,我的美梦,永远留在,你的怀中,明天就要来临,却难得和你相逢,只有风儿,送去我的一片深情。"这里的情感呼唤扣动着听众的心扉,让心中有情有爱的人不由自主地产生共鸣。这在当时实属大胆。

《乡恋》其实最先于 1979 年问世,1980 年进入广播节目《每周一歌》,可是那个时候文艺战线上正发生着保守与开放的两派斗争,当保守派占上风时,《乡恋》被确定为靡靡之音而打入冷宫。1983 年春节联欢晚会现场热线,接到了许多观众点唱《乡恋》的请求,经过紧急请示上级主管部门,晚会主办方才获准由李谷一再次演唱《乡恋》。这标志着文艺界的思想解放。

1984 年国庆阅兵式上北京大学学生打出的横幅"小平您好"标志着人们对领袖人物的新认识。在这之前,老百姓就是有九个胆子也不敢直呼国家领导人的名字,因为在传统文化习俗中,中央高级领导人不说是具有九五之尊,也不是下品之人能随便称呼的。就在那个年代,不说国家层面上,老百姓不能直呼领导人的名,就是在个人家庭里,儿女不能直呼父母名。这不像在亚美利加那样的国家,小孩可以随意称呼大人的名字。

1949 年之后的中国,虽是新中国,可是人们仍然保留着对上级对父母那种绝对崇敬。"小平您好"出现之后,人们意识到领导人也是普通人,称呼领导人的名字不是不尊敬，而是表达无拘无束的亲近。而今，在许多开明家庭里，小孩能够自然而然地称呼父母的名字，这应该看成是思想解放的结果。

一幅油画、一部电影、一首歌曲和一条横幅，这四项文化产品恐怕早已被人们淡忘，甚至不曾被记起，但是它们给中国思想界带来的影响却无法忘记。

我们需要良好的规矩，但更需要破除陈规陋习。在破除陈规陋习的过程中，只有人们的思想解放才确保人们的真正解放。

外物勾引好奇心

有个假说:世人兴趣不同,但好奇心却一样。要证明这个假说是否可靠,这并不费事。我们的日常生活会有意无意地显示出,这个假说有它的道理。

地铁上几乎每个人都低下头盯着手机屏幕,目不转睛,一动不动。你若有机会逐一检查他们在看什么,你就会发现屏幕上的内容其实并不同。每个人的兴趣不一样,所以观看的内容都不一样。

美国人有则讽喻性幽默故事,恰好能说明这个道理。一位城里人和一位山里人共同走在熙熙攘攘的商业大街上,这时山里人对城里人说他听到了蟋蟀的叫声。城里人并不相信山里人的话,反驳说,这商业大街上,人声鼎沸,甚是喧嚣,就算有蟋蟀在叫,也无法听到。山里人说,这不难证明。于是,山里人从衣袋里摸出一枚硬币,随手往地上一扔,弄出了硬币碰击地面的叮叮声。这时,走在前面的路人都纷纷回头,眼睛一齐盯着在地上滚跳的硬币不放。这时,山里人笑着说,在这么吵闹的街道上,你们城里人就能听到钱币的声音,我也就能听得到蟋蟀的声音。何故?无他,兴趣不同罢了。

这则故事当然缺乏真实性,但不无现实性,而且其中的道理不言自明。

驱使我们兴趣的是我们的好奇心。我们的兴趣当然各不相同,但我们的好奇心却是一样的。好奇心和兴趣常常交织在一起,以致我们行事不可偏重兴趣点而忽视好奇心。

古希腊哲学家柏拉图说世人天生都有一份好奇心。本质上好奇心具有趋同性。不是吗?你若站在大街中央,抬头望着天空,假装出一副惊奇而又兴奋的神情。这时,街上注意到了你的人,他们十有八九都会朝着天空望去,虽然他们什么都看不见,但他们就是想看到点什么。为什么呢?因为他们的好奇心有如发动机,已经被你启动了。

　　世人的好奇心容易被外物启动,即你的好奇心很容易被他人或他物所吸引,从而启动起来。启动你好奇心的外物不同,你就会有不同的兴趣。我们的社会如同一部大机器,这部大机器由无数个人的小机器组合而成。

　　如果我们的媒体日复一日地让世人看到的是什么王宝强啊、什么柳岩啊、什么草帽姐啊,那么,心理还不成熟的世人,他们的好奇心很容易被娱乐界的鸡毛蒜皮的事所掌控。

　　如果我们的媒体持之以恒地弘扬中华民族勤劳勇敢的奋斗精神,那么世人的好奇心就会在勤劳勇敢的大道上启动。

　　人尽管很聪明,但是人的聪明注定是要被利用。怎样利用人的聪明才智,关键就在于怎样利用人的好奇心。高校教师应该算是某种聪明人,物质上和精神上,你如果天天强调什么科研论文的重要性,那么高校教师的科研好奇心就被启动在科研的大道上;你若坚持强调高校教师要有陈寅恪先生所倡导的"自由之思想,独立之人格",那么高校教师队伍中就会涌现出一大批真正"有思想,有人格"的大师来。

　　老子说:"治大国如烹小鲜。"这话预设的是我们的社会应该具有做菜的那种艺术性。除了艺术,做菜还需要作料,味道才好。这道理很简单。但如果不求菜的本质提高,即如果不想法提高食材的质量,而一味夸大作料的用途,甚至只见作料不见菜的话,那么能做出什么菜,能引来什么食客也就不言而喻了。

　　现实生活中,个人、集体、单位甚至国家都在烹煮着社会这盘大菜。社会这盘大菜是如何烹煮的呢? 换句话说,我们该如何调动世人的好奇心,引领世人的兴趣点呢?

　　但愿世人的好奇心没有被引到错误的兴趣上。

剽有勤来窃有意

《三生三世十里桃花》抄袭了《桃花债》;《宫锁连城》抄袭了《梅花烙》;《梦里花落知多少》抄袭了《圈里圈外》……杭埠浪荡,这种"袭人之事"在文学界、演艺界和"粉丝界"沸沸扬扬,吵吵闹闹,鸣冤叫屈,最后似乎都圆圆满满地提高了抄袭者的知名度。其实,热闹是他们的,吃瓜的群众什么都没有。

抄袭者很勤奋,剽窃者最用心。可是,这勤奋和用心不在正道,到底会以丢脸告终。

近日,有一单词像把飞刀,在学术界的天空盘旋,寻找着斩杀的目标。这个词是抄袭的表兄,剽窃。

什么是剽窃?剽窃就是当事人上了他人成果的床,怀上了自己的胎,很快招惹出暗藏飞刀的刺客来。这刺客凭着飞刀而过关斩将,为当事人壮胆喝彩,收获票子和帽子。可是,这刺客的飞刀完全可能被他人把握,当事人反被飞刀砍杀。

剽窃到底是怎么回事呢?

亚拉巴马州高校作家协会于 2003 年 3 月在特洛伊大学举行了一次"反剽窃"的会议,我应邀列席会议,拿会议主持者沃洛甫斯基博士的话说,我是这次会议唯一的国际观察员。我"观察"的结果,却对什么是剽窃产生了许多疑问。

首先,从会议赠书,从那本反高校学生论文剽窃现象的《剽窃手册》中,我也发现了剽窃的疑点。该书第一章第一节第 6 页上醒目地印了一段话:"Give a man a fish, and he will have food for a day; teach him how to fish, and he will have food for many days. "这段话的意思不管怎么看都是我们的古语:"授人以鱼,其食一饷;授人以渔,其食终生。"

然而,该书却没有注明这是中国格言,而只是含糊地说这是一句谚语。按该书作者自己对剽窃的定义,此处犯了"剽窃罪"的第四、第八和第十一条,分别是

"盗译外文""篡改原文措辞"和"出处虚列或不详"。

不过,对于这句中国古语的出处,我们中国人自己都很难考证究竟出自哪里。

有人说是教育家孔子的,因为它是有关教育的。有人说,它出自庄子,因为这话有点像寓言。有人说,它应该出自老子,因为这是关于行事之道的。还有人说,这话来自《孙子兵法》,因为它讲究的是策略问题。

这些,我都查对过,未能找到踪迹。我倒是觉得它更像出自《尸子》中的"教人以渔""人人得鱼",可能后来经过人们一代代发掘、添补而有了现代说法。这要让虽然一向做事精细的美国人说出这话是谁的,恐怕比登月还难。

由此看来,引用盗译过来的外文,似乎不能算是剽窃。也许,把一种文字的东西译成另外的文字,只要注明是谁的,在该书作者那里看来,就算不得剽窃,而是知识推广了。

其次,我想从语言层面上看,什么是剽窃。在这点上,人们有最大的自由就是可以任意运用别人的单词、短语,而不会被指责为剽窃。《毛选》里的"纸老虎"应该是毛氏的原创,可英美人收入他们的词典成为"paper tiger"时,却故意忽视我们的老毛。同样在国内"酷""酷毙"满天飞的时候,我们也不会注明它的原创权归美国人。人类的语言发展到今天,都是靠一个个词汇的日积月累,是许多年传承的结果。要是每个词都注明出处,恐怕我们的每句话得包含无数人名。

一般,把别人的整个单词拿来,不能算是剽窃。那么,整个句子呢?从句子的层面开始,剽窃开始出现了。但在这个层面上,似乎人们还是有模糊的认识。中国人也好,美国人也罢,并非处处、时时都要注明他们所引用别人的句子。很在意知识产权的人,格外小心,而在意自由运用的人却忽视,甚至讨厌标明产权者。

沃洛甫斯基博士抱怨中国学生的作文里到处都是别人的话,而没有一处注明或者暗示是别人的。听了他的话,我不觉得诧异,因为我们向来注重运用,只要顺手、顺口就行,我们喜欢引经据典。天长日久,那些经典的话就植根于我们的头脑,成了自己的东西了。实际上,美国人也是这样嘛,他们有人把莎士比亚戏剧《哈姆雷特》第三幕第一场中的"生存,还是死亡,这是个问题"套用成"上天,还是下地,这是个问题。"就没注明出处嘛。更不用说,剽窃沙翁这句话的结构,写出结构类似的话来,他们也没有注明出处嘛。原来仿拟和诠释,是不能算作剽窃的。看来,《剽窃手册》中剽窃罪的第九条,"诠释原文,不加出处"面临着现实社会的无声挑战。

把别人的段落移植自己的文章中,而又不注明出处,是不是剽窃呢?按现在的规矩,这肯定是剽窃。然而,该书作者在列举实例时,为什么不列举《独立宣言》呢?根据该书作者的观点,我怎么看,杰弗逊起草的《独立宣言》有剽窃先前的由乔治·马森起草的《弗吉尼亚人权宣言》之嫌。两文的开篇之语在意思上可以说是惊人地相似,都在表达无须多言的真理,"人人生而平等,人人享有三大权利:生命权、自由权、幸福权",这表达只是措辞不同而已。我们总不能说,形式上,原模原样地照抄别人的东西是剽窃,而形式上稍做改变,本质是一样的东西就不是剽窃。

不过,如果把先人的思想运用到自己的著述中算是剽窃的话,那么人类的思想史、文化史等是靠创造和剽窃传承与发展的。看来,剽窃是应该有时间年限的,即过了多少年后的运用就不能算剽窃,版权是有年限规定,而剽窃与版权并不是等同的,所以剽窃也应该加一个时间限制。因为时间长了,前人的东西已经同化为后人自己的了。马森和杰弗逊两人的宣言,在思想内容上都是英国哲学家约翰·洛克的原创。

在篇章层面上,整篇搬用别人的东西,肯定是剽窃。如果一个人把别人的文章或著作,改头换面,标上自己的名字,这种做法肯定是剽窃了。这一点上,不应该有什么异议。

不过,好像有一种现象就是,拙手和巧匠之间的这种关系表现不同。拙手搬用巧匠的,肯定是剽窃,暴露无遗。不过拙手也有巧作,如果拙手的巧作被巧匠搬用,或稍加技术处理,就很难被定为是剽窃了。即便掉入这种纠纷,人们不会轻易判断说是巧匠在剽窃。有趣的是巧匠之间也有剽窃,可人们似乎不愿意把这种现象定为剽窃。这个时候,就有一个冠冕堂皇的术语,叫化写。

韩国延世大学教授李诚一博士(Dr. Lee Sung–Il)在特洛伊大学讲授乔叟的长篇叙事诗《托依勒斯与克莱西蒂》时,反复强调乔叟的这部诗歌是对意大利诗人薄伽丘的作品的模仿。我没机会看到,也看不懂博伽丘的原文,但我带着兴趣在特洛伊大学图书馆查对了他二人作品的英文本,发现不仅故事情节相似,就连有些关键段落都相似。可能是乔叟对薄伽丘的化写,或者说叫创译。

乔叟的《托依勒斯与克莱西蒂》和薄伽丘的同主题诗作,很多地方在句式上和意思上都相似。我们是不是要说乔叟是在剽窃呢?就算是剽窃,但他的结果却不坏,可以说是剽窃之功大于剽窃之过也。套用乔治·莫尔的话说:利用并改进别人的成果恐怕不能算剽窃,而应该叫推广与发展了;只有玷污了别人的东西,才算剽窃。我们的四大发明不是在西方得到了长足的发展吗?西方人从来没说他们是在剽窃我们祖先的成果。

最后谈谈,《剽窃手册》中剽窃罪的第六条,"剪刀加糨糊罪"。这种罪名的说法,这一术语本身不是该书作者的原创,至少在1835年,就出现了。不过,鉴于它属于短语,我们姑且不究其剽窃之过。作者说,有些学生写论文,东抄西拼,合成一篇文章,没有自己的观点,没有自己的话,这就是剽窃。我认为这应该算剽窃。不过,不知道字典编纂算不算剽窃,要知道字典的编纂者是不能凭空捏造、虚添自己的观点的。字典编纂本身不好鉴定为剽窃,而字典之间的剽窃,就更难判断了。

美国词典编纂史上,就发生过韦伯斯特与沃切斯特两人间的剽窃诉讼。当然,以韦伯斯特胜诉告终,但后来人们发现,沃切斯特是冤枉的。这件事说明的道理是,名声大的人压过了名声小的。所以剽窃这事,还是挺复杂的。

我国司法实践中认定抄袭和剽窃一般来说遵循三个标准:第一,被剽窃(抄袭)的作品是否依法受《著作权法》保护;第二,剽窃(抄袭)者使用他人作品是否超出了适当引用的范围。这里的范围不仅从量上来把握,主要还要从质上来确定;第三,引用是否标明出处。

这里所说的引用量,国外有些国家做了明确的规定,如有的国家法律规定不得超过1/4,有的则规定不超过1/3,有的规定引用部分不超过评价作品的1/10。

我国《图书期刊保护试行条例实施细则》第十五条明确规定:凡引用一人或多人的作品,所引用的总量不得超过本人创作作品总量的十分之一。

笑烂石搞学术趣闻两则

一、笑烂石的学术杂志

笑烂石想办一个杂志,也把她称为学术期刊。刊名不要大人题字,甚至不要名字。实在有人要给她一个称呼,那就叫"P"杂志。

里面的 paper 叫 P,写那 P 的人也是 P。

P、心理 P、哲学 P、语用 P、人 P。

真希望,有一天,笑烂石的世界里都在看 P,都在谈 P,都在写 P。

P 界同胞见面就问"今天你 P 了吗?"后生们因有 P 在 P 而欢呼:"我终于有 P 了!"

笑烂石的世界靠 P 定级,以 P 交友。但有一条规定:一切人等,无论大写小写,在 P 里只可老实写 P 发 P,严禁抄 P 卖 P。

二、笑烂石的学术会议

> 开会带着屁屁踢来
> 发言跟着屁屁踢走
> 慌张张讲话
> 深奥奥难懂
> 一座座理论的山峰
> 一堆堆他人的牙慧
> 准备的是一件棉袄
> 展示的是穿孔背心
> 原以为棉袄厚实

希望温己暖人
却难料背心破败
弄得一场冰冷
明明时间有限
暗暗耍赖拖延
好歹也有掌声响起
多少能遮内心空虚
若问及解决了什么问题
总支吾着辩白颠三倒四
主持人接过话筒
参会人准备起立
本次会议到此为止
希望来年再聚一起
你装模作样
我搔首弄姿
你簇拥拥来
我簇拥拥去
开始得很美丽
结束得没道理
想起来真可惜
原非如此
只要成了学阀
都穿着皇帝的新衣

喜欢粪便的人

粪便一词已属文雅了,但仍不能到处用,甚至在某些场合决不能提起。有人说任何形式的生理排泄都有快感。可是,粪便作为快感后的产物却不再令人心悦。多少常人就是这样爱憎分明。

不过,有几种常人却以观看到粪便为乐。金圣叹有话说,便秘三日,忽一日通之,不亦快哉。堵塞久了,一下通了,当然有快哉之感也。看看世间的交通堵塞,一辆辆车犹如一块块粪便,积压在一个路口,只有通了才快。其实,中世纪的法国就有谚语说:"人不拉屎不舒服"。

说远了,收回来。莫说我们的才子金圣叹那个时候肯定看不到汽车,恐怕金圣叹是否是真的是看到了粪便才感叹,这也无定准。倒是周国平在《妞妞》中套用金才子的话说,看到宝宝便秘多日,忽然拉出黄灿灿的东东来,心中一片大喜。这黄灿灿的,算得上商人眼中的金子,也有如把一堆散乱的冰激凌放在沙漠中干渴汉子的眼前。这是喜欢粪便的一种人,喜欢的就是那黄灿灿的东东。

另一种人也特别喜欢粪便,而且堆堆越大越开心,就好像中奖额越大越张狂一样。这种人生活在上个世纪六七十年代的中国农村,他们早晨一大早起来,一手提着竹编篾篼,一手握一把竹夹,到处转悠,见到粪便就往篾篼里夹,夹不起就采用刮地法,把那瘫在地上的东东弄进篾篼。这就是拾粪人,在四川农村称为捡狗屎。川人说话很形象,把得先机的人称为捡狗屎走在前面的人。劝人做事趁早下手,就打比方说:就是捡狗屎也要走在前面。这样机会才多。如今,恐怕再也找不到捡狗屎的人了。若问捡狗屎的人哪里去了,千万别答:进城当大学教授了。

杨二车娜姆在 Leaving Mother Lake(《告别母亲湖》)书中写到牛粪的温暖,她说小时候在寒冷的冬季里随爷爷到山野里放牛,每当看到有牛正拉粪便时,就赶快把自己光光的脚丫置于牛粪中,取得一点暖来,心里感觉甚是惬意。

　　这些都是喜欢实物的人,如今恐怕再也难找这样的人了。留下的只是一些文字,可怜的是这代表实物的文字也有人不喜欢了。江苏电视台《非诚勿扰》有一期节目,当中有一美眉明确说出,如果她的男友当面把公园里的宠物粪便用手纸去捡干净,她就受不了。原来在当今都市美眉的生活里,爱情不能出现粪便。

　　华东师范大学美女如云,一日中午在学生餐厅就餐,忽听得旁边一真的美女肆无忌惮地给同伴说:我的屁屁要吐,去去就来。愕然:华师大的美,一下子烟消云散了。我以为我是喜欢粪便的人,这事验证出:我怕在美女中发现粪便。

　　如今的人生活在隐喻中,即我们依靠隐喻而假装出一副人模狗样来。剥开隐喻的伪装,我们其实生活在粪便的时代,处在粪便中而自娱自乐。翻开报纸,再也闻不到油墨的芳香,只看到一堆堆的 bullshit。走进书店,除了一些零星的犹如陈年老酒的经典外,架子上新出的仍然是 bullshit。遇到的教授,多半人谈不上著作等身,反倒是粪便满身。真正的粪便是生理快感的结果,结果了它就默默地发挥着肥力。而今教授们拉粪便时,偏偏遇上便秘不治,比难产女人还痛苦,根本谈不上快感,可是,一旦痛苦地挤出带血的便便来,在教授眼里就是黄灿灿的了。有了黄灿灿的东东,教授们得意得很,恍若自己就是皇帝,而且穿上了新装。不过,这新装不是其他骗子做的,而是自己便秘痛苦出来的。

　　回到自己的书房,忽然闻到一股味道来……

北碚夜语

　　不知是心里不够清净,还是情感有所偏好,北碚总会让人产生一些难以言宣的感觉,有时还暗自激动。

　　北碚在哪里? 在唐朝诗人李商隐的《夜雨寄北》里。"君问归期未有期,巴山夜雨涨秋池。何当共剪西窗烛,却话巴山夜雨时。"北碚的缙云山和黛湖,双双化名,出现在李商隐的诗里。

　　李商隐本是多情之人,北碚的夜雨肯定拨动了他心中的情思。是啊,你若仔细聆听北碚的夜雨,像有丝竹声声,引来情思切切。

　　北碚的夜雨多在春秋两季。春天的夜雨,羞答答地下。那娇气的声音,伴着丝丝微风,轻轻地进来,像要掀一掀被子,给熟睡的送上甜蜜,给辗转反侧的带来抚慰,给饥渴的洒上春的滋润。

　　一夜春雨过后,莺莺鸟声,迎来新的黎明。此时此景,难怪北碚学子、诗人钱志富会赞叹:"鸟声似酒,醉了整个黎明。"好一个钱志富,好一个北碚的早晨。

　　北碚秋天的夜雨,成熟丰满,不加掩饰,毫无羞涩,带着固执,一个劲地下来,搅扰夜里的人儿,让多情者难以入眠。李商隐偏偏就是多情,素有"春蚕到死丝方尽"的多情。他在北碚燃起了秋雨之思,刻骨铭心,怅然中写下《夜雨寄北》。

　　从此,北碚就成了春情秋思的绝佳之地。你若是情根,偏好夜雨之事,不妨合着李商隐秋思的节拍,到北碚,到缙云山,找店住下,静候北碚的夜雨。或许你在北碚还会发现别样的惊喜:阴晴同天,春秋共暖。

　　李商隐在唐朝,而唐朝毕竟太远,或许你还是要问:北碚在哪里?

　　北碚在老舍的辞岁诗作里。"雾里梅花江上烟,小三峡外又一年,病中逢酒仍需醉,家在卢沟桥北边。"

　　抗战期间,来自北平的老舍,来到了北碚。那时倭寇像病毒一样肆虐浸染着中原大地。北碚虽好，不是北平。北碚不是解放区，也还没有迎来晴朗的天。冬无可恋的北碚，唯有大雾弥漫，梅花不红，一片黄淡，犹若染病。家国情仇，涌上心头，于是，老舍触景生情，写下上述诗句。大雾，梅花，土坨酒，还有嘉陵江的寒烟，这些北碚盛产之物，陪伴着老舍，怀念着老舍的怀念，伤感着老舍的伤感。

北碚究竟在哪里？在人文地理的诗话中。"识得青山缙云秀，方知北碚娇媚身。雅舍文星桥无语，蒙哥断魂江幽鸣。族有英雄自忠在，人念巴金寒夜生。老舍笔下同堂梦，西大园留求真境。"这些话东鳞西爪，探取出北碚的瑰宝，让人遐想。

是啊，岁月如梭，时光荏苒。北碚啊，是那么近，又是那么远。

你若登上缙云山顶，整个北碚城尽收眼底，一片美好。可知道，就在这美好的小镇里，沉积有令人难以忘怀的印迹。

抗战期间，梁实秋在北碚的居所叫雅舍，他在雅舍里写出了许多作品。其中《雅舍谈吃》打上了深深的北碚之印。

北碚不仅美女如云，而且美食独绝。民间有话说：北碚的豆花，土坨的酒，好要就在澄江口。后来，梁实秋到了台湾后，对居住过的雅舍和昔日的"厚德福饭庄"仍念念不忘。

梁实秋也算是一颗文星，他的雅舍紧邻现西南大学校园。你若从雅舍出来，沿五路口朝西南大学五号门方向走，几百米外有一个文星湾。文星湾里有两座桥，一座是上个世纪八十年代末九十年代初修的桥，这桥虽然在北碚人人皆知，但是她没什么奇特之处，而奇特的是嘉陵江边的早已被人遗忘了的一座叫"文星桥"的古石桥，估计新到北碚的人没有几个知道她了。不管你知道不知道，她就在那，默默无语。

处于默默无语的还有一处，那就是元朝英雄蒙哥的断魂处。元初，蒙古大军由号称"上帝之鞭"的蒙哥率队南袭到合川钓鱼城，久攻不下，蒙哥在钓鱼城遭炮火袭击而受伤，转到嘉陵江边的北温泉，因伤太重而死于北温泉。如今，那嘉陵江水仍在流逝，不舍昼夜，而那成吉思汗的孙子，忽必烈的哥哥，英勇善战的蒙哥的魂灵似乎还在江水里幽幽哀鸣。

蒙哥是来自北方的骁勇俊郎，在南方的征战中他丢失的魂灵，恐怕至今还没有回到那北方的家乡。如今，从文星湾沿江而上，向北温泉跋涉前行，经过温汤峡时，一年四季无论天阴天晴，你想得起蒙哥，你就会感受到温汤峡的阴森。对此，有老者说那阴森里就有蒙哥。不过，那阴森却不恐怖，因为，里面蕴藏着寒刀冷剑的英武。

自蒙哥起,数百年后,北碚又迎来了英武之魂。国民党抗日名将张自忠殉国后,当时身处重庆的蒋介石下令定要把张将军的遗骸运到北碚安葬,以示敬仰。张自忠承受着屈辱,精忠报国,他的陵园就在北碚的梅花山旁。

抗战时期,北碚迎来了无数的文化名流、军政大要、商贾富翁等。巴金在北碚开启了《寒夜》的写作;老舍在北碚完成了《四世同堂》;翦伯赞的《中国史纲》完成于北碚;梁漱溟在北碚不仅完成了《中国文化要义》的写作,而且还开启了中国乡村建设的篇章,晏阳初在北碚大力提倡乡村教育,建起了中国乡村建设育才院。

北碚是座典型的大学镇,抗战期间复旦大学迁到了北碚。而今,西南大学在重庆以其美丽的校园而闻名。其实西南大学不仅校园美,而且这里的学生一直保存着淳朴美。

有道是:"何处有景秀?北碚丽人满街走。嘉陵江水长清明,雎鸠,好逑君子手搔头。年少初来渝,直奔西南大学走。天下英雄谁掌控?玉手,传情明眸绕指柔。"

西南大学远离都市的喧嚣,学者们反而能潜心于学问,共同筑建学术重镇。从西南大学前身走出去的袁隆平先生是杂交水稻推广之父,他让米饭源源不断走上亚洲人的餐桌。西南大学有我国土壤学之父,有把红薯变成艺术食品的教授,有让春蚕吐出彩丝的研究团队,有一批批潜心治学和科研的教授。他们"团结紧张,严肃活泼",他们勇于求真,敢于创新。他们拥有求真执着,这执着时不时地进入到生活里,影响着北碚市民。可北碚市民有时顽劣地调侃做事认真的人,就说:"龟儿子,傻得像教授。"

西南大学有来自全国四面八方的莘莘学子,她们在北碚有过美丽的记忆,她们在北碚有过喜怒哀乐,她们的人生无论辉煌还是平凡,北碚从此成了她们难以忘怀的记忆。

北碚在哪里?北碚位于重庆市区以北的远郊,是一个小镇,时称"陪都之陪都",抗战时期曾一度跃升为中国的文化中心和科学中心。李约瑟来到北碚时,情不自禁,发出感叹:许多科学家齐聚在一个小镇,做着令人惊叹的伟大工作。

北碚!北碚!中国测量史上的第一地标在北碚,第一次熊猫展览在北碚,熊猫的中文名确立在北碚,第一批中国乡村建设在北碚,中国第一所电影专业学校在北碚,第一座斜拉桥在北碚……

北碚!北碚!中国多少文化名流曾在此驻足,在此生活,在此创作。且不说唐代的李商隐,宋代的周敦颐,就说现代的巴金、老舍、陶行知、晏阳初、梁实秋、林语堂、萧红、田汉、夏衍、胡风、吴宓等,群星在此闪烁。

北碚曾经创造了很多的第一，产生过不少文学名著。而今的北碚似乎不再那么光辉夺目。不过，北碚倒有难得的宁静。

这里的人身处大山之中，信步嘉陵江边，似乎早已忘却外部世间的嘈杂。"江心石，不怕江流急，长留水中，浸蚀了身，尤为浪花喜。北碚人，钟爱北碚情，常住山里，静养着心，笑谈市井趣。"

北碚又下起了夜雨

（一）

北碚又下起了夜雨,想起的还是你。

北碚的夜雨是一支期待的画笔,

唰唰——刷,唰唰——刷,

一滴滴,一滴滴,绘成了归来的你。

在唰唰声中分辨出了心中的熟悉,

寻着熟悉,打开院门,看见的是蓑衣和斗笠。

替你摘下斗笠,轻轻地把你湿润的发梢捋一捋,

有知有觉,两行晶莹的泪珠,有一丝暖意,已在你面颊上挂起。

替你脱下蓑衣,抖一抖水滴,

把它挂在屋檐下的墙壁,不让它再淋着冰冷的雨。

就在这时,门旁立起的是柱子,

激动的柱子任凭藤的缠绕与偎依。

唰唰——刷,唰唰——刷,

北碚的夜雨描摹出了没有喧嚣和吵闹的山居,

雨声配合着语声,回到了自然,万物本为一体。

北碚又下起了夜雨,挂念的只是你。

北碚的夜雨是一支倾诉的画笔,

沥沥——淅,沥沥——淅。

今夜又要专心数一数雨滴。

（二）

雨后北碚的夜风

吹亮了天上的星

我仰头望着一颗直盯

眼中的星

忽闪忽闪

闪回了

一度失落的情

我闭了闭眼睛

又想起了一个人

在夜空下

我真想说

你有星星般的眼睛

温暖着雨后的夜晚

指引着三百六十五的旅程

（三）

小重山·雨夜思慕

雨夜思慕不住停，

牵回当年梦，已三更。

起身摸索向窗行，

夜深深，帘外无人影。

清风拂面冷，

缙云松竹老，泪无痕，

涌出心事成雨声，

心绪扰，欲言有谁听？

北碚的错觉美

在北碚居住一段时间后,你肯定会产生一些错觉。在北碚的错觉并不是错误的感知,也不是虚无缥缈的幻觉。反正,在北碚的错觉很值得玩味,而且在玩味之余,你甚至会觉得生活就应该有北碚的错觉。

人们说一方水土养一方人,这话不错。北碚这方水土堪称秀美,大有秀外慧中的品质。北碚地处群山之中,陪伴着嘉陵江,日夜静静地流动,悄悄地变化。北碚在流动和变化中懂得什么叫尊重。

早年,无论是坐船还是乘车,哪怕是步行,你若来到北碚,北碚人给你打招呼,称你为老师。"老师,您从哪点儿来?""老师,进来坐哈儿。"你若不忌讳老师这一称谓,你肯定会倍感受用。要知道,中国文化里天地君亲师,在每家每户位于神灵之位。北碚人称呼你为老师,是对你表示了莫大的尊重。据说,有北方的家长送孩子来西南大学读书,一到北碚地面上,就有人称他为老师。那北方老师甚是诧异:自己的职业怎么就被北碚人看出来了呢?

北碚人称呼陌生人为老师,这种习俗源于民国时期的先生。民国时期的先生,当时在北碚街上到处都是。不信,万启福先生的《北碚赋》有话说:

"民国政要,冠盖如云:书有于右任,画有陈树人;王用宾书刻状元碑,林子超题额清凉亭。翁文灏经营中福公司,孙哲生传扬中山精神。至于文化科教,灿烂群星:四世同堂,老舍雄文;秋郎滥觞,雅舍小品;陈望道教授复旦,梁漱溟办学勉仁;晏阳初建校磨滩,陶行知育才凉亭;林语堂赠寓文协,孙越崎驻岗缙村;胡风主编七月,路翎撰写素娥;翦伯赞著述史纲,释太虚阐释佛经;曹禺讲授戏剧,萧红创作小说;竺可桢钻研天象,黄汲清潜心地学;至于方家令孺,赵家清阁,顾氏颉刚,周氏谷城,吕氏振羽,侯氏外庐,顾氏毓秀,王氏昆仑,卢氏冀野,沈氏子善,熊氏十力,伍氏蠡甫,乃至画家叶君健,舞者戴爱莲;翻译家梁宗岱,文史家赵景深……卢沟桥北故乡,小三峡外新家;大师鸿儒,栖居桐荫,数不胜数,逾数百人。喋至周恩来、黄炎培、郭沫若、田寿昌、冯玉祥、吕凤子、丰子恺、傅抱石、马寅初、李公朴、蒋介石、宋美龄……纷至沓来,常作鸿宾。"

你看,这么多的先生,也堪称老师,可敬得很。也许正因为这些先生,北碚曾是民国时期的模范小镇,卢作孚为北碚的建设亲绘宏图。街心花园、市民公园、水上客船、飞机跑道、滑翔机表演等这些在当时的中国处于领先水平。你那时若来北碚,你肯定会有在上海或者香港的错觉。

如果说卢作孚是现代北碚之父,这话一点也不为过。卢作孚本是合川区肖家镇人,早年家贫如洗,但卢作孚凭着正直善良、聪明勇敢、坚韧不拔、锐意进取的奋斗品质,终于创造出一番事业,他的民生公司,为中国抗战做出了卓越的贡献。在民国实业史里,人们认为卢作孚指挥了"中国实业史上的敦刻尔克大撤退",宜昌大撤退。

北碚人不但崇敬卢作孚的奋斗品质,而且敬佩他的爱国精神。可以说,每一个奋发向上的北碚人心里都住着一个卢作孚。

卢作孚的爱国精神不受党派影响,他是真正地爱着心中的国土,不离不弃。新中国成立前,当民国时期的众多富商随着军政要员逃离大陆时,卢作孚没有为之所动,毅然决定留在北碚。

后来,伟大领袖毛泽东曾对黄炎培说:在中国近代历史上,有四个人是人民万万不可忘记的,这四人就是:搞重工业的张之洞;搞纺织工业的张謇;搞交通运输业的卢作孚;搞化学工业的范旭东。今天谈到卢作孚,很容易让人产生一种感觉,那就是北碚曾是中国实业的支柱。遗憾的是,对北碚人来说,这或许也是当今的一种错觉。

卢作孚毅然留在北碚的原因,除了爱国以外,恐怕还有一种属于错觉的解释——因为北碚太美丽,多情儿女不忍将她抛弃。

北碚的确是美丽的。北碚的美会让爱美的过客忘记原来的行程。国学大师吴宓原本是要去四川大学,可路过北碚时毅然决定留下来,从此在北碚走完他生命的最后二十八年。香港导演余积廉1997年来到北碚后,就再也离不开北碚,后来他干脆隐居在北碚的天府镇,开一面馆,从此在北碚过着美丽人生。余积廉是谁? 他就是《决战天门》《云雨生死恋》《少林达摩》《省港双雄》等影片的导演。余积廉离开香港,毅然留居北碚,这会让人错觉:北碚比得上香港。

无论比不比得上香港,北碚肯定是美的。北碚有山水之美,更有人心之美。如今北碚的街上,店面林立,人流熙熙。店员多是帅男美女,你从店面门前过,你会有一种错觉——这些帅男美女就是你家的亲戚。不信,你去试试。卖衣服的美女见你路过,满脸笑容,叫你:"哥,进来试穿一下嘛。"饭店的美女见到你,老远都向你招呼:"哥,吃了饭再走吧。"这样的招呼,倒有几分温暖,你若没意识到自己钱包的丰满程度,准会应着呼声进店去,毕竟,店员们的招呼让你倍感亲近。这可能并不是错觉。

可真有一次错觉,让我想了很多很多。有一冬日,我从卖寒衣的小店经过,那新款的防寒衣吸引了我的脚步。进得店去,卖衣服的小妹形影不离,跟在左右,介绍说这款衣服一件顶得过很多件,冬天只穿这一件就可。见我将信将疑,小妹马上说:"你看嘛,我就只穿了这么一件,里面什么都没再穿了。"循着这话,只见小妹玉手回摸,看得见她的外衣,可你怎么也不好意思再说她里面到底穿了什么。小妹的话语给你一种语言错觉,这错觉是什么,在此无须再说。

这次错觉真让我想了很多很多。北碚的女孩心地阳光、坦诚直率,说话没有那么多的转弯抹角,思想上更没有那么龌龊。

只要思想不龌龊,北碚给人的错觉还真不错。

什么是文化?

　　特洛伊大学历史学博士托马斯·皮尔士饶有兴致地专门找我就"中国的先进文化"这一概念进行探讨。说是探讨,这是比较客气的说法。实际上我和他发生了一小点学术上就事论事的良性摩擦,拿他事后的话说"我们就先进文化这个概念发生了一点争吵"。

　　大概皮尔士博士读过美国人类学家茹斯·本尼迪克的著作,他站在文化相对论的立场上,说"不能把任何文化视为比其他文化先进、优越"。他的解释有两点:其一,现代历史上希特勒认为纯日耳曼文化比犹太文化优越,而冒天下之大不韪搞种族屠杀;上个世纪,美国人认为白人文化比黑人文化优越,而犯了种族歧视的错误。其二,在语言上,"中国的先进文化"的含义就是中国还有许多"中国的落后文化",他说难道中国还要歧视中国自己的所谓的落后文化不成?

　　对于他的这个观点,首先,我反驳说他偷换了概念,犯了逻辑错误。我们说共产党代表先进文化的前进方向,就是要让所有的文化朝着先进文化方向发展,并没有把先进和落后敌对起来的意思。其次,我认为纳粹屠杀犹太人,以及美国的种族歧视等这样的历史事件是政治斗争的产物,而不是文化的体现。于是,我们又就什么是文化进行争论,争论结果双方都有不少收获。

　　什么是文化呢?下面我们将从文化的定义、文化的起源以及个人与文化等方面来谈谈什么是文化。

　　1. 文化的定义

　　我们先从汉语的词源与定义谈起。遗憾的是,现在有人说文化这个词最早见于拉丁语,这是错误的。其实,"文化"这个词是中国固有的,具有古代根源。

　　古汉语的书面语言习惯,往往一字就是一词。现代的"文化"这词由古汉语的"文"和"化"两个词构成。据《周易·贲卦·彖》记载:"观乎天文,以察时变;观乎人文，以化成天下。"《周易》里的"文"指古代先人在占卜天意的变化，目的是为了把握人与自然的关系，反映在词形上，"文"所表现的意思是"天人合一"的朴素的唯物论思想。"化"这个字由"人"与"七"组成，"人"是指人、人群、社会。"七"在古代数术观念上，是神秘的变化莫测的变数。

古代数术观，从一到九，每个数都具有其特殊性质，并非是单纯指数的量。所以《周易》里的"化"表现的意思是人、人群、社会的变化。

这样看来，古代的"文化"，原来的意思是根据天意，在主观把握的"爻位"中，反映群体的人的变化。《周易·恒·象》当中的话就是这么说的："日月得天而能久照，四时变化而能久成，圣人久于其道而天下化成。"这就是"观乎人文，以化成天下。"

在儒家思想中，单是"文"这一词，就有教化的意思。孔子特别注重教化，《论语·述而第七》中说："子以四教：文，行，忠，信。"孔子还说"敏而好学，不耻下问，是以谓之'文'也"。因而，从儒家的根源上说，"文化"应该是以文而行教化的意思。

"文化"成为一个固定词，在汉朝就出现了。汉朝刘向《说苑》中的"文化不改，然后加诛"，以及晋代束皙《蒙记补亡诗》中的"文化内悠"就是很好的例证。

关于文化的现代定义，《现代汉语词典》有三条解释：其一，是"人类在社会历史发展过程中所创造的物质财富和精神财富的总和，如文学、艺术、教育、科学等"；其二，是"考古学用语，指同一个历史时期的不以分布地点为转移的遗迹、遗物的综合体"；其三，是"指运用文字的能力及一般知识"。《中国大百科全书》哲学卷对"文化"的解释是："人类在社会实践过程中所获得的能力和创造的成果。……在中国古籍中，文化的涵义是文治与教化。广义的文化总括人类物质生产和精神生产的能力、物质的和精神的全部产品。狭义的文化指精神生产能力和精神产品，包括一切社会意识形式，有时又专指教育、科学、文学、艺术、卫生、体育等方面的知识和设施，以与世界观、政治思想、道德等意识形态相区别……"

文化一词在中国，从古到今，我们看出一个本质的东西，那就是文化一开始就是人与自然的对话、人与自然的互动。相对于某一个民族而言，自然界的许许多多多其他民族也是互动关系的伙伴。这就是说在现代社会，随着地球一体化的时代的到来，任何民族与自然的互动关系已经从人与非人自然界的互动拓宽到了不同民族之间的文化互动。因而，文化的含义就更加宽广了。

根据美国《世界百科全书》记载，1871年英国人类学家爱德华·本内特·泰勒爵士出版的《原始文化》一书，定义文化是一种"复合体，它包括知识、信仰、艺术、道德、法律、风俗以及人作为社会的成员所获得的其他能力与习惯"。泰勒的定义归纳起来有三个特点：其一，它说明文化是人类后天获得的；其二，它暗示一个人要获得文化，他必须是社会的一员；其三，它明确指出文化是一个复合体。当代美国的文化人类学家约翰·玻德利认为，泰勒的定义是最早的现代意义的文化定义，这个定义的价值在于它既指明了文化具有范畴之分，又说明文化是人类后天的行为结果。在泰勒的基础上，现在有文化研究者把文化的定义简化为两层意思：一是指人类的各种行为，二是指人类社会的各种意义系统。也有人指出，文化就是指人类思想与行为的总和。自泰勒率先提出文化的现代定义与范畴之后，人们在他的基础上不断增添新的内容。文化的定义与范畴，就成了一个开放的单子，不同的文化研究者往这个单子上增添新的条目。

1872 年，在泰勒的协助下，英国科学进步协会组织了一个人类学研究委员会，在这个委员会准备的人类学研究报告中，列出了 76 条文化条目，条目的顺序比较混乱，涉及的范围比较广，象"嗜食人肉的恶习"和语言这样的条目都被列为文化条目。后来人类学界把这份报告列为最早的文化范畴调查报告。

1938 年出版的《文化内容大纲》被认为是最详尽的有关文化范畴的著述，至今它还是跨文化研究的指南。《文化内容大纲》把文化分为 79 个大类，637 个亚类。比如，"食物寻求"作为一大类，在这个大类下面列有"食物采集"、"狩猎"和"捕鱼"。

1952 年美国著名文化学专家阿尔弗雷德·克罗伯和克来德·克拉克洪出版的《文化：一个概念定义的考评》，收集了 164 条文化的定义。这些定义分别由世界上著名的人类学家、社会学家、心理分析学家、哲学家、化学家、生物学家、经济学家、地理学家和政治学家所界定。拿玻德利的话说，实际上，现在的文化定义已经达 200 多种了。在这 200 多种文化的定义中，当然有玻德利本人提出的定义。

我们认为，玻德利的定义应该算是现代文化定义的代表，客观、详尽，而且条理清楚。玻德利把文化分为八个方面来加以定义：第一，以主题而论，文化是一个单子，包括像社会机构、宗教、经济等这样的各种主题或范畴；第二，以历史而论，文化是社会遗产和传统，并且将被下一代人所继承；第三，以行为而论，文化是共享的、学到的人类行为，是生活的方式方法；第四，以规范而论，文化是理想目标、价值观念、和生活原则；第五，以功能而论，文化是人们解决适应环境的问题或共同相处的方式；第六，以精神而论，文化是复杂的思想、学得的习惯，是人类区别于动物的特征；第七，以结构而论，文化是思想、符号或行为的组织模式或交互模式；第八，以象征而论，文化是建立在一个社会所共有的任意指定的意义系统的基础上的。

2. 文化的起源

从文化的定义上看，我们知道文化是人类区别于动物的特征。既然文化是属于人类的东西,那么文化就与人类的发展史分不开,是人类发展史中不可分割的重要内容。文化产生与发展都是与人类的需求离不开的。

人类的需求分为本能的需求和文化的需求,注意我们这里对需求做这样的划分,是为了方便说明文化的起源与文化的特征,是从广义的角度。美国心理学家亚伯拉罕·哈罗德·马斯洛提出的人类需求的五个等级,包括生理需求、安全需求、社会情感需求、尊严需求和自我实现需求,实际上按二分法就是我们在这里所说的本能需求与文化需求。我们这里的文化需求主要包括马斯洛的需求等级中的第二到第五,也包括第一等级生理需求中的部分内容。另外,我们所说的文化需求有别于我国物质文明建设和精神文明建设中的文化需求,我们这里的文化包括物质的和精神的,含义更广些。

简单地讲,原始文化起源于本能的需求,后来新的文化的产生与旧的文化的发展,来源于人类对文化本身的各种需求。打个比方,无论是现代人还是原始人,有本能的因饥饿而寻求食品的要求,这种要求是生下来就有的。为了满足这种要求,婴儿要哭叫,这种以哭叫的方式寻求食品的方法,还不能算文化,因为哭也是一种本能。而成人为了满足食品的要求,生产或寻求各种食品,并实行一日三餐,每餐吃什么,怎么烹调,这就是文化了,是学得的。一日三餐这种办法并不是生来就有的,也不是说一定要在早上6点至8点期间吃早餐,这也不是生来就有的规定。云南许多地方,尤其是乡下,一日只有两餐,甚至在昆明市曾经就有高校在星期天只为学生供应两餐的做法,这就是文化。

当本能需求的满足有了保障后,人们的注意力主要集中在文化的需求上。就拿吃饭而言,你要找过安全、卫生的地方吃,你有马斯洛的安全需求;你要遵守社会的规矩,人家吃啥你吃啥,怎么吃,等等反映的是社会认同的要求;你不受嗟来之食,甚至你要表明你的地位,吃得像样一些,用的餐具要精致一些,与你共进餐食的人都是很体面的人物,等等这些反映的是你的尊严的需求;为了确保长期丰衣足食,为了体面,为了一切的为了,你要实现你自己的价值,这就是自我实现的需求,这些都是文化需求。有这些需求,人类的文化才得以产生、才得以不断继承与发展。

所以我们说文化起源于各种需求,正因为这些需求人们才在所处的环境中进行劳动,向自然,向周围的一切条件索取满足各种要求的物质与精神的东西。整个人类社会的文化发展史中,经历了工具的产生、语言的产生、耕种养殖技术的运用、城市的出现、制造业的出现、工业的发展、文学与艺术的产生与发展等重要过程。这是人类文化发展的普遍规律,基本上是一致的。

3. 个人与文化

我们说文化的一个特征是社会性的,是一个群体共有而且约定俗成的。文化的社会性决定了文化是一个整体概念,因此对文化的评价就应该考虑到文化的整体性原则。一种具体的文化肯定有许多组成成分,对文化的理解往往是从组成成分入手的,这时就要注意避免片面理解,不要一叶障目。任何文化成分离开其存在的大环境是没有意义的,用片面的东西来代指整个文化是错误做法。这就要求个人遵守文化的社会性和整体性原则。个人的行为方式、思想认识都是在大的文化环境下存在的,是集体文化的个体表现。个人与文化的关系是,个人是文化的享受者,同时又是文化的捍卫者,甚至发展者。个人要在社会群体中满足自己的各种需求的基本前提就是,成为文化实现者的一员。个人的独特行为或古怪行为,不是群体文化的象征,但是个人的有价值的独特行为可以进入群体文化。

个人的文化水平的衡量标准是什么呢?过去,狭义地讲,只要能识字、能书写就是有文化了。这种文化衡量标准是以书面语言的运用为基础的。现在,人们认识到个人的文化水平的高低、直接是与个人的交际能力相关的。一个人在社会的成功与否,自然与文化有关,而这文化就是解决生活中的问题的能力,即个人适应环境、与人相处的能力。联合国对二十一世纪提出的"学会学习,学会做事,学会活着"实际上就是对个人的一种文化要求。

我们从文化的定义、起源以及个人在文化中的作用,这些方面可以得出,文化是遗产而不是遗传、是学得的而不是天生的、是社会的而不是个人的、是以有利于整个群体为准绳的而不是以服务于少数个人为导向的。文化之所以能够得到继承,就在于文化的价值上。文化的价值是需要经过历史和社会的检验的。希特勒屠杀犹太人的暴行不能算是文化,同样种族歧视也不是文化。

总之,文化是一个社会或国家过去和现在的一切文明的产物,而不是野蛮的行为。文化包括精神层面的群体信仰、价值观念和做人准则,物质层面的建筑工程、历史遗迹和艺术作品,以及非物质层面的风俗习惯、社交礼仪等。

文化是个筐,一切好的东西都可以往里面装。可在如今的社会里,文化到处现身,总是同娱乐称兄道弟,更爱与旅游坐在一起。

在美国还是使用这个称谓好

英美人有一句古训："石头棍棒易断骨,犀言利语难伤心。"这句话常用于自我安慰,告诫自己不必为纯属语言的"不利之事"而伤精费神。然而,现实生活中却不乏"宁输钱财不输名"的例子,人们看重的是有一个好的说法。为了求得好的说法,有人哪怕是倾家荡产也在所不惜。

美国黑人为了在社会上争得一个自己满意的名称走过了一条漫长的、带有血泪的道路。伴随着这条路,他们的英语名称也几经更改。从十六、十七、十八世纪的"非洲人(African)"开始,经历了十九世纪的"有色人(Colored)"、十九世纪末二十世纪初的"泥哥陋(Negro)"、二十世纪六十年代的"黑人(Black)",一直到现在的称谓"非洲后裔美国人(African American)"或者简化为"非裔美国人(Afro – A-merican)"。

1. 非洲人

1554 年,一个叫威廉·道尔逊的英国人从非洲带走 5 名黑人到英国学习英语,目的是要把他们培养成黑奴贸易的翻译,为英国在西非殖民服务。1557 年,这五个中的三名黑人回到非洲黄金海岸,标志着非洲人开始使用英语。这个时候,英国人称黑人为非洲人。

非洲人这一名称在十六、十七、十八世纪被用来统称各种"非洲人",但是在具体称谓上,美洲的欧洲人却根据黑人的奴隶性质和种类的不同,而分别把黑人称为"自由人"或"奴隶"。对那些不明身份的黑人,即不知道究竟是自由人还是奴隶的非洲黑人,美洲的欧洲人称他们为"Nigger"或者"Negro"。在这两、三个世纪里,黑人在欧洲人、美洲的白人眼里,他们的身份比较单一,不是自由人就是奴隶。于是,"非洲人"这一名称既用来指非洲大陆的黑人,又用来指在美洲的黑人。

2. 有色人

十九世纪"有色人"开始成为在美国的黑人的称谓,而原来的非洲人这一名称在语义上已经不能明确鉴别黑人的籍贯了,尤其是当美国摆脱英国的统制,成为独立的国家后,从称谓上看,所有的人都是美国人。从非洲引进黑人的奴隶贩运买卖越来越少,而生活在美洲的黑人已经经过几代繁衍,人口越来越多。如果再用非洲人来称谓黑人,容易引起混淆。

最初,"有色人"只是用来指美国乃至整个美洲为数不多的、处于自由状态的黑人,后来人们干脆就采用这一名称来指所有的美洲黑人。这个名称虽然在黑人看来带有种族歧视的意味,但是由于废奴运动活动者在演讲和文章中自觉使用这一名称,人们也就自然接受"有色人"这种称谓。到 1909 年美国黑人民权运动组织成立时,使用的名称是"国家有色人进步联合会(The National Association for the Advancement of Colored People)"。可见,有色人一词在当时是对黑人的正式称谓。

3. 泥哥陋

"泥哥陋"这一称谓最早见于十九世纪末,1897 年成立的"美国泥哥陋学院"和 1900 年成立的"国家泥哥陋事务联盟(The National Negro Business League)"这两个机构显然以"泥哥陋"作为美国黑人的统称。二十世纪初,政治家们在演讲和文章中都用"泥哥陋"来指美国黑人。

二十世纪初,人们把美国黑人的名称从"有色人"变为"泥哥陋"。发生这一转变的原因是,二十世纪初,在欧洲乃至整个世界的反法西斯斗争中,美国的"有色人"队伍在战斗中的不怕流血牺牲的英勇精神,让美国政治家们觉得他们应该受到同样的公民待遇。虽然,当时未能真正实现黑人享有与白人平等的权利,但是,在观念上,官方抛弃了带有歧视的"有色人"这一称谓,而开始采用"泥哥陋",来试图树立和维护美国黑人的尊严。

需要指出的是,"泥哥陋"这一名称在最初使用时是小写形式。黑人民权运动活动家们纷纷给新闻媒体、政府机关去信去函,要求把来自西班牙和葡萄牙语的"泥哥陋"这个形容词作为种族名,并且大写。1930 年《纽约时报》3 月 7 日第 22版上登文,公告"泥哥陋"首字母大写,并作为美国黑人的称谓。不过,尽管有了新的名称"泥哥陋",原来的"有色人"仍然有不少人使用。

4. 黑人

1966 年美国"泥哥陋"活动领袖司铎可立·卡米克发出了争取"黑人权利"的号召,"黑人"一词给"泥哥陋"带来了新的形象。原来的"泥哥陋"一词因为来源于殖民者的定名,在黑人看来始终具有奴隶制的意味,应该废弃。

这个时期的民权运动让黑人们意识到,黑人有黑人自己的文化,他们不应该被同化,而且也不可能被同化。黑人应该正视自己的黑色,应该通过集体的力量和健康的心灵来获得黑人在美国社会的平等权利。因此,民权运动积极分子向黑人们宣传,黑人首先应该从思想观念上解放自己,消除黑色自卑,打开"肤色贵贱"枷锁,勇敢地说:"我黑,我自豪",而不要再说那带有自卑心理的民间口头禅:"你有白皮肤,全由你做主;你有棕皮肤,立足靠依附;你有黑皮肤,滚回到地府"。

在这种运动影响下,带有黑色字样的表达开始流行起来。原来于 1926 年定名的"泥哥陋历史周(Negro History Week)",顺应形势更名为"黑人历史周(Black History Week)"。生活中,像什么"黑人文化""黑人生活经历"等成了美国黑人喜闻乐见的术语。

5. 非洲后裔美国人

1977 年史密塞曼在她的关于美国黑人语言研究的著作中提议,应该使用"非洲裔美国人"来指代美国黑人,但是她的这个提议未能成为现实。直到 1989 年,由知名学者曼宁·马累玻博士在期刊《高等教育中的黑人问题》(Black Issues in Higher Education)1989 年 4 月号上发表论文《非洲裔美国人或黑人?论文化身份的政治》(African – American or Black? The Politics of Cultural Identity)之后,社会上才响起更名呼声。

颇有影响的呼声来自"美国黑人妇女委员会"主席道拉西·海特博士。她发表演讲说:"虽然人们已经认识到我们是非洲人和美国人,但是我们要继续团结一致,努力证明我们非洲裔兄弟姐妹们的身份。"

最具有影响的是杰西·杰克逊极为雄辩的讲话,他说:"黑人这称呼告诉你的只是肤色和居住的城区,而非洲裔美国人这一名字却能激发关于世界的讨论(Black tells you about skin color and what side of town you live on. African American evokes discussion of the world.)"。随着这些在社会上有影响的人士的积极讨论,非洲裔美国人这一称谓逐步取得了社会的认同,而且这一名称本身具有能够把在美国的黑人同美洲其他黑人区别开来的作用。于是,美国的报刊、电视开始采用这一新名称。

1990 年,美国摩城唱片公司 MOTOWN 电视台推出一个专门节目,节目中"非洲裔美国人(African American)"这一名称成了人们自然而然用语,这大大地带动了社会对该名称的使用。现在,尤其是美国南方,人们基本上不再使用"黑人"这一名称了。

以上就是美国黑人名称的变化过程,每一个名字都有其特定的历史背景,如果你现在遇到美国黑人,最好使用"非洲裔美国人(African American)"一词,不要再说人家黑、人家色了。

印第安人只留下了名字

"今天他早已忘记,昨天的同桌兄弟。今天他不会再提起,曾经最好客的你。现代人早已想不起,纯朴又自然的你。我也是后来看文献,才知道与他同桌的你。谁带来灾难伤痛给你? 谁杀了你的兄弟? 谁把你的家园关闭? 谁赶你到居留地?"

闲来看书,不算惊奇地发现,最初美洲印第安人与欧裔美洲先民的关系真有点像课堂上的同桌。有几分感触,于是仿老狼唱的《同桌的你》写出以上话来,不敢献给别人,就留给自己作为提示语,提醒自己要认识到欧裔美洲先民"来之初,性本善",只是后来才发生"为争地,性乃迁"。

如果说美洲是一课堂,那这课堂里最先报到的是那后来被人称为野人的印第安人,他们在课桌上堆着玉米、放着火鸡。很久很久之后才来了漂洋过海、风尘仆仆的欧洲文明人,他们来时堆着笑脸、弄着火枪。同在蓝天下,他们成了同桌兄弟。

虽是同桌,也有分别的时候。只是他们的分手方式甚为野蛮,这已成历史,且按下不表。现在要讲的是,欧裔美洲人在获得土地之后对印第安人留下的地名所进行的扬弃。称之为扬弃,仅仅指的是结果。实际上,欧洲人对印第安人留下的地名在心理上经历了一个由称赞有加到挑三拣四这样一个转变过程。

1584 年,欧洲探险者来到现在的北卡罗来纳州海岸地区,他们受到了来自印第安人的意想不到的热情招待。欧洲人感到印第安人特别友好,就船长亚瑟·巴楼(Arthur Barlowe)在探险报告中写的那样:"我们发现这里的人最温和、最友善、最可信,他们老实可靠,他们有礼有节仿若处于欧洲的黄金时代(We found the people most gentle, loving, and faithful, voide[void] of all guile and treason, and such as live after the maner[manner] of the golden age.)"。

探险者们对印第安人的正直善良、热情好客的溢美描述,让欧洲人觉得印第安人可亲可敬,引起了对印第安人的好奇。这种好奇心首先表现在语言上,他们甚至觉得印第安人那陌生的语言、那些地名、物名等很新奇、蛮有意思。

这种感觉和认识持续了很久。直到1683年,一位到过现在的宾夕法尼亚州的伦敦商人都还觉得美洲的印第安人的语言新鲜美丽。他写道:"印第安人语言的铿然之声,真是甜美、精妙,在我看来任何欧洲语言都无法与它相比。像呕克脱口孔、冉口卡斯等这样的地名真是韵味十足(I know not a language in Europe,that hath[has] words of more sweetness or greatness,in accent or emphasis,than theirs[Indians']:for instance,Octocockon,Rancocas.)"。

事实上,在欧洲人尚未大规模定居前,他们基本上完全接受并保留印第安人所使用的地名,包括山川河流、部落地点等,而对未有名称的地方按欧洲人自己的习惯来定名。后来由于大规模移民和政治上的需要,欧裔美洲人才开始按欧洲大陆的语言习惯而进行地名的更改或确定等工作。需要指出的是,由于移民时间的不同、政治影响不一样,更名或定名就不可能统一进行。有的相对早一些,有的晚一些;有的有定名时间记载,而有的没有。但有一点是肯定的,进行地名更改的原因除了政治因素外,还有一个因素就是,有些人对印第安人所给的名字并不喜欢。有人甚至称印第安人的语言是野人语言,如在1619年,定居在现在的西弗吉尼亚州一个镇上的人,向当时的权力机构提议,把他们的野人镇名(savage name)"叽考坛(Kiccowtan)"改掉。现在西弗吉尼亚的"伊丽莎白镇(Elizabeth City)"就是当年的印第安名"叽考坛"镇。

随着移民的增加,越来越多的人感觉印第安名听起来"怪异、粗俗,令人讨厌(Indian names struck many settlers both as uncomfortably alien and uncouth in sound.)"。真是时过境迁,曾经得到赞誉的印第安人的语言,在新来的欧洲人眼里变得粗俗了。不过,不同的洲、不同的人、不同时代对待印第安名的态度不一样。

美国政府对具有印第安名的州,分期分批进行了州名确定。马萨诸塞(Massachusetts)、康涅狄格(Connecticut)、肯塔基(Kentucky)等州接受印第安名较早,定名先后在17、18世纪。俄亥俄(Ohio 1803)、印第安纳(Indiana 1816)、密西西比(Mississippi 1817)、伊利诺伊(Illinois 1818)、亚拉巴马(Alabama 1819)、密苏里(Missouri 1821)、阿肯色(Arkansas 1836)、密歇根(Michigan 1837)、得克萨斯(Texas 1845)、艾奥瓦(Iowa 1846)、威斯康星(Wisconsin 1848)、明尼苏达(Minnesota 1858)、俄勒冈(Oregon 1859)、堪萨斯(Kansas 1861)、内布拉斯加(Nebraska)、北达科他(North Dakota 1889)、南达科他(South Dakota 1889)、爱达荷(Idaho 1890)、怀

俄明(Wyoming 1890)、和犹他(Utah 1896)等州相对晚一点。这些州名的确立,是与19世纪人们对印第安名比较喜欢有关。

　　现在除了上述州名和不少县名是印第安名外,许多自然景观等是印第安名。美国19大主要河流中有13条河是印第安名;有10大湖泊是印第安名;还有不少像约塞米提瀑布(Yosemite Waterfall)、阿巴拉奇亚山脉(Appalachian mountains)、谢南多阿国家公园(Shenandoah National Park)等旅游地的名称都是印第安名。

　　如今的印第安人早已不是曾经的印第安人,只有一些名字留了下来,也许能够永存。

若要深入了解美国,那么惠特曼就不容错过

惠特曼说:美国自身在本质上是伟大的诗歌。这是在说,要了解美国可以从惠特曼的诗歌开始。

沃尔特·惠特曼(Walt Whitman,1819~1892)是美国著名诗人,他的自由体诗歌总集《草叶集》被列为世界文学的主要作品之一,是英美传统诗歌与现代自由诗歌之间的分水岭。

从政治上看,惠特曼的诗主要以赞美年轻的美国和美国的民主为中心。从语言角度看,惠特曼的诗,正如他自己所说的那样,是一项语言实验。他所谓的语言试验通过他的诗、他的诗体反映出来。这项实验经历了从诗人早期对语言的表达魔力充满热爱,到晚期对语言的表征功能的困惑这么一个巨大转变。

1. 惠特曼的语言实验

正如他对美国充满信心一样,惠特曼对语言也充满了信心。当他从生活中观察到美国人的语言显示出的丰富的表现力与优美时,他自豪地说美国人将成为世界上最善辞令的民族。在他看来语言简直就是一种魔力,"一词之力可以掀起心灵的滔天巨浪"。这可以说是惠特曼赞叹语言的表现力的一种诗化理论,我们不妨称之为惠特曼的语言魔力论。

1)语言的魔力

最能体现惠特曼的语言魔力论的莫过于他对美国的人和物的名称的看法。他的《草叶集》留下了他的名称观。他认为人名和地名本身应该是人或地点的真实写照,名如其人,名如其地。他特别留心现实生活中人们的名字与绰号,并把所遇到的名字记录在随身携带的笔记本里,后来人们发现他的笔记本里有很多页,满满地记录的是人名。他似乎对绰号特别感兴趣,认为绰号很有特点,像什么"圣诞节小约翰""棕色娃儿""漂亮的小花匠"等,既有趣,又有表现力。

　　在他诗歌创作的生活体验中,他注意到了一个普遍现象,就是美国人在指代或称呼某个人时,喜欢简洁,不喜欢加上这样或那样的头衔,不喜欢把那些附加的东西挂在名字上。像简简单单地叫"汤姆""比尔""杰克""本"等,听起来干脆有力而不显得啰唆。他说像这样的名字,应该给予法定地位,可以正式使用,而不只是局限于人们口头使用。于是,他在诗歌中"尽微力把这样的名字引入文学领域"。

　　在谈名时,惠特曼说一个人的名字应该反映他的个人特点。如果名不副实,他怎么会有勇气继续使用那一名字呢?为此,致力于独身生活的惠特曼却大肆谈论小孩取名的时机与重要性。他说"给婴幼取名要视其身体和智力特征而定,不要急于取名,要等他特点明显时才定"。定名时,应该以自然事物为主,不要把目光放在古典名上。代表现实和自然的一些名词如"白天""希望""橡树""岩石""渔夫"等,这样的名字充满"甜美气息"。遗憾的是,惠特曼一生并无子嗣,没人给他带来"甜美气息"。他的定名理论也就成了空谈。不过,现代美国确实有以"白天""希望""岩石"等为名的人。

　　有个趣闻是,惠特曼的弟弟杰夫,为了尊重惠特曼的取名理论,一改孩子一生下来就定名的习惯,而迟迟不给第二个女儿取名。长女生下来就有了名字,可次女很久没有名字,目的是要观察什么名字适合她。看来,杰夫在帮他哥哥惠特曼做试验。后来,杰夫认为二女儿可以叫"加利福尼亚",说她有加州的魅力。然而,加利福尼亚最终并未成为她的名字。这位女孩最后取名为"杰希"。惠特曼也反对以加利福尼亚为侄女的名字,因为他认为加利福尼亚这名字联想不好,始终让人想起淘金者为了金矿利益的争斗,不具有民主的联想,负面意义强,还不如印第安土著名好。

　　印第安人的土著名作为美国的地名,在惠特曼看来,要比经典的源自欧洲的名字好。他曾发起旨在以维持土著名地名的运动,可没有得到社会的响应。他总是觉得不应该以某地的发现者来命名那个地方,而应该保持它的土著名称。他认为,许多地方即便没有土著地名,也应该以土著语来定名。原因之一,美洲不是欧洲,美国是一个崭新的国家,地名应该有别于欧洲的地名。他说原来有个地方名叫"久归",这名字挺有诗意,可是却被一些肥头肥脑的蠢货改名为"柏林"。再有印第安名"曼哈顿",不应该只是纽约一个区的名字,而应该取代"纽约"成为整个城市的名字才对。他认为以土著语为名的"俄亥俄""密苏里""米沃基"听起来,要比什么"纽约""伊莎卡""那不勒斯"这些从欧洲借用的地名要顺耳得多,认为它们才是美国的地名。

2)语言的失落

惠特曼对人名、地名的观点反映了他对语言表现力的信心,然而这种信心并非长期存在。1860年《草叶集》再版时,他做了增添与修订。这时他写成了《菖蒲诗》,抛弃了对语言的指代功用的坚决信念。这位宇宙诗人从自我同性恋中走出来,又陷入了充满挫折和真情的困惑中,真爱是超越个人的自控。自我满足已经成为错觉,他再也无法勇敢地坚信语言具有施为之魔力了。

最能反映他这时的思想的是诗歌《摇篮摇出永生摇》,这首诗具有明显的歌剧特征,结构上有开篇序曲、有叙述,交织有朝鸟的咏叹,以及男孩、朝鸟和大海的三重唱,最后还有尾声。诗歌的故事讲述的是一名小男孩观察朝鸟,朝鸟有一伙伴,葬身于大海上风暴中,于是朝鸟在悲鸣。从诗歌的象征意义看,朝鸟的歌是在告诉小男孩死亡的意义,生命是一个由出生、生活、死亡以及再生构成的循环。

不少批评者认为,这部诗没有意义,它只是在模仿鸟叫,在语言上给人一种乐感错觉。这里的语言在诗人那里,已经失去了它的指代功用,语言只是一串音符,其意义谁也说不清楚。

事实上,这部诗是挽歌,自然是语言不能完全表达的。惠特曼自己正如朝鸟,他在用声音倾泻。正如人一样,朝鸟在陌生的语言环境中,仍然有情感的倾诉,仍然要表达自己的欲望。小男孩见什么鸟,仿什么音,这正是说明他们在语言中寻求语言。语言并不具有魔力,因为从语言中,许多真实的东西蒸发了,消失了。从这个角度看,这是语言的悲剧。语言本身就是以迷失为基础的,而意义的迷失就在能指和所指之间。语言是空洞的而且刚愎的。

惠特曼这时对语言的态度实际上就是他个人命运的写照。他发出:

啊,你这孤独的歌手,孤独地唱,这就映出了我的样。
啊,我这孤独的听者,孤独地听,我却想让你永远生,
我永远不会再逃避,永远要让这歌声回想起,
失意的恋人多哭泣,我从此不再远离。

这是诗中的点睛之句,诗人明确告诉读者,为了追寻朝鸟之歌的意义,大海却对"我"说,"悄声、精美的言词已经消逝"。

其实,我们可以看出,惠特曼在诗歌中的语言实验是一种无奈。

2. 惠特曼的诗体

惠特曼宣称《草叶集》是他的语言实验。除了上述他对语言的观察外,还有一

个重要的原因就是他对诗体的改革。他厌弃传统诗体的刻板僵化,不利于诗话的自由表达。他认为在新时代、新社会里,诗人肯定有新思想。在表达这些新思想时不能削足适履,诗歌语言不应墨守成规。相反,诗人应该另辟蹊径,运用新的诗体,使用新的语言。

从惠特曼诗歌的内容与本质来看,诗话最理想的语言表达模式也确实非自由体莫属。因为惠特曼的诗,大有企图将宇宙间缤纷杂陈的现象,巨细无边地加以囊括、表现。他的诗就是探寻,是过程。在他看来,诗作既不是结果,也不是目的。写这样的诗,自然不能有任何拘束。诗歌的中心在于表现,这就需要一种伸缩自如、充满弹性、不拘一格的诗体。这就是惠特曼对诗体的独特构想,也是他对自由诗体的看法。

1) 自由诗体

自由诗体与传统诗体大致有两点不同:其一,押韵没有规律,有的甚至根本没有韵脚;其二,诗行内部的韵律方式也不守传统诗的规矩,诗人可以随意突破。注意,有这两点区别,决不等于说自由诗就是散漫、没有章法的文字堆砌。

我们认为,传统的诗过分注重诗话的音响效果,有时为了求音求韵而不得不割舍绝妙的表达词汇。自由诗追求的就是意义的酣畅表达,追求诗话的变化无穷,追求义与音的丝丝入扣、精湛微妙的水乳交融。

传统的诗体中,每行通常单独构成一个韵律上的小单元,有行内的内部节奏关系,而行与行之间,段与段之间的关系也十分讲究。如十四行诗的韵脚关系一般是 ABAB CDCD EFEF GG。自由诗不遵循这样的规律,从韵脚上看,我们会觉得自由诗不是什么诗,只是把文字安排得像诗而已。

其实不然,自由诗仍然很讲究行与行、段与段之间的关联。自由诗的关联主要表现为诗歌的意念关系,即诗人往往利用意念的相反相生、或意念的相辅相成、相近相似这样的关系来组织整篇诗歌。在局部也许没有什么关联,但实际上,局部没关联处总是暗藏着伏笔或用来表现前呼后应的成分。下面我们来看看惠特曼的《一只悄然而有耐心的蜘蛛》中的这种关系:

> 一只悄然而有耐心的蜘蛛,
> 我看到他一个人站在小小的海岬上,
> 看到他在空茫茫的周围四处探望,
> 他吐出了丝,丝,丝,从他身体中,
> 不断地吐丝,乐此不疲地快速吐着。

而你——我的灵魂啊，你所在之处，

被围困、被孤立在无法估量的多个海洋式的空间里，

想着、找着、奔着、探寻着大陆以便把个个空间连起，

最后架起你所需要的桥，直到下定你韧性的锚，

最后你抛出的游丝抓住了某处，我的灵魂啊！

从韵脚上去找，我们找不到关系，但如果看它的意念，我们发现前后两段间的关系是以一些词汇的对比、时态的对比来实现的。第一段的关键字与第二段的关键字等，相互间存在着实与虚、具体与抽象、意念的呼应等这样的组织关系。第一段用的是过去时，表现的是过去与回忆，第二段用现在时，表现的是诗人对现实的经验，蕴涵着对生命的本质的思考，以及对未来抱有的希望。

2）诗歌的关系

从《一只悄然而有耐心的蜘蛛》中我们看出，惠特曼对全诗的驾驭主要依靠的是词汇，用词汇来建立诗歌字里行间的各种意义关系。惠特曼的用字大约可以分为两类：第一大类是写实词汇，是具体的；第二类是写意词汇，常常采用抽象的词。这种实与虚的对应关系，在惠特曼的诗歌中是很显著的。这是惠特曼诗歌段与段之间的关联所在。

惠特曼诗歌的段内关系，除了具有段际关系的那种意念的虚实对应外，还有修辞手段的运用。《草叶集》中的诗歌呈现的显著修辞手法是排比句、排比短语、重复词以及呼告与感叹的使用。这些修辞手法辅助于意念的关联，实现了诗歌形与神的整合，成为一个组织严密的单元。让人读起来，不会因为缺少韵脚而产生诗歌是一片散沙的错误感觉。

惠特曼诗歌的句内关系，有一个独特之处就是停顿和叠词的运用。传统诗歌的诗句，一行之内讲究音步的均匀分布，每一音步又通常包含一至三个音节，音步内部的起伏、轻重都有严格的规定，不可随意违背。惠特曼的诗句，行内就没有这种严格的音步规则，取而代之的是口语化的抑扬顿挫，是一种口语中自然舒畅的节奏，打破了音步的界限，甚至打破了行的界限，以求一气呵成的流畅效果。他的停顿和叠词实际上就是出于节奏的考虑。

总体上讲，惠特曼的诗歌形式是以意念节奏为主，讲究排比与叠词。惠特曼所擅长的这种诗歌体裁虽说是自由体新诗，但还不能说是惠特曼的独创或者说原创，因为圣经《旧约》中的诗歌就是以意念节奏为主，印度的经书也是以意念节奏为主。

现在有人认为，惠特曼肯定读过印度经书的译本，从而在诗歌创作中痴迷于

意念节奏。此外,意念节奏正好符合惠特曼的人生经验,他对大海情有独钟,他的许多诗句的节奏起伏给人的感觉就是大海的波浪起伏。

至此,我们可以说,惠特曼的诗虽有现实主义的意味,但那是激情迸发的产物,可算是浪漫主义诗歌。

了解惠特曼,就是了解美国。反过来说,要了解美国,就要了解惠特曼。

库柏说美国英语摒弃了英国腔的冷漠

"The English language has been greatly improved in Britain within a century, but its highest perfection, with every other branch of human knowledge, is perhaps reserved for this LAND of light and freedom. As the people through this extensive country will speak English, their advantages for polishing their language will be great, and vastly superior to what the people in England ever enjoyed."

—To the Literati of America. By an Anonymous. 1774.

这段引文来自 1774 年，一名记者以匿名形式发表的一封信，谈到美洲大陆有得天独厚的条件，能够对英语语言加以修饰和完善。

应该说，写这封信的人具有先见，早在美国独立前就感觉到，生活在这片"光明和自由的土地"的人民会根据自己的方式来"打磨"他们的语言。事实上，在美国独立后的 100 多年里，或者说从 18 世纪末期到 19 世纪中后期，正是美国语言形成的关键时期。在这一时期里，美国语言词典专家、文学家和哲学家们，如诺亚·韦伯斯特(1758－1843)、爱得加·艾伦·坡(1809－1849)、爱默生(1803－1882)、霍桑(1804－1864)、麦尔维尔(1819－1891)、梭罗(1817－1862)、惠特曼(1819－1892)，以及马克·吐温(1835－1910)等对美国语言的形成做出了贡献。

现在，在美国如果要提到美国本土的史话，人们自然会以霍桑为典型；要提到美国方言，马克·吐温当是首屈一指；要说海洋生活语言，谁也比不过麦尔维尔；要论美国精神、美国人的哲学，爱默生和梭罗则是绝无仅有的代表。在对美国语言及思想的贡献上，他们是一流的，这是美国人的共识。然而，不知为什么，与这些一流人物同一时代的詹姆斯·费尼莫尔·库柏(James Fenimore Cooper, 1789－1851)的名字却不如这些人响亮，甚至被错误地认为，是英国语言和文学模式的保守的追随者,不具有美国特色。

尽管有人认为库柏"不是语言音乐师",而且对语言的感觉有点迟钝,但库柏对美国语言的贡献是不可抹杀的。辛普森(Simpson,1986)认为,库柏是那个时期的美国语言的推广者。

库柏确实深受英国文学和语言的影响,但那是由于当时版权市场的特殊性,迫使那些像库柏这样的有志于把自己的作品推向英国市场的作家,不得不遵守英国英语的用词与表达规则。辛普森认为,如果仔细研究,就会发现库柏的英式表达只是表面上的。他实际上代表了新英格兰人的语言精神,把口语推广成书面语,而不是把书面语塞进口语中来。这种做法从政治意义上讲,是在倡导语言上的平等权利。美国人不希望继承或出现英国本土那样的语言地方主义和俚语歧视,也就是说,浅显易懂的口语升格为书面语的好处就在于普及面大,不像那文绉绉的英式书面语只有那些有地位、有教养的人才会使用。

库柏力求在英式表达的范围内创造出具有"直接""有力度感"以及"通用"的语言文学作品,这是前所未有的,也是库柏对美国语言的一种贡献。他所用的一些词如"canvas – back(帆布潜鸭)""live – oak(常绿橡树)""fall(秋天)""worm fence(弯曲的篱笆)""creek(小溪)"等具有典型的美国意义,而非传统的英国词语意思。

库柏在他的《美国人的观念》(The Notions of Americans,1828)明确表达了一个观点,那就是美国人的语言应该推行通用用法。他在《欧洲拾遗:英格兰》(The Gleanings in Europe:England.1837)中发表观点说,美国新泽西州、马里兰州和特拉华州的人有最纯正的英语,甚至比英国本土的标准英语还好,原因是这三个州具有英国式的标准英语,同时摒弃了英国腔调的冷漠,也扔掉了英国国会那样的修辞方式。他说美国英语的表达旨在追求效果、力求简单、杜绝滥用术语、消除词语浮肿等。他对所谓的"雄辩"做出解释说,雄辩的最基本的原则是使用最容易让人听得懂的话语;雄辩者不要自以为只要能引经据典、出口成章就算成功,应该恪守简单明了的表达原则。这说明库柏始终在强调语言表达的大众化、通俗化。

正因为库柏强调语言的大众化,所以他才充分尊重普通人的语言表达,对通俗语言的优质性具有很强的信心。在他的小说中,他使用了许多普通人的语言,有的甚至是错误的。为此,文学批评者们认为,作为作家,库柏更像一个严格的语言记录者,而不是创造者。人们还调侃地说,这名记录者还经常犯拼写错误。

不过,在正字方面库柏确实表现出了不合常规的一面,比如他喜欢把" – cei –"写成" – cie –",以至象"receive"和"conceive"之类的单词,在他那里就成了"receive"和"conceive"。习惯于把"control"写成"controul",把"visitor"写成"visiter"，把"stayed"写成"staid"，混用"labor"和"labour"等。尽管库柏本人承认，这些是拼写错误，但现在仍然有人认为，这些错误是故意的，那是库柏的求实的语言态度的体现。看来，名家的错误不但可以原谅，而且还颇有价值呢。

遗憾的是，库柏的这种"故意犯错误的"求实精神没得到坚持，以至现在的读者在阅读他的作品的现代版本时，有许多东西已不是原汁原味了。他的那些皮裤子的故事（tales of the Leatherstocking）中的语言是有许多方言的，如《先锋》（The Pioneers）最早的版本是 1823 年出版，这个版本中有许多方言。而从 1832 年开始，后来的重印本都把本属于方言的错误纠正了，他本人也授权给出版商可以任意修改错误。据统计，1832 年重印《先锋》时，单是"of"和"for"的方言错误的纠正就达 12 处。

《先锋》使用了大量的美国语言词汇，所有词汇的使用说明库柏是美国词汇的推广者，而不是原创者。这些词汇包括"whip – poor – will（北美夜鹰）""fish – hawk（鱼鹰）""bull – pout（大头鱼）""salmon – trout（鳟鱼）""suckers（傻瓜）""black walnut（黑胡桃）""dog – wood（山茱萸）"等，有的来源于当时的《韦氏词典》，有的来源于其他作家。库柏还大量借用了莎士比亚、史考特等名家的个人词汇。

在《最后一个莫希干人》（The Last of the Mohicans）中，库柏明显具有向英国读者介绍美国语言的倾向。在该书的 1831 年版本的注解中，至少一半的注解是用来解释美国特色的语言，如：他对"blazed（树皮上留有记号的）""licks（速度）""relish（食欲）""wish – ton – wish"等做了解释。值得一提的是，《最后一个莫希干人》里有大量的印第安人语言，这部小说因而成为库柏对美国本土语言的推广贡献最大的文献材料。

概括起来讲，库柏对美国语言的贡献在于他强调了语言表达需要具有简单性和通俗性，他是美国方言的忠实记录者，同时还是美国语言的推广者。

美国人过去的海洋文化与迷信精神

　　十九世纪美国文坛的杰出人物赫尔曼·麦尔维尔（Herman Melville,1819—1891）的代表作《白鲸》（Moby-Dick）被公认为世界文学中最优秀的小说之一。

　　然而,这部小说在问世之初却备受冷落。为此,麦尔维尔在给霍桑的信中抱怨说,社会上想要的却不是他写的,而他写出来的却不是人们想要读的。他带着遗憾离开了人世,他的整个生命历程是从家道中落而被迫辍学,外出谋生,历经生活的艰辛,到走向写作道路,声名渐起,最后在被人淡忘中而去世。到二十世纪二十年代人们才惊叹地发现,麦尔维尔堪称美国文坛的一位巨匠。他这部反映海洋与捕鲸生活的《白鲸》是一部饱含人生哲理,反映时代精神和民间文化,以及语言独特的杰作。有评论家甚至把《白鲸》与莎士比亚的《李尔王》相提并论,说是美国的一部小说型的悲剧经典。

　　从整个故事情节看,《白鲸》确实是一部悲剧,是人与自然进行斗争的悲剧。故事的叙述者伊什梅尔厌烦了陆上枯燥乏味的生活,又为生计所迫,决定到海上闯荡。他在一家客栈同一个外貌凶悍名叫魁魁格的印第安人在一张床上睡了一夜之后,两人结成至交。两人一起来到南塔开特,在一条名叫"裴廓德号"的捕鲸船上找到了工作。船长亚哈的一条腿曾被一条名叫莫比·迪克的巨大的白鲸撕走了,他这次出航的目的就是要追杀莫比·迪克,报仇雪恨。他用威胁利诱的手段,迫使船员们跟他一起去做环球航行,专事搜捕莫比·迪克。经过长期的海上颠簸生活,历尽千难万险,终于遇到了莫比·迪克,在经过连续三天的恶战之后,船长亚哈、大船、小艇和全体船员水手都与莫比·迪克同归于尽。只有伊什梅尔一个幸存,后来向人们讲述这个悲惨的故事。

　　《白鲸》之所以被列为美国的小说经典有两个重要原因:其一,它反映了美国人的一种精神;其二,它是记录了美国的一些民间文化。在故事上,《白鲸》是一部反映捕鲸生活的作品,是麦尔维尔根据自己的亲身经历写出来的。

根据文学评论者克温·黑日的研究,十九世纪美国人的重要产业捕鲸业正是富兰克林关于美国梦的体现,其实质就是任何利益与荣耀都来源于艰苦的劳动、巨大的付出和勇敢的冒险这种精神。

美国从 18 世纪末就有了捕鲸业,从这以后,捕鲸成为美国资本主义生产的一个重要领域,是美国日益发达的资本主义社会的重要财源。当时,资本家的财产也往往以库存多少桶鲸油来计算,鲸油不仅是日常照明必不可少的灯油,也是用途广泛的工业原料。1815 年后,捕鲸的主要对象是抹香鲸,因为除了鲸油外,捕鲸人还可以从抹香鲸身上获取制造香料用的昂贵的龙涎香。美国当年拥有三倍于欧洲的捕鲸船,数目达 700 艘,从事捕鲸的人达两万之多,每年为国家增加 700 百万美元的收入。所以,美国的繁荣,尤其是东海岸城市的繁荣在某种意义上说是靠捕鲸又从几个大洋里打捞来的。在这样的时代背景下,《白鲸》对捕鲸业的描写就富有典型的时代意义,以悲剧的形式赞扬了美国人的奋斗与冒险精神。

既然《白鲸》是美国精神的反映,我们也就从中不难发现运载这种精神的美国文化。《白鲸》中最典型的特点之一就是反映了美国的一些民间文化,具体地讲就是有关捕鲸业和海洋知识的民间文化。麦尔维尔根据自己的亲身经历,到图书馆查阅了大量有关捕鲸方面的资料,写成了这部巨著,向人们介绍了丰富的捕鲸业与海洋方面的知识。对此,麦尔维尔曾自豪地说:"捕鲸船就是我唯一进过的耶鲁和哈佛。"

单单从故事情节的线索看,《白鲸》实际上很简单,几句话就可以概括清楚。那就是从伊什梅尔自荐到"裴廓德号"上做水手,跟随亚哈船长去追击白鲸,到发现白鲸并与之搏斗,最终"裴廓德号"连同它的水手沉入大海。然而,小说虽然情节简单,但内容却不简单。在篇幅上,小说中差不多有二分之一的篇幅是有关捕鲸业的掌故和传统。这其中包括鲸类学、捕鲸史、捕鲸船的人员、设置和装备、捕鲸业的习俗和传统,神话、宗教传说、艺术、文学中的鲸类掌故、捕鲸规则、鲸类生理构造以及屠宰鲸类获取鲸油、龙涎香的方法以及鲸油的炼制过程。如果把这个部分单列出来,简直可以说是一部关于鲸类的百科全书。小说另外二分之一的内容还包括"裴廓德号"启碇前漫长的铺垫,描写海洋的抒情诗,以及有关大海在不同地点、季节、风向中变幻莫测的描写。真正属于情节发展的内容,大概就只有三分之一的篇幅。

在这大量的捕鲸业与海洋文化知识的介绍中,麦尔维尔巧妙地利用了一些迷信知识,来组织故事情节,以达到吸引读者的目的。应该说,麦尔维尔心目中的读者是与捕鲸者不同,捕鲸者文化水平低下,由于长期在海上活动,命运维系在海上,于是对海的力量具有一种崇敬和恐惧的心理,具有很强的迷信思想。而那个时候的读者,要读懂小说,起码是读过莎士比亚的戏剧的,或者没读过莎士比亚也至少读过其他作品的。他们对海洋捕捞业不了解,对鲸更不了解。他们没有捕鲸者那么迷信,他们阅读小说时,始终处于文明的环境,不像捕鲸者们在海上远离人类文明而与自然界的魔力进行殊死搏斗。这样,麦尔维尔在叙述那些迷信知识时,就要特别注意技巧,要让读者阅读小说时产生身临其境的感觉,就必须先让读者信服,要让他们迷信。

麦尔维尔在《白鲸》中的迷信有三类:一类迷信是要阻止霉运发生,二类迷信是预示霉运,三类迷信就是促使运转。为了防止霉运发生,亚哈在启航前带了一瓶沙子(后来才告知读者)作护身用,据当时的出海迷信知识,沙子可以预防魔鬼。叙述者伊什梅尔还就沙子的作用做了不少描述,从中向读者介绍航海捕鲸的一些传统迷信知识。如驾驶船只忌讳使用指针颠倒了的指南针;为了避免霉运,忌讳黑色木箱上船;永远不要雇佣亲兄亲弟一起上船,亚哈失去他的一条腿就与这个有关,他当时雇用了一个捕鲸的叉手,带上的小船叫"三兄弟";船的名字也很讲究,不能有不祥的名字,象"三兄弟"的名字就不祥,没人愿意上这种船;永远不要改变船名,因为变更船名就意味着死亡;海洋是反复无常的情妇,水手们千万不要说挑逗海洋的话,不能做挑逗性的事;要看管好身上的衣物和鞋帽,千万要避免掉落,因为衣物、鞋帽的掉落意味着不祥,在《白鲸》的第 130 节"帽子"中,亚哈的帽子被一只黑色海鹰掠走了;千万不要把帽子放在床上,因为这样做也会带来霉运;要认识到海洋是具有人性的,而且极具嫉妒心、很贪婪、报复心很强,因此,水手落水就等于是海洋在要他的命,其他水手就不太情愿伸手援救;也因为这种迷信,有些水手从来就不学游泳,认为一旦落水就是灭亡,游泳也无用;《白鲸》中,那位印第安人魁魁格救了一个落水的人,结果自己却丧了命等等,这些知识是第一类迷信。

第二类迷信就是出现的征兆。出海看见小海豚是吉兆;伊什梅尔说,水手们见到小海豚都很高兴,预示着他们的幸运与安全;见到鱿鱼时,就预示着大的海洋动物要出现,魁魁格就认为,见到鱿鱼就预示着要遇到抹香鲸;白色现象是不祥的预示,如白色的海鸟就是葬身海里的水手的灵魂,见到它就不祥;白鲸更不祥,鲸代表着超自然的力量,鲸本身是不死的,它不死就该水手死;现在英语的"the whiteness of the whale"就是"魔鬼的颜色",是"神秘不祥的颜色";短语"white as shroud"也是与魔鬼有关,这是鬼魂的颜色;一般的水手只能凭这些现象断定吉凶,而有经验的老水手,可以预见一些事情,"裴廓德号"上有一位来自马恩岛的老水手"马恩岛人",他学过巫术,他说亚哈的胎记是不祥之兆。

　　第三类迷信就是要求水手采取措施改变命运,这就需要神灵"黑暗王子"的帮助。在麦尔维尔时代,出海的人还求助于恶魔撒旦,而按常规是应该远离撒旦才对,可是为了海上的顺利,有些人不得不向撒旦求援。在船上,不能吹口哨,吹口哨就是要招来暴风暴雨;风常常是与恶魔在一起,一股风刮过,就是魔鬼的光临。在《白鲸》中,伊什梅尔专门对"西班牙金币"的作用,做了解释,金币是护身符,是法宝,如果在船上拥有金币,就意味着你至少要活到把它花掉的那一天,那就是能回到岸上去。在那个时代,金币还有其他作用,造船者在把桅杆立到龙骨上时,要在下面垫上一枚金币,以示吉祥。船长启帆时,要抛出一枚金币,意思向"魔鬼"买风。"裴廓德号"的桅杆上还钉有马掌,以示吉祥;也可以在桅杆上钉一枚金币;"裴廓德号"上马掌和金币都钉上了。马恩岛人发现两样都钉上,实际上就成了凶兆。有趣的是,《白鲸》里,水手围绕金币各抒己见,当然都是一些迷信解释。

　　麦尔维尔在《白鲸》中的迷信知识的运用技巧是,进行重复叠加,用各种征兆来反复暗示并强调"裴廓德号"的最终命运。读者对此印象太深,以至把麦尔维尔称为"海洋魔法师"。麦尔维尔的名字总是与海洋文化联系在一起的,这是他的特点之一。

　　麦尔维尔在《白鲸》中的另外一个特点就是语言的运用。从文体上看,《白鲸》是17世纪的散文体风格,英语特点是伊丽莎白时代的英语。文学评论者纳沙丽亚·莱特认为,《白鲸》的语言特色有三点:其一就是,这部小说具有詹姆斯王圣经的散文特点;其二,具有米尔顿叙事诗的壮丽;其三是,有莎士比亚悲剧的语言特色。

　　从修辞角度看,《白鲸》的语言特色体现在措辞考究和隐喻突出。首先,书中那条白鲸莫比·迪克(Moby-Dick)的名字在现在美国人的心目中就成了"猛鲸"的代名词。据考证,它的来历出自当时捕鲸生活中的有关猛鲸的传说,相传南美智利的名不见经传的一个小岛莫恰岛附近曾出现过一条巨鲸,于是人们把它叫作"莫恰·迪克"。莫恰·迪克与当时世界上的"新西兰杰克"和"帝汶汤姆"并称海洋巨鲸三魔头。麦尔维尔就是根据人们的传说,把他的这部巨著和书中的巨鲸命名为莫比·迪克,他认为这是有象征意义的。他抱怨英国人在率先出版他的这部书时,擅自改名为《白鲸》(The White Whale);该书在美国重印时他坚持更正为《莫比·迪克》。可见,麦尔维尔的意思是莫比·迪克象征世界巨鲸三魔头之一,而非鲸类等闲之辈。与其他二魔头的名字一样,莫比·迪克的名字前部分为地名,除了以地名取义外,更重要的一个因素就是,当时人们认为巨鲸大如岛屿,三魔头就像新西兰、帝汶(现在的东帝汶所在处)和莫恰岛本身的陆地板块一样,巨鲸就是一块陆地。

　　其次,《白鲸》的故事开篇前,也就是在叙述者说"就叫我伊什梅尔吧"之前,专门介绍了巨鲸的词源,巨鲸在世界十三中语言(注意没有汉语)中的名称,以及摘录了大量的有关鲸类的文字记载。给人印象是,《白鲸》像一部严肃的学术著作,或者读者会认为,这部书肯定是有真实故事的。实际上,麦尔维尔在开篇前的词源介绍和巨鲸知识的摘录,在功用上还具有为正文的巨鲸分类服务,提供鲸类术语,是语言和知识上的一种铺垫。

　　《白鲸》最典型的特点是隐喻的使用。隐喻语言的使用,读者就不可能从叙述者的口中直接得知事情的真相,而是需要经过推敲才明白其中的意义。《白鲸》中的隐喻语言既模糊又神秘。

　　小说中最典型的隐喻就是利用白色来对恐怖作喻。在第42节中,叙述者用了大量的例子来描述莫比·迪克的白色所蕴含的神秘的恐怖力量。每一个例子都与白色有关,而每一个有关白色的解释都与莫比·迪克有关,这就让人们对白鲸的恐怖心情更复杂、更难说清。叙述者伊什梅尔在描述莫比·迪克所具有的不可言状的恐怖时说:"白鲸的白色让人害怕得很,害怕得让人绝望。"

　　在白色的隐喻中,叙述者的语言特点是循环的,这就从语言本身结构上进行隐喻,表明个人无法了解的东西就是普遍的绝对无法理解的东西,那就是说白色的恐怖是无法预见的,无法知道的。白鲸就代表着这种力量,它是无处不在的,它可以同时在不同地方出现,人类对它是没有办法的。由此看来,"裴廓德号"是注定要成为牺牲品的。

　　从现代社会来看,麦尔维尔过分夸大了大自然的力量,夸大了白鲸的神力,而小视了人类科技的发展和毁灭大自然的能力。对于今日人类保护和拯救巨鲸的种种努力和行动,麦尔维尔恐怕是始料不及。

美国人的"老鼠赛跑式竞争"

　　提到美国流行歌坛男声二重唱西蒙（Simon）和加封凯尔（Garfunkel），我们很多人都很熟悉他们为美国电影《毕业生》配唱的那充满伤感和怀旧情调的优美歌曲《斯镇颂歌》和《寂寞之声》，而对这首表达生活之无奈的《人生路径》了解得不多。

　　"夜轻轻地降临，带着落叶的声音，洒下颤栗的阴影。透过树林，座座房屋依稀可见，还有那亮亮的街灯，投下些许光亮，映照在我的墙上，勾勒出了道道路径。我眯缝着眼睛，依稀看到了我一生的路径：从我出生，到生命的消停，有许多路径我必须遵循。正如离不了呼吸的每一声，正如老鼠闯入秘境而拼命狂奔。眼前展现的仍是我的路径，这路径从不变更，就算那老鼠丢了小命，这路径也从不变更。"

　　在当今不少美国人看来，这首《人生路径》道出了他们在激烈的生存竞争中的内心感受。拿《镜中男人》的作者帕特里克·莫力的话说，美国人在一辈子都在参加"老鼠赛跑"，一辈子都在忙碌于激烈的竞争中。

　　短语"老鼠赛跑"最早出现于 1939 年，是指激烈的、枯燥乏味的各种竞争。在现实生活中，人们还把它用来比喻为了追求物质成功，为了过上幸福生活而作的苦苦挣扎，即人们与自己的命运进行的竞争，而竞争结果谁也成不了赢家，因为这种竞争本身是一种无休止的、永远没有终点的激烈赛跑。

　　这种竞争虽然没有终点，但竞争中的个人却有一个又一个的目标。美国从上个世纪的经济大萧条到现在这六、七十年里，政治、经济、科技以及人们的生活等方面都发生了巨大变化，取得了卓越的成就，成为地球上的老大。就在这个过程中，美国人的性格也随着国家的强大而发生巨大的转变。原来创业时期崇尚的生活简朴似乎已成了历史，取而代之的是对物质成功的拼命追求。而这种追求的结果是，整个美国社会的物质文明确实取得了长足进步，但在这种长足进步的背后，

197

精神和道德的发展水平却未能同时跟上。于是,在现代美国社会人们对生活水准的理解,出现了严重的认识误区。

这种认识误区的表现就是,盲目追求财产和盲目攀比。拿莫力的话说,从人们在这几十里对汽车牌子的追求,就可看出人们的社会心理。受这种心理支配的生活是线性的,是以从上个世纪五十年代追求的"旧车"或"雪佛兰",经"别克""奥斯莫比尔""凯迪拉克",到二十世纪末追求的"梅赛德斯奔驰"这么一个线性方向发展的。这是从社会历史角度看有这样的发展势头,而从个人对汽车的追求看,也具有这种线性关系。典型的事情就是,旧车还远远未到使用寿限,就把它淘汰,而紧紧跟随商家的新产品的推出势头。殊不知,为了紧跟这种消费趋势,人们得付出巨大的代价,表象上就是要拼命工作,为了消费而工作。莫力把这种现象,称之为现代社会的"心理退化"。

人们在现代社会的"心理退化"是由社会决定的,而不是任何个人的自身原因。社会的整体运作机制导致了社会整体的心理退化,媒体的宣传与商家的广告起到了潜移默化的促进作用。到现在,美国人的生活方式似乎是朝着追求"麦迪逊大街生活方式"的方向发展。

麦迪逊大街是美国纽约市的商业广告中心,人们认为出自这里的广告一直起着塑造美国人的生活模式的作用。新产品、新玩意在麦迪逊大街应有尽有。你如果拥有麦迪逊大街推出的东西,你的生活就是成功的。因此人们把现在美国人的追求物质成功的生活模式称为"麦迪逊大街生活方式",还含有"美好的、舒心生活"的意思。

1987 年 5 月出刊的《今日心理学》期刊,登出了一篇题为《去阴国时拥有最多玩具的人才是真正的赢家》(The One Who Has The Most Toys When He Dies, Wins)。这篇文章来自一个社会问题的研究项目,是美国社科研究者们在自 1966 年到 1986 年这二十年期间,逐年对大学新生进行调查的结果。研究者们发现,在这二十年里人们的生活价值观发生了巨大的转变。到 1986 年,70% 的大学新生在解释他们上大学的原因时,说是为了"能挣更多的钱",而二十年前的 1966 年,80% 的新生在回答为什么要上大学时,提供的答案是"为了建立有意义的人生观"。对 1966 年的这个主导观念,在 1986 年却只有 41% 的人认为它有价值。

是什么原因促使人们的价值观念的转变呢? 研究者们认为,除了科技发展以外,一个重要因素就是的社会运作导向,这二十年是美国大力强调居民消费的二十年。媒体在这二十年里,做了大量的鼓励及时消费甚至提前消费的宣传。

麦迪逊大街的商业理念就是"不断扩大的消费是大有裨益的",这种经济理念还促使物质消费落后的人产生自惭感,即如果你坚持使用过失了的但未过期的东西,你会觉得羞愧,因为这是失败者的象征。

另一个原因是,这二十年还是许多美国公民"世俗化"的时期,即随着科技的发展,许多人的宗教信仰观念变得非常淡薄。虽然完全"过世俗生活"的公民还不是美国公民的主体,但是,绝大多数从事新闻媒体工作的人都是持世俗生活观的人,他们"控制了各种媒体",结果他们的人文观念极大地影响了美国人的生活。他们的观念是"人自己而不是他人,包括上帝,才是道德观念的发展者,而且是人自己决定自己的命运——自己才是命运的主人"。这种观念强调自我奋斗,而衡量奋斗的标准就是看物质上的成功。

人生价值观念变得很实际,生活的意义是为了钱,为了物质财富,可是在实现自己的目标时许多人又脱离实际。社会上,永远有新产品的不断出现,莫力以汽车、住房等为例,说人们总想开一辆好车,而好车的概念是有时效的,今年的好车,两三年后就不是好车了。住房上,总是在追求高标准。从公寓到独立平房,从独立平房到两层楼房,从两层楼房到复合大院,从复合大院到乡村别墅。这种物质财富追求欲念常常使不少人失去自由,甚至失去理智。对于很多人来说,好多东西是"可望而不可即,或者可及而不可续,或者可续而不可取"。浪费也许在某些人看来是小事,可是许多浪费与铺张却是建立在贷款上的。公民的提前消费,成了社会的潮流,而这潮流的底下压着的是忙碌奔波的一个个梦想成功的人。

有人把这种人戏谑为"后现代人",后现代人在这方面的表现特征就是一切都是"预有"。他们从银行提走"预有贷款"、开着"预有汽车"、搬进"预有房",甚至有些女士的一只价值不菲的口红就是"预有"的。最后,他们成了"老鼠赛跑"中的"预有"奴隶。

谈到此,不由得想起我们自己,不少中国人正在积极争取"老鼠赛跑"。

提醒一句,赛跑前,我们要弄清三个问题:什么是你想要的? 什么是你需要的? 什么是你能要的? 想要的不等于需要的,而需要的又不等于能要的。

人生在世,我们最好不要参加老鼠赛跑式的竞争,因为老鼠赛跑的结果是"根本没有谁会真正地赢"。

爱默生是美国人的孔子

如果说孔子和孟子是我们精神世界中挥之不去、赶之不走的人物，那么爱默生和梭罗这师徒二人主宰着美国人的精神世界。如果你要了解美国人的精神世界，那么不妨从爱默生开始。

十八世纪末叶，美国才取得独立，正面临着走什么样的发展道路的问题，而且这个问题曾一直困扰着年轻的美国。在这个背景下，爱默生于 1836 年出版《论自然》，随后陆续发表相关著述及公开演说，重点关注美国的发展问题。爱默生认为，美国作为一个崭新的国家正处于如何发展的十字路口，走什么样的发展道路，是与"如何看待历史""如何处理社会问题""如何认识自己"这三个问题密切相关。

爱默生呼吁，美国人应该摒弃传统的历史观念，即不要受历史的束缚，不要从历史中去寻找解决现实社会问题的答案以及寻找未来之路，因为历史的因果关系并不是一个铁的规律。所有的历史都是受人的精神支配而实现的，是修撰出来的。

那么历史的作用是什么呢？爱默生认为，历史的最大用途就是用来改进对现实的估计，美国不能墨守成规，因为那原本属于古老国家的对善与恶的认识，却伴随着美国的突然独立而来，这对年轻的美国来说是一大不幸。由于有这样的不幸，美国要对一些社会问题进行思考与处理。

在对待社会问题上，爱默生提出一系列问题，包括保守主义与激进主义的问题、私有财产与共产主义的问题、奴隶制与自由的问题、女权问题、改革的可能性的问题、权利的实施问题、抗议的效能问题、制度的生命力问题等等，所有这些问题的提出，实际上是要人们思考什么是美国社会，美国的意义是什么。弄清美国的意义，也就能明白美国该走什么样的道路。

　　爱默生号召要大力进行社会各方面的改革,要建立美国自己的文化和学术,使美国成为世界先进国家。1841 和 1844 年他的散文集第一卷和第二卷分别问世,其中包括他著名的论文《自立》,他在开篇中赞扬美国人民的争取自立的伟大精神。他写道:"信赖你自己","艳羡是愚昧","模仿是自杀","想要顶天立地,就不要墨守成规"。他强调每个个人应该充分认识自己,依靠自己,要突破历史的框子、突破别人的框子去认识一切。他强调个人自身的独立,处世行为上,每个人应该有自己的标准,而不是依附别人的标准。"依附他人毫无意义,要独立行事,只有自己才能谋得太平"。这就是人们如何认识自身的个人主义观点。

　　爱默生的个人主义在肯定个人自由和权利方面和他的前辈是完全一致的,但它具有心智和超验的特点。它超出了政治、社会和经济的范畴,进入道德、哲学和形而上的层次,或者说,它是在 19 世纪上半叶浪漫主义的时代精神中,清教精神和世俗个人主义的结合。

　　爱默生的个人主义具有超验性,强调个人的主观精神,将个人从经验的层次上升到超验的层次。一个人衡量自己的尺度不再是其他的个人,而是抽象的个人,这个大写的人潜在于他自身之中。

　　爱默生强调个人的四个方面:第一是个人的神圣性。作为超灵的一部分,每个人都可以声称自己的神圣。每个人由于分享着宇宙之灵而都是一个小宇宙。爱默生写道:"谁来为我界定个人? 我看着这独一无二的宇宙之灵有如此众多的表现,深感惊畏和欢欣。我看到自己融于其中,正如植物生于大地,我在神之中成长。我只是他的一种形式,他是我的灵魂。"他相信如果正确看待一个人,每个人都"包含着其他一切人的天性。"神圣的个人是不允许受到任何人的侵犯的,哪怕是他的家庭成员:"我不能出卖自己的自由和权力去维护他们的敏感。"

　　第二是个人的特殊性即个性。爱默生把人的个性定为"现代社会的特点"。他坚持认为"人不是造得像盒子那样……千篇一律,一样的向度,一样的能力;不是的,他们是经过令人惊讶的九个月才来到世上,每个人都有一种不可估量的性格和无限的可能性。"个性便是一个人的价值所在。无论何种情况,他都不应该牺牲自己的特性去迎合社会。"要做人,就不要迎合他人。"

　　第三是个人的无限潜力。爱默生把个人视为社会和历史的中心,他说:"世界不算什么,人才是一切;你自身中有一切自然的法则……你该知道一切,你要敢于面对一切。"爱默生的宇宙乐观主义是建立在人的可完善性上的,他号召人在各方面充分实现自己的潜能,尤其是智力的潜能:"把当代一切能力,过去的一切贡献,未来的一切希望,都吸收到自身中去。"

　　第四是个人的自足和个人的自治权,爱默生的自足是对这两者的确认,并同时提供了如何实现自我和如何与外在世界相处的方法。他相信"如果一个人毫无畏惧地按自己本能生活并坚持下去,这庞大的世界将要围着他运转。"然而他在得到尊重的同时也接受了压力,因为培养自己的能力势必成为个人巨大的责任和权利。随着个人成为他自己的主人,成为一个有尊严有价值可完善的道德使者,他必须振作起来证明自己,必须对自己的状况负全部责任,他的失败将使他作为个人而感到羞愧。

爱默生的个人主义是美国社会民主精神的缩影。他的个人指的是任何一个人,而不是旧世界中的个别"救世主"式的英雄,因为他认为这样的英雄的伟大往往是在牺牲大众的前提下得以实现的,是不可取的。

值得指出的是,个人主义在从欧洲移植到美国的过程中,完成了从否定到肯定,从消极到积极,从初始到成熟,从理论到实践的转化。它在美国的成功表明了个人主义的被接受是由一个社会的自由、平等和机会等诸方面状况所决定的。也许,这就是为什么当欧洲回荡着一个"共产主义的精灵"时,美国却在欢庆个人主义的成功。当时美国北方正在大举改革之风,但是没有一种"社团群体性"实验比个人主义更为持久。确实,如果社会能允许个人施展才能,愉快地实现他自己,那么他又何必要去冒险消失在一个群体之中呢?不过,话又说回来,我们还是认为,爱默生的这个观念,虽然在美国得到了现实的成功验证,但是,它仍然是一个理想化的概念,还有待进一步的检验,因为它的根本前提就是个人潜力的挖掘是建立在整个社会的自觉性之上的。每个人是不是真正地、自觉地,而且是"高兴地各尽其能",这点正面临着现实的挑战。

可以肯定的是,爱默生倡导的力争个人平等、崇尚个人奋斗、自立自强已经成为美国人的精神财富和行事原则,正如鲍勃·迪伦在1984年所唱的那样,"如果你要依靠一个人,你得依靠你自己"。

我们知道,"勤劳勇敢"一词常用来概括中华民族的优秀品质,可是,这个词却不足以概括出美国人的精神特质。爱默生认为"靠自己""不艳羡""不模仿""破陈规""敢拼搏"这五个词才是美国精神的准确表述。

爱默生思想的形成与他的语言观离不开。爱默生对语言的认识可概括如下:在对待语言意义上,他具有客观唯心主义的语言指称论的观点;对待语言起源上,他具有浓厚的语言神创论的宗教思想;而在认识语言的功用时,他是典型的极端的主观主义语言决定论者,但同时,他又充满了矛盾,在很大程度上他是怀疑论者。

爱默生的语言观有两个来源:德国神秘主义哲学家雅克布·伯麦,和法国宗教哲学语言学家格佑楣·欧格尔。

从伯麦那里，爱默生吸收了语言神创论，接受了"亚当氏语言理论"，这与他大学毕业后从事的神职工作经历有关。伯麦把生活在伊甸园的亚当说成是一种完美语言的创造者，"亚当代表的是神而不是世间动物，他知道各种造化的特点，并根据它们的本质特点加以命名。他通晓自然的语言，以各种造化的本质来标明并创造出它们的话语。"

爱默生支持这个观点，并在此基础上建立起自己的学说，在他看来，语言是社会、政治、文化、或个人等一切改革的基础。为什么呢？语言渗透到了人类活动的各个领域，语言的力量可以塑造相关生命的各个方面。从圣经中亚当给世间各种造化命名这一传说中，爱默生得到启示：语言是人类思想的主宰。既然亚当拥有给万物命名的权力，那么作为神父，爱默生认为他自己应该接过这种"笏板"，用语言的力量来消除芸芸众生的躁乱、输导他们的精力，从而达到改造人类的目的，而自己应该致力于这种改造，要尽可能地像亚当那样充满智慧。从这点看，爱默生相信语言的本质是一种超自然力量，它来源于神，服务于人。

从语言的意义看，爱默生综合了伯麦和欧格尔的观点，强调语言的二元对应关系，实际上，是一种客观唯心主义的指称关系。伯麦认为，人类的整个"外部可见世界"连同一切生命存在体是一个名号，或者说是"内部精神世界"的形象。"自然"的本质是词与物的对应关系，而这种语言对应关系，实质上以外部可见世界与内部精神世界的神秘对应为基础。

从伯麦的"自然"的语言看，语言分为两类：一类是在巴贝塔倒掉后的普通语言，另一类是巴贝塔倒掉前的亚当的语言。亚当的语言在对应关系上是精确的，一一对应，没有歧义；而巴贝塔倒掉之后，人类的语言发生了蜕变，对应关系发生了错乱。

在指称关系上，与伯麦一致的欧格尔认为，语言分巴贝塔前的自然语言和巴贝塔后的常规语言。常规语言的兴起，是在自然语言丧失之后。在论述常规语言的起因时，欧格尔比伯麦更仔细。欧格尔认为，最初，上帝创造万物是任意的，万物以实体形式展示在世间。当人类被创造出来后，逐步发展，逐步认识世界，人类对外部可见世界产生了概念，而人类的概念是有限的，人们只有通过类比来从思想上拓宽有限的概念。上帝与人类相遇，自然就开始接纳表征符号（语言的开始）。最初的表征符号是完美的，只是随着人类开始走向堕落，自然也就相应出现和谐与不和谐的一面。自然语言受到威胁与破坏，常规语言开始出现。

爱默生正是受了这两位的影响，才在他的布道、演讲以及写作中，提出他自己的语言观点。他的语言观点集中体现在他《论自然》中，实际上西方许多学者认为，《论自然》是爱默生整个著述的微缩，爱默生后来的许多著述都可追踪到《论自然》。注意，爱默生的自然概念，是一个广义的概念，与我们平常所说的城外、家外、山里、乡下那种自然是不一样的，当然这些也包括在爱默生的自然里。爱默生在《论自然》里声称"自然是思想的载体"，并提出了三个命题：

1）词是自然事实的符号。

2）具体的自然事实是具体的精神事实的象征。

3）自然是精神的象征。

这三个命题实际上是爱默生的二元对应论。第一个命题讲的是词与物的对应关系，这是构成爱默生语言认识论的基础，既然他声称"自然是思想的载体"，那么语言符号就应该是载体的表现形式。第二和第三个命题讲述的是物理世界和精神世界的对应关系，既是从抽象的层面，又从具体的层面概括了二者的关系。这三个命题并不是一个逻辑上的三段论。如果要得出逻辑结论的话，第三个命题应该是"因此，单词就是具体精神事实的符号"。爱默生并没得出这样的结论，而是把第二个命题进行升华，得出更抽象的第三个命题。本质上，第二个与第三个命题是一致的。

爱默生在论述他的二元对应论时举例说，外部事物的使用，就是提供表达的语言，其目的是导致内部事物的改变。反过来说，我们用来表达抽象概念的单词，追根求源却是来自表达具体事物的单词。如："正确"原来的意思是感官触及得到的"笔直"；"错误"原来的意思是"扭曲了的"；"精神"原来是指"风"；我们用实实在在的"心脏"来表示抽象的"情感"；用"脑袋"来表示"思想"等等。

爱默生把这种对应关系又解释成类比，他说："语言揭示的是自然与精神的类比关系"。这就是说，自然反映精神，精神和自然具有同样的结构。每个自然实体的模式一定有些许精神实体的模式相对应。也就是说，自然的表象在精神中有一定的对应状态，这样，精神状态的描述也就只能通过那相应的图画般的自然表象反映出来。

如果爱默生的这个论断针对的是人的感官感知和想象，那么他无疑是正确的。可是，他把这种对应关系延伸到"道德与精神"感知和想象方面，这就出现了问题。为什么呢？我们说人的感知分为两种：靠感官进行的感官感知和以"道德与精神"为标准的感知。人们看到小绵羊时，感官感知是它的毛色、体态等，而道德与精神感知，会把它确定为温顺、无辜等。这时，我们要问，谈到"温顺"，你一定会想到小绵羊吗？这肯定不能保证。

无疑，在对应关系或者说类比关系上，爱默生的观点是有漏洞的。他声称自然与精神之间的类比是客观的、而不是主观的，但是，他未说明精神与自然之间的反向类比是主观的呢还是客观的。拿他的例子说，"天空发怒了"，我们可以把自然现象的"闪电和雷暴"与人的"怒气"对应起来,可这种对应终究有点表面化,尤其不能反推说某人生气了,是因为有雷阵雨等。

爱默生对这种漏洞做了补充说明,他说,从知识上去看,人可以明白道德与精神的类比。不过,由于人自身的蜕变而导致了语言的蜕变,这样,就不可能完全明白这种类比了。爱默生,就回到宗教上去了,按他的道理推下去是,人们由于自身的蜕变,而有不说"真话"的时候,而不真的话就是蜕变了的语言,反映的也就是蜕变了的观念或事实,这样就不可能理解其中的类比关系了。

由此看来,爱默生的语言观概括性太强、充满了矛盾。不过,他对语言的认识另有价值。他是站在语言的使用角度看语言,没有把语言同社会孤立起来;另一方面,他的类比说,除了反映出他的朴素的唯心主义语言研究二元论思想外,实际上还具有语言研究的认知观。他的这些观点,对今天的语言研究是有教育意义的。

康明斯的语言素描

美国现代诗人、诗歌排印革新者、画家康明斯(e. e. cummings,1894～1962)以其犀利的另类眼光洞察出人生悲剧的直接起因,他说:"生活中的悲剧历来都不是,并且不会是,贫穷与富裕之差、饥寒与饱暖之别、弱小与强大之分,而是,且将永远是,多数人不善表达。"

多数人不善表达乃人生悲剧之起因,这样的论断,究竟有没有道理,我们姑且不论,但对康明斯本人来说,这话是有理据的。他的成功来源于他出色的甚至有点另类的表达,他的表达最后使他避免了沦为平庸之辈的人生悲剧。

作为诗人,他是一位画家,而作为画家,他却是不折不扣的诗人。也许正是因为他具有诗画两种天赋,康明斯的诗歌才这样与众不同。说他的诗与众不同,表面上看是因为他一反英文拼写的常规,不遵守诗歌排印的一般规律,而任意大小写,任意断句换行,任意拆词组句,任意使用标点。这对当今不熟悉康明斯的读者来说,他的诗到处是毛病,甚至会觉得这样的诗作者也肯定有毛病,至少有故弄玄虚之嫌。其实不然,康明斯那看似有毛病的诗却是人类追求表达方式的正常反应,是在恪守语言常规的基础上进行的大胆探索。这种探索反映在他的诗作里,就是一幅幅语言素描,他的那些任意行为并不是任意的,而是语言素描中的基本线条,没有这种看似任意的成分,他的诗歌就不会优美如画。

就个人喜好而论,康明斯喜欢斯宾塞、密尔顿、济慈、卡特拉斯等人的风格,尤其是密尔顿的诗歌语言。他觉得他们的意像语言很显著,他曾有意模仿他们的抽象表达,把很抽象的词汇当成具体的事物看待,像什么"你的微笑带有精湛的陌生"这样的表达,结构上很实在,很美,但他又觉得,这种表达让人理解起来却会出现偏差,甚至造成理解的失败。他认为,诗歌的语言除了传统的那种抽象、雍容外,应该有具体、简洁的风格。诗歌的丰富意义不应该局限在辞藻的雍容华贵上,应该建立在语言常规上,建立在大众语言上。诗歌语言可以求实、求俗。市面上的语言、人们的日常语言,应该是诗歌语言的主体语言。于是,康明斯力求诗歌语言的具体与通俗,像他的"世界像水坑坑那么好看"这样的表达几乎就是孩童的话,多少有点土俗,这土俗味与山村姑娘所说"月亮像粑粑"的味道一样浓厚、纯朴。

康明斯的诗句意义丰富,文辞却很简朴。诗歌语言用大多数人看得懂的字词,是康明斯的基本出发点。所以,单从文字的角度看,康明斯的诗并不晦涩,用词也不深奥。但是,康明斯的诗却具有晦涩的句法,不少诗的意义不无深奥。这是怎么回事呢?

原来,康明斯在尊重语言的通俗性的基础上,还强调语言的个性。他认为,语言的常规都是历史的积累,这说明语言是有一个产生和变化的过程,而在这个过程中,新的表达方式自然会出现。对于诗歌而言,语言是就好比画家的线条、平面、几何图形等,在普通人的眼里这些基本单位似乎是固定的、有限的,可在过画家的手中,这些基本的构图单位是有弹性的、无穷的。诗歌本身展现的意象,正如画家的画一样,而构成诗歌图画的基本线条就是字词、标点、节奏等因素。康明斯的诗歌正是体现了这个道理,英语字词的常规拼写、常规句法等不外乎就是常规的线条、几何图形等。一首诗作创作出来后,人们应该注意作品的内容,而不是去寻找常规的字词,因为康明斯的字词往往不符合常规,这种不符合常规的表象是有它内在的意义的。

康明斯的诗到处都是对常规的破坏,把单词肢解了,标点、空格、大写、句法等都是不合常规的。这种不符合常规的诗歌外形,很容易分散读者注意力,同时又很容易引起注意。从这样的诗看,我们至少可以得出一个结论,康明斯的笔下的诗歌不仅仅是听觉上的艺术了,更重要的还是视觉上的艺术。诗歌成了明显的视觉艺术,在视觉感受之后,读者可以自己去体会其中的意义。所以康明斯许多这样的诗,都没有标明主题,没有题目,就是粗略地勾勒出来的素描图,意义肯定是有,就是要等读者自己去发现。

从这里看,康明斯是在重结构而不是在重实质,在他来,结构也是能够表达意义的。试看他那著名的拆词诗"l(a"的结构:

l(a

le

af

fa

ll

s)

one

l

iness

注意:很多人认为以上这诗不可译,但我们认为该诗仍然可以译成汉语。同样是四字拆字诗。

子(口

十

廿

彡

夂

口)

瓜

禾

火心

把这首诗还原成常规语句,是单词"loneliness"中夹有带括号的"(a leaf falls)"。就是这么几个词,康明斯把它们分为九行五节,以垂直的方式排列,构成一条线,有人理解为这就是落叶的直线轨迹,表达的是一种落叶飘处孤独自来的悲愁。这种解释蛮有道理,但我们更赞成加利·雷恩的解释。雷恩认为,这首诗实际上是一个等式,"1＝i＝lonely",等式中的字母"l"就是数字"1",数字"1"读成"one",指人;而"l"还可近似于"i",于是可以得出是诗人的孤愁。这首诗应该翻译成"叶落孤愁"。这么一看,我们就可以套用汉语熟语"高处不胜寒",来解读这首诗的图形意义了。再一看,是不是可以说这是林黛玉葬花时的瘦弱身影呢?

从"叶落孤愁"看,康明斯不是在作诗,而是在画画。实际上,他确实是一位小有成就的画家。他似乎非常欣赏中国的画家,也许正是从中国画家那里得到灵感,康明斯才创造出这样的诗作来。我们说这话虽然是一种推测,但不无根据。1945 年,康明斯在纽约罗切斯特举办个人画展时,他为画展的前言写下了一段对话,假定自己与某个采访者进行的谈话。那话的译文如下:

"哦,对了,还有一个问题:战后您打算到哪去?"

"一如既往,去中国。"

"中国?"

"当然啰。"

"中国的什么地方?"

"画家与诗人同在的地方。"

看来,中国的画家就是诗人,对他影响不小。他想到中国来,想住在画家就是诗人的地方。至此,我们可以说,诗人康明斯就是画家,他是在用语言做素描。他的这种反常规的语言素描,虽然不能代表语言的发展方向,但是却给人们不少启示。启示之一是语言的切分是可以突破常规的;启示之二是语言不仅仅是一个听觉声音系统,而且还是一个视觉图像系统。这一点对我们来说,不新鲜,因为汉语的书法艺术就是对这种观点的很好诠释,然而对使用拼音文字的人来说,这一观点不无新意。

康明斯的语言素描在美国影响不小,现代有人写诗也在刻意造型。这不必多谈,要说的是他那低调对待自我,用小写形式署名和书写第一人称"我",这种习惯被不少人所继承。另外,把单词分解开来表意或解意的现象,在当今美国不是没有。如,美国全国公共电台 NPR 的"新鲜空气"节目曾讲到,有人拒绝使用"Hel-lo",说它是"地狱的召唤 Hell. O",并建议美国人从现在起把"Hello"改为"Heaven－o 天堂啊"。这不知是谁惹的祸,追究起来恐怕康明斯难逃此责。

肯尼迪的语次交错表达法

"我们更生了。我们更生了。一切的一,更生了。一的一切,更生了。我们便是他,他们便是我。我中也有你,你中也有我。我便是你。你便是我。"

——郭沫若·《凤凰涅槃·凤凰和鸣》

这几句诗有一个显著的修辞特点,那就是错综修辞法的运用。根据陈望道先生的《修辞学发凡》对错综的定义来看,郭老诗中的"一切的一"与"一的一切""我们便是他"与"他们便是我"以及"我中也有你"与"你中也有我"等是典型的"交蹉语次",是错综的一种。它既可是词语语次结构交蹉,也可以是短句语次的交蹉。交蹉语次的英文术语是 Chiasmus,这种语言现象应该是语言的共性特点之一,因为它反映的是认知方法的共性。所以在英汉语言里,古往今来都存在这种语言现象。

《孟子·梁惠王上》中前面的"王何必曰利,亦有仁义而已矣"与后面的"王亦曰仁义而已矣,何必曰利"属于短句语次交蹉。

欧阳修《醉翁亭记》中的"临溪而渔,溪深而鱼肥;酿泉为酒,泉香而酒洌",以及现代社会的"人民代表人民选,选好代表为人民""一切为了人民,为了人民的一切""我们既要绿水青山,也要金山银山。宁要绿水青山,不要金山银山,而且绿水青山就是金山银山。"则属于词语结构的语次交蹉。

词语结构的交蹉还包括字音的交蹉,如"临溪而渔,溪深而鱼肥"中的"渔"与"鱼"。

莎士比亚戏剧《温沙的风流娘儿们》中的"爱,魔力无穷。爱既可以让野兽变成圣人,也可以让圣人变成野兽。"这种表达就是语次交蹉,而《哈姆雷特》中的"爱至伟大,忧至极小;忧至强烈,爱至极深。"这种表达也属于语次交蹉。

美国第35届总统约翰·F·肯尼迪的各种演说充满了不少脍炙人口的语句，而这些语句中就有很多交蹉语次的现象。

最著名的要算他的就职演说中的"因此，同胞们！不要质问国家能为你做什么，而要问你能为国家做什么"。这一句子之所以能打动美国人的心，除了它本身的思想深邃以外，更重要的是它的组织结构具有震撼力。以致后来，这一结构被许多人套用。例如，"同学们，不要问学校能为你做什么，而应问你能为学校做什么。"还有，"孩子们，不要责问父母能为你做什么，而应问你能为父母做什么。"

不过，现在有人认为这一句子的意义与结构都不是肯尼迪原创，而可能是他受了1893年一位英国政治家约翰·布罗德瑞克的演说词的启发，那演说词是"公民的首要责任就是思考何为国家做出奉献，而不是国家为公民做出奉献"。从这点看，究竟肯尼迪是否参考了这句话没有，人们无法考证。

带着这个疑问，我查阅了肯尼迪的一些演说。单从语法修辞这个角度看，应该说肯尼迪是非常擅长语次交蹉这一修辞手法的，那么他在就职演说中有那样的语句不是偶然的借鉴。在他1961年的就职演说中还有不少这样的例子，如："永远不要因害怕而谈判，而是不要害怕谈判（Let us never negotiate out of fear；but let us never fear to negotiate.）"。

"人类应该消灭战争，否则战争就要消灭人类（Mankind must put an end to war，or war will put an end to mankind.）"。这是肯尼迪1961年在联合国的讲话。

"无知的自由是危险的，自由的无知是枉然的（Liberty without learning is always in peril and learning without liberty is always in vain.）"，以及"成功藏失败，失败藏成功（Each success brings with it the potential of failure and each failure brings with it the potential of success.）"，是肯尼迪1963年在范德堡大学（Vanderbilt University）九十周年纪念庆典上的讲话。他的成功与失败之论，乃辩证的观点，颇有老子《道德经》第五十八章中的"祸兮，福之所倚，福兮，祸之所伏"的味道。

"紧张的增加会导致军火的增加，而军火的增加会导致紧张的增加（Each increase of tension has produced an increase of arms；each increase of arms has produced an increase of tension.）"。1963年肯尼迪对冷张的军备竞赛中的"核试验禁止条约（The Nuclear Test Ban Treaty）"发表电视、电台评论，说出这话，点破了军事政治的玄机。

从许多这样的句式来看，语次交蹉这一修辞知识在肯尼迪头脑里根深蒂固。这种修辞本身具有无穷的生命力。有心的读者可以注意收集这种语言现象，仔细分析其结构，加以模仿，以助表达能力的提高。

伪君子多吗?

  塞林格的小说《麦田守望者》,在美国社会上和文学界产生过巨大影响。书中主人公 17 岁的高中生霍尔顿的经历和思想在不少青少年心中引起了强烈共鸣。

  表面上看,霍尔顿在塞林格笔下是一位正处于青春躁动时期的、厌世疾俗的、生理和心理都有问题的病人,但实质上他却是一个典型的背叛成长、"反大卫·科波菲尔"式的另类人物。他是中产阶级的富家子弟,屡屡被学校开除。他看破红尘,在纽约市游荡时,一次次地目睹了成人世界的丑恶。

  霍尔顿认为,人们似乎都带着形形色色的和善面具,背后却具有阴暗的心理,做着荒诞的勾当。在他的视线所及之处,人们的行为都是人性被异化后的种种滑稽、令人失望的作秀。比如,人们见面千篇一律地说"见到你很高兴",就是一种虚伪,因为就在你见到某人你并不高兴时,你还是得按成人世界的规矩说很高兴,因为这是人性异化了的现实世界的基本规矩。

  霍尔顿得出结论,几乎每个人,包括他的父母、他的哥哥,都是装模作样的伪君子。在他看来,世上只有他、他的妹妹和他那个过早夭折了的弟弟等,才是寥寥无几的几个好人,才是纯洁的。

  也许正是因为这部篇幅不长却影响久长的小说源于青春的躁动,也源于青春的不安和困惑,才深受许多青年人,尤其是中学生的喜爱,因为这部小说道出了他们的心声,反映了他们的理想、苦闷和愿望。

  曾一度时间里,处于青春躁动时期的年轻人纷纷模仿主人公霍尔顿的装束打扮,讲那充满脏话、伦次散乱的霍尔顿式的语言。于是,家长们和文学界也对这本书展开了争论。思想积极的人看到了这本书的好处,他们认为,一方面这本书能使青少年增加对生活的认识,对丑恶的现实提高警惕,从而促使他们去选择一条自尊自爱的道路;另一方面,成年人通过这本书可以增进对青少年的理解。对该书持消极态度的人,认为这是一本坏书,主人公读书不用功,还抽烟、酗酒、嫖妓,满口粗话,张口就"他妈的",思想不健康,身体也不健康,还尿床,因此应该禁止。

不管人们对它褒也好,还是贬也好,《麦田守望者》经过时间考验,证明它不愧为美国当代文学中的"现代经典小说"之一。现在大多数中学和高等学校已把它列为必读的课外读物,正如有的评论家说的那样,《麦田守望者》已经影响了好几代美国青年,而且还可能继续影响以后的年轻人。

我爱《麦田守望者》不是因为青春的躁动,因为在我十多岁时的那个年代,人们脸上虽然也长青春痘,但心里更多的是改革开放刚开始生活、蒸蒸日上的喜悦。而今,步入中年,《麦田守望者》却给我带来了困惑。

首先,我曾对小说的第一节开头话的意思感到迷惑。那开头话是:"你要是真想听我讲,你想要知道的第一件事可能是我在什么地方出生,我那倒霉的童年是怎样度过的,我父母在生我前都忙活些什么,以及诸如此类的大卫·科波菲尔式的废话,你想知道这些事的就里,可我就是不想说……"小说这么开头,这不是折腾人吗? 既然是我想知道的,他却不想说。那他要说什么呢? 告诉你,我在这里就是不想说。

其次,就是霍尔顿的历史老师斯宾塞先生告诉他"生活就是一场游戏",每个人都"必须遵守游戏规则"。可霍尔顿却认为,游戏的人都是"伪君子",社会上的成人都是戴着面具的、市侩气息十足的"伪君子"。倘若这话是放之四海而皆准的一条真理,那我们都是"伪君子"了。深奥的东西我们不讲,就是美国人的那种招呼请安的习惯,不就成了"逢人便问一声好,未见真掏一片心"? 当然这是极端的想法,也不能要求人家见面就掏心。不过,霍尔顿的话还是有道理,他认为,按那所谓的游戏规则,有时你见到某人,虽然你并不高兴,但仍然得说"很高兴见到你"。

在语言表达上,中国人和美国人之间有明显的差距就是形体语言。他们好像很会笑,面部表情丰富,眼睛转动灵活。我们也笑、也有面部表情、眼睛当然也在动,可就是不到位,显得矜持,甚至拘谨。陌生人对面过来,无论男女老少,都会对你笑一下,有时你遇到的笑真是舒服。

还会让你感到舒服的是,就是有人习惯于拍拍你的肩、背,坐着时会拍拍你的膝盖,手臂什么的,而且带有笑,总是时机把握得好,让你产生一种亲近感。要是这些都是像霍尔顿说的那样,我真的会感到不安,因为要是一个人是彻头彻尾的"伪君子"的话,那么总有一天你会痛心地认识到"伪君子"那为人处世的"痞子哲学"的危害,虽然不是每个"伪君子"都会把他们的"哲学"名言吼出来:我是伪君子,我怕谁。

　　谈到这里,顺便提一下,有人认为,若把《麦田守望者》用国内某个王姓作家的"痞子语言"来讲述,效果会最好。要是这样,我又会不安了:"这个世界伪君子多吗?"

　　其实,每个人内心都住着一个霍尔顿,这倒是真的。

还是狡猾的 KISS 好

2002 年 12 月第一个星期四,亚拉巴马州特洛伊大学校报《特洛伊论坛》登了学生对课堂教学的意见或者说是要求。报上所摘录的十条意见中,有四条都是要求授课要生动活泼。这四条意见是:

1. 教师要逗乐,要善于表达,要充满激情地讲授教学内容。如果教师本人就没精打采,不知乐趣,我们学生怎会精神饱满?

2. 我喜欢敏锐热情和嘴巴会说的老师。他们的话会令我别备受鼓舞,头脑清醒,我就愿意学。

3. 教师应该走进学生中来,不要死守讲台。讲东西要清晰,要富有想象力,最重要的是要幽默风趣。

4. 我们学生喜欢游戏,趣味活动,如果课堂里趣味活动多,那么我们就专心得很。

对上述要求,该大学的一些教师却另有看法。音乐教师卡尔·佛尔拉使博士说有这样要求的学生还没长大,认识问题还不成熟;他们以为大学就应该是娱乐场所,他们好像是来玩游戏的、是来看戏的。

历史学博士汤姆逊·琼斯认为,这种意见很中肯,但却是多余的,因为这是上讲台的人的基本素质,不具备包括这些素质的各种基本功,是不可能长期从教的。

演讲课教师戴维·戴博士说,十条意见中有四条这样的意见,并不能说明有百分之四十的人持这种观点,而只能说明编辑的筛选情况;不过,他又说这些意见都是合理的,而且教师都应该尽量做到,但他不赞成教师应该是逗乐者这种提法,课堂也不能成为娱乐场所;教师应该是"富有洞察力的评论者";一个充满天才的逗乐者不应该来当教师,因为纯粹的逗乐容易让人腐化,不利于严肃的知识传递。

对这些评论的反映,最有意思的要算国际项目中心主任克尔提斯·颇特尔博士的话。颇特尔博士本人是该校的历史教师,年岁相对较大,见多识广,国际学生既爱又恨地在背地里叫他为"颇有滋味的滑头"。这个滑头说,要满足这些学生的要求好办,教师不妨对男女学生们进行 KISS,包管他们满意。他风趣地说,KISS就是介于"青蛙法"和"死鱼法"之间的一种教学方法。

颇特尔博士所说的这三种方法在名称上虽然不是什么正经的教学法,但都还有据可查。他说的青蛙法源自英国散文作家、媒体评论者马尔科姆·马格瑞吉(Malcolm Muggeridge,1903～1990)。马格瑞吉曾向社会讲了水煮青蛙的故事,说"如果把青蛙突然丢进热气腾腾的滚水锅里,它会敏捷地跳出来;但如果把它放进常温的冷水锅里,再慢慢地煮水加温,它也会慢慢地适应水温,而最后被煮死。"

这个故事说明,投其所好和细微变化往往会带来灾难性的结果。而颇特尔对这个故事另有解释,他说,如果抛开灾难的结果不论,这个故事说明本来不可取的事经过一个缓慢的渐变过程后,变得可取了。在教学上的意义是,现在的美国人重视娱乐、追求生活的轻松,学生学习不愿吃苦(拿颇特尔的话说,美国学生至少没有中国学生肯吃苦),而想轻轻松松学知识。对这种情况怎么办呢?

颇特尔说有两种方法:一是投其所好救他,二是投其所好害他。前者是有意识的,后者是无意的。投其所好救他,就是尊重学生的喜欢娱乐的性格,授课教师首先把学生投进娱乐的冷水锅中,然后慢慢向枯燥的知识传授方向加温,让他不知不觉地最后习惯于枯燥的知识讲授。采取这种做法的老师,手段要高明,要有煮水的耐心。投其所好害他,是说有些老师懂得学生的心理,把正式的知识传授这锅滚水端开,于是放下书本、放下架子,讲学生喜欢听的话,与学生称兄道弟,一堂课下来、一学期下来,除了学生感到课堂轻松,时时充满笑声以外,最后学生对那门课没有任何印象。

颇特尔说,甚至有些学生连课程名字都叫不出来了。这种结果是,学生就被讲笑话的、哗众取宠的老师给活活地、慢慢地煮死了,而且不少被煮死了的学生还一直对那凶手佩服得五体投地。

颇特尔博士的死鱼法来自瑞士出生的美国著名自然博物学家路易斯·阿嘉锡(Louis Agassiz,1807～1873)。阿嘉锡是哈佛大学久负盛名的生物学教授,他教书的方法不算独特,既有古代苏格拉底的善于提问的遗风,又有当今应试教育注重检测的特点,那就是他让学生自己充分发掘所学的东西,然后以不断考试或提问的手段来检查学生的学习情况。

他的一个后来名声几乎与他等同的学生斯卡德尔回忆说,当他第一次到阿嘉锡教授的实验室去做实验时,阿嘉锡从标本罐里取出一条死鱼来,要求斯卡德尔仔细观察,并说等一切都观察清楚后,他要向斯卡德尔提问。斯卡德尔在实验室对着一条死鱼,观察了一个小时后,阿嘉锡教授仍未露面。于是,有点不耐烦的斯卡德尔只好强耐性子,再从不同角度、不同方法来看那条死鱼,直到肚子饿了去吃午饭。可等斯卡德尔吃完午饭回来,阿嘉锡到试验室来过,又走了,留下条子,叫斯卡德尔继续观察。实在无可奈何的斯卡德尔,只好再想方设法来观察那条死鱼,看它究竟有些什么可以值得观察的。他把手指头伸进鱼的喉里去感受鱼牙的尖利情况;他测量鱼的各个部位,数出鱼鳞的数量、鱼鳞的行数和排数;他描画鱼的样子,设想鱼在水里的情况,就在这时他突然发现当时的教科书对鱼的一些知识的不足,他眼睛一亮,要把这些记下。也就在这时,他的老师阿嘉锡带着微笑神仙般地出现到他面前。

死鱼法的启示是,细心与耐心是学习的基本条件。教学上,要让学生参与教学,让学生自己去解决问题。这根本就不是什么娱乐的问题了,这是一个项目,其完成者是学生,教师只是项目的验收人。颇特尔博士说,现在许多学生肯定有细心,就是缺乏耐心。不能忍受学习的枯燥,课堂上听不进教师那看似枯燥而信息丰富的话。

对这种现象怎么办呢? 颇特尔博士习惯地用鼻孔猛吸两次气,鬼笑一下,说,对这种情况,他用的是 KISS 教学法。看着我一脸茫然,他说,当然不是生活中的 kiss,虽然他有时确实想 kiss,而是教师要找出适合学生的方法来。哪怕这方法在教师自己看来是低级的、简单的、甚至愚蠢的,教师也要津津有味地(至少要做得津津有味地)用它来引导学生。实际教学中,有不少现象是知识渊博、才高八斗的一些教师,未能很好把握住学生的胃口,或者不愿屈尊教徒,于是总是曲高和寡。殊不知,学生没有教师想象的那么有水平。对此,教师就要放下架子、降低自己的个人品位、去寻求适合学生的方法,那就是把教学这事简单化、愚蠢化,用颇特尔博士的话说就是 keep it simple and stupid。

原来,他的"KISS"就是这么一种 K 法。

皇家"WE"和我们

　　《哈姆雷特》第三幕第二场有一段对话,其背景是:哈姆雷特设计了一出戏来试探国王,结果国王大怒;尔后,皇后打发人来请哈姆雷特到她房间谈谈;于是就有罗森克兰兹对哈姆雷特说:"请您就寝前到她房间去,她想跟您聊聊。"哈姆雷特回答道:"WE shall obey,were she ten times OUR mother. Have you any further trade with US?（即使她十次当我母亲,我们也要服从她。你还有什么别的事要告诉我们?）"

　　在这段引文中,哈姆雷特故意用复数的"we 我们"来指代"I 我"。"we"的这种用法就叫作"Royal we(皇家 we)",大致相当于"我们"。

　　经仔细查对,我们发现,这里是全剧中哈姆雷特唯一使用复数"we"来指代他自己的情景。在哈姆雷特那个时代或者说莎士比亚那个时代,英国皇室有使用"我们"来代替"我"的习惯,据说这是一种亲民的语言行为,是王恩浩荡的体现。皇家这么说话,让地位低下的听话者产生出受宠若惊的感觉。

　　丹麦王子哈姆雷特在这里使用皇家"we",除了与他的王子身份有关以外,还有一个重要的原因就是他在模仿国王(他的叔父)的讲话腔调。

　　"旧时王谢堂前燕,飞入寻常百姓家"。现在,"we"的这种用法除了仍然是皇家用语以外,还被普通人效仿。这可能算是英国皇家没有料到的事。也许,皇家正是要普及"we"的这种用法呢。

　　不管英国皇家料到与否,也不管皇家愿意不愿意,讲"乡村话"的美国人不但学会了"we"的这种用法,而且还把它拓宽到日常的招呼语中。我第一次听到的"Hello. How are we?"是出自特洛伊州立大学格罗弗尔教授之口,这是他每次进教室必讲的一句话。

从"How are you"到"How are we",语言的寒暄功能没变,可说话者的态度却发生了变化。

格罗弗尔教授这样问安,似乎在告诉他的弟子"我在靠近你,你我无距离"。但愿,格罗弗尔教授的"How are we?"就是这个意思,这样他永远不会遇到麻烦。为什么呢?

经查证,"How are we?"作为招呼语,是有特定场合的,精神病医院的医生和病人间的对话常常是这样。2002年伯明翰大学医学院临床部一项医患对话研究表明,"How are we?"常常是医生用来招呼病人的,而且医生还习惯于用"we"来代替病人"you"。如果医生说"We'd better take this pill right after meal.(我们最好饭后服药)",他肯定是指病人"you",他才不会与你共苦呢。原来医院的"we"就是"you",狡猾的格罗弗尔教授该不会是得到医生的启发,把学生当成病人来"治理"吧?如果是这样,使用"we"可是要负责任的了。

事实上,有人使用"we"来代替他一个人"I",目的就是为了躲避责任。不是吗?有人要给你提比较尖刻的意见,他可能就要采用"we",以示这意见来自大家,而不是"我"个人,甚至还可以说其实我个人是没有这种想法的。这时的"we"虽然也等于"I",但是它已经没有皇家气度了。这是"we"的市井用法,多少缺乏修养。其实皇家复数"we"还有文化修养高的用法。

在学术上,"we"用来代替"I"目的就是要让接受者明白,其一,"我"的这个观点是客观的,非我个人的;其二,如果这个学术观点极有价值或者是一项大发现,"我"用"we"表明这荣誉归"我们"呢,或者礼貌地暗示,"We即你我"都有这样的科研认识高度呢,所以有"我们得出结论……""我们发现……"等等。

作家使用"we",目的是他要尊重读者或者靠近读者,让读者身临其境。演说者使用"we",为的是要说明这是我们共同的认识和利益,或者,"我"不是一名自我为中心的人,更不是只想到自己的自私的人。

说到这里,你千万不要就此认为有"we"的地方,就有你的一份功劳或享受。不是吗?1989年,当时的英国首相撒切尔夫人喜添孙子时,她向外界说"We have become a grandmother.(我们当奶奶了)"。

与皇家复数"we"相一致的就是"our 我们的"和作宾语的"us 我们"。基督教中全能的上帝在创造亚当时自言自语:"我们按照我们的意象来造人(Genesis 1:26)",以及当上帝发觉他的子民在修建巴别塔时,上帝又自言自语:"我们下到尘世去,搅乱他们的语言,让他们相互听不懂对方的话.(Genesis 11:7)"。这表明,在上帝那里,"我们"和"我们的"都指向上帝自己。

美国有专家认为,皇家复数"we"可能是起源于《圣经》上帝的这类似的用法,依据是《圣经》的希伯来文和拉丁文版本中,都有类似用法。这说明,不是英国皇家的"we"的使用习惯影响了詹姆斯王时代的《圣经》版本的翻译者,而是《圣经》中上帝的这种用法启发了英国皇室。

有人说,最早,皇家"we"是英国女王用来指"My husband and I",后来才成为一种表示亲近或尊敬的用法。当然,最后流传到社会,形成今天的许多用法来。

简化生活:梭罗与《瓦尔登湖》

"木秀于林,风必摧之;堆出于岸,流必湍之;行高于人,众必非之。"三国时期文学家李康的这话,道出了人世间的无奈,而且正好可以用来说明美国诗人、散文家、思想家亨利·戴维·梭罗(1817-1862)的遭遇。

梭罗与他的老师拉尔夫·沃多·爱默生一道被称为美国超验主义运动的核心人物,他们的思想影响了一代又一代的美国人,而共同被誉为美国人的思想奠基者。他二人的思想对年轻的美国的影响以及在美国人心目中的地位,有如古老的中国的孔子和孟子。然而,似乎天公故意作难,正是风华正茂、"木秀于林"的梭罗正值壮年时,就被自然摧之。这也罢了,可现在还有人在对他隐居瓦尔登湖畔,进行事关生活真谛之研究的另类行径进行非之、诋毁、诟病或者说进行错误的解读,甚至有人还说梭罗是"假行僧"。

这个所谓的假行僧梭罗却在美国曾被当成思想领袖,他倡导的"公民的不服从"的思想对托尔斯泰、罗曼·罗兰、印度圣雄甘地和美国民权运动领袖马丁·路德·金都曾产生过不小影响。那么,梭罗究竟是什么样的人呢?他的《瓦尔登湖》有什么特点?

梭罗是个有法国血统的美国人,于1817年7月12日出生在马萨诸塞州康考德他外婆的农场。同年10月12日,皈依基督教,取名为戴维·亨利·梭罗。19世纪30年代中期,改名为亨利·戴维·梭罗,求学于哈佛大学,开始走向个人的独立。在哈佛师从爱默生,并与爱默生及其他超验主义者结下了友谊。从哈佛毕业后,从事过短暂的教书工作,然后停职帮助他父亲经营铅笔制造生意。1838年6月,他开办一个小型私立学校。1842年夏天,认识纳桑尼尔·霍桑。1845年3月,开始在瓦尔登湖边修建隐居的小木屋,当年夏季正式入住小木屋开始他的生活试验和写作,1847年9月离开小木屋,不过在小木屋的两年多的隐居生活中,他并非完全与世隔绝,因为他的小木屋离"红尘"仅有一英里多,而且1846年7月还因税务问题吃了官司,在监狱待了一晚。

瓦尔登湖畔的隐居生活,促使他写成了他那流水账般的著名的湖滨散记《瓦尔登湖》,该书于1854年出版。1862年5月6日,因肺结核死于家乡康考德,享年四十五岁。他的挚友,年长于他十四岁的爱默生给他致悼词。

爱默生后来曾对梭罗做过一番栩栩如生的描述,大意是:梭罗喜欢走路,并认为走路比乘车快,因为乘车你要先挣够了车费才能成行。再说,假如你不是把到达的地方当成走路的目的,而是把旅途本身当成目的,你就不会在乎什么样的交通方式。他几乎一辈子都生活在他的家乡,他似乎离不开康考德及其附近的山水。他觉得他家乡那块地方包含着整个世界,他是能从一片叶子就看出春夏秋冬的人,他家乡的地图就在他的心里,那地图自然不是平面的,而是立体的,不是固定的,而是活动的。云会从它们那儿带走一些东西,风又会把它们送来。

梭罗的一生虽然短暂,但是绝不单调,而拿他卧病在床临终时的话说,他的一生"没什么可遗憾的"。他说:"我估计自己活不了几个月了;不过,当然我对生命的意义还不了解。我要补充的是我一直都过得很充实,而且没什么可遗憾的。"

梭罗曾在美国最好的大学(哈佛)受过教育,他也曾到当时寂寞、荒凉的瓦尔登湖边隐居,像一个原始人那样简单地生活,他想试试一个人的基本生活需要能够简单到什么程度,想试试用自己的手能做些什么。他用很短的时间就动手造好了一个颇能遮风避雨的小木屋,这说明住房困难其实不难解决,即使胼手胝足用最原始的方式。如果我们现在变得这么难,那一定是在什么地方出了点问题。他曾经试制过一种新型铅笔,可是,在这铅笔真的可以为他带来利益时,他却又不想干这营生了。试制成功了对他来说,就等于事情干完了,大量生产而牟利并不是他的事,因为他不是拜金主义者。他生前也出了几本书,当时都并不引人注目,他遗下的日记却有三十九卷之多,里面自然有一些人们不感兴趣的东西。

前面提到,梭罗隐居瓦尔登湖畔的原因是出于生活试验,而不是人们批判的"假行僧"隐居。关于这一点,美国学者罗伯特·理查德森说,梭罗去瓦尔登湖有几个理由:想独立生活几年;写出他早就想写的书;观察自然;面对生活的基本事实。梭罗在日记中说他想到"文明之外的深处"过一种较原始的生活。他并不想完全从社会撤退,也不是要冒险或做苦行。他只是想直面生活,想尝试"过一种经过省察的生活,去面对人生最本质的问题。"

梭罗说:"我到瓦尔登湖上去的目的,并不是去节俭地生活,也不是去挥霍,而是去经营一些私事,为的是在那儿可以尽量少些麻烦。"在那里他写完了《康考德河和梅里麦克河上的一周》,也写完了《瓦尔登湖》的初稿,还有几个讲演稿,应当说在创作方面的丰硕成果,超过了他原先的目标。

《瓦尔登湖》这本书在 1854 年问世时,并没有引起大众的注意,初版的 2000 册用了 5 年时间才卖完。但是,杰作毕竟是杰作,随着时间的推移,到整个 20 世纪,《瓦尔登湖》再版了 150 多版,而且有好几版印数就达 50 多万册。该书远销整个英语世界,还译成了多种文字。

《瓦尔登湖》就好比我们的窖酒,时间越长酒越香。用该书中文版的书评者何怀宏先生的话说,《瓦尔登湖》最初是寂寞的,它的读者"大概也是心底深处寂寞的人","这些寂寞的人……在寂寞的时候读它才悟出深味"。中文版的译者徐迟先生也说,在繁忙的白昼他有时会将信将疑,觉得它并没有什么好处,直到黄昏,心情渐渐寂寞和恬静下来,才觉得"语语惊人,字字闪光,沁人肺腑,动我衷肠",而到夜深万籁俱寂之时,就更加为之神往了。

不过,初读该书的读者很容易认为《瓦尔登湖》是一本描写自然的书。不错,现在是有许多人把它归为讲述自然生命史的书籍,这是该书的一个显著特点。就是与梭罗同时代的美国人也曾抱怨,该书的开篇一章《经济》简直是在浪费纸张和读者的时间。实际上,书中《我生活的地方,我生活的目标》《更高的规律》和《结束语》等篇章还是蛮有哲理。可喜的是,不管是现在的人还是过去的人,都为梭罗那对蚂蚁、潜鸟(捕鱼用的一种)、麝鼠、小梭鱼、松鼠、冰雪等的独特描写而叫绝。我个人觉得,他对鸟、蜜蜂、花草和天气的描写更胜一筹。

梭罗描写自然的独特之处就在于个人的情感分寸把握得好,他既避免了多数自然描写者的激情迸发,或者工于技巧,或者过于聪明,或者平铺直叙,又走出了过分追求动物拟人化的认识误区。动物毕竟是动物,怎能完全用人类的行为标准与是非标准去诠释?梭罗的描写充满睿智和幽默,让读者感觉到始终处于脑海前台的东西是那些被描写的动物,而不是作者自己。作者也始终在配合,好像在为动物跑龙套。这跑龙套的作者,熟知剧情与自己的份,不会先声夺人,更不会无影无踪,而留下孤独的动物在那瞎折腾。

《瓦尔登湖》的第二个特点是,它是一本教人远离城市的喧嚣,返璞归真,自己动手,开始简单生活的指南。它在美国第一次引起人们浓厚兴趣的时候是 20 世纪 30 年代的经济大萧条时期,当时,许多美国人都失去了工作,不管他们愿不愿意,他们只能选择过简朴的生活。《瓦尔登湖》成了他们的精神食粮,他们从中也能找到许多安慰。那个时候也确实有许多美国人离开城市、离开自己熟悉的工作和生活环境到林区从事伐木工作。曾经一度流行的歌曲《五百英里》就是以那个时候为背景,唱的是"身无分文、体无完衫"的美国人远离亲朋,外出谋生的无奈。

在具有高度物质文明的美国现代社会,在追求自己物质成功、追求经济地位和社会地位的压力下,《瓦尔登湖》的简朴生活从反面吸引着不少美国人,是要人从另一个角度来思考生活的价值与意义。注意,不要机械地理解为我们都应该去找一个像瓦尔登湖那样的地方,建造起自己的小木屋,拒绝现代文明,把自己和充满高度竞争与压力的社会隔离开来。而是,要从《瓦尔登湖》中读出生活的真谛,弄清自己的生活方式与目的,不要盲目攀比、盲目从事。

遗憾的是,梭罗的《瓦尔登湖》常常被人误解,甚至有人机械地照搬梭罗的生活模式,从形式上去过隐居生活。这是可笑的,这是对隐居的意义的表面化的理解,也是梭罗本人所不愿意看到的。他实际上在《瓦尔登湖》的第一章就明确告诫:"我不希望任何人效仿我的生活模式,因为,在他还没有完全学会之前,可能我已经找到了另外的生活方式。我倒希望世间的人尽可能地具有多样性,我希望每个人都应该十分仔细地弄清自己的生活意义、找到自己的生活道路,而不是沿袭父亲的、母亲的以及街坊邻舍的生活之路。"

梭罗倡导生活简单、尊重自然的人生哲学,但他并不拒绝现代文明,他并未倡导去过丛林生活。他只是指出,光怪陆离的现代社会如此复杂多样,人们不可能拥有所有的方式、品尝所有的生活,因而人们必须做出选择。痛苦的事情是,在现代社会,生活的选择往往是由社会、环境决定的、逼迫的,而从事选择的主体我们自己却无法决定。面对这种无奈,人们不如重新定位自己,尽量使生活简单化,因为你不可能拥有一切、经历一切,虽然那些东西是那样地多彩多姿、那样地充满诱惑。只有让生活简单化,才不会迷失自己,从而也不会徒增痛苦、怨天尤人,不会望"世"兴叹或望世生悲。于是,梭罗在《瓦尔登湖》的《我生活的地方,我生活的目标》一章中大声疾呼:简化生活!简化生活!简化生活!

《瓦尔登湖》的第三个特点就是对现代生活的幽默讽喻。梭罗对现代生活方式的讽喻,容易让人产生错觉。人们可能老老实实地从字面去理解他那充满夸张、比喻、双关、幽默的话语。比如,如果你真的按照上段引文中说的"一日三餐不必要,必要时一天只一餐"去简化生活,恐怕没有真正明白梭罗的意思。

美国20世纪60年代、70年代出现的反主流文化运动如嬉皮士等就机械地运用梭罗和爱默生的思想,有人还真的抛弃现代文明、逃避社会压力、跑到森林中去折腾自己、折磨自己。遗憾的是,到今天还有人认为,嬉皮士的行为是梭罗、爱默生的思想的反映。我们说,嬉皮士的行径确实与梭罗等有关,但那是对梭罗的误解甚至是歪曲的结果。

梭罗在思想上深受爱默生的影响,他们是美国超验主义的领军人物。在文学上,对待有关"理性""经验"和"直觉"三个方面的问题时,超验主义更强调直觉,认为人们凭自己直觉获得的知识来"超越"那些靠理性和逻辑而来的知识。超验主义哲学的基本观点就是,知识的来源并不局限于经验与观察。人类这样或那样问题的解决办法是通过个人情感的自由发展来实现的。现实存在于精神世界中,人们所观察到的物质现象,只是精神世界的外表,是精神世界的暂时反映。人们认识物质世界的办法是感官和理解,而认识精神世界则需要另外一种力量,这种力量就是独立的直觉能力。

梭罗凭着他的直觉能力而断言,"人性"不是一切存在的中心,人只是一个暂时的居住者,与其说人是社会的一员,还不如说人只是自然的一部分。既然人不是社会的一分子,而是自然的组成成分,那么人在社会生活中扮演的各种角色只是角色而已,与人的存在并非休戚相关。人,富也好,贫也罢,只是自然的一分子。

今天的社会,物欲横流,表面奢华。浮躁的人很浮躁,简单的人太简单,忙碌的人永远在忙碌,闲散的人依然在闲散⋯⋯

哭也好,笑也罢,收拾好情绪。今天的社会如果该吃药了,我就要推荐梭罗和《瓦尔登湖》。

洗澡议

很偶然的一个机会，我曾与希格斯博士（Dr. Higgs）谈起了洗澡。所幸，我先前读过梁实秋先生的散文《洗澡》，而且记得些只言片语。不知原文但知原意，用英语讲出来也就没多少妨碍。现追忆这次谈话，在文字上作一些补正，虚拟一场拳击赛，与希格斯博士就洗澡进行隔空格斗。

洗澡一词，"bathe"或"bath"在英语里的年限记载甚是不清，《韦氏大学词典第九版》笼统地标记为 12 世纪以前。而相比之下，从梁实秋先生的《洗澡》一文提到的《礼记·儒行》和《汉律》看，我们对洗澡的文字记载要比英语准确得多，而且早得多。

安东尼·蒙德（Anthony Munday, 1553 – 1633）有《美人沐浴》（Beauty Bathing）诗，开篇说："美人浴坐泉水边，丽影掩玉身不见（Beauty sat bathing by a spring, where fairest shades did hide her.）。"立意甚好，会让人对沐浴现场想入非非，然又折绕恼人。

还是白居易的《沐浴》诗来得直接，诗歌问世也比蒙德早，白诗如下：

> 经年不沐浴，尘垢满肌肤。
> 今朝一澡濯，衰瘦颇有余。
> 老色头发白，病形支体虚。
> 衣宽有剩带，发少不胜梳。
> 自问今年几，春秋四十初。
> 四十已如此，七十复何如？

白乐天开门见山，起句就让人瞅见了肌肤，但也因此少了点想象之美。其中的"今朝一澡濯,衰瘦颇有余"算是谈论洗澡的名句。

读到蒙得的《美人沐浴》,不由得让人想起华清池里的杨贵妃来,那《长恨歌》中的"春寒赐浴华清池,温泉水滑洗凝脂"应该算是美人沐浴的佳句,感觉不错,思想开始出美差了,收住。

话说回来,梁先生的文章中所追溯到的古代文献,不能算是对洗澡一词的最早记载,因为早在殷商时期的龟甲上记载的原始象形文字中,就有浴、澡、洗等象形文字了。可见,洗澡在中国是有悠久的历史的。

这一回合我方胜出。

这回胜出的优势在于我们洗澡历史悠久,对此,希格斯博士不服气地说,古罗马帝国就有公共大型浴池了,美国人的文化继承了大不列颠文化,而大不列颠文化是受了罗马文化的影响呢。可见,英语民族的洗澡传统也是悠久的。是的,维多利亚时代就有"星期六晚上洗澡(Saturday night bath)"的习惯,这是上典上册的事。

对于这一招,我们有化解猛招,我们的《汉律》明文规定"吏五日得一休沐"。当官的人,每工作五天就必须休假一天,洗澡去,这是法规呢。我们有"村看村,户看户,老百姓做事看干部"的传统,汉朝的百姓肯定是要效仿他们的干部而实行至少每五天就必须洗澡的了。这比起星期六晚上才洗澡的习惯,我们的洗澡频率似乎要高些呢,而且,似乎可以臆断汉朝就有五天工作制了。

这第二回合不分胜负。

第三回合就是洗澡的社会道义问题,在美国如果不洗澡而身体变味的话,这算是最粗鲁的事了。为了压住个人的气味,有的人甚至在洗了澡之后还要喷洒香水,进行双重保险。

另外,根据基督教的教义,教民需要洗去心里的尘垢,洗涤灵魂,这种虔诚精神外化为行动就包含洗澡。星期天,上教堂,那都是要经沐浴更衣方可出去的。要获得上帝的拯救,还离不了洗礼。这些都是要严格遵守的教义教规。

我们现在的中国人,虽然很多人是无神论者,不信教,但这并不妨碍对洁身自好的追求。《礼记·儒行》第四十一章就说"儒有澡身而浴德",这种儒家思想成了我们保持身心清洁的指导思想。

我们虽然不到教堂接受洗礼,但我们有文化传统就是"洗三澡",有的地方如四川农村叫"打三澡",就是小孩生下来三天后,要进行清洗呢。可见,古人就很重视从小就要养成洗澡的习惯嘛。

这一回合又各有千秋,不分胜负。

第四回合是实质性的问题。希格斯博士曾说他在中国参观,看到不但是旧建筑里没有给排水管道系统,而且连现代农村民居也没有这些东西。这对洗澡一事肯定会构成难题,尤其是寒冷的时候。

他的这一招真猛,他的话是真的。我们认识到了洗澡的重要性和必要性,但往往在实际操作方面,即实践和行为方面不够仔细。行事不仔细,甚至敷敷衍衍,做事做个"马粪蛋蛋皮面光",这大概是国人的老毛病了。这就是说,在如何想方设法让生活设施更方便、更科学方面我们下的功夫是不够的。现代生活很多新鲜玩意都是效仿西方发明的结果。

这点我不说,也不想让希格斯博士知道。他们也是有问题的,美国的先民卫生习惯就很差嘛。据比尔·布莱逊(Bill Bryson,1994)的研究,一直到 19 世纪早期,大多数殖民者洗澡的地方是池塘和溪流,这不是也说明寒冷的时候,他们也就没有洗澡的地方了嘛。

另外,从那个时候一位上层社会女士的文字记述看,很多人是长时间不洗澡的,因为这位女士伊丽莎白·准克尔(Elizabeth Drinker)自己写到她本人曾有 28 年才洗一次澡。上流社会的女士尚是如此,可想中下层的普通人了。

在语言上,虽然"bathing – house 澡堂"在 1760 年就出现了,"bathing room 洗澡室"在 1791 年出现,但到 19 世纪早期,洗澡都还是一种稀奇的事。

浴缸(bathtub)也只是 1870 年才出现在马克·吐温的小说里,虽然有资料说明早在 18 世纪 30 年代就有浴缸生产和销售了。

这一回合,恐怕还是该判希格斯博士获胜。理由,我未能举出我们的实际例子,尽管梁实秋先生引用了"金鸡未唱汤先热,红日东升客满堂"来说明旧时北京街上澡堂的火爆生意,但我说不出我们的澡堂最早见于什么年代,更不敢说我们的现代农村民居就有专门的洗澡室,再有城市里的现代浴缸、抽水马桶这些玩意还是仿造物,仿西方而来。

打平四回合之后,我们就上升到理论讨论的层面。

希格斯博士说,看一个民族或者一群人的文明状态如何,就看看他们洗澡的次数、洗澡的用具、洗澡的设施怎样,而看一个人爱不爱干净,也可以从洗澡方面来看。美国在殖民时期以及建国初期,卫生条件是很差的,但是人们的认识水平较高,所以后来在这方面发展快。

希格斯博士的话有几分道理,我们是文明古国之人,可要名副其实,恐怕还得狠下功夫,得从实际着手,从细微处着手。

语言堕落的背后

　　2002 年加拿大新社会出版公司出版了《美国新语》一书,作者格莱廷是美国时评界的知名人物。格莱廷在书中的前言写道,"9·11"事件把美国的文化世界炸开了一个窗口,世界各地的舆论纷纷由此涌进来,批评美国是一个"肤浅""自我为中心""物欲横流"的社会。这次爆炸事件,虽然说是出自于"恐怖分子"之手的非人道行为,但是,它却多少反映了美国在世界的形象。美国人在对爆炸事件本身感到愤怒之余,也认识到美国并不是十分完美,也不是坚不可摧。不少人开始反思,美国究竟怎么了? 美国究竟有多肤浅? 物质利益能在多大程度上满足精神需求? 头脑里充斥着广告之声的个人,在追求商业利益的社会里,能否联合成一个社会整体? 电视新闻能让观众微笑多久? 等等。随着所有这些问题成了人们的公开话题,人们注意到"追求刀刃上的进步"长期以来一直在美国占主导地位,甚至成了美国政府的主导产业。然而,值得注意但又鲜为人知的是,为这项产业进行宣传服务的语言正在堕落,那已经堕落或正在堕落的语言就是美国政府惯用的"新语"。

　　新语是什么呢? 新语是"新闻语言用以误导和影响大众的故意模糊和歧义的语言"。

　　格莱廷在《美国新语》的前言举例说,在"9·11"事件发生后不到一个月的时间,2001 年 10 月 6 日布什总统在援助阿富汗儿童教育的美国基金会组织的一次讲话中,那句"打击邪恶的一个方法就是要亲切、友爱和怜悯地打击",是一句典型的政治新语。

　　诺尔曼·所罗门在《战争的奥威尔式语言》一文中说,新语就是"两面语",例如"当他们把炸弹装在别人的汽车里炸死了人,他们就是野蛮的杀手;而当我们用导弹炸死了人,我们是在维护文明的价值观念。他们杀了人,他们是恐怖分子;我们杀了人,我们是反恐怖。"由此一看,新语是指一种具有欺骗性和倾向性的话,主要是为说话者自己或者为其所代表的团体或个人服务的舆论语言。

如果说使用"新语"是一种堕落,那么这种堕落还并不是现在某些人或当今某些政府开启的专利。这种话语现象,古今中外都有。不过,把它定名为"新语"并进行辛辣的讽刺,却是以写政治小说而闻名于世的英国作家乔治·奥威尔。"新语"以及其他相应概念来源于奥威尔 1947 年写成初稿、1948 年定稿、1949 年才出版的政治讽刺小说《一九八四》。

奥威尔的《一九八四》描述的是对极权主义恶性发展的预言:在极权主义的社会,人性遭到扼杀,自由遭到剥夺,思想受到钳制,生活贫乏单调。而特别可怕的是:人性已堕落到不分是非善恶的程度。

《一九八四》是奥威尔谢世前的最后一部著作。全书在篇幅上大致相等地分为三部分:第一部分写小说主人公温斯顿·史密斯的社会背景,及他的压抑生活;第二部分写他和朱丽亚的爱情,是他在那个社会的一种不得已的思想转移,但仍然是危险的、大逆不道的事。最后一部分写他被捕入狱、受审、反叛、顺从等过程。小说取名为《一九八四》是偶然的,初稿另有名字,因为小说定稿时间是 1948 年,加上其中的社会是虚构的,具有对未来社会的一种预见,所以在出版时,就变动一下 1948 年的数字顺序,就有了《一九八四》。

《一九八四》的故事发生在 1984 的"海洋国"。海洋国的统治阶级是"内党","内党"的领袖是"老大哥"。"老大哥"从不露面,他的大幅照片,在户内户外却到处张贴。照片上,一双带着威严而炯炯有神的眼睛,好像在紧紧地盯着他的臣民。总让人感觉到"老大哥一直在盯着你"。

主人公温斯顿仅仅属于"外党",跟所有"同志"一样身穿清一色的蓝布工人套头衫裤。他服务的机关是"真理部"。政府除了真理部以外还有三大部。"和平部""仁爱部""富裕部"。四大机构各占据一座 300 米高的金字塔式建筑。建筑外边大书特书党的三大原则:"战争就是和平""自由就是奴役""愚昧就是力量"。

温斯顿担任记录科科员,工作是修改各种原始资料,从档案到旧报纸,全都要根据上级指示改得面目全非。温斯顿的家与所有私人居室一样,有一个无孔不入的现代化设备,叫作"电幕"。每个房间右首墙上都装有这样一面长方形的金属镜子,可以视听两用,也可以发号施令,室内一言一语,一举一动,无时无刻不受这面照妖镜的监视和支配。平时无事,电幕就没完没了地播送大军进行曲、政治运动的口号、或"第九个三年计划"超额胜利完成的所谓的好消息。而且,这些噪音由中央枢纽控制,任何个人无法关掉。

在这种环境里,没有什么私人生活可言。温斯顿却躲到角落里偷偷地记日记。在海洋国里，没有什么事是违法的，因为那里根本就没有法律。所以，记日记本来并不是违法的，但是，一旦被"思想警察"抓住的话，还是要受惩办的，重者处死，轻者会被送进劳改营改造 25 年。逮捕永远是在深更半夜，在睡梦中被惊醒后，有可能就消失得无影无踪。

但温斯顿仍然忍不住胡思乱想，在胡思乱想中探索真理。这时，他结识了女友朱丽亚。在内党的眼里，恋爱是罪行，两人的幽会全是偷偷摸摸的。海洋国把性爱规定为"我们对党应尽的义务"，并且不允许离婚。温斯顿与妻子分居了 10年，个人生活极其痛苦。故与朱丽亚之间，由性关系发展到爱情。

另一个影响温斯顿极大的人是，内党的高级干部奥伯兰。奥伯兰外表看上去，是一个与温斯顿一样面目清秀的知识分子。在与奥伯兰的会面中，温斯顿被告知，对方是反党组织"兄弟会"的成员。奥伯兰传授给温斯顿兄弟会领袖高斯坦的著作《寡头集体主义的理论与实践》。温斯顿认真地阅读这本黑皮宝书，第一章就是"愚昧就是力量"。读了这本书的大部分，温斯顿明白了极权政治的奥秘和海洋国立国的来龙去脉，以及海洋国的理论源泉。但是，温斯顿只是明白了海洋国是如何立国，而不知道立国的原因。他暗自反对海洋国的极权统治，在日记里发出了"打倒老大哥"的心声。正当他对社会感到郁闷的时候，奥伯兰对他表示出了关心，与他谈心，送给他那本黑宝书，最后奥伯兰还意味深长地对他说："总有一天我们会在没有黑暗的地方相会"。这话令温斯顿大为感动。

在一次幽会中，温斯顿与女友双双被捕。在监狱里，温斯顿遭受了惨无人道的酷刑，最后被送到一间铺满白磁砖的牢房里，四周的灯点得雪亮。铁门一响，狱卒又送进一个人来，温斯顿定睛一看，不是别人，正是他的恩师奥伯兰。温斯顿惊呼："你也被捕了？"对方却狡诈地一笑。原来，奥伯兰就是"思想警察"的大头子，早在 7 年前就开始监视温斯顿了。这时，奥伯兰开始了审问。几千瓦的灯光照耀得温斯顿连眼睛都睁不开，牢狱如同白昼。温斯顿这才明白奥伯兰告诉他的话："我们会在没有黑暗的地方相会"！

温斯顿被打得体无完肤，滚在地下死去活来。他什么都招认出来：暗杀领袖、盗窃公款、出卖机密、散发传单、煽动暴乱、信仰宗教、谋杀发妻、当外国奸细、做"兄弟会"的走狗……奥伯兰还不满意，一面控制着绞痛的电盘，一面跟温斯顿讨论党、权力和真理的问题。

奥伯兰说，海洋国的党是战无不胜的，是不可被推翻的，是永生的，因为他拥有一切权力。党的宗旨就是追求权力，为党的自身利益而追求，而不是为了其他人的利益。在党看来，权力是目的而不是手段。革命的目的就是要建立独裁，而独裁的建立却不是为了革命。党的权力的体现，不仅仅是要让人绝对顺从，更重要的是还要让人遭受痛苦,因为如果一个人没有感到痛苦,他就不会顺从。

奥伯兰斩钉截铁地说:"我们世界的进步是追求更多痛苦的进步""古老的文明向来主张以友爱和公正为立足点,而我们是以仇恨为基石"。

在海洋国的世界里,人们不会有其他情感,只会有恐惧、恼怒、征服和自我贬损。"如果你想知道未来的景象是什么,不妨想象一只靴子踏在人脸上,永远如此"。奥伯兰对海洋国的人生真理解释说,个人是注定要死亡的,但是,如果一个人向党靠拢,超越自我,把自己融为党的一部分,那他就是党,这样他就是全能的、永生的。党主宰一切,不可被战胜。

对奥伯兰的这些话,温斯顿反驳说:"宇宙间有一种精神,有一个准则,是你们永远无法攻克的"。就此,奥伯兰追问道:"你相信上帝吗?"其含义就是问温斯顿所说的那宇宙的精神难道就是上帝不成,而温斯顿则回答说他不信上帝,他相信"人的精神"。

温斯顿是最后一个反对海洋国的党规国法的人,是最后一个捍卫人性的人。实际上,《一九八四》原来初稿的标题就是《最后一个欧洲人》,标题的意思就是人类的精神被扭曲、被摧毁,就剩下最后一个温斯顿了。

奥伯兰说,党的目的不仅是摧残他的肉体而且还要改造他的心灵。温斯顿仍然坚持人性可以克服党性,在众口一词"二加二等于五"的世界里,他认为"自由就是能说二加二等于四的自由",此项坚持实质上即维护了爱好真理的自由。然而,温斯顿最后无法战胜"一零一号审讯室"的恐怖,终于屈服了。他靠出卖女友来赎出自己,恢复了健康,却成为政府里循规蹈矩的废物。他"战败"了自己,死心塌地附和"二加二等于五",死心塌地崇拜"老大哥"。

奥威尔十分关注语言体系毒化的问题。《一九八四》中的海洋国有三个神圣不可侵犯的教条:

第一是"过去的改变性"——过去的事是没有客观生命的,它仅仅存在于文字记录和人的记忆里。内党控制了所有的记录,也就同时控制了人的思想。这样一来,历史自然可以随意改造。

第二条是"双重思想",即同时接受两个相互矛盾的事实:一面故意撒谎骗人,一面诚心诚意地相信自己的谎言;一手遮盖客观事实,一手却紧握这个事实,等到于己有利时便拿出来使用。

第三个教条,是以"新语"为革命的最终目标。"新语"的全部目的是缩小人类的思想范围,因此真理部研究科雇用大批学者夜以继日地编写《新语词典》,目的是要减少人们用来表达思想的语言,要让语言精简到即使人们在思想上想犯罪也无法用语言来实现。"新语"在本质上而言,是一种指鹿为马的服务于权力的语言体系。

奥威尔的《一九八四》之所以如此闻名,除了其中的政治讽刺以外,另外一个原因就是他对语言的纯洁性的捍卫以及对政治语言的堕落的抨击。

奥威尔曾在他的散文《政治与英语语言》中明确指出,语言表达的不准确性是与思想的不诚实相关的。他认为语言的堕落是有社会根源的,是由社会政治和经济引起的。在《一九八四》中,他坚持的一条理论就是"如果思想使语言发生堕落的话,那么语言也会促使思想的堕落"。

人们对语言的纯洁性的破坏,主要体现在两个方面:一方面是政治表达的浮肿、模糊、术语繁多、模棱两可、陈词滥调等,另一方面就是过度简化。

可以看出,奥威尔是在嘲讽现实社会的语言现象。语言的纯洁性被政治人物们玷污了,语言在堕落、在走向死亡。为了拯救语言,人们应该警惕政治语言中的谎言以及暗藏于其中的疯狂行为。政治上的官僚语言、政治委婉语歪曲了语言的本来事实,如对战争、疾病、死亡、监狱、老年等这些社会敏感问题,政治上采取的是迂回策略,让人感觉不到那真实的一面。

从语言角度看,小说《一九八四》留给人们的不仅仅是象"新语""两面语""双重思想""思想警察"以及新义的"大哥"等词汇上的财富,而更重要的是它向人们敲响了政治语言的欺骗性必将导致人类思想腐败的警钟。

试想一下,一个人语言上都不诚实,怎能保证他思想与行为的诚实? 维特根斯坦说,想象一种语言就是想象一种生活形式。如果这话不无道理,那么"新语"又代表的是什么生活形式呢?

我们的时代有一种思潮叫后现代,在这所谓的后现代里,在"解构""延异"和"颠覆"的后现代处世中,"天才"被说成是"天生蠢材","神童"被理解为"神经病儿童","教授"被谐音成"叫兽",这样的语言背后有什么东西在堕落呢? 格莱廷在《美国新语》一书中列举了大量的"新语"现象,他在解剖美国社会。

看来,为了防止思想的癌变,有必要对语言进行及时解剖。

语言健康的社会才是良好社会。

人生滑坡式连锁反应有点乱

"缺颗马钉丢马掌,缺个马掌丢战马,缺匹战马丢士兵,缺名士兵丢胜利,缺场胜利丢王国。"

我第一次听到这段话的英文表达时,是十五年前的事了。记得那是六月的某个礼拜天,亚拉巴马州派克县"天道浸洗徒教堂(God's Way Baptist Church)"的掌堂牧师克雷格·福尔摩斯(Craig Holmes),在一次布道中引出这段话来阐释人生的真谛,而且他还把这种现象归纳为人生的"连锁反应"。

其实,克雷格·福尔摩斯所说的这种连锁反应潜藏着典型的逻辑谬误,即存在着一连串的推理错误。这推理错误的根源在于把"微小的可能性"夸大为"显著的必然性"。

说来也奇怪,就因为缺一颗马掌钉,最后导致整个王国的丢失,这样的表达还极具劝说威力,人们很相信这话的道理,把这话当成了名言警句来使用。

然而,下面一则具有同样逻辑推理的话,却被当成了笑话。近年来,网上的段子手不知从哪里弄来一则"小学生日记",原文如下:

"时间过得真快,一下就到半期考试了。现在已经在开始紧张的复习了,我必须要开始努力了,因为我如果不努力,成绩就上不去。我成绩上不去就会被家长骂。我被家长骂,就会失去信心。失去信心就会读不好书,读不好书就不能毕业。不能毕业就会找不到好工作,找不到好工作就赚不了钱,赚不了钱就会没钱纳税。没钱纳税,国家就难发工资给老师。老师领不到工资就会没心情教学。没心情教学,就会影响我们祖国的未来。影响了祖国的未来,中国就难以腾飞,中华民族就会退化成野蛮的民族。中华民族成了野蛮的民族,美国就会怀疑我国有大规模杀伤性武器。我国有大规模杀伤性武器,美国就会向中国开战,第三次世界大战就会爆发。第三次世界大战爆发其中一方必定会实力不足。实力不足就会动用核武器,动用核武器就会破坏自然环境。自然环境被破坏,大气层就会破个大洞。大气层破个大洞地球温度就会上升,两极冰山就会融化,冰山融化,地球水位就会上升,地球水位上升,全人类就会被淹死。因为这关系到全人类的生命财产安全,所以我要在就剩下的几天里好好复习,考好成绩,不让悲剧发生。"

这则所谓的小学生日记,其实与克雷格·福尔摩斯所说的话不仅具有同样的错,而且还有同样的对。无论对错,它们都指示着人生中滑坡式的连锁反应。

用唯物辩证法普遍联系的观点看,任何事物,抽象的也好,具体的也罢,都不是孤立存在的,而是相互间有联系。孤立地看,每个人都有自己的人生目的,甚至做每件事都要达到一定的目的。个人的人生目的可以上升为长远的理想,为了这所谓的长远理想,每个人都在忙碌,都在做一件件具体的事,都在力求达到一个个暂时的目的。

在忙碌中,人们的生活看上去就很充实,生命的意义也就体现了出来。对此,可那掌堂牧师却说,这虽然是积极的人生观,但却是世俗的,是一种自我麻醉的人生观。他说许多人不知未来如何,都无可奈何地发出"过好今天,不要在意明天""今朝有酒今朝醉"等之类的叹声来。殊不知,从联系的观点看,今天也不固定,明天就是今天。人们处于链条上,而且所完成的每件事情都不是终结,而是促使另外事情发生的诱因。

这样一来,暂时的目的也就不是目的,个人的长远理想也不是目的。因为,在整个宇宙中,在历史长河中,个人不是个人,人生没有目的,拥有的只是不同形式的过程。牧师告诫道,不要因为注重今天,而忘了明天,不要为了暂时目的而忘了自己。他似乎是说,不要因小失大,不要为了一棵树而毁掉一片森林。

我听了半天,仍然迷糊。除了觉得他把连锁关系与人生真谛联系起来有些新奇外,我未明白他究竟在说什么。既然人生只是过程,那又何必在乎一时的因小失大?又何必在乎选择树木还是选择森林?我也不明白他那句"不要为了暂时目的而忘了自己",又是什么意思呢?他是要说应该遵循一个做人的原则呢,还是叫人们"无为"?他最后引的一首诗,似乎回答了这个问题。那首诗的汉语版如是说:

> 欲知世间物,你我别出户。
> 品茶桌旁听,静等靠耐心。
> 心静不再闻,心静不再等。
> 你我都自在,世界自精彩。
> 万物非万物,你我别出户。

听了这段话，要不是他是鹰鼻蓝眼，我会把他当成传统的中国人。我觉得，这话的哲理有点中国味，与他的连锁反应似乎关系不大。

我以为，做事，行动是首要的，高谈阔论虽然招人喜欢，但却是害人的。春秋战国时期的赵括，《三国演义》中的马谡等就是典型的例子。再有，人生的过程和目的往往是不可分离的，重过程是为了目的，要达到目的，必须注重过程。过程和目的之间不存在谁是马钉、谁是马掌的关系，它们不是芝麻和西瓜的关系。

看来，珍惜今天，做好每件事，达到每个小目的，这样做是正确的。

这是我受朋友之邀，去教堂参加礼拜，听牧师布道的一点见闻，也算是从那让人如坠五里云雾的礼拜过程中，完成了一个"小目标"。

突然发现，人世间所谓的滑坡式连锁反应还真的有点乱。

混乱的世界难有言语的清醒。

颇有名堂的叠词现象

"莺莺燕燕春春,花花柳柳真真,事事风风韵韵,娇娇嫩嫩,停停当当人人。"

——元·乔吉·《天净沙·即事》

特洛伊大学希格斯博士(Dr. Higgs)的《妇女文学》课,主要是介绍英美一些女作家的作品。在介绍到美国剧作家、诗人格特鲁德·斯泰因(Gertrude Stein)的作品时,希格斯博士要求我做一次陈述,让我从语言研究者的角度来谈谈斯泰因的文学语言。

斯泰因的作品我读得不多,而且很难理解。难就难在她的语言叠词现象普遍,而且还有许多不符合句法的表达。像她的名句"A rose is a rose is a rose is a rose.(玫瑰是玫瑰是玫瑰就是玫瑰)"和"There's no there there.(那儿已不在那儿)",叠词现象显著,而且前者在语法上还不规范。于是,我便从叠词现象入手,以汉语的诗词为引子,做了一个题为《斯泰因的叠词手法与文学语言》的课堂陈述。

我陈述的基本出发点是,用语言学的标准去分析文学作品,往往会遇到难以解决的问题。对斯泰因的作品,我们就不能用语言学的科学分析法来解读它们的意思。

斯泰因的叠词手法与效果,有如我们的宋词和元曲中的一些作品。宋词中,李清照的《声声慢》中那"寻寻觅觅,冷冷清清,凄凄惨惨戚戚。乍暖还寒时候,最难将息。"堪称叠词达意的经典,这没有任何非议。

元曲中,乔吉的《天净沙·即事》,在我看来也是佳品,但在不少人看来这纯粹是文字游戏。斯泰因的作品就存在着争议,有人说作品里"废话连篇",更有人说那是绝妙佳作。为什么会出现这种争议呢?

我认为,分歧在于对作品进行语言分析的标准的差别,至少出现了两种标准:语言学的标准和纯文学的标准。如果我们用语言学的标准去看斯泰因的语言,那她的作品确实充满了废话。试看从她一些作品中摘录的片段：

片段一："Everywhere is not there, nor is it here nor there. I declare and they declare. And the air. We do not recognize an heir. So there."（摘自斯泰因的 Useful Knowledge，试译成：四处不是彼处，非此处非彼处。我吐露，他们吐露，还有气流飞处。就在彼处，我们不识后人在何处。）

片段二："Letting pin in letting let in let in in in in in in in in let in let in wet in wed in dead in dead wed led in led wed dead in dead in led in wed in said in said led wed dead wed dead said led led said wed dead wed dead led in led in wed in said in wed in led in said in dead in wed in said led led said wed dead in. That makes they have might kind find fined when this arbitrarily makes it be what is it might they can it fairly well to be added to in this at the time that they can candied leaving as with with it by the left of it with with in the funniest in union.

Across across across across coupled across crept a cross crept crept crept crept across. They crept across."（摘自斯泰因的 Four Saints in Three Acts）。

片段三："With a wife. He is with a wife. He is with a wife. With a wife means doing it altogether. With a wife. With a wife as if with a wife as if with a wife. With a wife. …"（摘自斯泰因的 Painted Lace；试译为：有老婆了，他有老婆了。他有老婆了。有老婆意味着共同做事了。有老婆了就像有老婆了，像有老婆了就像有老婆了。有老婆了……）

像这样的叠词片段在斯泰因的作品中，绝非一处两处，要是只有一处两处，她也就不会招来非议。

用语言学的标准去分析语言，强调的是科学性。所谓科学性，就是要看它是否遵从了经济原则、客观原则、一致原则、详尽原则等，我认为还要加一个可复制原则。违背这些原则的现象或事物是不科学的，也是不容易让人接受的。人们重视科学和接受科学，原因就是科学的东西符合人的本性要求。说得通俗一点，人的本性要求是以省事或者说偷懒为中心的。人之初，性本懒。声明一下，我在这里说人有偷懒的本性，不是在说人人都是懒人，正如说人有性的欲望，并不是说他们就是性犯罪者一样。

斯泰因的这些语言就违背了语言学的科学性。从经济原则看，她应该用最少的词表达最明白、最多的意思，这点在普通人看来，她未做到。从客观原则看，她没有遵从语言的客观规律，没有严格遵守现实的或者说是常规的语法规则。片段二很容易让人感觉到是打字练习材料，而不是什么正常语句。从一致原则看，我们无法从内容上去判断她的作品是否在达意上前后连贯而不矛盾，但我们可以从她的语言使用上看,是没有规律,有些任意,而且给人感觉矛盾得很。至于可复制原则,这就是说,她的这些表达方式,无法让人接受,无法成为范例。更重要的是,她的这些语言的本身也不是复制的结果。

这么一看,斯泰因的叠词现象似乎不科学,肯定不会受到满脑子科学思想和逻辑概念的读者的欢迎。然而,我们不能以二元对立的认识问题的方法来看不科学的事物。也就是说,不要认为那东西不科学,我们就抛弃掉,更不要把贴有不科学的标签的事物看成是坏的东西。

世界没这么简单,不可能不是白就是黑,不可能总是非此即彼。把这话延伸开来看,人与人的关系,也绝不是那种不是亲我者就是反我者,更不是那种说我坏话的人就是我的敌人,说我喜欢听的话的人,就是我的朋友。人生在世,最好不要持这种观点看问题,否则,很愚蠢。不过,在蠢货当道的圈子里,这另当别论。

回到斯泰因的作品上来,我们不能因为这些不科学的言语,而下结论说斯泰因的作品简直是混账。要知道,你认为她混账,很有可能是你认识方法有问题,是你的方法混账。

我们说文学语言是与语言学语言,好比女孩与男孩,虽然同出一脉,但区别仍然存在。我们看待语言学语言,就是看待我们的常规语言时,我们往往是看它的功用,看它的表达力度,看它的符号功能,而常常忽略它的美学功能。

斯泰因的语言,有一种美,一种韵律上的美。你带着从听觉效果的观点去重新阅读片段一和片段二,不要急于理解其意,最好忘掉意思,你会感受到一种美,好像是一种发人深省的音乐,你说不出那是什么,但它就在那,存在于不可言宣之中,是什么呢? 你如果读透了斯泰因,你结合上下文,你会得出答案的。这就是斯泰因的文学语言的魅力。

同样,回到乔吉的《天净沙·即事》中去,去感受一下那 28 个字的音韵效果,不要局限于它们的视觉效果,你会发现新的意思的。这种意思是朦胧的,是一种联想,是你意识的觉醒。

至此,我们可以得出一个结论,文学语言的特色在于唤人联想、发人深思,在于情感的宣泄,在于含蓄,在于创造;而常规语言的重点在于交流的信息效果,在于意义的明显性,在于直白,在于循规蹈矩。无论是文学语言还是常规语言,使用者都要加工。对常规语言的加工手法是修辞,为了增强表达效果的修辞,而文学语言注重的是诗化。常规语言表达的意思是确定的,文学语言相对来说不确定。

最后需要指出的是,文学语言与语言学语言(常规语言)并不对立,也并不是所有的文学作品都必须象斯泰因的作品那样。另外,语言学的分析方法还是能够在一定程度上解决许多文学作品中的问题的。

郊区的意义

  《韦氏大学词典》对"郊区(suburb)"的起源时间的记录是十四世纪,是说在那个时候才有这个词的文字记录。从本质上看,"郊区"是依附于城市、城镇而存在的。城市与"郊区"的关系好比皮与毛的关系,没有城市这张皮,哪有"郊区"这毛呢?

  据考古学家们研究,人类建造城镇的历史至少有 5800 多年了,这就是说"郊区"作为客观的地理区域也至少有这么大的岁数。尽管郊区的岁数大,可在英语里有名的历史却不算长,而且莎士比亚那个时代,"郊区"的含义是社会底层人居住的地方、有肮脏生意如屠宰场、赌场、妓院等社会下三流云集的地方。英语文化的"郊区罪人(suburb sinner)"就是指生活在"郊区"或者到"郊区"去堕落的人。因此,提到郊区人们不会有什么好的联想。

  直到十九世纪,郊区的名声才有所好转。不过到现在,在许多美国人的个人词汇库里似乎并没有郊区的存在。换句话说,不少人也许根本就没有郊区这个概念。那么美国人的郊区到哪里去了呢?

  要找郊区的踪迹,我们就要弄清郊区与中心城区的意义差别,只有当中心城区与郊区具有明显的贵贱之分时,郊区才以低人一等的身份存在于人们的头脑里。根据华盛顿邮报记者乔尔·高乐的观点,人们最初建立城镇主要是为了七大需要:工业发展、行政管理、商业流通、人财安全、文化娱乐、群体友谊以及宗教活动。城市的功能基本上以这七大功能为主,有了这七大功能的便利,人们都愿意生活在城市。于是,在交通工具不发达的时期或地区,城中心是最理想的居住地。在这种前提下,郊区怎能与中心城区相比? 因此,郊区总是让人想起生活的不方便,甚至社会地位低下者。

  这个时候郊区的概念是存在的,但郊区的形象不怎么好。美国有一部电影叫

《蓬莱(Avalon)》,反映的是二十世纪五十年代美国人的生活,当中有一场景是,城中心一家人收拾好行李,装车准备出发,要搬到郊区去住,这时片中的小男孩满是疑惑地问:"郊区,那是什么地方?"听到这话,男孩的母亲对孩子的提问感到不解,说:"那是什么地方? 好住的地方呗,有草坪、有大树"。

这个镜头说明两个问题,一是"郊区"还是不算理想的居住地方,二是人们开始意识到郊区的好处。

从美国的城镇发展史看,随着工业的越来越发达,污染越来越严重,加上交通工具不再是寻常人家的难事,从二战后,人们在选择居住地时,不少美国人开始把眼光放在郊区了。

以前是人往生活设施方便处走,现在是往环境干净、安静处走,而且精明的生意人总是把生活的便利送到家门口。人到哪,商场就开到哪。在这种条件下,具有优美自然环境的郊区成了最理想的生活场所了。可这时,它似乎不叫郊区了,现在有了新的说法,而叫什么"边缘城市""城乡结合处",或"新城社区"。实际上,许多人根本就没有想到要用一个名称来指代那种地方,你要是问他住在什么地方,他会说什么什么路,或者在什么什么附近,归某个行政区镇管辖,根本用不着郊区这一多余的词。

郊区不仅在概念上从人们头脑中消失,而且似乎连文字都在消失。加州大学有位建筑学教授,讲了她亲身经历的一件事,就是她问班上的学生的来历,当她问"你们哪些人是在农村长大的?",有零星的举手作答,当问"哪些人是在城市里长大的?",也只有寥寥无几的人举手示意,她再问"那么哪些人是在郊区长大的?",没有一个人举手。她纳闷,没举手的人都住在哪里呢? 她于是对未举手的人提示说,你们居住的房子是不是单家独院、有自己的车库、草坪等,这样的地方叫什么呢? 那些学生异口同声回答道:"叫作镇"。这位教授后来在 NPR 国家公共电台做客,讲到此事时说,郊区正在新一代美国人的词汇库里消失。

相比之下我们的郊区概念仍然十分清晰,城市的发展出现了郊区化的理念。北京和上海的郊区化发展模式正是其他城市的榜样。可喜的是,这些城市在大力建设城市 CBD(中心商务区)地块的同时,还十分重视郊区的发展,郊区的概念的含金量在增加。据媒体报道,上海市把郊区定义为中心城市向外延伸拓展的重要都市层和全市未来经济发展的重要增长极。这一定义,已经与《现代汉语词典》的定义大不相同了,更不用说它与古汉语郊区的区别。

汉语里的郊区起源比英语早得多,古汉语的郊就是郊区的意思。在被中华民族奉为文化圭臬的二十四史里,绝大部分都有被称为志的组成部分,这志就是礼志。礼志又叫郊祀志,郊祀在历史上很重要,是政治宗教,与封禅并列为帝王的天下大事。

《汉书·郊祀志》中说:"帝王之事莫大于承天之序,承天之序莫重于郊祀,故圣王尽心极虑以建其制。"

在西周时期,郊是祭拜上帝的地方。《诗·大雅·云汉》记载周人遭遇特大旱灾时说:"不殄禋祀,自郊徂宫。上下奠瘗,靡神不宗。后稷不克,上帝不临。"以及《尚书·召诰》说:"用牲于郊,牛二"等这里的郊就是指比较特别的地点了,是祭奠之地。

古时的祭奠之地常常设在城外,如《史记·封禅书》说:"天神贵者太一,太一佐曰五帝。古者,天子以春秋祭太一东南郊";刘向的《说苑·奉使》中说"齐侯大悦,曰:'寡人今者得兹言三,贤于鹄远矣。寡有人都郊地百里,愿献于大夫为汤沐邑。'",《战国策·齐策》中的"军于邯郸之郊",以及《诗经·硕鼠》中的"逝将去汝,适彼乐郊。乐郊乐郊,谁之永号"等等,这些地方的郊都是指城外所在。

汉唐时期,郊的含义就很明确,指城外离城不远处。杜甫的《野望》中有"跨马出郊时极目,不堪人事日萧条";又如《春日江村五首》之四中的"郊扉存晚计,幕府愧群材";以及马戴的《灞上秋居》:

> 灞原风雨定,
> 晚见雁行频。
> 落叶他乡树,
> 寒灯独夜人。
> 空园白露滴,
> 孤壁野僧邻。
> 寄卧郊扉久,
> 何年致此身?

这些诗文里的郊就是郊区,有荒野的意味在里面,现代汉语里的郊野就有这样的含义。

言至此,忽然想起,荒郊野岭中残留着城市文明的破鞋。

话虽无心但音不顺耳

"话儿飞得高,想法依旧低。无念之语永难上天梯(My words fly up, my thoughts remain below: Words without thoughts never to heaven go.)。"这是莎士比亚戏剧《哈姆雷特》第三幕第三场里那位弑兄占嫂的国王所说的话。它表达的意思是,只有出自内心、经过思考的话语才具有真正的效力。这与俗话说的"有口无心,不必当真"同出一理。

然而,世上偏偏又有许多纯属"说者无心,听者有意"的麻烦事频频发生。究其原因,恐怕就是话虽无心但音不顺耳。听话者往往会根据自己的心理和大脑里的固有知识去判断所接收到的话语的意义。

话虽无心但音不顺耳。川渝民间有话说:宁可输一个脑壳,也不愿输一只耳朵。这就是说,宁愿不要小命也不愿接受难听的小话。可见,在巴蜀文化里,言语的美丑乃是人命关天之事。

话虽无心但音不顺耳。最近几年在美国,尤其是在非洲裔美国人比较多的地方,人们要外出野炊时,得非常小心,不得随便使用"picnic(野炊)"这个单词,以免伤害到非洲裔美国人。怎么会这样呢? 首先,近几年,有些多事的人在网上发布了一些关于 picnic 一词的来历的新消息,告诉人们 picnic 的产生与单词"nigger(黑人)"有关。

另外,2001 年,美国一电台"Fresh Air(新风)"节目主持人杰夫瑞·能贝格(Geoffrey Nunberg)在他的《我们现在的讲话方式》(The Way We Talk Now)一书中,也对 picnic 可能引起的误解做了解释。这样,picnic 在民间就成了禁忌语的新成员。

虽然,字典和官方仍然认为 picnic 这个单词没什么坏的意思,但在民间毕竟有不少人走在了这个单词意思发展的前头。现实生活中,你可以感觉得到这种影响,比如现在美国大学生所张贴的野炊广告不太愿意使用 picnic 的字样,取而代之的是"Cooking out(户外烹调)"或者"Outdoor Barbeque(户外烧烤)"等等。

　　根据《韦氏大学词典》第九版的解释,我们可以得知单词 picnic 最早的来源于法语单词 picque – nique,于 17 世纪产生。指当时法国流行的一种由每个人自带食物的聚会活动。这个法语单词演化为英语单词时,把 picque 化为 pick(挑选),nique 变为 nick,组成一个单词时缩写为 picnic。直到 19 世纪中期,picnic 这个单词才在英语里广泛使用。从这个解释看,picnic 没有任何种族歧视的意味。

　　杰夫瑞·能贝格提供的不具有种族歧视意思的词源解释是,picnic 是 17 世纪法国人创造的一个词,是指客人造访所遇到的家常便饭。

　　然而,不管是不是所有的人都知道上述两种解释,有一点是肯定的,那就是有人就愿意相信现在的新解释。新解释之一是,picnic 是 pick a nigger(挑一个黑人)的缩写形式,来源是 18 世纪白人进行户外野炊时,顺便带上一个黑奴,并把他吊起来为野炊助兴。另一种解释是,17、18 世纪奴隶贩子们的聚会,每当他们做完大宗奴隶买卖交易后,全体贩子及他们的家人要一起举行聚会,聚会的名称叫 pick – a – nig。后来,pick – a – nig 演变为 picnic。

　　杰夫瑞·能贝格认为,尽管这些新解释都显得牵强,但他们却产生了实实在在的社会影响。如美国许多像纽约州立大学这样的学校,不再使用 picnic 来指代学生的野炊活动。他痛心地指出,造成这种解释的原因可能有两种。一种是人们往往"听到风便是雨",望文生义。另一种就是心理脆弱的表现,有些人听不得带有某些音节的单词。野炊这一单词的罪过在于它含有一个音节 nic,这个音节容易引起一些人的怪异联想。杰夫瑞·能贝格的这种认识得到了斯坦福大学的一名教授的认同,该教授说他在授课时十分小心,尽量避免使用"denigrate(诋毁;涂黑)"这个单词,因为这个单词无论是从发音上,还是在意思上都容易让人想起"黑人(nigger)"。

　　数年前哥伦比亚特区华盛顿市市长安统尼·威廉姆斯(Anthony Williams)不得不因为由一个单词"niggardly(小气地)"引起的官司而辞退自己得力助手戴卫·霍华德(David Howard)。起因是,在一次市政府例会上霍华德作财政预算报告时用了单词 niggardly。他当时的本意是说,面对一半以上为黑人的城市居民对公共福利的抱怨,他在预算时得"小气一点(niggardly)",不能大手大脚乱花钱。他说这话时,在场的另外两名助理官员,一个是黑人,一个是白人,都提出抗议,说他不应该使用近似 nigger 这样的字眼。为此,霍华德遭到了起诉而不得不辞职。

　　霍华德是冤枉的,niggardly 来源于北欧"斯堪地维亚语(Scandinavian)",由词素 nig 和 igon 组成,意思是"小气的、吝啬的"。然而由于这个单词在发音上近似

nigger,人们,尤其是政府部门的人员得避免使用。

由于漫长的奴隶生活,非洲裔美国人的"心理尚有脆弱、敏感"的一面。前些年圣诞节期间,美国电视频道福克斯新闻(Fox News)的时事主持人收到一位黑人的电话,要求媒体不要使用"白色圣诞(White Christmas)"这样的字眼,因为这有些"不公平"。那位非洲裔美国人甚至提出应该庆祝"黑色圣诞(Black Christmas)"来。

显然,有些人就是对语言有一种病态的敏感。如今美国的公共媒体越来不敢随便使用带黑的字眼。有些极度敏感的人甚至文学作品的用词也吹毛求疵。对马克·吐温的小说《哈克贝利·芬历险记》(The Adventures of Huckleberry Finn),有些非洲裔美国人也有抱怨,说小说中不应该使用 nigger 这样的名称。

由此看来,凡是有黑色有关的词汇,我们得谨慎使用。单词 nigger(来源于拉丁语)、Negro(来源于西班牙或葡萄牙语)等早已不能用了,现在 picnic 也不能用了。要想使用这些单词而又不带来麻烦,那就得等到所有的人都变黑的那一天。

其实,做到"言美音顺"并不是坏事。

罗兰·巴尔特(Roland Barthes)说:"语言就是皮肤"。既然语言是皮肤,话语交流就是肌肤相触的事,谁也不愿意与长满脓疮的人进行肌肤相触。

词义变化就这么怪

我刚到特洛伊大学时,颇特尔博士给我介绍了该校的特点,其中谈到了该校学生有百分之二十都是非洲裔美国人,他们是亚拉巴马州非洲裔美国人的第一代大学生。由于他们的父辈文化普遍偏低,家庭文化教育落后,所以他们的语言相对来说不太规范,比如在用词上,就有许多不合常规的现象,最典型的例子就是,他们称赞事物时会说"so good it's bad(太好了就坏了)"。单词"bad(坏)"在他们的口语里成了"精彩,奇妙,特好"的意思了,受他们的影响,许多人开始这么用了。颇特尔博士对此开玩笑说,若干年后美国英语的好和坏可能要相互换位,到那时人们阅读现在的书籍时得格外小心坏和好的词义变化。

颇特尔博士的话虽是玩笑,但不无根据。特洛伊大学 2003 年 8 月 18 日出版的校报《特洛伊论坛》(TROPOLITAN)第六页上一篇名为《电影队夏日上映掠影》(Film Force Summer Movie Recap)的文章,开头一句就是"我们很多人都知道,这个夏季如其所愿,盛大、精彩,超过以前(As many of us all know, this summer had promised to be big, bad and better than ever.)",这里的"精彩"在英文里是用"bad(坏)"来表达的。"Bad(坏)"作"精彩"解,这么大的变化,真是匪夷所思。

实际上,词汇的意义变迁是不可预料的,有谁能预见一个词会在意义上变好还是变坏,以及是变宽还是变窄呢?对于英语词汇意义的变化,由于自己的浅薄而不便多说,我就借此机会谈谈汉语吧,虽然我也知之甚少。我就从翻译的角度来看看汉语词汇,尤其是我们的国俗语的意义的变化。

我们说翻译的基本出发点就是忠实原文,这首先表现在译出语与译入语在语义上力求对等。如果用此标准去衡量汉文英译时出现的各种现象,我们就会发现许多具有丰富国俗语义的词语被译成英文时,两种语言间的语义转换上存在这样或那样的问题:曲解愿意、信息缺损、意义丢失等等。

根据语言学家杰弗里·利奇的观点,在词汇的意义系统中,主要有理性意义(又叫外延意义)、内涵意义、社会意义、情感意义、反映意义、搭配意义、主题意义等。简单地讲,我们可以把理性意义即外延意义以外的所有意义统称为联想意义。在这些意义中,外延意义是核心,是认知的基础。当我们说"红房子",自然就是指"红颜色的、可供居住或他用的建筑物"。就此而言,如果把"红房子"按字面译成 a red house,这无可非议。但是,词汇的外延意义还可衍生出许多其他涵义,而且有时交际活动中使用的就是外延意义以外的联想意义。在这种情况下,仅作字面翻译会导致曲解原义。

我国名著小说《红楼梦》这一书名,首先被译成为 A Dream of the Red Chamber,后来又被译为 A Dream of Red Mansions(见杨宪益译本)。后者用复数,似乎比前者更好,但实际上两个译法都有问题。因为汉语中的红楼并非专指红颜色的楼房。《汉语大词典》第 9 卷第 175 页"红楼"条目下的释义有:"泛指华美的楼房"和"富贵人家女子的住房"。在我国的古代诗词中,"红楼"二字一向是这样用的。例如:

"红楼隔雨相望冷,珠箔飘灯独自归。"

——唐·李商隐《春雨》

"红楼富家女,金缕绣罗襦。"

——唐·白居易《秦中吟·议婚》

"人散曲终红楼静,半墙残月摇花影。"

——清·洪升《长生殿·偷典》

例中的"红楼"都是指女子所住的华美房屋,而且常有爱情的联想意义。这就是"红楼"的社会意义,是汉文化特色意义。王得春教授把这种具有鲜明得民族特色得语义称为国俗语义。

词语的国俗语义与言语环境和词的语用有关,与词在词汇体系中的地位也有关。如果把红楼二字从言语环境和词汇体系中分离出来,恐怕我们只能按字面其理解和翻译。

然而,具有国俗语义的词汇必然与特定的言语环境包括时空环境相关。例如,《水浒全传》中有好几位好汉的绰号前面冠有一个"病"字,如像"病关索杨雄""病尉迟孙立""病大虫薛永"等。这里的"病"不是"疾病"之义,而是"比""赛"的意思,这是宋、元时期民间俗语"病"字的特殊含义。如《宣和遗事》和《宋江三十六人赞》中,就明确把"病关索杨雄"称为"赛关索",意思是说比得上或赛得过三国时期的关索。有学生把《水浒全传》中的"病关索""病大虫""病尉迟"等分别译成"Sick Guan suo""Sick Tiger""Sick Yu Chi",显然曲解了原义。遗憾的是,沙博理(Sidney Shapiro)的《水浒全传》译本也把薛永译为"Xueyong the sick tiger"(参见沙博理译文 Vol. IV, Act 76)。

又如,"金刚"一词易被当作"金刚石"理解,这本无可厚非。但是,"金刚"又指"金刚力士",佛的护法侍从。

宋·元照《行宗记》卷二上:"金刚者,即侍从力士,手持金刚杵,因以为名。""金刚"也指寺院山门内所塑的天王像。《敦煌变文集·降魔变文》:"三门楼下塑金刚,院院教画丹青像。"

清·李渔《奈何天·误相》:"才进得古刹回廊,参了韦驮,又谒了金刚"。后来,"金刚"在汉语中涵化为具有国俗语义的词语,形容面目威猛可畏的人。如:"其实李鑫并不是身长丈二的金刚,然而他的人格放射出万丈光芒。"(巴金《忆个旧》)

《红楼梦》人物倪二外号叫"醉金刚",在杨宪益先生的英文译本中译为Drunken Diamond 是不恰当的。请看原文和译文:

"……这三街六巷,凭他是谁,若得罪了我醉金刚倪二的街坊,管教他人离家散!"

—《红楼梦》第二十四回

"If anyone in the three or six lanes nearby, no matter who he is , offends a neighbor of the Drunken Diamond, I'll see to it that his relatives are scattered and his home destroyed. "

从上述几例可以看出,一些外延意义并不特殊的词汇负载了民族文化信息而成为国俗语义词后,不能简单地按其字面意义翻译。必须在究其文化根源、充分解读所载信息的基础上给予准确翻译。

外延意义极为普通的词汇却具有特定的文化信息,这是国俗语义词汇的特点。从语言的形态分类方法看,对汉语词汇的理解更多地需要意会,因为汉语属于孤立语,其主要特点就是缺乏词的内部形态。跟英语不同,汉语的词没有严格的语法范畴,缺乏性、数、格、体、时等形态变化。这一本质决定了对汉语的理解依赖于对汉语民族文化精神的考虑。正如德国语言学家洪堡特所言,语言是民族精神的外部体现,从一种语言中可以识辨出相应的一种文化状态。

汉语国俗语义是客观存在的语言现象,它是语言的意义系统和文化价值系统的集中反映。翻译工作者具有典型的国俗语义的词汇时,如果不挖掘文化根源,很容易造成信息遗漏、缺损。试看下例(着重号系作者所加):

"洪太尉倒在树根底下,唬的三十六个牙齿捉对儿厮打,那心头一似十五个吊桶,七上八落地响,浑身却如中风麻木,两腿一似斗败公鸡,口里连声叫苦。"

—《水浒全传》第一回

要把这一段译成英文，就会涉及到如何理解"三十六个牙齿"和"十五个吊桶，七上八落"。乍一看，"三十六个牙齿"就是三十六颗牙齿嘛，但是科学研究表明，在人类进化史上成人的牙齿数目一般不超过三十二枚。施耐庵为何要用三十六呢？经翻阅资料，笔者发现，旧的中国文化中，可用牙齿的数目来衡量人的地位尊卑。迷信宣传书籍《麻衣神相》卷三《论齿》上说：

> 三十八齿者，天子王侯；
>
> 三十六齿者，卿相一品；
>
> 三十四齿者，朝廊巨富；
>
> 三十二齿者，中人福寿；
>
> 三十牙齿者，平常之人；
>
> 二十八齿者，下贱之人。

据此看，洪太尉身为朝廷卿相，自然是三十六齿者。在沙博理先生的英译《水浒全传》（Outlaws of the Marsh）中，这段文字为：

"Marshal Hong lay beneath a tree, his teeth chattering, his heart clanging like fifteen buckets in a single well. Paralyzed as if suffering a stroke, his legs is limper than a defeated cock's he could only moan."

沙博理先生没有按字面把三十六齿译出，这是对的。但是省略三十六齿的同时也漏掉了相应的含意：高贵的洪太尉因恐惧而上下牙齿碰击得格格响。这里不妨在"his teeth"二词之间添上"noble"，聊以补足"三十六个牙齿"所载信息。

至于"十五个吊桶，七上八落"，这本是熟语"十五只吊桶打水——七上八落"的变体，其意义重心在"七上八落"，而"十五只吊桶"是作形象性比喻说明，是极具中国特色的一条用语。应该说，沙博理先生在理解原文时已经捕捉到了这一歇后语的重心，但他的译文"···his heart clanging like fifteen buckets in a single well"却不能完全地反映原文地信息，而且西方人也不能理解"fifteen buckets in a single well（十五只桶在一口井里）"表达了什么意思。这就出现了信息缺损。

信息缺损是国俗语义翻译很难避免的现象。汉语含有国俗语义的词汇众多，几乎每一条国俗语都在文化信息上具有各自的独特性。对此，不少人认为国俗语义是不可译的，但我们赞成王德春教授的观点，"国俗语义虽有特殊性，但仍然是语义，……任何语言承载的文化都是可译的。"

国俗语义不是词汇的外延意义，因此在翻译时应该摆脱外延意义的束缚，做适当的语义调整以求尽可能地对等翻译。

本文第一节例中的"三街六巷"的英译为"in the three streets or sic lanes nearby",在外延意义上很对等,但汉语的"三街六巷"并非确指三条街六条巷。在此,不妨调整为"in the neighboring streets both near and far",以免误导读者。

再看下例:

(陈达)"四海之内,皆兄弟也,相烦借一条路。"

——《水浒全传》第二回

"Within the four seas, all men are brother. We'll trouble you let us by."

例中的"四海"并非实指"four seas"在古代汉语里"四海"泛指天下或全国各地。如唐·杜牧《阿房宫赋》:"六王毕,四海一"。《尚书·大禹谟》:"文命敷于四海"。如果把"四海之内"译为"Within the four seas",容易让英美人纳闷:中国有四海环绕吗? 此处,不妨把四海调整为"under the sun"妥当。

从上面这些例子看,语言的意义是受时空因素影响的。语言的意义是变化发展的,既然"awesome"可以成为"very good; appealing",难道"bad"就不能演变为"superb"?

答案是正面的,而且已经有美国人在这么用了。So good it's bad! 坏变好,好变坏,词义变化就这么怪。

酒足饭饱之后想起了一些人

　　朋友来访,我们聊天,聊着聊着就聊进了饭馆,坐到了餐桌旁。这家饭馆经营"概念菜",不豪华倒还雅致。朋友好奇而发问,究竟什么是"概念菜"。未等我开口,朋友的话音又起,他说"菜"好懂,"概念"却难懂。一个懂和一个不懂,加在一起又不懂了。

　　朋友话音未落,我的脑海里忽地闪现出古希腊哲学家柏拉图他老人家来。心想,要是柏拉图这洋古董到重庆北碚来经营这家"概念菜",我们必然永远无法品尝到真正的概念菜了,因为柏拉图他老人家的理念之说,钻进了他老人家的骨子里。他因此而固执得很,一直坚信真正的概念菜完美得无法想象,世人本为凡胎,偏偏长着肉眼,永世无法看到,因而也根本做不出理想至极的概念菜来。

　　事实上,我们在北碚的"概念菜"饭馆最终吃到的是菜,没有吃到柏拉图的概念菜。

　　酒足饭饱之后,未免有些矫情和较真。我要从概念菜一词出发,要对语词的意义问题找找明白人进行理论理论。借着酒劲,我想找路人,路人都在忙着他们的正经事。于是醉眼朦胧,搜肠刮肚,找来几位洋大人,他们虽然身居阴国很多年很多年,但其威力仍在影响阳界。柏拉图、亚里士多德、洛克、贝克莱和莱布尼兹,这五壮士冒了出来。

　　如果概念菜出自柏拉图的理念之说,那么千万不要想入非非,我们只可想想柏拉图的理念之床,却不要上了柏拉图的理念之当。古今中外,谁也没有眼福艳福和口福,谁也没有真正享用过柏拉图心中的概念菜。就算柏拉图的高足亚里士多德也没有。

　　可以想象,身为柏拉图的得意弟子,亚里士多德却对老师这点肯定不会满意。概念菜,概念菜,与其觊觎,不如摒弃。亚里士多德又把那句令人起鸡皮疙瘩的话嚷了出来:我爱我老师,但我更爱真理。

吃不到概念菜,恐怕,亚氏爱老师之心未必有,但热爱真理之心却实实在在。于是,亚氏会说,概念菜只不过是一个语词而已,它的意义只是一种观念。在亚氏看来,心理意象或者说外部物体留给人们的印象意味着观念,而观念就是单词的意义。

亚氏的这一观点给 17、18 世纪启蒙运动的一些哲学家带来了深厚的影响。英国经验主义哲学家洛克便是其中一位。

洛克在其《人类理解论》第三卷第九章第 21 段中说:"我必须坦白,在我开始写理解论这部书的时候,以及在后来相当长的一段时间内,我丝毫没有想到,对语词的考察对本书完全必要。不过,在写过观念的起源和组成之后开始考察知识的范围和确定性时,我发现知识与语词的联系太紧了,如果对语词的力量和意义方式不加首要的仔细考察,那么就可能说不上对知识有清晰、恰当的表述。"

不言而喻,洛克对认识论的反思促使他对语言问题进行探索。正如凡尔特·欧特(Walter Ott)所言,语言问题虽然不能说是洛克哲学的基础,但洛克对知识的特性与范围的考察却怎么也脱离不了对语言运作机制的研究。实际上,洛克哲学中的许多问题都或多或少地依赖于他的意义观。

洛克认为,语词的意义指示着人类能够形成各种简单的和复杂的观念。对于观念的来源,洛克说:"一切观念都是由感觉或反省来的——我们可以假定人心如白纸似的,没有一切标记,没有一切观念。"在洛克看来,一切观念都从经验来。

从话语累积角度看,洛克的这一观点并非没有道理。观念在心里不断出现,没有观念就没有思维。《人类理解论》第三卷第一章说:

"声音必须成为观念的标志——因此,人不仅要有音节分明的声音,而且他还必须能把这些声音作为内在观念的标记,还必须使它们代表他心中的观念。只有这样,他的观念才能表示于人,人心中的思想才可以互相传达。"

从这里我们可以看出,我们使用一个词时,如"树",我们是在描述心中的观念,而我们关于树所形成的心中的观念来源于我们感官对树的经验。在洛克看来,语言的目的就是把心中的观念传递给他人。这多少带有语言功能观的意味。

语词也可以用来传递普遍观念。当我们在谈论各种树的特征时,我们使用的观念来自于我们对各种树的经验。我们可以使用普遍性语词,即概括性的一般语词来使每个词标记许许多多的特殊的存在。一个概括性语词可以把分别来自于不同感官经验的各种简单观念组合在一起。

在洛克看来,"普遍性语词或者类指词"用来表示抽象观念的名称。例如老虎并不指示某一具体的老虎,也不指示对某一具体老虎所形成的观念,而是从老虎这一类形成的抽象的观念。抽象观念的形成并不是对具体的"公老虎""母老虎""大老虎""小老虎"的特殊性的总结,而是对所有老虎形成的一种观念。

洛克的观念论可以称为"观念原子主义"。在洛克看来,简单观念是人心中不能再细分的独立观念;简单观念只含有一种纯一的现象,只能引起心中的纯一的认识。复杂观念是由简单观念合成的,人心可以把复合而成的复杂观念认识为一个整体,并且用一个名词来表示。复杂观念分为三大类:情状观念、实体观念和关系观念。情状无论是怎样组合成的,他们只是实体的一些附性或性质,正如"三角形""感激""暗杀"等词所指示的那些观念那样。实体观念是简单观念的组合,代表着独立自存的一些独立的、特殊的事物;而且在这些事物中,那个简单的或混合的实体观念,永远占着首要地位。

洛克语言哲学的中心论题是语词"指示观念",而观念一词"足以代表一个人在思想时理解中所有的任何物象""人们都容易承认,在人心中是有这些观念的,而且人人不但意识到自己有这些观念,他们还可以借别人的言语和动作,推知别人有这些观念。"

在此,我们想起他心问题来,在洛克看来,他心可知。了解他心的媒介就是他人的言语和行为。在关于语词和观念的关系上,欧特强调说这是对洛克产生误解最多的地方。为了不误解洛克的意思,必须分清"指示 signify""指称 refer to ""意旨 sense"。

洛克的意思是语词"指示"着观念,而不是语词"指称"观念。换句话说,语词"指示"观念也就是"指出 indicate"说话者心中的观念。在这一点上,洛克与亚里士多德的观念论有所区别。观念在洛克看来不可能"拿出来供他人直接观察,它只能存储于记忆中,而且记忆还不是很妥当的贮藏器。因此,我们如果相互传达思想,并且把它们记载下来为自己利用,则我们还必须为观念选一些标记。音节清晰的声音是人们所认为最方便的,因此,人们常常利用它们。"

由此,我们可以推出,语词是观念的指示器,也是理解他人观念的指示器。这可以算是对"言为心声"的一种具体诠释。

谈论洛克而不提起贝克莱,不能说不是一种遗憾。我们业已知道,洛克把语词当成是我们对物质世界所形成的观念的指示,实际上暗含着一个观点,就是形成我们的观念的物质世界是实实在在的,物质实体是恒定的。对此,贝克莱发起了批判。他认为,我们能进入的事物没别的只有我们的观念,我们并没有足够的证据来说明独立与我们观念之外的物质世界的存在。因此,在贝克莱看来,我们所感知到的就是我们观念的来源。存在就是被感知,对于观念来说也是如此。

在贝克莱看来,根本没有洛克所说的抽象观念的存在,也就是说普遍性名称

（通名）并不表示抽象观念，而是表示作为一个整体的成员那个类型。根据贝克莱，我面前的书桌不是一个实体，而是一个观念，因为我坐在桌前看书写字，我感觉到了桌子，桌子这一观念可能是一个复合观念，如看到、触摸到。如果我不在书房，我没看到书桌，这时我那书桌还存在吗？在贝克莱看来，仍然是存在的，不过不是物理意义上的存在，而是那桌子可能被别人感知到，被别的精神感知到。再有，如果我不在书房，我可以假定我在书房，于是我还是可能感知到。

在谈论语言的功用时，我们知道语言的主要目的就是把观念从说话人心中传递到听话人心中。然而，贝克莱却认为语词并非一定要与观念联系在一起，在一些交际场合下语词在听话者那里起到的效果却是情感影响。对于这一点，贝克莱在《人类知识的原则》中说：

"以语词为标记的观念交流并非像人们常常以为那样是语言的主要目的和唯一目的。还有其他功用，如引起某种情感，激发或者延迟某种行为，让心灵处于某种特定倾向。在这些情况下，原来的观念交流只是辅助性的，甚至在某些时候，在不需要它就能获得这些效果时，观念交流完全可以被略去，我想这在熟悉的语言使用中并非鲜有。"

贝克莱对语词具有情感表达功用的揭示是对洛克的补充。

洛克的词义观还受到了莱布尼兹的批判。莱布尼兹认为语词不仅仅表示观念或印象，而且还表示事物本身。在《人类理解新论》中，莱布尼兹写道："有时语词本身被当成材料谈论，在这种场合下语词就不能被其指示关系即语词与观念或事物的关系所精确替代。当人们像语法学家那样讲话，或者像词典编纂者那样解释名词时，就会出现语词与其指示关系不可精确地替代的情况。"

这表明，莱布尼兹已经注意到语词并非总是用来指称物体或观念，有时语词还用来指称其自身。这实际上就是语言学界所说的元语言问题。在莱布尼兹看来，语言既是描写的手段又是被描写的对象。这一观点与语词的使用与提及直接有关。当我们使用语词，我们是把语词用来指示语言系统以外的事物或观念，而当我们提及语词时，我们把语词当成材料进行讨论。因此，"翠花有一个好名字"中"翠花"一词处于使用中，而"翠花是一个好名字"一句，"翠花"被提及。不过，这是在没有任何语境下讨论这两句话中的"翠花"。

在观念问题上，莱布尼兹认为观念是心理的某种东西，我们不能把观念或概念同我们思维的具体的心理行为或心理活动混为一谈，语词是语言共同体共有的符号，而观念却属于每个具体的人。说语词指示着观念，这要特别小心。因为同一概念可能会以不同方式说出，而不同的人又可能有同一概念；当我并未想到那一概念时，可别人却会认为我有那一概念。这样，莱布尼兹似乎想否认观念就是大脑印象的追踪。

于是,莱布尼兹认为,拥有一个观念或概念说明的是一个人有这种官能或能力,而最好不要说他有那相应的心理意象。比如,我有一个双曲线的概念,这并不意味着我心里有现成的双曲线意象,而是我有识别双曲线的能力。于是,在莱布尼兹看来,有一个观念或概念实际上意味着有能力或意向去使用或理解关于这个概念的表达方式。

在语言哲学领域,莱布尼兹的兴趣有三点:一是企图理解句法与结构的必要性;二是对语言的表面语法与语言的哲学语法的区分;三是弄清命题真值与意义的关系。

在莱布尼兹看来,语言的表面语法不具有逻辑意义,表面语法往往带有个人语言癖好。实际上,莱布尼兹所说的表面语法恐怕就是我们个人对语言的实际使用。

在实际话语交流中,我们遵守规则,但我们却常常远离规范,这种远离规范的行为就是我们个人的语言癖好的一种表现。

回到概念菜上来,柏拉图会说概念菜是一种高级存在任何人都吃不到。亚里士多德会说,根本没有老师所说的那种高级概念菜存在,概念菜只不过来源于心理和经验的印象而已。洛克会说,概念菜就是一种经验中的观念。对于洛克的话,贝克莱则摇头说,没有什么经验不经验的概念菜,若有,也只不过是我们的感知而已。莱布尼兹说:概念菜就在我们的语言和理解中。

突然酒醒,看见的只有概念菜饭馆老板的一脸鬼笑。柏拉图、亚里士多德、洛克、贝克莱和莱布尼兹,那五位壮士又闪回阴国去了。

不要乱安家

汉语的"家"字,拆开来看是由"宀"(作"屋"或"门"解)和"豕"(作"猪"解)构成,字义可理解为屋门里养着猪。

从拆字这个角度看,古往今来多数人会赞成这种解释,屋门里养猪。

从使用角度看,恐怕没有多少人愿意把这梦寐以求的"家"和那贪吃憨笨的"猪"联系起来。

如果说家与猪有关系,那也只是一些人在拆字游戏中从字的外表结构联想出来的。用法上,家没有这种意思。尽管社会上有少数被冠之以这样或那样的家的人被人骂之为猪,那也绝对不能得出结论说家其实就是猪,不能说"什么什么家"实际上是"关在屋里做事的猪",只是在人们眼里他们实在不能算家而已。

诚然,有些只不过唱了一、两首好听的歌曲的人就当起了歌唱家。有点东西被公开印成了铅字的人成了作家。在某一场合提出了仅仅是令人印象深刻的观点的人成了理论家。诸如此类的家也实在有些勉强。造成这种勉强的原因肯定是多样的,其中之一是与语言本身存在的问题有关。

用汉语的家来表达"具有某种特定身份的人,或者具有某种特殊才能、技巧等的人"时,你可能会发现家的外延指称意义太多,以至于萝卜白菜不分,无能什么样的具有特殊性质的人统统使用一个标签"什么什么家"。

汉语的这一现象,让美国人也注意到了。触及这一话题,美国亚拉巴马州特洛伊大学教授詹姆斯·德(James Day)半开玩笑地说,按中文的意思他应该是语言学家、莎士比亚专家、音乐家、歌唱家、园艺家、书法家、作家、家什评论家、文学评论家、教育家、集邮家、家庭垃圾处理家等。他用有些生硬的汉语,不是一口气地说出了十多个家。

乖乖,在中国只要你是两、三个家,你就够风光自豪的了。然而,集十多个家于一身的他,在我看来多少还有点破落。他的那些家当中,除了在莎士比亚研究和文学评论这两方面有些建树以外,其他都是业余。他是音乐爱好者,能自娱自乐地演奏一点小提琴(这一手蜀中小儿都会);作为基督徒每个星期天到教堂做礼拜唱圣歌(就是南郭先生也可安然混过去,那里的齐宣王似乎是永生的);由于在中国待过喜欢中国的明清格调的家具(实物见得不多,照片看了一些);他那所谓的教育家也只是在教育第一线上当撞钟和尚而已(选他课的学生轮流逃课);回到家里还得做家庭卫生(独身的无奈),闲时便在后院里弄弄花草(他的花园要么是"意识流"的,要么是"自然主义"的,没什么设计式样,什么东西都在往里面长)。

就是这样普通的人所做的普通的事,在英语里确实可以用上述名称来表达。问题的关键在于英美人,特别是美国人,对所谓的家这一头衔不像中国人那样给它赋予了许多社会附加值。虽然,英语里带"－ist""－er"或"－or""－ian"等后缀的名词确实可以翻译成汉语的"家",但也可根据不同情况译成别的什么。

不过,在汉语里,尤其是在汉语文化中,要特别注意,不要动不动把这些后缀就译成家。

英语里上述后缀有不同的使用特点。理论性的、学科性的、属于长期效应的、或社会威望相对高一点、或脑力活动多一些的行当,多为什么什么"－ist"。如像biologist(生物学家)、sociologist(社会学家)、theorist(理论家)、anthropologist(人类学家)等,这些名称多从名词演化而来。

行为性比较强的、属于生产性的、或短期效应的、或体力活动多一些的行当,多为"－er"或"－or"。如 writer(作家;作者)、singer(歌手;歌唱家)、coordinator(协调人;助理)、shoe－maker(制鞋的人;制鞋商)等,这些名称是由动词演变而来。

技术性的、管理性的、理论性不太强的行当,多为"－ian"。如 technician(技术员;技师)、politician(政治家)等等。

不过,这种区分只是一种观察统计,实际上这些东西还与英语词汇的来源、内部构造有密切关系,不可一概而论。比如,属于"－ist"的不是有非学科性的 garbageologist 吗? 而属于"－er"的不是有 thinker 吗?

既然汉语后缀的家可以在英语里找到这么多的不同表达,那么反过来,我们在认定一些人的行当时千万不要乱安家。

有些所谓的家实际上就是真正的人,如音乐人。音乐人就是音乐人,不必称为音乐家。

唱歌的人不要称为星,原因有双:第一,就算他们自我感觉再好,膨胀得再大,其实,也只不过是地球上的人,在外太空中还算不上什么球;第二,明明是人,而称为歌星,结果星人一体,容易让人想到"汪星人"或者啸天狗。

唱歌的人更不要盲目称为歌唱家,因为扯着嗓子叫的"歌唱家"最容易与嚎叫的猪挂上钩。实在要有一个简称,那就叫歌手:一面唱着歌,一面伸着手,当然他们的手是干净的手,绝不是扒手的手而专把他人钱物掏走。

一句话,在众生平等的社会里,人人都是人,不可乱安家。

突然发现,你可用英语称我为领鬼司踢,却不可称我为语言学家,因为我只是语言人。

当然,你若是当家的,你就继续当你的家,可以不当人。

面纱语

"香冷金猊,被翻红浪,起来慵自梳头。任宝奁尘满,日上帘钩。生怕离怀别苦,多少事、欲说还休。新来瘦,非干病酒,不是悲秋。"

——李清照《凤凰台上忆吹箫》

这是李清照写离别情的词的上阕,语言上有一层精妙的面纱。精妙之处就在于两不明说,一不明说离别的痛,二不明说惹人痛的是谁。

别离之痛,自然难忍难受。可是,词人并不直言"生怕离怀别苦"那种心情是如何的难受,而是进行折绕,加一层面纱,先写离别前的神情慵怠,懒于梳妆,再述"新来瘦",原因既不是"病酒",也"不是悲秋"。

原因是什么呢?揭开面纱一看,原来都是她丈夫赵明诚惹的嘛。原来她心中有个他。

陈望道先生在《修辞学发凡》中以李清照这首词上阕为例,说这就是语言的"婉转辞",而这"婉转辞"在奥托·叶斯柏生看来,就是一种"带着面纱的语言",简之为面纱语。

什么样的人爱用面纱语呢?

面纱本为美人所用,那么配得上面纱语的应该是耐人寻味的话和诗句。像李清照、李商隐、顾城、拜伦等这类古今中外诗人,他们爱用面纱,结果作品朦胧、意境朦胧。

锦瑟无端五十弦,一弦一柱思年华。

庄生晓梦迷蝴蝶,望帝春心托杜鹃。

沧海月明珠有泪,蓝田日暖玉生烟。

此情可待成追忆,只是当时已惘然。

李商隐的《锦瑟》颇有韵味，凄婉感人，哀伤之情就在面纱背后，隐约可见。这份哀伤在他的《无题》诗里进一步表达了出来：

相见时难别亦难，东风无力百花残。

春蚕到死丝方尽，蜡炬成灰泪始干。

晓镜但悲云鬓改，夜吟应觉月光寒。

蓬山此去无多路，青鸟殷勤为探看。

这里开头四句却把面纱掀开了一点点，几近直白地倾诉"他心中有个她"，但旋即又把面纱放下，继续着他的暗自哀伤。

现代诗人顾城的几首短诗，戴了面纱，而且面纱的质量很好。

"你，一会看我，一会看云。我觉得，你看我时很远，你看云时很近。"（顾城《远和近》）

"黑夜给了我黑色的眼睛，我却用它寻找光明。"（顾城《一代人》）

"小巷，又弯又长，没有门没有窗，我拿把旧钥匙，敲着厚厚的墙。"（顾城《小巷》）

读顾城的诗，总感觉他在表达什么，而且总想知道他在表达什么，可就是无法清楚知道他在表达什么。这里隔着一层，就是面纱语造成的。

如果说顾城的面纱质量好，那么拜伦的面纱网眼大。

只因为偶然瞅见了你

从此习惯偷偷去看你

看你时叹息

叹息中看你

在叹息中许愿

在许愿中寄语

寄语化作鸿雁给你

拜伦这诗大有"惊鸿一瞥秋波顿生"之意，其中的面纱虽有网眼，露出了情愫表达的端倪，但诱人于无形之间，撩人至心灵幽深。

诗人或者具有诗人情怀的人，戴着面纱语出入，美丽动人。然而，精美的面纱落入凡夫俗子的粗笨之手，而且用来擦口水，所出现的面纱语也就不那么美了。

擦口水用的面纱语，其目的不是为了美，其结果也不美。如含沙射影的话自然就不能称其为美丽的面纱了，但仍然可以叫"面纱语"。坊间"我不知道""你懂的"这类，应该是面纱语言的典型，但它们不太高贵。

当"我不知道"或者"我就不知道了"这样的话，用来掩盖知道时，它就是面纱语。不过，可取的是这么说话的人没有任凭口水直流，好歹用一张面纱擦了擦嘴。

有位绍兴人就曾用过"我不知道"来"欲盖弥彰"嘛。这个例子是:"……还有江亢虎博士,是先前以讲社会主义出名的名人,他的社会主义到底怎么样呢,我不知道。"

说这话的绍兴人当然是鲁迅了,他在《名人和名言》里谈到了曾在加拿大蒙特利尔市麦基尔大学做系主任并讲授中国文化的江亢虎博士的政治热情。

我手头上有一本江亢虎博士写的《中国文化叙论》精装本,一九三三年由上海中华书局出版的大学英文讲义。从这部书和作者的经历看,江博士在旧中国的文化界并非等闲之辈。鲁迅用"我不知道"一语,明在弱化他对江博士的不满而实质上却在狠批江亢虎博士的"社会主义论调"。言语多少显得有些闪烁。

这种闪烁其词的话不是这位绍兴人的专利,既不空前也不绝后,因为古人早已在用,而现在人,我相信就是现在的绍兴人也还在用。

当然,面纱语并不局限于这些人这些语词上。实际上,面纱语是一种表达手法。这种手法可能容易被纳入委婉语、避讳或折绕等修辞类别。不管它属于哪一类别,它区别于这些类别的特点是存在的。

如果有一份情感很深很深,不便直接表达,那么就可借助面纱语来流露,这样的凄楚哀伤,戴着面纱,其实很美。

如果要说的话太脏还有口水,不妨也用面纱语来擦一擦,这样至少不会导致唾沫横飞的难堪。

男女真的有别吗？

在认识男女地位上，有两部古书应该受到批判。一部是中国的，另一部不是中国的，肯定是外国的。这两部书长期影响不同地方、不同种族，都异地同声，表达了一个相同的观点：男人优于女人。

中国的那本这么写道："孔子游于泰山，见荣声期，行乎郕之野，鹿裘带索，瑟瑟而歌。孔子问曰：'先生所以为乐者，何也?' 期对曰：'吾乐甚多，而至者三。天生万物，唯人为贵，吾既得为人，是一乐也；男女之别，男尊女卑，故人以男为贵，吾既得为男，是二乐也；人生有不见日月，不免襁褓者，吾既以行年九十五矣，是三乐也。贫者士之常，死者人之终，处常得终，当何忧哉。'孔子曰：'善哉！能自宽者也。'"

这是《孔子家语·六本》里面的话，对荣声期表达的男尊女卑的观点，我们的圣人孔子称赞说讲得好。

外国那部书叫《圣经》。当然《圣经》是值得阅读的，其中的文化精髓值得弘扬。不过，从《圣经》的记载看，世上先有男人，由于看到男人实在无聊了，上帝才从熟睡的男人的腰间取出一根肋骨来，用它做出了女人。这暗示，女人在本质上只不过是依附男人的一根肋骨而已。后来，女人和男人因偷吃禁果而受到惩罚。上帝给女人的惩罚中就明确地规定了那么一条：男人将成为支配女人的主人。这在西方公认为最具有权威性的詹姆士王版本的《圣经》之《创世纪》中这样写道：上帝对女人说，你得依从丈夫…你的丈夫主宰你的一切。

或多或少，这成了男女不平等的思想根源。当然，现在无论是在西方还是在东方，女性公民的社会地位在不同程度上有了可喜的提高，男女越来越平等了。在有的地方，女的比男的更平等。这是好事，可是不好的事仍然有，比如汉语和英语里都还存在着歧视女性的语言。别的不谈，就谈谈美国英语里男女的称谓语中的不平等现象。

首先,我们先简略回顾一下人们熟知的英语中通的不平等称谓语。相对于"迷死头儿(Mr. 先生)"而言,"迷斯(Miss,未婚女士)"和"迷死斯(Mrs.,夫人)"对女性来讲是不平等的,表现在暴露了她们的婚姻情况,而"迷死头儿"则不会指明先生们的婚姻状况。

其次在 行业称谓方面,原来只贴有男性标签,如"切尔蛮"(Chairman,主席)、"剖斯蛮"(Postman,邮递员)等,当中的"蛮(man)"就是男人嘛,似乎在说只有男人才配当主席。于是,早就有建议现在最好把"蛮"改成"配生(person)",只要是配生来世,每个配生都应平等。当然,对于这些称谓的使用,女性有决定权。如果她们不在乎,你就不必特别费心考虑该怎么说。

除了上述称谓外,近来美国的女权主义者又在一些称谓中有了新的发现,说那些看似平等的称谓本质上仍反映了不平等。第一,人们长期使用的"女士们和绅士们(ladies and gentlemen)"存在着不公平。表现在,人们对"绅士们"的使用概念很清楚,主要表大两种意思:对成年男性的尊称或者是对有地位、受人尊敬的男性的称谓。使用时,似乎人们很知道这点,不随便套用"绅士"以保持它所蕴涵的高贵品质。比如,人们认为"销售绅士"是不对的,应该说"销售蛮或销售配生"。哪怕是称呼一位很有修养的诗人,也不说"绅士诗人"(gentleman poet)。相反,人们却接受"女士诗人"(lady poet)、"销售女士"(saleslady)这种说法,这样"女士"就显得那么太大众了,虽然在理论上,"女士"具有"绅士"类似的意义,是对成年女性的尊称或者用来称呼有地位有修养的女性。令女权主义者最气愤的是,"女士"有时仅仅是充当单词"女性"(female)或"女孩"(girl)的作用,被用来表示女性。再有,单数形式的"女士"用于称呼时,还听起来有点不顺耳,甚至有嘲讽意味。

经这么一解释,不知道以后在重大典礼、正规聚会等场合该怎样称呼到场的人了? 怪不得美国电视转播某些社交活动时,我们会看到有的讲话者在招呼听众时,省去了"女士们和绅士们"而直接问好。从美国的这种现象来看,中文版本的"女士们、绅士们"也不能用了,尤其是从词源角度去理解。中文的"女士"是出自《诗经·大雅·既醉》中"厘尔女士"。对这个"女士"古人解释为"女士,谓女而有士行者"。不难看出,汉语里是先有男性的"士",而后有那些像"士"一样的女性"士",即"女士"。要是有女权主义者以此为据进行论证说"女士"是汉语称谓的性别歧视,我们又该做何解释呢?

另外,美国女权主义者发现"亲爱的"(dear)和"亲"(honey)在使用时也有不平等现象。虽然,这两个词男女都适用,但用在女性方面却有不同处。当夫妻间、恋人间用它们时,还公平。不公平之处在于,男人们可以在公开场合称呼女售货员、女性服务人员为"亲爱的"(dear)或"亲"(honey)。但女人们只能称呼自己的丈夫或恋人为"亲爱的"或"亲",却不可称呼其他男人尤其是陌生男人为"亲爱的"或"亲",如果有哪位女性称呼萍水相逢的男士为"亲爱的"或"亲",别人会觉得她有些放荡。

再有,就是称呼语"美尔门"(Ma'am)和"美德尔门"(Madam)。女权主义者认为,对于"美尔门"的使用,人们似乎在有意提醒被称呼者的年龄。这一现象,美国南北有差异。在南方,一般是年老者称呼年轻的女性为"美尔门"。而北方刚好相反,被称呼者为年长者。问题就出来了,被称呼者会多心,"难道我就比你老?"如果称呼者把"美德尔门"清楚发音而显得是在重读时,被称呼者会觉得受到了侮辱,因为这样称呼让人想起不太检点的女性"迷死槌死"(Mistress,情妇)来。当我们看到这里时,倒吸了口凉气,在美国你得处处小心。哈!现在终于明白,为什么美国人总是那么爱对你、对遇到的所有的人微笑,他们是不是在打保险牌?是不是笑脸就可以弥补语言的过失?女权主义者说,对男性的称呼"阁下"(sir),却没有任何坏的联想。对男性你可以随意称呼"伙计"(man)也行,称呼"阁下"也行。

单词"美德尔门"和"迷死槌死"在美国社会的意义演变经历了一个从高贵变为低贱的过程,这点正像汉语"小姐"的社会意义的变迁。看来,东西两半球的两大语言在这点上有惊人的相似之处。不过,中国的"小姐"变化要比"美德尔门"和"迷死槌死"多一个周期。

据最新版本《辞海》,"小姐"词目里有这么一种解释:"宋元时对地位低下女子的称呼,后转为对未婚女子的敬称"。可见,对于"小姐"这个称呼的使用,先是有一个从贱称演变为敬称的过程。新中国成立后不久,由于"小姐"是指官宦、地主、资本家的女子,这个词没人使用。改革开放初期,"小姐"就像一些"天生丽质难自弃"的靓女本人一样,重新回到社会。遗憾的是,好景不长,现在的"小姐"成了清纯女子避之不及的称谓。

美国也好,中国也罢这种称谓的不平等恐怕不是语言本身的问题。

现在好了,在中国这些男女称谓似乎已经平等了,你是帅哥,她就是美女。然而,面对这种所谓平等的称谓现象,有人说语言并不安分,就连称呼都无法忠贞不渝。这话有几分道理。前些年"帅哥"和"美女"还到处都听得到,还没来得及搞清人人到底是不是真的帅哥或美女的时候,"男神"和"女神"又出现了。

难以说清的知识

　　从哲学的概念考察角度看，我们不太容易把"知识"说清楚。《汉语外来语词典》把知识一词确定为外来语，解释为："人们对事物的认识和经验的总和，有时包括有关的技能。"而《汉语大词典》对知识这一词列有 4 条词义。前三条释义分别为"相识的人""结识；交游"和"了解；辨识"，并分别从古典文献中引出例子来说明。第 4 条释义为："人类认识自然和社会的成果和结晶。包括经验知识和理论知识。"这条释义下的例子来自朱自清和巴金等现代伟人，并不见古典文献为例。

　　由此看来，即便不把"知识"当成外来词，"知识"也至少归入陈嘉映先生所说的"移植"这一类。所谓移植词，是指汉语原有的词被用来翻译外文词语，逐渐不再在它原有的意义上使用它们，而主要以其外文翻译意义来使用。我们现在所使用的"知识"对应的是英文"Knowledge"和德语的"Wissenschaft"，然而，这三者并非完全对应。

　　如果一个人的话语既可能被当成知识，又可能被当成真理，或当成看法，或当成认识，或当成信念，或当成意见等等，那么在这些种种不同的情况下会发生什么样的话语互动呢？知识在话语连贯中起着重要的影响作用。要知道，"知识"这一概念很容易与"真理""认识""看法""意见""信念""知道"等产生联系。这些就能说明为什么对于"知识"这一概念会有不同的界定。

　　当我们说某人有知识时，往往首先想起的是他饱读诗书或满腹经纶，然后可能会想起某人经验丰富。一般不太会把技艺精湛或技艺高超归为知识。在这种认识维度下，知识似乎与小孩，尤其是婴儿没有关系。知识似乎是后天学来的、积累起来的。小孩犹如一张白纸，知识慢慢在白纸上堆砌。凭直觉，我们会把知识同科学知识等同起来，而不太容易把知识同常识等同起来。

　　金岳霖先生说，知识究竟是什么，对于这一问题我们现在无从答复。在金先生看来,知识的对象可以大致分为两类:普遍的和特殊的。"前者是普通所谓理,后者是普通所谓事实"。

知识的对象是我们求知上所欲达的,可达的与不达的理仍然是对象。同样可达的与不达的事实也是对象。这就是说,理与事实不会因个人知道与不知道而改变。金先生把知识的内容也分为普遍的理和特殊的事实两种。我们求知有时能达,达则有所得。在普遍方面有所得就是明理,而在特殊方面有所得就是知事。

罗素先生把一般所说的知识分为两类:第一类是关于事实的知识,第二类是关于事实之间的一般关联的知识。与这种区分紧密相关的还有另外一种区分就是"反映"的知识和能够发挥控制能力的知识。

关于事实的知识和关于事实之间的一般关联的知识可能属于非推理的知识。就非推理的知识而论,我们关于事实的知识有两个来源:感觉与记忆。尽管感觉是知识的来源之一,但感觉本身却不是通常所说的知识。当我们说道"知识"时,我们常常要把"认识"和"认知对象"区别开来,但是在感觉上却没有这种区别。在大多数心理学家看来,"知觉"具有知识的性质。知觉之所以如此是由于经验。作为一种心理现象,知觉是一种事实,但是就它所加给感觉的来说,它却是一种可能与实在不相符的事实。

在罗素看来,记忆是"反映"的知识的最完全的范例。在一定限度,我们完全相信我们的记忆,即使它不能通过考验。记忆的考验,只不过是一些证实;记忆本身就带有相当程度的可信性。

当然,知识在罗素那里不仅仅是上述内容。上述主要讨论的是非推理的知识,而推理的知识却占有人类知识的主要地位。

在这里我们不打算从知识论的角度去讨论知识,而从已经成为知识的知识角度来看知识的类型。

知识作为一个广泛使用的词,其内涵和外延因使用者不同而有所差别。一般可分为狭义和广义的知识。知识是通过实践、研究、联系或调查获得的关于事物的事实和状态的认识,是对科学、艺术或技术的理解,是人类获得的关于真理和原理的认识的总和。总之,知识是人类积累的关于自然和社会的认识和经验的总和。这是广义的知识概念。

广义的知识按内容分为如下四种:

(1)关于"知道是什么"的知识,记载事实的数据;

(2)关于"知道为什么"的知识,记载自然和社会的原理与规律方面的理论;

(3)关于"知道怎样做"的知识,指某类工作的实际技巧和经验;

(4)关于"知道是谁"的知识,指谁知道是什么,谁知道为什么和谁知道怎么做的信息。

其中关于"是什么"和"为什么"的知识,即关于自然和社会的运动规律、原理方面的理论体系,可称之为狭义的知识概念。

从表现形式看,知识还可以分为"明显知识"和"默会知识"。明显知识可以通过文字、语言、数字、数据、公式、原理等形式进行表述,容易编码,容易信息化,可以通过各种传媒进行传播和分享。就话语分析而言,这类知识与语言密切相关是有语言记载的知识。上文说到的"知道是什么"和"知道为什么"这两类知识多归于明显知识。

默会知识具有很强的个人特性,很难用形式化手段表述出来;个人需要亲自实践才能领会与获得。前面所谈的"知道怎样做"和"知道是谁"的知识多属于默会知识。默会知识包括主观洞见、自觉、预感等,它植根于个人的行为和经验,带有个人的理想、价值观念或情感。默会知识具有两个维度:个人特技和个人认知。有些工匠或艺术大师技艺高超、本领特强,他们知道怎么把事情做好,但他们那技艺和本领几乎无法记载下来,无法与人分享。

话语互动中的连贯构建不仅要受明显知识的影响,而且还要受话语双方默会知识的影响。

就话语分析而言,知识还可以分为逻辑知识、语义知识、系统知识和经验知识。不管在知识分类上有多少分歧,但这四类是话语分析中知识的基本分类。比如对于下列话语:"三角形有三条边,内角和为 180 度""你面前有一本书""二加二等于四""光棍汉就是未婚男子""如果甲大于乙,而且乙大于丙,那么甲肯定大于丙"。对于这样的句子,我们可以判断其真假,因为它们都是真正的命题。问题是,我们是怎样知道这些的呢? 显然,我们具备不同的相关知识。

我们的逻辑知识用于命题的逻辑判断。你如果说"甲比乙高,乙比丙高",当然你的结论"甲比丙高"在我看来是正确的。但如果你突然得出结论说"丙比甲乙都高",这时我知道你的结论不符合逻辑。然而,现实生活中的话语往往会出现不符合逻辑的情况。

要判断"光棍汉是未婚男子"的真假,一般我们得求助于我们的语义知识。对于一般人来讲,语义知识往往取决于对单词的意义的解读。然而语义知识并非确定不移,我们很多时候仅仅是凭常识来解读这样的句子。常识告诉我们,面对一位带着三岁男孩的母亲,我们一般不会说"你有一个光棍汉孩子"。这说明,语义知识还要受社会规约限定。

系统知识往往与数学知识和几何知识有关。说"二加二等于四""三角形的内角和等于 180 度",我们凭借所拥有的系统知识来判断这话确实为真。但在日常话语中,如果有人说:"1 加 1 等于 1"或者"1 加 1 等于 3"时,我们马上会把这话话排除在系统知识之外,而期望说话人给予进一步证明或解释。否则,我们会认为你的语句虽然对,但我们不能理解你那语法正确而系统知识出错的话是什么意思。

日常话语中,许多语句不受系统知识的约束,这样就会出现,话语语句在形式上正确无误,甚至语句的每个词、每个字都清清楚楚,但在表达意义上让人难以理解。

来源于我们感官的知识通常被称为经验知识。科学为我们树立了一个最好的范例,即以某种方法去获取精确的经验知识。说大象有四条腿:一根尾巴,一根鼻子,两只耳朵,两颗长牙等等,这是我们观察看到的事实。但你如果说,眼前的大象有 500 块长城砖那么重,我就会猜想你肯定沿用过曹冲称象的方法。如果说眼前的象有 1273 公斤,我相信你这是用某种衡量手段取得的结论。这是科学知识,是施用某种方法的结果。

不过,科学知识的得来并非如此简单。科学知识的获得往往要经过观察,提出假设,对假设进行溯因推理,再仔细观察,修正假设,演绎验证假设的方法、实验,然后确认或推翻原来的假设。然而对于普通人来讲,我们所获得的科学知识,并非我们亲自经验过。我们往往是从各种记载或者某题间接获得,而且深信不疑。在这个层面上讲,我们所知道的知识,往往是接受与相信。我们接受那是知识,我们相信那是知识。为此,知识意味着相信或意味着某种信念。这样一来就容易产生出问题,因为知识可以成为信念,而信念并不一定意味着知识。我们日常的话语互动并不总是以可靠的知识为基础,我们的话语往往受信念支配。科学勾画出的世界,无论数目有多少,但始终要小于话语构建出的世界。现实中不可能的东西,往往在话语世界里被描绘得活灵活现。

什么样的信念是知识呢? 答曰:验证过的有根据的信念。于是我们可以说,知识就等于验证过的、有根据的真信念。提到验证和根据,我们既要当心偶然性和巧合,又要区分不同程度上的验证与根据。电视连续剧《家有儿女》中小男孩小雨凭想象说:"刘星考试得了 2 分",结果刘星真得了 2 分。这种情况下,在未验证前小雨的话是真是假呢? 古人行军打仗最怕听到不吉利的话,那不吉利的话后来发生的事有因果关系吗? 即便是现在的人对语言仍然持有这样的敬畏。

验证和根据往往还有程度之分,有部分与总体之分。你要是取整体的一部分来验证某话,那话也不一定就因所验证的部分为真而整句为真。日常话语中,往往有打着验证的幌子,以偏概全。

日常话语中,对经验知识的验证并不是一件容易的事,而日常话语都以经验知识为主。我们仅凭逻辑知识、语义知识和系统知识来考虑话语的连贯构建,显然只能揭示冰山之一角。

合乎逻辑的信念未必是事实,而经验的事实未必合乎逻辑。比如一个公司老板在批评合同期未满就要辞职的员工说:"如果所有员工都不按合同办事而中途辞职,那么我这个公司还办不办呀?"老板这话合乎逻辑,但不合乎事实。这话只不过是一句未经验证的信念而已。现实生活中,这样的话语互动并不少见。看来,话语的公平与否,并不完全依赖于逻辑。

话语互动并不构成一个欧几里得平面,并不是一切都整齐划一,并不是井然有序。话语互动是圆形的,一切均有可能发生。虽然说话语是圆的,一切都可能发生,但话语毕竟是互动的话语。话语互动蕴涵了各种话语可能性,同时又带来了限制。这限制表现为双方要追求共晓性,双方应该有"共有话语知识"。

漂亮的小护士为什么哭了？

有一则关于漂亮的小护士和男性病人间发生的趣闻，正好可以用来阐释亚美利加心理学之父威廉·詹姆斯先生的一个抽象概念——纯粹经验。

某医院新来的小护士，技术很娴熟，人也很漂亮，可是她初次给男性外科病人安插尿路导管时，却发现那病人的尿路外物像孙猴子的如意金箍棒一样，由小变大了。小护士甚是害羞，丢下器具，掩面而泣，夺门而去。

这究竟怎么了？有经验的成年人似乎都知道这究竟怎么了，除了好笑之外似乎没什么值得玩味的。然而，这件事若是让亚美利加的詹姆斯和东洋岛国的西田几多郎来思考的话，他们会发问：以经验而论，从直觉上看，下列哪项最能解释这件小事之所以发生？第一，病人和护士都单纯；第二，病人和护士都不单纯；第三，只有病人单纯而护士不单纯；第四，只有护士单纯而病人不单纯。

面对上述小事和问题，我如果认为，这没有什么纯不纯的，不必要把这件事进行上纲上线，不必小题大做，那么，这只能说我并没有看懂这件事和这些问题，我甚至还没有思考清楚就在胡乱说话了。

这世间我们很多人都有两种隐疾：第一，有表达的冲动，却无表达的思想；第二，有说出世人皆知之事的癖好，却无说出个人独特见解的能力。

詹姆斯不但是心理学家而且还是伟大的哲学家，对上面的问题，按照詹姆斯的路子，答案就很清晰，而且与我们普通人的认识大不一样。之所以不一样，就是詹姆斯有他自己的独特思想。我们暂时不要急于知道上述问题的答案，待了解了詹姆斯的相关思想后，上述问题自然就会明了。

哲学家爱思考，这不是什么新鲜事。哲学家的新鲜就在于与众不同，在于思想的独特。詹姆斯的与众不同在于，他认为世界上只有一种原始的素材和质料，一切事物都由这种素材构成。这种素材就是"纯粹经验"。

　　"纯粹经验"的提出,这就标明詹姆斯与其他经验主义者不一样了。詹姆斯走的是"彻底经验主义(又称激进的经验主义)"道路,对传统的二元论思维模式进行了批判。在詹姆斯看来,传统的经验主义和理性主义没有认识到甚至不承认感觉体验中关系的真实性,而关系的真实性就在于可以直接经验。

　　詹姆斯的彻底经验主义的彻底之处,就在于看到了关系可以直接经验。詹姆斯与休谟在认识关系的问题上存在着区别。休谟认为,经验无法为人们提供观念之间的联系,理性永远不能向人们指出一个对象与另一个对象之间的联系。于是,他把关系从经验的乃至理性的范围中剔除,而代之以"习惯"和"信念"。这样一来,休谟所谓的印象或观念就成为一个个独立的、分离的原子,相互间没有联系。这些分离的原子只有通过非经验的因素才联系起来。

　　但是对詹姆斯来说,联系和分明是同等重要的,色彩和形状之间的那种实际联系(如苹果的"红"与"圆"之间的不可分的结合)是一种连贯的经验统一。联系的重要性绝不亚于将色彩与形状区分开来。

　　休谟将清晰、精确看作是首要的或基本的,而在詹姆斯看来,清晰和精确是分析的结果,是反思的产物,它们并不是原始的、最初的;最初的经验是一种模糊的、边缘并不清晰的东西。

　　詹姆斯指出,休谟把经验只看作是知觉,否认关系属于经验的范围而把关系排除在经验之外。这种做法并没有囊括经验所包含的全部内容,经验并不彻底。要彻底就必须"既不要把任何不是直接经验到的元素当作经验的一部分而接受下来,也不要把任何所直接经验到的元素从经验中剔除掉"。

　　詹姆斯说:"经验的各个部分靠着关系而连成一体,而这些关系本身也就是经验的组成部分。总之,我们所直接知觉的宇宙并不需要任何外来的、超验的联系来支持;它本身就有一个连续不断的结构。"

　　世界上只有一种原始的素材和质料,一切事物都由这种素材构成。这种素材就是"纯粹经验"。"纯粹经验"是连续的,似乎完全是流动的。"纯粹经验"不能被说成是任何事物,而可简单地说成是"这"。只是由于原来的反思,由于概念的切入,这种纯粹的经验才被分割、归属,冠以名称。但这些都是后来发生的,是经验在各个不同的上下文结构中的表现。由于长期受教育、训练的结果,我们已经习惯了概念式的思维,反而忘掉了纯粹的经验,认不出它了,错把反思的结果当作了原始的素材。只有在一些偶然的场合下,由于摆脱了概念思维的束缚,我们才能意识到纯粹经验的存在。

　　述至此,我们恐怕还没有明白"纯粹经验"是什么。东瀛岛国西田几多郎对此做了明白易懂的阐释,但他的阐释却与詹姆斯的原意发生了偏离。

西田几多郎在其《善的研究》中对纯粹经验做了论述。西田在《善的研究》开篇就说："所谓经验，就是照事实原样而感知意思。也就是完全去掉自己的加工，按照事实来感知。"

在西田看来，我们平常所说的经验，实际上总夹杂着某种思想，并不是纯粹经验。纯粹经验是指丝毫未加思虑辨别的真正经验的本来状态。例如，我们在看到一种颜色或听到一种声音的瞬息之间，不仅没有考虑这是外物的作用或是自己在感觉它，而且没有判断这个颜色或声音是什么之前的种种状态。

因此，在西田看来，纯粹经验与直接经验是同一的，当人们直接地经验到自己的意识状态时，这个时候时没有主客之分。于是，可以说，认识与其对象完全合一。这就是最纯的经验。西田断言："真正的纯粹经验是不具有任何意义的，而只是照事实原样的现在意识。"

不过，西田几多郎的纯粹经验已经与詹姆斯有所区别了。西田把经验的所有内容，如意义内容、知识内容统统排除在外，只留下一种最纯的形式，一种"当下经验的直接性"。这有点还原主义的味道，即西田似乎沿还原主义的路子，把心灵现象简约还原成"当下经验的直接性"。

与此相比，詹姆斯的纯粹经验还有其自身的内容，还是当下意识的关系，具有连接作用。按詹姆斯的观点，起连接作用的关系本身也是经验连续的组成部分，这就意味着，意义就是经验流动的一种联系。然而，西田并未对此加以详细说明。

在西田看来，所谓的"纯粹经验"就是主客合一、主客未分的直觉经验的意识现象。当我们忘我地观看盛开的鲜花时，没有加进我们自己（主观）在观花（客观），或花是什么，或花是否美等意识或判断在里面。也就是，并未加"看花的我"和"被看的花"之间的关系、概念、判断等。这是主观、客观等一切思虑分别的前的意识的统一状态，即主客合一，主客未分的状态。

纯粹经验究竟是单纯的还是复杂的呢？西田回答说，虽然说纯粹经验是直接的，但如果从它是由过去的经验所构成的这一点来看，或者从往后可以把它分析成为单一的因素这一点来看，好像可以说是复杂的。

然而，"不论纯粹经验如何复杂，在那个瞬息之间，却始终是一个单纯的事实。"即便是过去的意识的再现，当它被统一于现在的意识中，并成为它的一个因素而得到新的意义时，就已经不能说它与过去的意识是同一的了。……从纯粹经验上来看，一切都是种别不同的，在每个场合都是单纯的和独立的。

值得注意的是，西田把纯粹经验说成是"瞬息之间"的"一个单纯的事实"时，它与詹姆斯有所区别：詹姆斯把纯粹经验看作是"经验流"中的一种特殊关系，并非一种经验的最小原子粒，并非"经验原子"，在性质上是连续的；而西田所谓的单纯的事实似乎是离散的，一个个单纯的事实。

西田所谓的"瞬息之间"似乎有一范围，即有长短之分。因为在西田看来，纯粹经验的范围和注意的范围趋于一致，判断纯粹经验的标准不是瞬间的长短，二是经验的单纯性，不掺杂任何思想的单纯，以及注意力所处主客未分的状态。

在西田看来，主客未分状态下的观花那一瞬间属于纯粹经验，同样，爬山者拼命攀登悬崖时只注意登山而无其他意识杂念所处的那一过程状态也属于纯粹经验；再如，音乐家演奏熟练的乐曲时所处的状态，也是纯粹经验。

在西田看来，属于过程的那些纯粹经验，只要知觉保持着严密的统一和联系，即使意识由一转而为他，而注意却始终朝向同一事物，前一个作用自动引起后者，其间没有插入思维的一点空隙。这与瞬息之间的知觉比较，虽然注意有所转移，时间又有长短之别，但从直接而主客合一这点来说，就没有丝毫差别。纯粹经验之纯并不是指单一，而指具体意识的主客统一。

不过，詹姆斯和西田都承认，纯粹经验并非一个永恒的状态，它会受到其他因素的影响。只要主客统一的状态一旦受到外界阻碍，统一状态被破坏时，纯粹经验就与其他发生关系，便会产生意义和判断。在詹姆斯看来，经验可以归类。纯粹经验的归类和我们人的实践目的是分不开的。正是我们的目的、兴趣决定了我们从什么样的角度去切入纯粹经验，从而决定了经验和什么样的结构相关联。就我们对纯粹经验的归类而言，我们是主动、积极的，但并非是任意的。因为我们的目的兴趣并不是个人随意的而是教育训练的结果。

纯粹经验本身潜在地具有各种关系、性质，这样经验与经验的结合便有了各种形式，这些是我们无法控制的，它完全是经验自身的事。比如纯粹经验状态下的钢笔，作为这，它是进入意识结构还是物理结构，是和人的干预分不开的。但一旦进入了某种结构，它就和其他经验构成了一种固定关系，使它有别于纸、刀、水等。在这点上，西田与詹姆斯持有相同认识，但西田更强调纯粹经验的转换。在西田看来，纯粹经验与客观实在相结合时就产生意义和形成判断。

意义或判断，其实就是把现在的意识和过去的意识结合起来而发生的，是从经验本身的差别而发生的。一切判断都是由分析复杂的表象而发生的。不过，判断逐渐受到训练，其统一臻于严密时，便完全成为纯粹经验的形态，例如，学习技艺，开始时是有意识的行为，熟练行为，就成为完全无意识的了，这种无意识状态是意识的严密统一，这就成了纯粹经验。

意识的严密统一，行为过程不掺杂念，这都是纯粹经验。反之，如果严密统一的意识遭到打破，新的成分涌入，如果行为过程中出现了其他成分，那么就不再有纯粹经验。

回到小护士这件事上来说,普通人会认为,小护士看到男病人那个东西突然胀大,就不好意思哭着跑出去,这证明小护士没有经验,很单纯。其实,这是一种误解。从纯粹经验看,小护士的表现反而不纯。

小护士的不纯表现在两个层面上:意识层面的纯粹经验遭到破坏,工作技艺层面的纯粹经验遭到破坏。如果小护士在纯粹经验状态下工作,那她不会受到金箍棒变大变小的影响。如果她的技艺真的达到纯粹经验般的娴熟,在遇到如意金箍棒变化时,她完全可以按照纯粹工作经验状态来处理,比如看到金箍棒变大时,马上给它上点消毒酒精,那棒自然会变小。

按照日常经验,我们会认为男病人也不纯,思想上有了杂念。其实,从西田几多郎的角度去理解,我们冤枉了男病人。为什么呢? 原因已明,不需多解。

生活中、工作上,我们有时需要纯粹经验的状态。观花就只观花,这才是纯粹经验的观花。可是,观花时想起花如人,花可采,花养颜,这就不纯了。演奏乐器就专心演奏,这样才尽情陶醉在纯粹经验下的演奏。如果想到要吸引某位美女,或者担心有人离开,这就不纯了。

同理,纯粹经验下的评论、宴请、赞扬、批评、甚至读书写文章等,才是纯洁的,才是没有杂念的行为。这些话,我只能写到这里,若再写下去,此处的纯粹经验就会遭到破坏,就会产生新的意义和判断。

我们假装什么

陈嘉映先生的文章《我们怎么假装》肯定了我们能够假装,那么我们能够假装什么呢?

从生活经验看,我们会发现有形形色色的假装。如:"假装生气"、坚强的养路工"假装快乐"地活着、被追击的小偷躲到锯木厂里"假装锯木头"、诸葛亮吊孝而假装悲伤、南郭先生假装吹竽、反映上海女人生活图景的影片《假装没感觉》、2005年10月昆明十位个体老板假装乞丐在街上行乞、外语课堂上并未听懂的学生却跟人一起哄笑以示听懂了的假装领会、周瑜为赚蒋干中计而假装睡着了、前些年为了打假的青岛人王海假装消费者南来北往等等。这么多的假装,粗略地看都属一丘之貉——假装而已。它们真的一样吗?其实假装并非都一样。既然假装并非都一样,那么它们的不一样究竟表现在哪里呢?

在不知道事物的本质的情况下,我们只能依靠它们的表象来做考察。实际上,对表象的考察也是对本质的间接或直接分析。根据上述假装的表象情况,我们发现假装可以分为四类:(1)假装一种行为;(2)假装一种状态;(3)假装一种身份;(4)假装一种情绪。

我们假装一种行为,那行为可以是即将发生的,也可是正在进行的,还可以是对已发生的行为进行弥补性假装。假装的行为看上去很真实,甚至行为本身就是实实在在的。如南郭先生吹竽、跟着同学一起哄笑的学生、发出系统怪音而假装说外番话等等。

假装一种状态就是做出一副姿态,显示自己已经达到某个层次,而实际上假装者还并未达到。如:假装睡着了;假装大醉;在脖子上戴个套狗项圈那么大的黄铜链而假装阔气;假装不痛;以及假装殷勤、假装真诚等等。

假装一种身份比较复杂,显示出来的身份自然是假的,但行为本身却不必是假的。如:躲到锯木厂假装木工锯木头的小偷;假装消费者的王海;假装乞丐的真正行乞等等。假装一种身份可以是长期的,也可以是短期的。无论长短,假装一种身份就是选择一种本身不属于自己原有生活方式的生活形式。

假装一种情绪,很直接。我们可以假装生气,假装很开心,假装很忧愁、悲伤等等。根据奥文和陈文,这类假装似乎应该有限度,超过限度就可能不是假装了,尤其是假装生气更应该有限度。

身份、行为、状态和情绪这些都可以假装,假装似乎极具魔力,在我们生活中忽左忽右、忽上忽下地出现,似乎与我们的真实情况形影不离。至此,我们不禁要问:假装究竟从哪里来的呢? 为什么古往今来我们的生活中都有假装? 看来我们有必要先弄清假装的特性问题。

也许有人会说:"我一辈子都不假装。假装与我无关。"如果真有一辈子都未假装过的人,我们应该庆幸,不妨把这种人称为龙德君子。在这样的龙德君子那里,假装属异物,并非出自人的本性。这话有几分道理,但未必就是真理,因为假装并不随龙德君子的"与我无关"而真正烟消云散。假装就算能从龙德君子那里消失,但绝不会从整个社会生活里消失。我们如此断言,势必会引发一个思考:假装究竟是异物还是人之本性? 要回答这个问题,我们不妨从假装的特性的考察入手。

如果说假装本来是独立于人而存在的异物,那么假装必定有其自然属性。倘若假装有一种使假装成其为假装的自然属性,那么除人之外宇宙万物就应该有假装的存在。对这一断言,我们可以从动植物那所谓的假装现象来证实。一经证实,这一断言就不会被当作纯粹的空话。不少动物会假装,这已被人们熟知。那么植物会假装吗? 生长在澳大利亚的"赤罗"兰花能够假装雌性黄蜂来诱骗雄性黄蜂。捕蝇草常以假装的欢迎姿态来诱捕小昆虫。

既然我们注意到了动植物的假装现象,那么我们能不能从它们的假装中测量出某种自然属性呢? 这属性具备规定性,它规定假装之所以为假装。虽然限于目前的研究,我们无法从科学的角度来证明有无这种属性,但是我们可以从哲学思辨的角度来考察假装究竟是人的外在之物(即异物)还是人的本性之物。

从动植物那里,我们勉强证实了前面的观点,宇宙中除人以外他物也有假装。相对于他物而言,人也是他物,那么人有假装乃情理之中的事。假设龙德君子所谓的假装属异物这个观点成立的话,那么现在的焦点问题就是,人的假装究竟是不是从外界感染而来的、后天获得的呢? 要回答这个问题就得从考察人的假装与他物的假装是否相同入手。

植物的假装可以还原成生物化学和物理学的东西,不过我们最好把这一科学知识悬置起来,重点考察人的假装是否与动植物的假装相同。按龙德君子的标准,他一生都没有假装过,他好比假装没有侵袭到的净土,然而相对于他这方净土而言,他人、他物却受了假装的污染。以此而推,假装相对于人来说肯定是异物、是外在的了。如果说假装源于外界这一论断是真的话,那么我们就可以推出人类的假装就应该与动植物的假装相同,至少有亲缘关系,这就出现了两个漏洞。其一,植物那所谓的假装根本就是人为标签,是人凭主观而认为那并无意识的植物有意识活动的假装。其二,如果假装有外源的话,那么假装就有如感冒病毒,会不停寻找受体与宿主而进行代间和代际复制与传染。既然假装象流行病毒一样,那么为什么龙德君子不会感染呢?就是偶尔感染了假装病毒的非龙德君子们为什么不会永远假装呢?有什么东西在控制假装的发作与不发作呢?对这里的矛盾进行仔细思考,我们只会得出结论说人的假装与意识有关,即人的假装是受意识支配的。我们如此断言,自然有理据可考。

神经心理学研究成果表明,意识的物质基础是人脑的神经元。一切意识活动都可还原成神经元的活动。人脑拥有的神经元数目巨大,数以百亿计,而且神经元与神经元之间还有数百亿的相互关联的"壁标",神经元活动越复杂意识活动就越复杂,但神经元活动并非一生下来就很复杂,要经过一定的发展期。在对人类行为研究过程中,教育学家和心理学家都发现,一岁半的婴儿就会假装了,而且假装意识在婴儿中很普遍。这些发现说明,假装受意识支配,而且龙德君子幼小时会假装,而长大成人后却不假装,这就是因为意识在控制着假装与不假装。也正是因为假装受主观意识支配,所以非龙德君子的普通人才会有时假装而有时不假装。

讨论到这里,问题随矛盾的出现而变得明朗起来。按前面所说,假装是外在之物,人和动植物都有假装,而且应该同样或同源。这里预设的命题就是,假装并不是意识的东西,因为植物并无意识,动物的单维度简单意识也不同于人的多维度的复杂意识。这里出现的矛盾就是假装"属于非意识"同"属于意识"之间的矛盾。这个矛盾反证出人的假装属异物、外在之物的观点是站不住脚的。

于是,我们只能维护前面的断言——假装是人类大脑内在的意识活动,这是假装的特性之一。而且,我们平常只能在假装的表象层面上感觉到假装,也只能在表象层面上声言假装是别人的假装,自己没假装。然而,从意识的本质角度看,我们可以说假装是每个人的,每个人都具有假装的能力,而且假装的可能性大小与表象会因人而异。

既然每个人都可能假装,那么假装有无共同的本质特性呢?回答这个问题,实际上就是要回答假装本身究竟是公共的呢还是私有的?如果是公共的,假装本身就具有共相;如果是私有的,假装本身就只能以殊相形式而普遍地表现出来。这里要注意,我们说每个人都可能假装,并不等于说假装一定有共相。

我们知道三角形的内角和等于 180 度这一必然属性规定了三角形之所以为三角形。我们由此也曾幻想有一种像三角形这一属性类似的自然特性来规定假装的存在。然而,对于假装而言,这仅是一种幻想而已。不论假装现象多么普遍,但绝不等于假装本身具有一种可测的具有普遍性的自然属性。假装的表象可以被观察到,但假装本身作为一种个人的意识活动却无法被直接测量出来,甚至很多时候,我们还无法感知到别人在假装。

动词意义下的假装好像在明确告诉我们假装就是动作,然而假装绝不只是肢体行为和具体的实践活动。假装是意识活动,是个人在意识中形成的一种企图或预先程序,这就是个人意向。个人意向只有假装者本人才清楚,因为意向是别人看不见的。因此,我们很容易误以为假装就是一种看得见的行为或状态。

实际上,假装在很多情况下是没有属于它自己的特定的表象行为的。老板假装乞丐在街上行乞,那乞讨行为属于真正的行乞行为。小偷假装木工的锯木行为是真真切切的锯木行为。假装听懂了而应声哄笑,那笑声听起来还是笑。从这样的事例可以推断,假装只能被假装者本人完全感知,旁人只能感觉到假装的表象。旁人即便判断出假装来,也无法像假装者本人那样真切感受到假装本身所带来的心理经验。在这个意义上说,假装就是个人意向与个人的私有心理经验,假装不具有共相。这是假装的特性之二。

既然假装是个人的意向与私有心理经验,那么假装在本质上不可能具备普遍性。即便是同一个人对同一事情进行第二次假装,其所得的两次心理经验不会完全相同。对某事,所谓的"你也能假装,我也能假装"并不是说,你我有同样的心理经验,而是说我们各自都能假装,而假装在表象上可能相似,但更多的时候连表象都相差很大。

既然假装是假装者个人意向的体现,是个人的心理经验,那么假装行乞时的心理经验与真正的乞丐的心理经验就绝对不同。打假的王海买到假货的心理感受绝对不是一个真正的消费者买到假货的心理感受了。既然假装的与真实的在心理经验上存在巨大的差异,那么我们要问现今社会的一切假装究竟能在多大程度上经验到事实的真相呢?

假装虽然能够带来独特的心理经验,但我们认为,假装并不是为了获得真实经验知识,假装本身就是做给人看的。这样,假装似乎注定不具备神圣性了。不过,有的假装也会导致一些神圣,例如教师利用假装来诱导学生上进。假装本来很容易被看成是只有假装者本人才能受益的事,现在看来,有些假装还是能让别人受益。假装毕竟是属于人性的东西,既不具备超自然的能力,又要受制于人性的本身局限。于是,什么能够假装,什么无法假装自然而然就有了界限。

在讨论能够假装与无法假装的界限之前,我们需要谈谈假装的另外一个特性。前面说,假装既是个人内在意向又是个人私有的心理经验。这里预设了一个前提,假装如果不以某种活动表现出来,假装就只能永远待在意识的襁褓里,甚至还无法成型。在还没有成型的假装的时候,你即便公开宣称你在假装,也不会有假装。为什么呢? 首先,假装本身要求秘而不宣;其次,假装必须依附于某种活动才能现身。这就是说,作为个人意向与私有经验的假装是无形的胎儿,它在意识里发育却必须通过某种活动来达到成熟。我们之所以能够感觉到或认识到假装,就是因为假装具有表象形式,而假装的表象形式就是假装赖以进行的活动。虽然假装必须依附于活动,但是假装并不固定在活动中。说假装并不固定有两层意思:其一,假装可以显现到活动里,又可以从活动中隐退;其二,同一假装可以出没于不同的活动。

陈嘉映先生指出假装应该有限度:真实与假装之间的界限和假装的时限。显然,这是模糊界限观。我们认为,假装与真实并不是两个对立的等值体,假装与非真实,或者非假装与真实,并不构成逻辑等式。比如:假装锯木头并不是非真实锯木头,假装锯木头确确实实在锯木头;另外,假装的情绪与真实情绪、假装的状态与真实状态、假装的身份与真实身份、假装的行为与真实的行为等等,它们都是离散的、非连续性的。

模糊界限论的错误还在于,把假装本身与假装表象混为一谈。我们说假装本身是个人意向与心理经验,对同一个意向与心理经验来说,它的表象却可能是这样或那样的行为、状态等。作为表象的行为或状态本身并无真假与对错之分,所以也就不必甚至不可能从表象中去划清界限。

真正需要划出的界限是能够假装与无法假装的界限。在讨论界限之前,我们先看看假装之所以为假装必须具备的条件是什么。

我们发现,假装之所以为假装必须满足四个条件:

1)保密条件:个人意向秘而不宣;

2)成分条件:包括人的成分、意向成分和表象成分。人的成分包括假装者、接受假装的核心对象和外围对象,外围对象不是必需的。意向成分包括假装意向与真实意向;假装意向是一种直接意向,是假装者需要接受对象感觉到的意向,是一定要实现的意向;而真实意向常常是间接的,是假装的目的,假装者不希望接受者感觉到,是要掩盖的意向;真实意向可能与假装意向同时实现,也可能晚于假装意向实现;注意:没有真实意向就没有假装意向。表象成分就是假装者借以假装的活动与行为方式,可以直接观察到;一般,表象成分不会单一出现,而是多种成分复合起来承担表象的任务。

3)过程条件:假装必须在完成后才能成为假装;一个完整的假装是假装者通过表象成分把假装意向公然地显示给接受对象,以便掩盖同时发生的真实意向或者为延后的真实意向的实现做准备,或者为提前暴露了的真实意向做弥补。

4)能力条件:假装意向和表象成分必须是假装者可以控制的与操纵的,超出假装者控制与操纵能力的意向与表象成分是不可能进入假装活动的。

根据这四个条件,我们把魔术师表演锯活人和拍摄电影时的假装情景排斥在假装以外,因为这两种情况都未满足保密条件。生活中的假装不会让接受对象预先知道假装要发生。我们可以把魔术师和拍电影、演戏中的假装称为表演性假装。要注意的是,表演性假装可以成为真正假装(或叫生活性假装)的表象成分的。

用这四个条件去衡量,我们能够分清什么能够假装、什么无法假装。现在我们可以说明为什么有些东西人们从来不去假装。从宏观方面看,我们从来无法假装宇宙,无法假装山川、河流、海洋、湖泊等等;而从微观上讲,我们无法假装病毒、DNA 片段等;从参与假装情况来看,我们的个体无法假装群体,如我一个人无法假装四个人在打麻将,虽然我可以依次表演四个人打麻将的表现。为什么呢?因为这些东西都是假装者个人无法控制或操纵的客观现实。

我们可以控制我们的行为,但我们对一些状态延续性行为本身无法假装。有谁能假装摇头?又有谁能假装不摇头?发出一串怪音我们便可假装说外语,但我们不能对说与不说的动作本身进行假装。你已经在说话了,你能假装不说或假装在说吗?

有些瞬间动作一旦完成后就会保持一种状态或改变一种状态,我们对此也无法假装。你举起手后,你能假装不举手或假装举手吗?你不能假装站着也不能假装坐着。你睁大眼睛后,你不能假装睁大眼睛,也不能假装闭牢眼睛。你闭牢眼睛后也是这样。

对这些你不能假装,除了它们是你无法控制以外,还有一个本质原因就是,这些动作本身既不传达意向也不掩盖意向,它们是分解了的表象成分。不过,它们可以作为表现成分去完成其他的假装活动。因此,对汉语句子"他假装举手说他没去看电影"的理解,我们既不能把他的"举手"看成是假装的,又不能把"说"看成是假装的。《广西商报》2000 年 2 月 21 日上面那句话,"她用手摸口袋,发觉钱不见了!她马上推醒覃某追问,覃某假装摇头说不知",里面的假装摇头又做何理解呢?简单地说这样的句子不符合汉语语法,这是不负责任的隔靴搔痒。摇头确实无法假装,但可以作为表象成分参与假装。

对一些状态,我们可以假装,但我们却无法假装它们的对立状态。你可以假装醉,因为你还清醒,但是,你无法在大醉中假装不醉或假装清醒。你可以假装睡着了,但你无法在睡着了的时候,假装未睡着。你可以假装在做梦而计赚蒋干,但你却无法在做梦时假装不做梦。这类无法假装的道理在于,在这些状态下,你的意识已经不听使唤,而且,这时,你没有要遮掩的真实意向,也就没有假装意向了。

假装的表象成分可以被同一个假装者重复,但无法被其他不知就里的假装者进行原样假装。被警察追击的小偷甲逃到锯木厂里假装锯木头,他可能是站着的;而小偷乙假装锯木头,却可能是坐着的,或者站的位置不一样,或者小偷乙逃到这里干的是别的什么,就是没有假装锯木头。假装的表象成分只能模仿,却无法假装。

无法假装的肯定还不止这些,我们不必一一列举。能够假装与无法假装的界限就在于假装的四个条件能否得到满足,四个条件缺一不可。需要强调的是,假装意向是真实意向的派生物,而且假装意向一定要显示给接受对象的,而真实意向是一定要遮掩的。一旦真实意向显示出来,让接受者知道了,假装就原形毕露了。在身份假装中如果假装者的真实意向永远被悬置起来,一直不显示,那么该假装就永远不会终止。

陈嘉映先生说:"我们不仅会假装,而且会假装假装"。这一断言听上去很有道理,但不可避免地会引人追问:"我们怎么假装假装呢?"陈嘉映先生虽然没就怎么假装假装给出指令般的说明,但实实在在地给出了两个例子。

甲例说:"我假装打你一拳,可这一拳打得那么重,你不禁怀疑我心怀怨恨,假装打你是一种伪装。"我们用假装必须满足的四个条件来分析,首先就会遇到一个问题:这个例子满足保密条件吗?"我"该不该预先让"你"知道"我"要假装打"你"呢?"我"又是怎么让"你"知道的呢?假设这个例子满足了保密条件,秘而不宣,那么,"我"秘而不宣的真实意向是什么呢?"我"的真实意向是真正打"你"呢还是假打"你"一下?如果是假打"你"一下,为何还要假装呢?于是,这里的真实意向是真打才合情理,而用来掩盖的假装意向就是不让"你"知道"我"要真打。那么,怎么掩盖呢?那就是让"你"预先知道"我"要假打"你"了,注意这里就宣布了要假打,而这种宣布本身却成了这次假装的必要的表象成分,这种表象成分与打结合起来,就完成了一次假装。这个例子里只有一次假装,并没有所谓的假装假装。它与其他假装不同点在于它以宣布了的假打为假装意向,并以此来掩盖真打。

陈嘉映先生的乙例说,演员张三对李四怀恨在心,于是借拍摄之机狠扇李四的耳光。我们认为这里并不涉及假装，因为，剧本要求张三打李四的耳光，如果要求假打，张三就该假打，如果真打了，那是张三篡改了剧本；如果要求狠打，自然就无话可说了。当然，按照道义，虽然剧本要求狠打，张三也应该假装而敷衍地打才够哥们义气，这就是说张三有选择假装打李四的道义责任。结果是张三在宣布了要假打的情况下，却狠狠打了李四，在这个意义下，这个例子就与甲例类似，问题落在保密条件与成分条件中的意向成分与表象成分上了。

陈嘉映先生的这两个例子反映出的是假装的复杂性，但这种复杂的假装终究成为"假装假装"。其实，复杂的假装还可能有连环的形式，即"连环假装"。

2006 年 10 月 17 日在陈先生主持的非正式"学术会饮"哲学活动过程中，假装话题再次在华东师范大学引起了激烈讨论。陈先生试图捍卫他原先的观点，即我们可以"假装假装"。在陈先生的启发下，L 博士称找到了"假装假装"的例子，说有一化妆品公司被某消费者告上了法庭，控诉理由是该公司推出的化妆品"A 套和 B 套必须配合使用才能保证效果"的广告在误导消费者，即公司的广告在误导过度消费。于是，那充当消费者的原告振振有词，特别强调说她只用了公司的 A 套化妆品就达到效果了，根本不需要什么 B 套。L 博士说这就是"假装假装"的典型例子，是公司找人充当消费者假装控告公司，而公司也假装在认真接受控告，其结果无论胜诉还是败诉，获利方肯定是公司。

我们认为这个例子仍然不是"假装假装"，只不过是"连环假装"而已，因为用构成假装的四大条件来衡量，那消费者的假装控诉与公司的假装接受控诉属于在同一个真实意向驱使下，各自彰显不同的假装意向来达到共同的目的——让消费者相信该公司的化妆品效果好。这种"连环假装"有它本身的复杂性，同一个真实意向由不同的实施主体用不同的假装意向来完成。

有趣的是，F 博士虚构出另外的例子，说某公司有一职员为了巩固自己在公司的地位或者捍卫自己的某种权利或者出于别的什么目的，自己给领导写匿名信，而那匿名信里尽量巧妙地突出自己的某些优点，以希望得到领导的赏识。F 博士称这里就有"假装假装"，首先那匿名信是假装的匿名信，其次，那匿名信的控告也是假装的，控告是假而暗地宣传自己为真。其实，这里仍然是连环假装而已，里面只有一个真实意向——为假装者自己牟利，那虚假的匿名信并不虚假，它充当了假装的道具而已。只不过，这种假装者特别奸狡，违背常规地为了自己利益而炮制出匿名信来。说他违背常规，其实也并不违背常规，因为一切恶的东西本身就不按常规（比如道德常规）行事，不守规矩就是恶人的规矩。于此看来，假装问题并不简单呢。

值得注意的是，陈嘉映断言"我们可以假装假装"，却对"假装假装假装"表示疑问。陈嘉映说:"可是,我们也能假装假装假装吗? 为什么不能?"。对此,结合前面的讨论,我们认为我们连"假装假装"都不能,又怎么能够进行"假装假装假装"呢? 我们无法假装假装,原因在于假装假装不能满足成分条件,即假装假装没有自己的接受对象与属于自己的真实意向。陈嘉映的乙例按假装分析时,也只是一个层次上的假装。即张三相对于其他人来说在假装打李四,而对李四来说并没有假装。假装是在双边关系的单向道上进行的,即从假装者到假装的核心接受者,任何涉及三边关系及以上的例子都可还原成在其中某一双边关系中的单向道上的活动。

中山大学逻辑学教授鞠实儿先生说:"一个东西如果是简单的,如果它又是普遍的,如果又是人们不知道的,那么这个东西一定是重要的。"假装普遍,但我们对假装的了解往往停留在表象层次上。如果我们说对假装的考察很重要,这未免会遭王婆卖瓜之嫌。对此,奥斯汀说得好,重要的是在于求真。陈嘉映先生在对假装进行考察的求真路上指引了方向,断言"还有更大的问题要问",这不但给鞠实儿教授的话做了注解,而更重要的是他把我们的思维引向到没有躁动与喧嚣的无声处。

在考察了假装的类别、特性、能够假装与无法假装的界限以及我们无法假装假装之后,我们大胆沿着陈先生的思路问一个大问题:"假装作为一种意识究竟是先验的呢还是经验的?"这无疑是一个牵涉到许多哲学问题的问题,不过,无论是对这个问题接受与反对,只要不是马虎打发,都会对假装的深入考察带来建设性观点。正如波普所说:"我可能错,你可能对,结果是我们都更加接近了真理。"

陈嘉映先生教我做个明白人

我在上海华东师范大学攻读博士学位时，师从陈嘉映先生研习西方语言哲学，从此我就可以堂堂皇皇地说，我的老师是陈嘉映。

民间有一种说法，中国没有真正意义上的哲学家，而陈嘉映先生是"中国最可能接近哲学家称号的人"。对于这种评价，喜欢陈嘉映的人倒不会特别在意，不会特别欣喜，而不喜欢的人可能会愤愤不平，甚至还会酸溜溜地说出一些不太好听的话来。

亚里士多德曾说："我爱我师，但我更爱真理。"亚里士多德到底是个明白人，说出这话，到底未失公道，热爱老师和热爱真理确实是两回事。我不是个明白人，但一直想做个明白人。在遇到陈嘉映老师之后，做个明白人的这种愿望更加强烈。我热爱我的老师陈嘉映，因为是陈嘉映老师让我明白了做个明白人的重要性。

现在想来，有几件小事，正如一面镜子，反映出我是何等的不明白。

我是在不明就里的情况下考上了陈嘉映老师的博士。所谓不明就里，我当时不但对陈老师了解得不多，而且对陈老师所从事的语言哲学研究也知之甚少。第一次师生见面时是在上海市金沙江路轻轨站附近的一家小饭馆，共餐的有两位师兄和一位师姐，加上新考上的师弟。席间，陈老师问我和师弟读博期间有什么打算。我不知是吃了豹子胆还是迷魂药，不假思索地说："我想在三年内把老师喝醉一次。"

我这话一出口，着实让师兄师姐们吃了一惊。陈老师未置可否，笑笑说："看来杜世洪好酒。"饭后，大师兄告诫我说，我的话很唐突，幸好老师开明得很，换成糊涂一点的导师，我肯定要挨骂。我读博士时，已过不惑之年，与导师第一次见面，按理我不会昏头昏脑地说些非正经的话来。

我也不知道当时为什么会说出要把老师喝醉的那种话来。想来想去，大概是因为先前看了陈老师在《无法还原的象》的序中言语，印象太深，那言语是"好酒量的男人只会酣醉不会烂醉"。我当时还知道，《南方人物周刊》中，墨未白先生《无法还原的复杂》一文说陈老师的"酒量是非常大的，两个朋友和他喝三次酒，分别醉一次，他却毫无醉意。"民间还有人说，陈老师是喝酒不会醉的人。

经大师兄这么一提醒，我才有点明白，自己原来不是一个明白人。后来，过了好几周。陈老师在课堂上论及说真话的问题时，特意提到了我说的话，但未点出我的名字。陈老师说："现在的学生，你问他将来有什么打算，他却说他要把老师喝醉。我仔细想了想，他这话很朴实，也很真实，也还有那么一点儿道理。"听了陈老师的话，我才明白，人的理性和感性会在言语中表现出来。如果你有表达的冲动，却无表达的逻辑，那么你的话感性成分居多。

对于这件小事，正如大师兄所说，陈老师很开明，心理通透，善于捕捉话语背后的道理。陈老师特别欣赏奥斯汀的文字表达，其实陈老师的文字表达，不比奥斯汀弱。在"语言哲学前沿问题"讨论课上，陈老师详细讲评了奥斯汀的《感觉与可感之物》，后又建议我们读读奥斯汀的《哲学论文集》。

在课后阅读中，我对奥斯汀的《假装》一文产生了兴趣，而且对陈老师的《我们怎么假装》一文产生了不同看法。我于是写下《我们无法假装假装》，作为课程论文上交给老师。陈老师看了我的课程论文后，感叹道："看来奥斯汀和我关于假装的思考，都留下了值得重新思考的地方。"

我的课程论文《我们无法假装假装》指出，奥斯汀和陈嘉映都有错误，有两个问题未得到解决。假装并不像奥斯汀所说的那样都很明显，我们也无法对假装本身进行假装，即在我看来，二阶假装根本不可能。

我的课程论文旨在批判奥斯汀，顺便也把陈老师批了一下。结果，陈老师却给我的这门课程打了满分的成绩，我得了100分。就在陈老师说要给我100分时，我却像见了鬼一样胡言乱语："给我打100分？老师你在讽刺我。"陈老师却说："你的文章批判得有道理，难道我没有给学生打100分的道理了吗？好文章就该得100分。但要注意，100分并不意味着完美。"

面对100分，我内心翻江倒海。上小学时，我倒是得过不少100分，可是上初中以后就与满分绝缘了。没想到读博士时，我得了100分，这个100分把我带回到了童年。对于这个100分，华东师范大学研究院主管成绩登录的都不敢相信，办事员还专门打电话来核实。

后来，我从陈老师打的这个100分钟明白了一个道理：对于学生的表现，该肯定的就要百分之百地肯定。我的心中一直珍藏着这个满分，并希望在以后的从教生涯中,我也有机会给我的学生打满分。

陈嘉映老师的哲学就是讲道理的哲学,他说:哲学就是讲理,或者说论理。

我们的生活到处都有讲理的学问,可惜很多人不知道如何讲理,有的根本不讲理。记得莫言获得诺贝尔文学奖的消息传来之际,陈老师问学生:你们觉得莫言该获奖吗? 不少学生说,当然啊,应该啊。陈老师又问:"你们读过莫言的小说没有?"许多学生,包括一些说莫言该获奖的学生,都说没有读过。陈老师对此感慨道:"我们说话怎么这么不讲理呢? 既然你没有读过莫言的作品,那么,你凭什么断言莫言应该获奖呢?"

生活中,讲话没有根据,妄言妄语的人恐怕不少。人类是语言的动物,但人类不能胡言乱语,否则,人类就成了谎话连篇的动物了。做一个明白人,就要讲话有理,讲话有根据。

我在不惑之年有幸得到老师的指点,而今我已过知天命之年。对于陈嘉映老师,我不会特意赞扬,更不会逢人便夸,因为,夸赞老师难免自夸之嫌。

知天命的我不再需要自夸了,需要的是尽量做个明白人。

小就小了，弯就弯了

金野先生是我在华东师范大学读书时结交的朋友。他年龄大小与我相仿，个头也差不多，人高马大的样子，皮肤黝黑，眼睛细长，似笑非笑状，看上去不太像中土人士，到有几分东瀛神色。

我们相识在沪上。

那年三月他从长春到上海来参加博士生入学考试，风尘仆仆，深夜才到。时值沪上事多，旅店饭店，夜夜客满。若无预定，临时到沪，就很难找到像样的房间。偏偏不巧，金野来沪前就未预定旅馆。

那日，夜来无事，我坐在大堂沙发上闲望。先闻得柜台小妹樱口传语："对不起，先生！我们真的没有房间了。"后听到金野先生东北腔中不紧不慢的焦虑："咋整呢？明天就要考试了。"

知道他与我同属赴闱应考，加上向来对东北腔有好感，我起身过去，主动示好，邀请他住我房间，睡那空床。

金野并不推拒，也无多余的客套，实为爽快之人。跟我入得房间，放下行李，马上从箱子里拿出一本书来，边说边向我递来。

我接过来一看，《小就小了，弯就弯了》，这书名着实令我惊讶。

金野的小眼睛还真好用，马上探知到了我那暗中未名的惊讶。忙说："这里面充满了爱，读起来会催人泪下。哥您好心人，肯定会在阅读时的泪水中发现人间珍宝。"

原来，金野在东瀛福冈大学多年，从事特殊教育研究。东瀛著名特殊教育专家升地三郎，1906 年生人，他依据亲身经历，写下了《柯树籽学园》一书。书中记载的是升地三郎本人在上个世纪五十年代，为了自家三个智障孩子获得教育而历尽艰辛，饱受煎熬，最后创立"柯树籽学园"，专门教育智障儿童的一系列感人故事。

书中的升地三郎作为一个父亲,面对三个智障孩子,他没有选择逃避,而是千方百计为孩子寻求教育机会,以便让孩子有美好的未来。可那时,全世界包括东瀛岛国都没有专门的特殊教育学校。于是,在求人不得的情况下,升地三郎决定自办学校。于是,"柯树籽学园"就这样成立了,这是全世界特殊教育的典范。

1955 年,著名新东宝电影公司以此蓝本,拍摄了电影《柯树籽学园》,当年在东瀛岛国各地上映后,引起了强烈反响。《柯树籽学园》标志着残疾儿童教育的开端,得到美国、加拿大、欧洲国家等的高度重视,其中的教育理念在世界传播。

升地三郎的内心充满着爱,这爱转化成了力量。他说:"一棵小小的柯树籽,被丢弃在深山中,埋在厚厚的落叶下,任凭风吹雨打和野兽的践踏,只要有一丝阳光和雨露,她就会生根发芽……"升地三郎坚信:"无论什么样的孩子,在他的心灵深处都有一棵美丽的幼苗。"

升地三郎的爱有坚韧,更有柔情。带着爱的坚韧和柔情,他没有被挫折打垮,相反,他的人生过得很美满。他的柔情与坚韧是他生命的动力,63 岁的他开始学高丽国语,95 岁开始学汉语,100 岁到华东师范大学做讲座。

金野说,升地三郎一行在中国,有一个感人场景。长春特殊教育学院迎接他们时,专门在通向会场的走廊两旁布置了小花小草,还有柯树籽苗,等他们一行人踏进走廊时,马上播放电影《柯树籽学园》的主题歌"小就小了,弯就弯了"。从东瀛来的一行人,一听到这首歌,全部跪下以致伏地失声痛哭。

听到这话,我的眼泪也止不住。感慨良多,东瀛人理解的"小就小了,弯就弯了",不是自暴自弃,不是国人知难而退,破罐子破摔,不是国人那种安于现状,饱食终日,麻将不断,而是把生命置于神圣之所,带着爱的柔情,带着爱的坚韧,为人间谱写美好。

基于这一认识,金野故意把《柯树籽学园》译成《小就小了,弯就弯了》,为的是让中国读者自己去发现里面那爱的柔情与坚韧。

如今,我把《小就小了,弯就弯了》放在书房显眼的位置,想起了金野,也想起了自己。

生态骂人法

动物园有一被归为鸟类的生物,雄的发情时尾部一米来长的覆羽会全部展开,形成一圆屏,甚是好看。静静地观看,一幅好画。可就偏偏就在这时,众观赏者中有人放出响亮的一画外音来:"那鸟样的屁股多难看"。

好一个"鸟"字,偶然成为一面镜子,映照出有的人那还算健康但有点异常的欣赏事物的品位和着眼点。不看那鸟的大面圆屏,却直盯着那一小枚屁股。不过,有这样的人和这样的视点,此时此景才有一鸟二音,一鸟二看。

恐怕在这样的视角下,孔雀开屏不是什么值得称赞的事,而是丢人现眼。猛然间想起为什么昆明人挖苦别人爱说"好孔雀哟""那个老孔雀"等话来。不得不佩服昆明人的涵养,损人不带脏字,采取的是生态骂人法。他们才是褒义的"好孔雀哟"。

生态骂人法并非现代生态文明的产物,古人早已有之。

李汝珍的《镜花缘》有这么一节,大意是说唐敖和多九公来到黑齿国,黑齿国的紫衣女子向多九公请教反切之道。多九公倚老卖老,知乎也者,摇头晃脑,却始终文不对题,答非所问。于是,那紫衣女子向红衣女子递个眼色,戏谑说:"若以本题而论,岂非吴郡大老依闾满盈吗?"红衣女子甚是会意,扑哧一笑早点头。可怜唐敖与多九公,丈二和尚摸不着头脑,莫名其妙。

甚是尴尬之时,跑来了林之洋,尴尬之围算是解了,可仍然不明就里。三人带着疑惑而去,琢磨半天,总算明白过来。原来那两个女子用反切之法,好好嘲笑了他们一番。那"吴郡大老依闾满盈",按古韵发音,可以反切成四个字:取"吴郡"中"吴"的声母,加上"郡"的韵母,就得到"问",依此类推,这八个字就成了"问道于盲"四个字。

"问道于盲"虽有责骂之意,但也不失文雅之气,实属生态骂人法的典雅之语。

市井之人喜好低俗下流，说话常常粗口直来，脏话一串。幸好生态革命已经兴起，骂人之语也有了生态版本。

于是，隔壁老王做那些污秽之事就成了正在"修改邻家后代的基因"。如果要评人毛色不纯，就说"你家基因已被他人修改""你是转基因人"什么的。

那国骂京骂，就成了"青青河边草，绕你母亲腰"。这多少有些折绕，原本只有三个字的骂人之语，却在生态文明中演变成了打油诗句。

西门庆遇上潘金莲，武大郎就成了"绿巾裹首之人"，原本动宾结构的通俗短语变了样，多少透漏了点儿文气。

国人向来不乏涵养，而且深谙"好孔雀哟"其中的生态价值。杀人不见血，骂人不显脏。于是，生态骂人之法可能会广为流传。

书与盲

书是灵魂的驿车，奔驰在生命的大地。这是艾米莉·狄金生关于书的威力与益处的表达，与汉语的至理常言"书能化愚"同出一脉。看来，如果你要驰骋大地，不想守愚不化，就读书吧。

美国国家教育协会每年 3 月都要开展一次"全民读书运动"，其宗旨是要让所有美国人有文化、有思想。他们认为，"不会读书的人不太可能有自己的思想，而没有自己思想的人容易听信谣言、煽动、鼓吹、迷信，容易被人利用，以及容易走极端"。

这话甚是有理，实际上也就是我们信奉的"书能化愚"的翻版或者注解。

然而，有思想的一些美国人对此却提出了批评。说读书可能有助于思考，但在现代社会读书万卷者未必就是有用的人，说不定他还是"功能文盲"。怪！一不小心，读书破万卷者还可能成为"功能文盲"。怎么会呢？

原来，批评者们说，"全民读书运动"是传统意义上的扫盲活动，这在工业时代的社会，一切信息靠文字记录与传递，要求人人学会读书，做个有文化的人，才能对社会有用。可是，现在已经是信息时代了，美国传统定义上的文盲虽然只有11%，可现代文盲比率要多得多。

传统定义上有文化的人只是能够解读和传承字母携带的文化的"字母文化人"，与现代电子技术甚至纳米技术运载的信息文化的要求相差甚远，要求人们读书还不如先要求他们学会使用现代技术产品如电脑。有理！

什么是现代文盲呢？联合国给出的新世纪的文盲标准为：第一类，不能读书识字的人，这是传统意义上的老文盲；第二类，不能识别现代社会符号的人；第三类，不能使用计算机进行学习、交流和管理的人。后两类被认为是功能型文盲，他们虽然受过教育，但在现代科技常识方面，却仍然是文盲。

　　有趣的是,如果要求人们对某个未知事物或现象下一个定义,最直接的办法是说该事物或现象不是或不像什么什么,即从反面去定义未知物比较容易,这是一个普遍规律;可这普遍规律在定义文盲时却发生了转变,现在的美国人正在从肯定的方面,热火朝天地讨论着什么是有文化的人,而对有文化的反面文盲却很少论及。什么原因呢?

　　这就是科学的态度。如果下定义说黑种人不是白皮肤人,这定义是客观的,站得住脚,而且也省事。但如果从肯定角度下定义说黑种人是皮肤是黑颜色的人,这个定义就不科学,经不起反驳,因为有些黑种人的皮肤颜色并不是黑色的呢。

　　从否定角度定义事物是容易的。现代文盲的定义,仍然用的是三个"不能"。然而,这三个不能的意思覆盖都经不起推敲,试问:只认得自己的名字,能读懂用特殊符号写的简单的书算不算文盲呢? 现代社会符号这么多,他只能识别他熟悉的一个或两个,他是文盲吗? 用计算机交流、学习和管理,在多大的面上、多大的程度呢? 要让定义适用,首先定义要严密,其次尽量简单。正是因为这种原因,现在才有许许多多的围绕什么是有文化的争论,才有现代文盲的概念提出,才有各种各样的盲的提出。

　　文盲这个概念首先是与书面文字的出现、印刷术的普及有关。读书识字才成为检验一个人是文盲与否的标准。在这之前,恐怕按定义,所有的人都是文盲。现代社会,信息爆炸,信息多样,携带信息的载体也不再局限于书本和文字了,甚至很大程度上,书本变得越来越次要,而且除了文字,还有许多符号进入了社会生活领域,人们的交流也出现了非书本形式,这就要求现代人具备多种多样的技能,光会读书识字已经不行了。"不是我不明白,只是这世界变化太快。"在好多人还未弄明白的时候,自己也就成了现代文盲了。

　　对什么是现代文盲,现在理论界基本上达成了以下几点认识:

　　1. 上个世纪五十年代联合国教科文组织制定的文盲标准已经过失。

　　2. 现代社会不可能出现一劳永逸的脱盲,因为知识和技术更新得太快太快。

　　3. 做一个现代文化人除了要看书识字外,还要具备现代知识和基本的现代技术技能。

　　4. 做一个现代文化人不是目标,而是一辈子的过程。认为自己博士毕业就达到顶峰了,那是文盲的认识。

　　5. 由于现代文化这一概念是动态的,所以判断现代人有无文化的标准也是动态的。

　　6. 个人不可能掌握所有文化,所以每个人都是某个领域或环境下的盲。

7. 现代有能力的人应该是信息文化人,即在各种场景下、各种领域内,有关人是否具备接触、辨认、处理、评价、利用,以及学会利用所需信息的能力。

不具备获取信息文化能力的人,自然就成了现代文盲。此外,现代社会还有形形色色的许多盲:科学盲、文化盲、艺术盲、音乐盲、历史盲、环境盲、地球盲、社交盲、商务盲、金融盲、技术盲、数码盲、数学盲、媒体盲、直观视觉盲,等等。

有这么多盲的头衔等着我们,一不小心,现代人就会众盲加身。看来,在现代社会里,不读书肯定会是什么什么盲,可是只读书,也还可能是什么什么盲。

现代社会光怪陆离,有人因为盲字在心而身太忙;可也有人因为太盲而不太忙。

滇池丽生兄说:"以前还觉得自己稍微会断文识字,现在的确深感众盲加身了!论文写字,不如乡街子上年前挥毫泼墨写对联的,论音乐舞蹈,不如那些跳广场舞的家乡妇女,论……,不如……,在哭泣中省去几百字!"

有这般见解,丽生兄并不盲。

希特勒可能对他早已怀恨在心

我本不想把我特别喜爱的哲学家维特根斯坦同一个战争狂徒希特勒牵扯到一起,然而,我又不能因为自己的喜好而忽视既已存在的事实。维特根斯坦和希特勒,一个注定要流芳千古,另一个肯定要遗臭万年。

维特根斯坦和希特勒是小学同学,都是从奥地利维也纳的文化圈里走出来的大人物。可是,历史的不幸就在于把这两位少年结合到了一起。那时,他们并无本质上的好坏之分,毕竟都是小屁孩而已。然而,据说正是少年时代的维特根斯坦给希特勒埋下了仇恨犹太人的种子。

维特根斯坦出生在一个非常富有的犹太家庭里,父亲是奥地利非常成功的实业家。相比之下,希特勒的父亲不怎么成功。一个是富家子弟,一个是普通百姓之子。那时的希特勒调皮捣蛋,不是什么善茬,他因此而常常受到打击,这些打击常常来自像维特根斯坦这样的犹太富家子弟。当希特勒津津有味地说,他喜欢弹钢琴,喜欢勃拉姆斯的音乐时,维特根斯坦却不经意地说出,他家有六台钢琴,勃拉姆斯是他家的常客。不管是不是出于炫富,维特根斯坦的话或许刺痛了希特勒的心。

他俩因为一些小事而结下怨,从此以后永远就没有成为朋友。少年时代的维特根斯坦,彬彬有礼,还有些侠肝义胆。希特勒待人处事却不怎么有教养,喜欢使坏,喜欢捣蛋,是个刺头。维特根斯坦并不喜欢希特勒。有一次他两人在操场相遇,维特根斯坦揪住希特勒打了几巴掌。希特勒对此记恨在心,后来把这事写进了他的自传里,说他在幼年时都憎恨那个犹太人,总是让他很没有面子。有史学家认为,希特勒所说的那个"他"多半就是维特根斯坦。

关于维特根斯坦和希特勒结下梁子的故事,大多出于好事者的索隐之作。甚至有学者大胆断言,长大后的希特勒之所以痛恨犹太人,恐怕同维特根斯坦不无关系。

现在提起维特根斯坦,人们几乎想不起这些事,甚至不少人连维特根斯坦是谁都不知道,他们只知道希特勒。

希特勒给人类带来的是灾难,而维特根斯坦带来的却是认识世界的新智慧。客观地讲,二人都具有摧毁性。不同的是,希特勒摧毁的是实实在在的世界、文明和活生生的人。维特根斯坦摧毁的却是人们认识世界时在心中塑造出的理论玩偶。

关于希特勒的丑闻,人们比较熟悉,而关于维特根斯坦的趣事,人们却知之甚少。要是没有希特勒,世界反而很美好。可是,如果没有维特根斯坦,世界就会失去许多思想瑰宝。

我们早已知道希特勒是个什么样的家伙,但我们很多人却并不知道维特根斯坦究竟是位什么样的人。

维特根斯坦生于1889年4月26日,19岁时在曼彻斯特学习航空工程学,与此同时对哲学产生出浓厚兴趣,并于1911年到剑桥大学师从著名哲学家罗素先生。相传他俩初次见面时,维特根斯坦直截了当地问罗素说:"我是不是白痴呢?"罗素问他为什么这么问。他回答说:"如果我是个白痴,我就去当飞行员;如果不是,我就要当哲学家。"听到这话,罗素就让维特根斯坦写点东西出来瞧瞧。当罗素看到维特根斯坦写出的东西时,就知道维特根斯坦是位哲学奇才。

罗素后来在写作中评价维特根斯坦说:这位名不见经传的年轻人顽固、刚愎,但人却不傻。罗素说他在有生之年无法完成的哲学事业完全可以由维特根斯坦来完成,因为维特根斯坦的哲学敏感性无与伦比。从此,罗素与维特根斯坦之间形成了弥足珍贵的师生情和好友情,而且维特根斯坦在情感上特别依赖罗素。维特根斯坦常常深更半夜跑到罗素的家里,在屋子里踱来踱去,而且一言不发。罗素调侃地问他:"你是在思考逻辑问题呢还是你的罪孽?"维特根斯坦回答说:"两者都在思考。"

维特根斯坦绝对是史上最奇葩的学生,坊间流传的几则趣闻,可以说明维特根斯坦的奇特之处。维特根斯坦在剑桥大学并未毕业就去了挪威,于1913年才回到奥地利,可第二年就爆发了第一次世界大战,他应征入伍,三年后当了俘虏。不过,就在战时和俘虏营中维特根斯坦坚持他的哲学思考,记下了关于哲学问题的笔记。1919年大战结束后,他把写下的东西整理成册准备出版,在摩尔的建议下定名为《逻辑哲学论》。

那时的维特根斯坦在学术界名不见经传,无人知晓,因此要出版这书就成了很大的问题。维特根斯坦自己联系到了莱比锡的一家出版社,可是出版社提出条件说:若有罗素作序,出版就没问题。无奈之下,维特根斯坦只好恳请罗素作序。罗素向来喜欢成人之美,欣然作序。可是,维特根斯坦收到罗素的序言时,却抱怨罗素的序言并不令人满意。维特根斯坦说:罗素对原著的解释与评价都不得要领。

然而,莱比锡的那家出版社在拿到罗素的序言后,由于种种原因仍然没有出版该书。于是,维特根斯坦写信给罗素,不无赌气地说:"我的著作要么是一流的,要么不是一流的。如果不是一流的,我也不希望它出版。如果是一流的,早出版或者晚出版都无所谓。读者若是真的喜欢一流著作,那么又有谁会在意它的出版日期呢?"

几经周折,在罗素的帮助下,《逻辑哲学论》的德文版于 1920 年出版,英文版于 1922 年出版。这时的维特根斯坦认为,《逻辑哲学论》解决了哲学上的全部问题,他不必再搞哲学了,而离开了剑桥。

《逻辑哲学论》的写作始于 1911 年,主体部分是在挪威山中完成。当维特根斯坦在挪威写作时,他的老师摩尔去看望他,发现这些手稿可以作为学位论文,于是建议维特根斯坦用这些手稿向剑桥大学申请学士学位。维特根斯坦就让摩尔帮忙张罗这事,可是当摩尔回到剑桥后,要求维特根斯坦必须按照学位论文的格式要求重新整理手稿时,维特根斯坦的话却让摩尔下不了台。

维特根斯坦写信给摩尔说:"是你建议我拿这些手稿去申请学位。我在写作这些手稿时,并没有想到什么学位论文的规矩。你如果觉得我的手稿不值得破例处理,那么我是混蛋,应该见鬼去。如果我的手稿有价值而值得破例处理,你若不帮我处理的话,那么你是混蛋,你应该见鬼去。"摩尔收到这样的信,有什么样的心情,可想而知。维特根斯坦当时未能获得本科学位。

可剑桥毕竟很伟大,当维特根斯坦带着对哲学的新认识,于 1929 重新回到剑桥时,摩尔和罗素仍然十分器重他。考虑到维特根斯坦需要获得学位才能在剑桥工作,于是,罗素和摩尔作为答辩成员,让维特根斯坦用《逻辑哲学论》作为博士学位论文进行学位答辩。这次答辩是历史上最牛气的答辩,因为,答辩中罗素和摩尔根本弄不懂维特根斯坦在说什么,但又觉得维特根斯坦的论文很有创见。看到两位导师满脸困惑的样子,维特根斯坦反而安慰他俩说:"别担心了! 你们永远也理解不了。"这次摩尔没有生气,罗素也有大智慧,就这样让维特根斯坦顺利通过答辩而获得学位。维特根斯坦也从此在剑桥大学开始了新的哲学研究,直到 1951 年去世。

维特根斯坦临终前说:"告诉他们,我的一生很幸福。"

我有点想知道,希特勒拥着情妇终结生命时,是不是很洒脱,是不是也会说他一生很幸福。

　　现在想来,维特根斯坦一生并不寻常。他出身名门,爱好广泛,钟情于哲学。他注重心灵的渴求,不太在意物质生活和个人情爱。他把继承而得的家产转赠给了他人。他与瑞士一位名媛有个短暂的爱情,但因不识恋爱风情,与恋人外出时,衣食粗陋,两人待在一起不谈情说爱,而一心一意思考哲学问题,这样他俩很快就分手了。后来又对工作中的一位小伙子产生了不该有的好感。

　　维特根斯坦的一生给人类留下了重要著作:《逻辑哲学论》和《哲学研究》。除此之外,还有不少笔记,经由他的学生整理成册。这些著述是人类的思想瑰宝,一定会流芳百世。

　　相比之下,希特勒给人类留下了什么有用的东西没有呢? 答案尽在不言中。

落水风筝记

　　料峭的三月，宁波城中的余姚江畔已是放风筝的热闹场所。

　　不知是顶不住那热闹的诱惑，还是玩性使然，我携小女与她妈在一天下午带着风筝来到了江边。

　　那就尽情地放吧，小女在一旁蹦跳着欢呼："放高点！高点！高点！……哦——我们的风筝最高了哦——"

　　人生就这样，就当你追求或处于"最高"的时候，打击也就伴随而来了。只听"嗖"的一声，风筝断线而去。我们眼巴巴地望着它掉到江里，漂浮在距岸十多米处。

　　问题来了，惯于对小女进行机会教育的她妈向小女提出了问题："要重新获得失去的这个风筝，我们该怎么办呢？"

　　"叫爸爸下河去捞上来。"小孩遇到问题时，自然会知道该找谁。

　　"不行！这虽是一个办法，但不是最好的。很普通嘛，又没什么技术含量。"她妈这话不无道理。可要知道，脱衣下河去捞，应该是最直接、最容易想出来的办法呢。

　　生活中，似乎很多人遇到问题时就喜欢用这种直接的、"没什么技术含量"的解决办法。要不是有所顾忌，即我不愿为了二十来元钱的东西就当众脱衣，要不是顾忌这尴尬，说不定我会采取脱衣下河去捞的办法呢。

　　"那叫河里的鱼儿帮我们推过来。"小女在她妈追问下，摇晃着幻想的脑袋。

　　人就这样，在苦于缺乏现实条件的时候，往往会幻想自己拥有超自然力量。

　　"这办法不现实，鱼儿也听不懂人的话。想个实际的吧。"

　　望着她妈那蛮有耐心的样子，我也在想会有什么样的实际办法呢？我想到了用竹竿什么的，可在这闹市里哪里找得到这些玩意呢？

298

"那就等河里过船时,叫船上的人帮忙吧。"小女的这个点子能算一个实际办法,可也不现实,且不说这河通航的船只很少,即便船来了,船家也未必愿意呀。

当这个办法也遭到否定时,小女似乎要起了聪明,不甘心总是被问题困扰,思想开始革命,揭竿而起,反问她妈有什么办法。

她妈也只好缴械了事。

于是,我们三人只好坐在岸边,呆呆地望着那溺水的风筝。

就在我摆弄那绕着风筝线的转轮时,过来一个面带笑容,看上去还算慈祥的老者。他朝着小女说:"是不是在想法捡河里的风筝呀?"

小女点点头,噘着嘴咕哝道:"就是没办法。"

"小朋友!别急。我告诉你怎么做……"就在听那老者讲解办法的时候,我不得不叹服"真功夫在民间"这话弥漫出的道理。

老者的办法很先进,而且技术含量也不低,至少不比大猩猩以管取食的智力水平逊色,其先进之处在于办事最好依靠工具。

老者说,用我手中的线,一端系上一块石头,再把石头抛到河里风筝处,这样可以靠石头和线把风筝牵引到岸边。

做事讲究方法,没有方法,事情会办不好,甚至还办不成。可是,有了方法,事情就一定能办成吗?

我按老者的话,用手里的线系上石头,目测了距离,然后把石头朝风筝处抛去。就在石头飞驰过去,不偏不倚落在风筝处时,我傻眼了。

看着我两手空空,老者的手指夹着一个响亮的声音向我脑门袭来:"你太差劲了!"

这事的悲剧性结果在于,可恶的商家制造风筝时,并没有把风筝线牢牢地系在转轮上。结果,石头带着线一起飞进了江里。

风筝虽然失去了,但我却因此得到了不少收获。不过,这收获很沉重。面对它,我有时甚至喘不过气来。

做事讲究方法,这话不言而喻,很重要。可对方法的准确理解与熟悉把握更加重要,正如1997年的美国电影《还愿魔师》(*Wishmaster*)讲述的道理那样,上天赐予了做事的手段,可要用这个手段做成事情,还得具备另外两个条件:其一,"对手段本身要充满信心";其二,"懂得如何使用手段"。

老者那"你太差劲了"的话,如重锤击打,伤到了我心深处。

我打开心灵深处的个人成长史册,发现每一页都可以添上一样的注解"你太差劲了"。好多好多,可有那么个"你太差劲了"偏偏指向从前,挖开了早已掩埋的那一口袋哀伤。

　　风筝落水,无可奈何的归宿。我不曾想矫情,就算在矫情中祭奠那本可拥有却偏偏失去的风筝。

> 我有一个口袋
> 里面装满了哀伤
> 想把它紧紧捂住
> 不让他人受到影响
> 我捂住了口袋
> 却捂不住这悲伤
> 曾想用它去沽酒
> 又恐怕醉后愁难当
> 我丢不掉口袋
> 也就丢不掉哀伤
> 就算能抛弃一切
> 却难以消除掉旧伤

数字怪

那是我在亚拉巴马州特洛伊大学的事了。乔治·布朗先生和我都住特洛伊镇上，他城东我镇西。我们电话约定到网上打牌，不打红心，不斗地主，也不打邓公所喜欢的桥牌，就打弗兰克林他老人家爱打的克里比奇（Cribbage）。

他先生手气不错，第一局打完，得了 73 分。只见旁边的对话框里，他输出了表示快活的大笑符"LOL"和一连串的"73"，末了还有一个"2 U（给你）"。

知道他那得意劲，我敷衍地敲给他一句"A nice hand"，可心里却有个刚挨过打的阿 Q 冒了出来，不服气，戏他先生为"拿屎汉"，走狗屎运了，咱继续玩。

不就 73 分嘛，离局落点 121 分还有一程呀，可别高兴得太早！那晚可也真是见鬼，我全输，他全赢。更烦人的是，临近散伙下网时他再次敲出"73 2U"，似乎在说"赏你个 73"。

怪哉？这符怎么回事呢？

我还未来得及请教，他先生就落网而逃了。

日子过了很久之后，我才明白"赏你个 73"是美国民间的一句祝福语，意思相当于"祝好"。原为电报行业用语，人们在电文末总是要写上"73"以表祝愿。

自然数有无穷个，美国人为什么偏偏选用 73 呢？

回答这个问题的最省事的办法是把它说成是约定俗成。有理！本来，语言的符号与意义之间的关系是约定的，没有什么其他理据可考。可是，语言并不总是约定俗成的。

语言是一种抽象资源，可以供人们任意开采与利用。无论是在英语里还是汉语中，人们把数字赋予文化内涵都可以说明这一点。

不是吗？我们不妨看看汉语中的一副数字联。上联是"二三四五"，下联为"六七八九"，横批干净利落，两字"南北"。

在平常人眼里,这有点莫名其妙。什么意思呢?语言资源开采者,比如郑板桥,会告诉你,这副对联应该理解为上联"缺一"、下联"少十",横批欠"东西",合起来,整副对联在说"缺衣少食""没有东西"。

这么一解释,"二三四五,六七八九"便有了文化品位。有这种解释,现代人不必为现代城市的街道究竟应该用数字名还是沿袭传统名而争论不休了。至少,不可统而概之地说,数字不能传承文化。否则,对联"一二三四五六七,孝悌忠信礼义廉"的作者又要说"王八无耻"了。

文化是注定要以符号来表示的。如果以符号为中心,文化始终是附加的东西,是经岁月流逝沉淀在符号上的。数字是符号,其业余角色是文化使者。在人间,文化数字到处可见。美国篮球协会 NBA 职业篮球队"费城七六人队"的"七六"取义于美国先民为了争取独立而在费城敲响自由之钟的那一年 1776 年。

在一个追求数字的年代,人们带着对数字的迷信,就连北京的 8341 部队,成了对毛泽东他老人家的命运的诠释,活 83 岁,在位 41 年。

街上的小屁孩,喜欢什么 1314,还有那 520。倒也是情趣使然。

数字代表等级,在古代,皇帝的理论寿命以万岁计,所以皇帝叫万岁。王爷只能以千岁计,最多是"九千岁"。

这么一来,遭层层克扣,天下良民也就只能追求长命百岁了,而那些中饱私囊的乡官杂吏二百五,比眼巴巴的良民莫名其妙地多了许多。然而在什么都打折扣的尘世里,老百姓却常常囿于"七十三,八十四,再不死,好意思?"

算命的人说,地支有 12 个,人每 12 年就要接受一次命运的"转制"或"版本升级",生命的弱势群体就会有下界脱阳到"阴国"的危险。三国的周瑜,虽不是弱势个体,但也未能逃脱老天的算计,死时才 36 岁。

有人从统计中推断出,人的生命小周期是以六年为单位,每经过一个周期就要经受一次劫难,所以老年人怕过不了 73、84 这样的坎了。"一代天骄",毛泽东也未能过去。

在算命先生那里,连人的牙齿数目都是有等级的:

"三十八齿者,天子王侯;三十六齿者,卿相一品;三十四齿者,朝廊巨富;三十二齿者,中人福寿;三十牙齿者,平常之人;二十八齿者,下贱之人。"

当然,这论断站不住脚。突然想起,党曾教育我们说这是迷信,要破除。可我还是时不时地照着镜子,张着嘴数了又数。

恍惚中一个声音响起来:"今天你增齿了吗?"手中的镜子差点被吓落。荒谬!这与亚里士多德的"男人的牙齿要比女人多"的论断同样荒谬。

对亚氏那厮,英伦绅士罗素早已不满,调侃说"亚氏那个老家伙,糊里糊涂,他只需把他婆娘的嘴掰开,就知道牙齿数量究竟是男人多还是女人多"。当然,罗素讲这话的意思是真理必须与事实相符。

不过,文化数字所携带的文化不必与客观事实相符,因为文化数字只是对文化的一种解释,主观色彩很浓。要说美国人的 73 与中国文化有关,也未尝不可。

孔子门下有 72 贤人,加上他自己总数自然是 73 也。73 在圣经里代表着"太初之言",《创世纪》有 73 乘 3 再乘 7,合计 1533 句。夏威夷有一电台喜欢用 73 来表达 aloha,夏威夷土语"爱、温情、同情"等意思。73 在莫尔斯电码里是对称码。

难怪,英美人的留言、短信、电码结尾有个 73。

意义这厮

意义是什么？这个问题虽不新鲜,但也未陈旧。若要对它进行追问,当然想要问出新意来。那么这"新意"又是什么呢？既然有"新意"一说,那么"旧意"是什么呢？我们对"旧意"弄明白了吗？识得旧意,推出新意,这里明显说出"意义"有新旧之分。

意义的新与旧又是怎样区分的呢？如果说人的一生就是追逐意义的一生,那么人是在一辈子追求着某种不变的绝对意义呢,还是在不停地追求着流变的新意,或者两者兼有？变与不变,意义究竟是精神的呢还是物质的呢？

对于这样的问题,你要是踏踏实实地过着你的生活,你也许会认为这些都是无聊的问题,因为在你看来,追问"意义"一词的意义,这是吃饱了撑的人喜欢做的事。其实不然。对意义的追问,并非专属于哲学家等,芸芸众生都在追问着意义。专家注重的是道,而普通人关注的是器。大道无形并不虚,器用之物彰显道。

"意义是什么"这样的问题是如何产生的呢？意义产生于好奇,产生于困惑,产生于求知。亚里士多德说人有求知的欲望,那么对意义的追问也就属于人的欲望。人类的成长犹如个人的成长。在幼年时期,在认识事物之初,小孩出于好奇或困惑或求知,常常会问"这是什么""那是什么"这样的问题。小孩在直接环境下的提问,表面上是需要名称,深层里却是对意义的追求。如当小孩指着月亮问那是什么时,小孩看见了常识状态下的月亮,而缺乏的是月亮这一名称。若大人告诉小孩说那是月亮,小孩也许就此不再追问。倘若有小孩又问"月亮是什么"时,这时小孩追问的就是"月亮"的本体意义。倘若你回答"月亮就是月亮",这就相当于用"A 就是 A"这样的必然等式来对付小孩对月亮的意义的追问。对这样的回答,小孩显然不会满意。当你说"月亮是晚上最亮的天体"时,你是从直接经验的角度来回答问题。然而,你的回答并没有给小孩带来什么新的认识,因为小孩同样有这样的直接经验。当你说"月亮是玉兔""月亮像玉盘""月亮像粑粑"时,你只是使用了比喻,能让小孩把看见的月亮同生活联系起来,但这种联系并不是真正的知识。你如果正在教小孩学英语,你可能会说"月亮就是 moon",你的这种回答是用一种符号来替换另一种符号。符号之间的替换,容易让人感觉甲种符号的意义可以由乙种符号来等同替换。对于"月亮是什么"的种种思考,你的回答可以具有神话特性,可以具有诗意,也可以具有通俗性而贴近普通人的生活,但你的回答的差异本身又会产生不同的意义。当然,你若用天文知识来回答,你给小孩提供的是科学知识。关于月亮的天文知识能不能完全等同月亮的意义呢?

意义一词的使用往往体现在具体的生活形式里。由于生活形式的丰富多样,意义一词出现的场合、使用情况也就多种多样。在现代汉语里,"意义"往往同"意思"相连。我们不妨从考察二者的使用情况入手来考察"意义"的具体展现。

汉语里,"意义"与"意思"有所重叠。当一个语言学习者问某个生词的意思时,可以算是在追问该词的意义,但实际上是在寻求一番解释,或者是要寻找另一种可以替换这个生词的符号。

不过,"意义"一词覆盖的内容比"意思"更宽泛一些。宏观上,我们可以说"鸦片战争的历史意义",但不太可能说"鸦片战争的历史意思"。微观里,我们可以说"小伙对那姑娘有意思"而不太可能说"小伙对那姑娘有意义"。我们可以说"张三的一生过得很有意义"或者"张三这一天过得很有意义",但一般不会说"张三的一生很有意思"而更多地倾向于把意思放在具体的活动上,比如说"张三这一天过得很有意思"。这是"意义"与"意思"的粗略用法。下面我们不妨从"意义"与"意思"的各种具体用法中,来考察"意义"与"意思"的概念关系。

首先,"意义"同具体物件相联系的情况。植物学家蔡希陶先生发现了望天树,而望天树的"意义"就在于证明西双版纳确实存在着真正的热带雨林,从而推翻了国外专家认为中国没有"真正意义"上的热带雨林这一错误认识。如今,到西双版纳热带雨林参观,如果不亲眼看看望天树,就等于错失了该次旅游的关键"意义"。

日常生活中,给某人捎带点礼物,而那礼物在嘴里就成了一点小"意思"。恋爱中的定情物,结婚用的戒指等,这些物件既有意思,也有意义。然而,对于这些,陈嘉映会说:"你吃了一个苹果,显然,你不是吃了'苹果'的意义"。摩尔所说,你掏得出手帕却掏不出手帕的意义。这是把物件和意义剥离开来的观点。

其次,"意义"同事件相联系的情况。与"事件"相联系的"意义"又是什么样的呢?一个事件的完成就出现了意义。豆花女终于为婆家生了一个儿子,于是她觉得自己的人生有了意义。祥林嫂的阿毛被狼叼走了,于是她的人生就失去了重要意义。秀才娘子的宁氏床被他人搬走了,在阿Q看来就失去了意义。

这里值得注意两种情况:第一,事件的成与不成的情况;第二,事件的完成合不合心愿。对于第一种情况,不少人会倾向于事件完成了才会有意义,而未完成的事件,也许有其他方面的意义,就是没有心目中想要的那种意义。过去,许多人曾认为,人生有四件有意义的喜事:金榜题名时、洞房花烛喜、久旱逢甘露和他乡遇故知。这四样事件应该是完成了才有心目中的意义,就是称心如愿的这种意义。

至于第二种情况,事件的完成合不合心愿,这同样会涉及到意义的有无问题。事件的完成而直接或间接地达成了自己的心愿,这事件肯定有意义。

相反,事件完成并不如愿,或者出现的结果并不是自己想要的,那么,自己就会觉得没有意思,乃至没有意义。

生活中,我们常常听到这样的话,"这事过就过了,再去谈论它还有什么意义呢?""我活起来真没意思。"这里所谈的意义或意思就是同事件的完成得是否如愿密切相关。这道理在典故里可见,有道是大雁已经飞走,你我还在争论把大雁射下来后是该烤来吃还是清炖喝汤,这已经没有意义。

生活中,马后炮、雨后送伞、光打雷不下雨等等诸如此类,都没有意义。这似乎是说,做一件有意义的事,就是要完成它,而且是如意完成。比如战争中,真正打败敌人,攻克敌方的城池,这才有意义,而纸上谈兵或作战方案本身却没有实际意义。施政时,真正为民谋求到了实际福利才有意义,而只是言语问候而无实际行动,更没有实际效果,这就没有真正的意义。

再有,生活中"意义"和"价值"相关的情况。在普通人的生活中,价值这一概念相对来说没有专家的概念那么复杂晦涩。普通人的价值概念与"值与不值"或"合不合意"或"有没有用"直接关联。于是,对生活中的意义的理解就直接与"值与不值""合不合意""有没有用"发生关系。这里,"合不合意"和"有没有用"比较容易理解,而"值与不值"本身就是一个关于"价值"的衡量的问题。

凭什么标准来界定"值"与"不值"呢?这首先会涉及到一个量的多少的核计问题。量大的就值,量少的就不值。值得做的事就有意义,不值得做的就没有意义。于是,杀鸡取卵这样的事就不值,也就没有意义;而现实中点石虽然成不了金,但相当于点石成金这样的事就值,也就有意义。花两元钱买了一张彩票,结果中了五百万大奖,这就值,而花五百万元买彩票,结果什么都没中,那就不值。根据量的大小来衡量价值的多少,这是一种直观判断。

根据直观判断,母鸡能生蛋,就比公鸡有价值,能生两个蛋的就比只能下一个蛋的有价值,生出大蛋的就比下出小蛋的有价值。这种对价值所持有的直观判断是人们的基本标准,在日常生活中到处可见。生产商为了迎合顾客贪多喜大的心理,可能会挖空心思制造出一个本不应该很大的玩意来,让顾客觉得花了一笔钱毕竟买了很大很大的一个东西,物有所值。销售商为了竞争,可以让顾客感觉到花同样的钱,而在这家店里可以多买到一样商品,哪管这多出的商品有用无用。高校的学术界也以这种直观判断来衡量教师的优劣,于是,写出百篇论文的教授似乎就要比只有五十篇论文的教授更有水平;写了十部书的自我感觉比只有一部书的优越。我们农村的兄弟姐妹们,外出打工,挣的钱要比在家园里务农挣得多,于是,外出打工就比务农有价值,也就更有意义。

其实,这种依靠量的多少来衡量价值大小的标准并非总是正确。辩证法说,量的积累能促成质的飞跃。这话肯定有道理,量变促成质变,但是它却不能保证"量中的质的问题"。没有质做保证的量的堆砌就没有价值,也就失去了意义。

此外,生活中人们对"值与不值"的理解并非总是依靠直观判断。重庆北碚有家卖豆花的小店,店名叫"张豆花",豆花味道好,不少人哪怕花掉二三十块钱的来回出租车费也愿意去品尝那只卖几块钱一份的豆花。你若问这些顾客值不值,他们都会说值。这里的价值概念已经不是一个量的问题了,而是把"值与不值"同"合不合意"联系起来。单从吃而论,并不只是重庆人才好吃,想想上海人对吴江路的"小杨生煎"的向往、纽约人对堪称"热狗"界奇葩的"格雷氏菔菔雅"的痴迷,等等,值与不值完全同量没有关系了。

当我们说"值与不值"同"合不合意"有关时,我们生活中的"意义"实际上是同"情感"发生了关联。我评价与自己情感相通的伙伴张三时,我会说"张三真有意思"。于是,"真有意思"的张三在我生活中具有意义。钟子期听得懂俞伯牙的琴声,情感相通,钟子期在俞伯牙那里就有意义。千里送鹅毛,其意义不在于经济价值而在于情感传递。情感传递不会局限在人与人之间,而会出现在人与物的关系上。人与物的情感关系,也是一种意义关系。能够满足我们情感诉求的物,对我们就有价值,就有意义。想想猎人对猎枪的眷恋,渔夫对渔网以及大海的感情,这些都有意义关系存在。

意义在生活中有许多表现方式,要把它完全说清楚,并不是一件容易的事。不过,普通人一般不会去纠缠"意义有多少"这种属于意义存在类别的问题,反倒是愿意去询问"意义有多大"这种属于意义表现程度的问题。"值与不值""合不合意"和"有没有用"这基本上是普通人进行意义识别的标准。现在的一些大学生(其实也是普通人),当他们认为"学哲学没有意义"时,他们是采用"有没有用"这一标准来衡量大学的专业。现代哲学本来就是专门研究意义的,而被认为"没有意义",可见人们对意义问题并非十分清楚。有个文论教授把王国维同尼采做了比较,而他的学生却问出了一个令人啼笑皆非的问题:"王国维与尼采的比较研究有什么意义?"显然,这位同学对意义的理解不是功利性理解就是缺乏理解。

人们有共同的价值取向,也就有共同的意义标准。然而,什么是值得的,什么是合意的,什么是有用的,这三个判断标准会出现个体差异。而且,在具体的意义追求活动中,会出现有所侧重的情况,即"值与不值""合不合意"以及"有没有用"不能兼顾。合意的不一定是值得的,值得的不一定是有用的,有用的也不一定是合意的。面对这种情况时,就会出现不同的取舍,于是,个人的意义追求也就有所不同。当然,相对完美的情况并非没有。

意义有普遍与特殊之分,而在日常生活中,普遍意义的背后就有共同的物件、家喻户晓的事件、普遍认同的价值、共同的情感等等。共同的物件具有共同的意义,这是最基本的意义来源。如果一门语言没有与其他语言共相的共同物件,那么这种语言是特殊的、难以翻译的。月亮还是那个月亮,星星还是那些星星,不管你用什么符号体系去表达,这些共同的物件是一样的。与共同物件一样,家喻户晓的事件,也有它共同的意义基础。当然在事件背后可能会出现不同的价值判断,但是,如果用共同的价值观来判断共同的事件,那么共同的事件就有普遍意义。打击罪犯这样的事件是共同的,也是建立在普遍价值观念上的。

无论人种如何,只要是正常的人都有共同的情感,都会被同样的感人事件所感动。狄德罗在《论戏剧艺术》里说:"只有在剧场的座池里好人和坏人才会一起流同样的眼泪"。这话说明的正是人有共同情感作为理解意义的基础。在共同的物件、事件、价值和情感基础上,人们可以有不同的选择,这就会发生意义的差异,而意义的差异主要发端于个人的独特理解。当然,个人的独特理解常以共同理解作为参照。这就是所谓"独悟"与"共晓"的关系问题。

意义这厮,其实是人们一直在追求但又未完全弄清的家伙。